MIRA®

Der Preis dieses Bandes versteht sich einschließlich der gesetzlichen Mehrwertsteuer.

Umwelthinweis:
Dieses Buch wurde auf chlor- und säurefreiem Papier gedruckt.

Die Handlung und Figuren dieses Romans sind frei erfunden.
Ähnlichkeiten mit lebenden oder verstorbenen Personen
sind nicht beabsichtigt und wären rein zufällig.

Beverly Barton

Time to Die – Stirb noch einmal

Roman

Aus dem Amerikanischen von
Verena Bremer

MIRA®

MIRA® TASCHENBUCH
Band 25445
1. Auflage: Juli 2010

MIRA® TASCHENBÜCHER
erscheinen in der Cora Verlag GmbH & Co. KG,
Valentinskamp 24, 20350 Hamburg

Konzeption/Reihengestaltung: fredebold&partner gmbh, Köln
Umschlaggestaltung: pecher und soiron, Köln
Redaktion: Stefanie Kruschandl
Titelabbildung: Corbis GmbH, Düsseldorf; pecher und soiron, Köln
Autorenfoto: © by Harlequin Enterprise S.A., Schweiz
Satz: Buch-Werkstatt GmbH, Bad Aibling
Druck und Bindearbeiten: CPI – Ebner & Spiegel, Ulm
Printed in Germany
Dieses Buch wurde auf FSC-zertifiziertem Papier gedruckt.
ISBN 978-3-89941-731-9

www.mira-taschenbuch.de

PROLOG

Dieser Auftrag war wirklich zum Davonlaufen! Lexie Murrough wäre im Moment überall lieber gewesen als in Gadi. Sie sollte hier über die Feierlichkeiten berichten, die anlässlich der Machtübernahme durch Babu Tum veranstaltet wurden. Der neue Präsident des winzigen afrikanischen Landes war ein größenwahnsinniger Mann und grausamer Tyrann. Er war für den Tod zahlreicher seiner Landsleute verantwortlich. Doch die Welt sah weg.

Selbst der Fernsehsender UBC hielt Tums offizielle Ernennung wohl für nebensächlich: Man hatte nur Lexie – eine blutige Anfängerin – mit der Berichterstattung beauftragt und ihr einen einzigen Kameramann an die Seite gestellt. Ihr Personenschutz bestand aus einem Schlägertyp namens Kele, aber der trieb sich gerade irgendwo in der Menge herum. Bei seinem Anblick lief es Lexie allerdings sowieso kalt den Rücken hinunter. Immerhin hatte er eine Waffe bei sich und beherrschte die Landessprache.

„Da ist er! Das ist Präsident Tum. Versuch, so viele Nahaufnahmen wie möglich zu bekommen!“, rief Lexie ihrem Kameramann zu.

Marty Bearn und sie hatten sich erst auf dem Flug von Atlanta nach Gadi kennengelernt. Lexie hatte sich so lange über den ungeliebten Auftrag aufgeregt, bis ihr die Luft ausgegangen war. Woraufhin Marty ihr Fotos von seiner Hochzeit zeigte. Sherry, seine Braut, war eine zierliche Brünette mit großen braunen Rehaugen. Anfänglich wunderte sich Lexie noch, dass so ein hübsches Ding und der bullige rothaarige Haudegen Marty zueinander gefunden hatten. Doch als das Flugzeug schließlich auf dem schwarzen Kontinent landete, hatte Lexie bereits begonnen, Martys Vorzüge ihrerseits zu schätzen. Er war ein angenehmer, gelassener Mann mit einem überaus verlässlichen Wesen. Ganz zu schweigen davon, dass er seine Frau über alles liebte.

„Sieh nur, wie er zum Podium stolziert!", bemerkte Marty. „Ich wette, er ist ohne diese Absätze nicht größer als eins fünfundsechzig. Der hat garantiert einen Napoleonkomplex."

Lexie nickte. „Wenn du mich fragst: Er ist ein Monster!", erwiderte sie.

Die Veranstaltung fand unter freiem Himmel statt, auf einem Platz etwa halb so groß wie ein Fußballfeld. Eine große Anzahl von Bürgern war hier versammelt worden, um dem neuen Staatsoberhaupt zu huldigen. Während Marty dieses Bild einfing, überlegte Lexie, wie ihr Bericht wohl beim Publikum ankommen würde. Vielleicht würde er es ja sogar in die Abendnachrichten schaffen. Aber er würde genauso schnell wieder vergessen sein.

Bedauerlicherweise verstand Lexie nur Bruchstücke von der Rede, zu der Präsident Tum gerade ansetzte. Wo steckte nur dieser Kele? Immer wenn man ihn brauchte, war er irgendwo in der Menge verschwunden. Sein Geld war er jedenfalls nicht wert.

Der Diktator hatte noch keine fünf Minuten gesprochen, als Lexie urplötzlich von einer bösen Vorahnung erfasst wurde. Ein Schauer lief ihr den Rücken herunter. Als hätte sie den sechsten Sinn, wusste sie intuitiv, dass gleich etwas Schreckliches passieren würde.

Und dann knallte ein Schuss.

Babu Tums dunkle Augen weiteten sich, bevor sein Kopf nach vorne kippte und sein Körper zusammensackte. Die Kugel hatte ihn genau zwischen die Augen getroffen.

„Mein Gott!", stammelte Marty. „Der Präsident ist gerade ermordet worden."

Tums Bodyguards richteten ihre Waffen auf Tums Publikum. Bevor sie jedoch irgendjemanden in der hysterischen Menge ausmachen konnten, fielen drei weitere Schüsse und töteten Tums engste Berater. Die Leibwache schoss daraufhin wild um sich.

„Lass uns abhauen!", rief Marty Lexie zu.

„Kommt gar nicht infrage!", schrie sie zurück. „Halt die Kamera drauf! Wir dürfen nichts verpassen."

„Verdammt noch mal, Lexie! Das ist doch Selbstmord!"

„Halt drauf!" *Das könnte ihr Durchbruch sein!*

Wie aus dem Nichts tauchten plötzlich vier Maskierte auf, die Tums Leibwache unter Beschuss nahmen. Die geheimnisvollen Männer stürmten auf das Podium und nahmen es dort mit einer Überzahl regierungstreuer Soldaten auf. Besonders einer von ihnen stach Lexie ins Auge. Er überragte seine drei Kameraden um eine ganze Kopfeslänge.

„Wahrscheinlich sind das Spezialagenten", rief sie ihrem Kameramann zu. „Oder …"

Im gleichen Moment stöhnte Marty laut auf. Er griff mit der linken Hand nach seiner Brust, während die rechte die Kamera umklammert hielt. Lexie sah an ihm herunter. Sein Hemd war getränkt von seinem Blut.

„Marty!", schrie sie auf.

Sie ließ sich neben ihm auf die Knie fallen. „Um Himmels willen! Wie schlimm ist es?", fragte sie und wollte seine Hand wegziehen.

Als er versuchte, ihr zu antworten, kam nur ein Schwall Blut aus seinem Mund.

„Marty! Wag es nicht, zu sterben! Hörst du mich?" Lexies Puls raste.

Bitte, lieber Gott, lass ihn nicht sterben!

Sie nahm Martys Hand von der Wunde und erschrak. Sie hatten ihn genau über dem Herzen getroffen. Als sie wieder in Martys Gesicht sah, war er bereits tot.

Nein!

Sie fühlte den Puls.

Nichts.

Es war alles ihr Fehler. Sie hatte unvernünftigerweise darauf bestanden, zu bleiben.

Es tut mir so leid, Marty! Es tut mir so leid.

Sie wand die Kamera aus seiner Hand. Es war zu spät. Sie konnte nichts mehr für Marty tun.

Wie gelähmt bahnte Lexie sich einen Weg über den mit Leichen gepflasterten Platz. Was für ein Albtraum! Sie presste die schwere Kamera an ihre Brust, während sie sich nach einem Ausweg umsah. Direkt neben der Rednerbühne erspähte sie schließlich ein offenes Tor. Von Tums Männern schienen nur noch wenige am Leben zu sein. Wer auch immer die Männer dieser Spezialeinheit waren, sie verstanden ihr Handwerk.

Was sollte sie nur tun? Ausharren und riskieren, von einer Kugel getroffen zu werden? Oder um ihr Leben rennen? Sie folgte schließlich ihrem Bauchgefühl, als sie begann, auf allen vieren zum Tor zu kriechen. Kurz davor sprang sie auf und begann zu rennen, als sei der Teufel höchstpersönlich hinter ihr her.

Fast geschafft.

Nur noch ein paar Meter.

Gleich bist du in Sicherheit.

Die Kugel traf sie wie ein Donnerschlag und warf sie zu Boden. Schmerz durchströmte sie, brannte in jeder Faser ihres Körpers.

Sie war so nah dran gewesen! Beinahe wäre sie entkommen.

Als sie auf den Boden aufschlug, rutschte ihr die Kamera aus der Hand. Sie versuchte mit steifen Fingern, das Band zu entnehmen, aber es gelang ihr nicht. Alles war verloren. Sie hatte Martys und ihr eigenes Leben völlig umsonst aufs Spiel gesetzt. Er war tot, und sie würde ihm wahrscheinlich bald folgen.

Lexie fiel es schwer, bei Bewusstsein zu bleiben. Wie lange lag sie bereits hier, auf dem siedendheißen und blutbefleckten Platz? Fünf Minuten? Fünfzig Minuten? Oder fünf Stunden?

„Wir können sie nicht mitnehmen!“, hörte sie plötzlich eine Stimme mit britischem Akzent.

„Wenn wir sie hierlassen, stirbt sie!“, erwiderte eine andere mit Nachdruck. Ein Amerikaner?

Einen Augenblick später wurde sie von starken Armen hochgehoben. Ein Mann presste ihren verwundeten Körper an seine stahlharte Brust. Lexie blickte in das Gesicht ihres Retters, doch alles, was sie sah, waren seine stahlgrauen Augen. Dann wurde sie ohnmächtig.

Geoff Monday kam auf Deke Bronson zu. Er war Spezialagent wie Deke selbst. Er hatte die Operation in Gadi angeführt.

„Gibt es Neuigkeiten, was ihren Zustand angeht?“, fragte er.

Deke schüttelte den Kopf. Er wartete darauf, mit Lexie Murroughs Arzt zu sprechen.

„Es war nicht dein Fehler“, beteuerte Geoff. „Das weißt du doch. Sie war einfach zur falschen Zeit am falschen Ort.“

„Ja.“ *Verdammt!* In seinem Beruf musste man immer damit rechnen, auch mal Zivilisten zu verwunden oder sogar zu töten. Diese UBC-Reporterin war nicht sein erstes unschuldiges Opfer. Warum nur war diesmal alles anders?

„Immerhin hast du dein Leben und deine Karriere riskiert, um sie zu retten“, fuhr Geoff fort. „Sie verdankt ihr Leben dir.“

„Sie ist meinetwegen querschnittsgelähmt. Meine Kugel hat genau ihre Wirbelsäule getroffen.“

In diesem Moment öffnete sich die Tür. Zwei Militärärzte traten heraus, von denen einer geradewegs auf Deke zukam.

„Captain Bronson?“

Deke nickte.

„Miss Murrough ist nun bei Bewusstsein. Sie stellt viele Fragen“, erklärte der Arzt. „Sie möchte vor allem wissen, wer sie gerettet hat.“

Jeder Muskel in Dekes Körper verspannte sich.

„Sie können gern zu ihr hineingehen."

„Nein. Sagen Sie ihr bitte, Sie wüssten nicht, wer der Mann war."

Der Arzt sah Deke überrascht an. „Ich bin mir sicher, sie würde Ihnen gerne danken."

„Ich will keinen Dank von ihr." Deke drehte sich abrupt um und ging davon. Wie könnte er dieser jungen Frau unter die Augen treten? Schließlich war es seine Kugel, die sie getroffen hatte.

Er hatte ihr Leben zerstört.

1. KAPITEL

Zehn Jahre später

Lexie Murrough sah aus dem Fenster ihres Büros. Seit zwei Jahren war Chattanooga am Ufer des Tennessee Rivers nun schon ihre Heimat. Zusammen mit der Milliardenerbin Cara Bedell hatte sie eine Wohltätigkeitsorganisation namens Helping Hands gegründet, die es sich zur Aufgabe machte, Armen und Schwachen auf der ganzen Welt zu helfen. Während Lexie als Präsidentin die Geschäfte der Organisation führte, versorgte Cara Helping Hands als Schirmherrin mit dem nötigen Kapital. Und sie stand Lexie mit Rat und Tat zur Seite. Die beiden Frauen waren inzwischen nicht mehr nur Mitstreiterinnen in der gemeinsamen guten Sache, sondern auch gute Freundinnen geworden.

Es hatte einmal eine Zeit in ihrem Leben gegeben, da hatte Lexie Freundschaft als selbstverständlich erachtet, wie so viele andere Dinge im Leben auch. Aber das war eine andere Lexie gewesen – eine dumme und unerfahrene Reporterin, die dachte, die Welt würde sich nur um sie drehen. Weniger als fünf Minuten hatten damals ausgereicht, um ihr Leben für immer zu verändern. Die hübsche und unbekümmerte junge Frau, die von allen bewundert werden wollte, war vor zehn Jahren an jenem verhängnisvollen Junitag in einem gottverlassenen afrikanischen Land gestorben. Doch im Gegensatz zu ihrem Kameramann Marty Bearn war ihr eine zweite Chance gewährt worden. Eine Art zweites Leben.

Lexie seufzte, dann drehte sie sich um und lächelte ihre Assistentin Toni Wells an, die gerade den Raum betrat. „Was für ein schöner Ausblick." Lexie sprach mit ihren Kollegen und Freunden nie über ihre Vergangenheit. Ihre Therapeutin hatte ihr geholfen, zu begreifen, dass sie die Vergangenheit loslassen musste, um sich weiterentwickeln zu können.

Und zwar alles. Nicht nur die verlorenen Hoffnungen und Träume. Sondern auch die Schuldgefühle und die Wut.

„Ich bringe Geschenke“, sagte Toni, während sie einen Pappbecher auf Lexies Schreibtisch abstellte. „Ein Caffè Mocha ohne Sahne.“

„Danke. Du bist ein Engel.“ Lexie griff nach dem Becher, entfernte den Deckel und nahm einen vorsichtigen Schluck. „Genau das habe ich jetzt gebraucht.“

Toni ließ sich in den Sessel gegenüber von Lexie fallen und nahm einen kräftigen Schluck von ihrem eigenen Getränk, das ohne jeden Zweifel Zucker und Sahne enthielt. Toni war nämlich eine jener Frauen, die essen konnten, was sie wollten, und dennoch nicht zunahmen. Die Glücklichen!

Mit Anfang zwanzig hatte Lexie sich auch keine Sorgen um ihr Gewicht gemacht, aber das war Jahre her. Mangelnde Bewegung und Frustessen hatten ihr im Laufe der Zeit dreißig überflüssige Pfunde beschert. Zwanzig war sie inzwischen wieder losgeworden; die Erinnerung daran war jedoch eine stetige Mahnung für sie.

Aufmerksam betrachtete sie ihre junge Assistentin. Antoinette Wells war fünfundzwanzig Jahre alt, groß und schlank, eine exotische Schönheit mit lockigem schwarzen Haar, dunklem Teint und großen braunen Augen. Tonis Mutter war eine afroamerikanische Dichterin, die sich bereits früh von Tonis Vater getrennt hatte. Er war ein weißer Südstaaten-Politiker.

„Schau mich nicht so vorwurfsvoll an“, sagte Toni. „Immerhin habe ich heute keinen Kuchen und kein Gebäck mitgebracht. Ich kann doch auch nichts dafür, dass ich das Schlankheitsgen meiner Eltern geerbt habe, oder?“

Lexie lachte. „Ja, Gene können schon ganz schön gemein sein! Aber mit dir haben sie es offensichtlich gut gemeint.“

„Vielleicht was Äußerlichkeiten angeht“, erwiderte Toni. „Aber dafür muss ich mich mit der ganzen Mischlingskind-Sache herumschlagen.“

„Da hast du recht. Das Leben ist wohl für keinen von uns perfekt“, gab Lexie trocken zurück, während sie ihren Rollstuhl erneut drehte, um aus dem Fenster zu sehen. „Ich hatte heute meine halbjährliche Routineuntersuchung. Die Ergebnisse waren wie zu erwarten.“

„Keine Veränderung?“ Aus Tonis Stimme klang etwas Mitleid.

Lexie schüttelte den Kopf „Keine Veränderung. Und nach so langer Zeit ist damit wohl auch nicht mehr zu rechnen.“ Eine ganze Reihe von Gefühlen stieg bei diesem Gedanken in Lexie hoch und schnürte ihr beinahe die Kehle zu. Aber sie würde nicht weinen. Tränen waren reine Zeitverschwendung.

Toni kam zu ihr herüber und berührte sanft Lexies Schultern.

„Kein Grund, zu verzweifeln. Du bist jung, du bist schön, du hast einen tollen Job und Freunde, die dich über alles lieben. Du kannst vielleicht nicht rennen, aber du kannst gehen.“ Sie drehte den Rollstuhl herum, um Lexie ins Gesicht zu sehen. „Und dass du keinen Mann in deinem Bett hast, liegt nur daran, dass du alles abblockst! Das ist der einzige Grund. Wie oft hat Lieutenant Desmond dich im letzten Jahr gefragt, ob du mit ihm ausgehst?“

„Fang mir bloß nicht mit Bain Desmond an! Soll mich das vielleicht aufmuntern?“, erwiderte Lexie mit einem schiefen Lächeln.

„Warum nicht?“, fragte Toni und setzte sich auf die Kante von Lexies Schreibtisch.

„Warum nicht? Du weißt ganz genau, warum nicht.“

„Erklär's mir noch mal.“

„Weil Bain Desmond nicht der Typ Mann ist, mit dem ich zusammen sein möchte“, begann Lexie. „Er ist Polizist und trägt eine Waffe. Er schießt auf Menschen.“ Sie hatte eine regelrechte Abneigung gegen Waffen und gegen ihre Besitzer – besonders, wenn das Tragen von Waffen zu ihrem Beruf gehörte. „Außerdem sind Bain und ich zu gut befreundet. Wenn ich mit ihm ausginge, würde dass nur alles kaputt machen."

„Und was passt dir nicht an Farris Richardson? Er weiß nicht einmal, wie man eine Waffe hält."

Lexie schüttelte den Kopf. „Wenn du auf Bilanzen stehst, geh doch du mit ihm aus."

Toni grinste. „Ich bin jetzt mit Jafari zusammen! Warum sollte ich je wieder einen anderen wollen? Du bist es, die niemanden hat, der sie nachts warm hält!"

„Seit wann hast du es dir zur Aufgabe gemacht, einen Mann für mich zu finden?"

Toni seufzte verträumt. „Seit ich mich verliebt habe, wünsche ich mir einfach, dass alle meine Freunde so glücklich sind, wie ich es bin." Dabei sah sie Lexie direkt in die Augen und fuhr fort: „Auch wenn es schwer wird, jemanden zu finden, der genauso wundervoll ist wie Jafari."

„Ich mach dir einen Vorschlag", feixte Lexie. „Wenn du in den nächsten paar Stunden nicht an Jafari denkst, vergesse ich meinen Besuch bei Dr. Burns. Vielleicht schaffen wir es dann ja, noch ein paar Dinge zu erledigen. Cara kommt um eins. Bestellst du Mittagessen für uns drei? Ich möchte, dass du bei unserem Termin dabei bist und Cara von deinen Ideen erzählst."

„Gern. Ich bin zwar mit Jafari zum Mittagessen verabredet, aber wir sehen uns ja sowieso heute Abend." Toni rutschte von Lexies Schreibtisch und ging zur Tür.

„Danke!" Als Toni schon halb draußen war, rief Lexie ihr hinterher: „Könntest du bitte Robert, Vega und Malik ausrichten, dass Cara heute vorbeikommt?"

„Wird erledigt. Die Arbeitsbienen werden darauf vorbereitet sein, dass ihre Königin heute erscheint."

„Toni, was auch immer du von der Menschenrechts-Politik einiger weltweiter Partner der Bedell, Inc. hältst – bitte vergiss nicht, dass Cara Bedell deine Gehaltschecks unterschreibt, genauso wie meine. Außerdem hat sie die Leitung des Konzerns erst vor zweieinhalb Jahren übernommen. Sie kann schließlich nicht alles über Nacht ändern. Gib ihr ein wenig Zeit."

Toni zuckte mit den Schultern. „In Ordnung."

Als sie wieder allein war, griff Lexie nach ihrem Stock und zog ihren Körper mit seiner Hilfe langsam aus dem Rollstuhl hoch, bis sie schließlich aufrecht stand. Sie spürte die Anstrengung, aber keinen Schmerz. Das lag hinter ihr. Genau wie der Kampf, wieder laufen zu lernen. Unzählige Operationen und fünf Jahre Physiotherapie später konnte Lexie sich wieder völlig normal fortbewegen – wenn man vom starken Humpeln und der Abhängigkeit von ihrem Gehstock einmal absah. Toni hatte recht: Sie konnte zwar nicht rennen, aber immerhin konnte sie laufen. Es grenzte an ein Wunder, dass sie nicht querschnittsgelähmt war. Die Kugel war haarscharf an ihrem Rückenmark vorbeigeschrammt.

Lexie machte gerade ein paar Schritte durch den Raum, als ihr Handy klingelte. Mit einer Hand auf den Gehstock gestützt, lehnte sie sich jetzt vor und fischte es vom Schreibtisch, um nachzusehen, wer der Anrufer war.

Lächelnd klappte sie ihr Handy auf und sagte: „Guten Tag, Lieutenant Desmond."

„Guten Tag, meine Schöne."

„Vielen Dank, mein Herr. Sie wissen, wie man Frauen glücklich macht."

„Das will ich doch hoffen", erwiderte er amüsiert. „Hör zu, ich rufe an … weil, na ja, weil ich etwas Hilfe bei meinen Weihnachtseinkäufen gebrauchen könnte. Hast du heute Abend Zeit?"

„Nur, wenn du mich vorher zum Essen einlädst."

„Klingt nach einem guten Geschäft."

„Das wird aber kein Rendezvous, Bain", warnte sie ihn. „Wir sind nur gute Freunde, die sich treffen, um Weihnachtsgeschenke zu kaufen."

„Ich weiß, ich weiß. Du und ich. Nur gute Freunde", sagte Bain schmunzelnd. „Du musst mir wirklich nicht jedes Mal den gleichen Vortrag halten."

Ohne auf seinen Kommentar einzugehen, sagte sie: „Und keine Waffen."

„Ich bin nicht im Dienst, also kein Problem."

„Gut. Dann hol mich um sechs ab und wir gehen Burger essen, bevor wir ins Einkaufszentrum fahren."

„Ihr Wunsch ist mir Befehl, Gnädigste."

Nachdem sie aufgelegt hatten, setzte Lexie ihre Gehübungen fort, bis sie es einmal quer durch den Raum zum Bücherregal geschafft hatte. Sosehr sie Bain auch mochte – sie beide waren wirklich nur gute Freunde. Auch wenn sie nicht darüber sprachen, spürten sie doch, dass sie beide insgeheim in jemand anderen verliebt waren. Bain in eine Frau, die er für unerreichbar hielt – und Lexie in einen Mann, den sie gar nicht kannte. Einen Mann mit geheimnisvollen grauen Augen.

Lexie hatte Bain Desmond zufällig kennengelernt. Vor etwa achtzehn Monaten waren Cara und sie ihm in einem Pub begegnet. Cara kannte ihn, weil er vor zweieinhalb Jahren die Ermittlungen im Todesfall Audrey Bedell, ihrer Halbschwester, geleitet hatte. Eine schreckliche Geschichte: Es war Edward Bedell, Caras Vater, der den Tod seiner Tochter verschuldet hatte, wenn auch ungewollt. Er nahm sich das Leben. Und Cara erbte von einem Tag auf den anderen den internationalen Konzern Bedell, Inc. mit allen dazu gehörigen Verpflichtungen. Lexie hätte blind sein müssen, um die sexuelle Anziehungskraft zwischen Cara und Bain nicht zu bemerken. Es war gleichzeitig aber auch nicht zu übersehen, dass beide sich allergrößte Mühe gaben, sich selbst und allen anderen vorzumachen, dass nichts dergleichen zwischen ihnen existierte.

Lexie lehnte ihren Gehstock ans Bücherregal und suchte einen Ordner heraus. Gadi. Ausgerechnet das Land, in dem sie dem Tod in letzter Sekunde von der Schippe gesprungen war, war heute ihr Lieblingsprojekt. Ihr Herz gehörte der gebeutelten und verarmten Bevölkerung dieses kleinen afrikanischen Staates. Immerhin lebten die Menschen dort heute nicht mehr in einer Diktatur. Seit der Ermordung von Präsident Tum war das Land in einen vierjährigen Bürgerkrieg verfallen, aus dem es inzwischen jedoch als Demokratie hervorgegangen war.

Helping Hands beschäftigte auf Lexies Betreiben hin gleich mehrere Gadinesen. Drei von ihnen arbeiteten im Hauptsitz in Chattanooga. Robert Luftis Praktikum würde allerdings noch dieses Jahr auslaufen. Er hatte vor, dann nach Hause zurückzukehren; ein anderer junger Mann aus Gadi würde seine Stelle besetzen. Malik Abdel und Vega Sharif hingegen waren fest bei der Hilfsorganisation angestellt und hatten sich um die amerikanische Staatsbürgerschaft beworben.

Lexie griff gerade nach dem Ordner, als ein ohrenbetäubendes Donnern das Bürogebäude erschütterte. Sie verlor das Gleichgewicht und schlug mit der Hüfte auf dem Boden auf. Ihr Gehstock flog quer durch den Raum. Er landete mit einem Knall neben ihrem Schreibtisch.

Um Himmels willen! Was war das? Ein Erdbeben? Aber doch nicht in Chattanooga! Aber was war es dann?

Er warf den Zünder in den großen Müllcontainer, der in einer kleinen Seitenstraße stand, fast neben der vierstöckigen Zentrale von Helping Hands. Dann zog er die Handschuhe aus und stopfte sie in seine Manteltaschen, bevor er auf den Gehweg hinaustrat. Dort hatte sich bereits eine Gruppe von Passanten versammelt. Er gesellte sich unauffällig dazu, wurde zu einem von ihnen. Er war nur ein weiterer neugieriger, besorgter Bürger, der sich fragte, was passiert war.

Die Bombe hatte er gestern Nacht im Waschkeller seines Apartmenthauses zusammengebastelt. Die langen Jahre im

Dienste des Majeed hatten sich dabei ausgezahlt. Das kleine Bisschen Sprengstoff, das er verwendet hatte, hätte nur jemanden verletzt, der sich in unmittelbarer Nähe der Bombe befunden hätte. Diesmal hatte er niemanden töten wollen. Die Explosion war nur eine erste Warnung vor dem Terror, der folgen sollte.

Binnen weniger Minuten ertönten überall im Stadtzentrum von Chattanooga Sirenen: Polizeiautos, Feuerwehr und Krankenwagen beeilten sich, zum Ort des Geschehens zu kommen. Bevor die Situation brenzlig für ihn wurde, löste der Mann sich aus der Menge und huschte ins Bürogebäude, wo er sofort auf der Herrentoilette verschwand.

Nachdem er überprüft hatte, dass er dort auch wirklich allein war, zog er sein Handy aus der Tasche und wählte hastig. Das Telefon klingelte mehrmals, bevor sich der Anrufbeantworter einschaltete. Er wartete einen Augenblick, bevor er erneut wählte. Mailbox.

Geh schon dran, du Schlampe! Die Bombe ist schließlich nicht in deinem Büro hochgegangen. So leicht kommst du mir nicht davon! Du wirst noch richtig leiden, bevor du stirbst.

Beim dritten Versuch nahm sie schließlich ab. „Hallo?“

Ihre Stimme zitterte. Gut. Sie hatte sich immerhin ordentlich erschreckt.

Durch ein Taschentuch und mit verstellter Stimme raunte er: „Das war erst der Anfang. Der Anfang vom Ende, für dich und Cara Bedell und Helping Hands. Ich warne dich. Ich warne dich. Deine Zeit zu sterben ist schon bald gekommen.“

„Wer ist da? Wer sind Sie? Haben Sie …“

Er legte auf. Sie sollte sich ruhig Sorgen machen. Sie sollte lernen, was es hieß, um sein Leben zu fürchten.

Wann immer es seine Zeit erlaubte, versuchte Deke Bronson, am Mittwoch im Hauptquartier der Dundee Private Security and Investigation Agency im Zentrum von Atlanta vorbeizuschauen. Mittwochs brachte nämlich die Büroleiterin Daisy Holbrook meist ein selbst gekochtes Mittagessen für die gesamte Belegschaft mit in die Firma. Die Agenten nannten Daisy liebevoll *Miss Multitasking*: Sie tat immer mehrere Dinge gleichzeitig und erledigte trotzdem all ihre Aufgaben perfekt und pünktlich. Dabei war Daisy gar nicht der mütterliche Typ, den man vielleicht erwartet hätte. Im Gegenteil: Sie war jung und sehr attraktiv, ein wenig füllig, mit großen braunen Augen und einem gewinnenden Wesen. Jeder liebte Daisy, sogar Sawyer McNamara, der Geschäftsführer von Dundee. Und mit ihm war für gewöhnlich nicht gut Kirschen essen.

„Riecht es hier etwa nach Chili?", fragte Lucie Evans, als sie die Mitarbeiterlounge betrat.

„Nach Chili und nach selbst gebackenem Maisbrot", antwortete Deke, der sich gerade eine große Portion von Daisys liebevoll zubereitetem Mittagessen in eine Suppenschüssel schaufelte.

„Und Apfel-Streusel-Kuchen zum Nachtisch", fügte Geoff hinzu.

„Im Gefrierfach steht Vanilleeis für den Kuchen", warf Daisy ein. Sie schnitt gerade zwei große Laiber Maisbrot an – eines mit Chilis und eines ohne.

Geoff legte einen Arm um Daisys Schulter und küsste sie herzhaft auf die Wange. „Du weißt wirklich, wie man einen Mann glücklich macht, meine Süße."

Daisy errötete. Jeder bei Dundee – jeder außer Geoff – wusste, dass Daisy bis über beide Ohren in den früheren Geheimagenten verliebt war. Deke hatte sich schon oft überlegt, ob er seinen ahnungslosen britischen Freund über die offensichtliche Zuneigung, die ihm entgegengebracht wurde, aufklären sollte. Da er aber nicht zu jener Art von Männern gehörte, die sich ins Privatleben anderer einmischten, hatte er nie etwas gesagt. Außerdem hätte Geoff dann wohl aufgehört, so hemmungslos mit Daisy zu flirten, und damit all ihre Hoffnungen und Träume zerstört. Die arme Daisy! Sie musste doch wissen, dass ein Mann wie Geoff sich niemals fest binden würde, auch nicht an so ein liebreizendes Geschöpf wie sie.

Deke wählte den kleineren der beiden runden Tische, stellte seine Schale mit Chili ab und machte es sich auf einem der gepolsterten Stühle bequem. Eigentlich war heute sein freier Tag, aber um nichts in der Welt hätte er Daisys Kochkünste versäumen wollen.

„Sind wohl nur wir heute", stellte Geoff fest.

Tatsächlich waren Geoff und Lucy neben Deke die einzigen anwesenden Agenten. Alle anderen schienen unterwegs zu sein.

„Ich muss morgen früh los", seufzte Lucie. „Zu einem dieser langweiligen Aufträge, die sonst keiner wollte."

Geoff und Deke verdrehten die Augen, während Daisy Lucie mitleidig anlächelte.

Es war ein offenes Geheimnis, dass Sawyer ihr immer die unbegehrtesten Aufträge übertrug. Warum das so war und warum Lucie es hinnahm, wusste nur die beiden selbst. Alle bei Dundee wussten von dem Kleinkrieg zwischen dem Chef und der eigenwilligen Rothaarigen, aber niemand wusste, wann und warum er begonnen hatte. Vor Jahren waren sie beide FBI-Agenten gewesen. Wahrscheinlich war damals irgendetwas zwischen ihnen vorgefallen, das ihr Verhältnis für immer getrübt hatte.

Während Lucie und Geoff sich zu Deke gesellten, machte Daisy ein Tablett mit Mittagessen zurecht. Als sie damit auf die Tür zusteuerte, fragte Lucie: „Wo willst du denn hin?"

„Mr. McNamara hat gebeten, ihm etwas zu essen in sein Büro zu bringen", antwortete Daisy.

„Der ist sich wohl zu gut dafür, mit dem einfachen Volk

zu speisen“, empörte sich Lucie, sprang mit einer energischen Bewegung vom Tisch auf und streckte Daisy fordernd ihre Hände entgegen. „Lass mich das machen.“

Daisy schüttelte lachend den Kopf. „Kommt gar nicht infrage. Ich bin mir sicher, Mr. McNamara möchte das hier essen und nicht über sein Hemd gekippt bekommen. Glaub bloß nicht, ich wüsste nicht, was du vorhast.“

Damit drehte sich Daisy um und stolzierte zur Tür. Doch auf der Schwelle stand ihr ihr Chef plötzlich höchstpersönlich gegenüber.

„Ich wollte Ihnen gerade Ihr Essen bringen“, sagte Daisy ein wenig überrascht.

„Das muss warten“, erwiderte Sawyer. Seine Miene war ernst und geschäftlich, als er sich an ihr vorbeischob. Sein Blick schweifte zu seinen drei Mitarbeitern, die gerade begonnen hatten, sich über Daisys köstliches Chili herzumachen. „Gut, dass Sie alle hier sind.“

Deke wusste nur zu genau, was das bedeutete: Entweder würden sie das Mittagessen auf unbestimmte Zeit verschieben müssen, oder es würde gleich ganz ausfallen. Sawyer hatte wohl einen neuen Auftrag für sie.

„Ich gehe nirgendwohin, bevor ich nicht gegessen habe“, polterte Lucie los, ohne ihren Chef auch nur eines Blickes zu würdigen.

Sawyer war kurz davor, zu platzen. Deke bemerkte es sofort. Er besaß ein gutes Gespür für die Stimmungen anderer Menschen – eine Gabe, die ihm als Spezialagent und später als Söldner oft zum Vorteil gereicht hatte. Sawyers Gesicht wirkte wie versteinert. Seine Augen aber wurden ganz schmal, als er den Impuls unterdrückte, Lucie Evans zur Hölle zu schicken.

„Daisy?“ Sawyer winkte seiner Büroleiterin. „Bringen Sie mir das Tablett hierher. Wir essen zusammen zu Mittag, während wir den neuen Auftrag besprechen.“

Nachdem Daisy das Tablett auf dem Tisch abgestellt hatte, ging sie rasch aus dem Raum und schloss die Tür leise hinter sich.

Sawyer sah seine Mitarbeiter nacheinander und dann schließlich auch sein Mittagessen an und räusperte sich. „Ich habe gerade mit Cara Bedell von Bedell, Inc. telefoniert", sagte er schließlich.

„Hat endlich jemand ihren nichtsnutzigen Schwager aus dem Verkehr gezogen?", fragte Deke. Er hatte Grayson Perkins bereits kennengelernt.

„Soweit ich weiß, geht es Mr. Perkins gut", antwortete Sawyer. „Aber wie es scheint, hat jemand versucht, die Zentrale von Helping Hands in die Luft zu sprengen. Das Gebäude, in dem die Wohltätigkeitsorganisation untergebracht ist, liegt im Zentrum von Chattanooga. Die Bombe ging im Erdgeschoss hoch und hat drei Mitarbeiter teilweise schwer verletzt. Einer der Verletzten ist inzwischen gestorben."

„Und warum wendet sich Miss Bedell an uns?", wollte Geoff wissen.

„Kurz nach der Detonation ging ein Drohanruf bei Helping Hands ein."

„Eine persönliche Drohung?"

„Gegen die Präsidentin." Sawyer nickte. „Ja, die Drohung galt wohl sowohl ihr persönlich als auch Miss Bedell sowie der gesamten Organisation."

„Warum sollte irgendjemand eine Wohltätigkeitsorganisation bedrohen?", fragte Lucie kopfschüttelnd. „In was für einer kranken Welt leben wir eigentlich?"

„Wie scharfsinnig beobachtet von Ihnen, Evans", erwiderte Sawyer spöttisch. „Bronson, ich möchte, dass Sie und Monday sich gleich nach dem Mittagessen auf den Weg nach Chattanooga machen. Ich überlasse es Ihnen, wer sich um Miss Bedell kümmert und wer die Präsidentin übernimmt."

„Wer leitet die Ermittlungen?", fragte Deke.

„Das Chattanooga Police Department“, erwiderte Sawyer. „Lieutenant Bain Desmond ist mit der Sache betraut. Und für Dundee …“

„Sie könnten mich schicken“, schlug Lucie vor.

„Könnte ich, mache ich aber nicht. Sie haben schon einen Auftrag, Evans, und der beginnt morgen. Ich werde Ty Garrett anrufen und ihn bitten, die Untersuchungen für uns zu übernehmen.“ Sawyer sah seine beiden Agenten an. „Sie haben doch schon mal mit Ty gearbeitet? Er ist sehr gut in seinem Job.“

Geoff griff in seine Hosentasche und zog eine Münze heraus. Grinsend fragte er Deke: „Kopf oder Zahl? Wer gewinnt, bekommt die reiche Erbin.“

„Zahl.“

Geoff warf die Münze in die Luft und fing sie mit einer Hand auf dem Rücken der anderen auf. Als er die obere Hand lüftete, wurde sein Grinsen noch breiter. „Kopf. Tut mir leid, mein Freund, aber Miss Bedell gehört mir.“

Deke zuckte mit den Schultern. Ihm war das völlig egal. Für ihn war ein Klient wie der andere – und eine Frau wie die nächste.

Sawyer nickte den beiden zu. „Ich werde Daisy bitten, ein Dossier zusammenzustellen. Viel Glück.“

Als die zwei Agenten am Nachmittag bei Helping Hands ankamen, erwartete Bain Desmond sie bereits. Er war an die vierzig, groß und schlank mit einem ungezwungenen Lächeln.

„Was wissen Sie bisher?“, fragte Geoff den Lieutenant während der gemeinsamen Fahrt im Aufzug. Die Spurensicherung durchkämmte das Gebäude immer noch.

„Die Bombe war in einem kleinen Lagerraum versteckt. Wenn der Hausmeister sich nicht gerade darin aufgehalten hätte, um Werkzeug zu holen, wäre er noch am Leben. Wir glauben nicht, dass die Bombe jemanden töten sollte. Wahrscheinlich sollte das Ganze nur eine Warnung sein."

„Eine Warnung an Helping Hands, an die Präsidentin und an Miss Bedell persönlich?", fragte Deke.

„Nach dem, was der Anrufer gesagt hat, müssen wir davon ausgehen, ja."

Lieutenant Desmond verließ als Erster den Aufzug, als die Türen sich öffneten. „Die Damen stehen ziemlich unter Schock. Ich habe Cara ... Miss Bedell gesagt, dass es eigentlich nicht nötig ist, sie rund um die Uhr zu bewachen, aber sie bestand darauf. Und was Miss Bedell will, bekommt sie auch." Er runzelte die Stirn. „Mit dem nötigen Kleingeld kann man sich eben alles erlauben." Bain Desmond war selbst in einfachen Verhältnissen aufgewachsen und misstraute reichen Menschen zutiefst.

„Uns hat ihr Kleingeld zumindest überzeugt", warf Geoff vergnügt ein.

Desmond nickte. Ihm folgend, gingen sie den Korridor entlang auf einen Raum zu, dessen Tür weit offen stand. Drei Frauen befanden sich darin. Als die Männer eintraten, drehte sich nur eine der drei zu ihnen um. Die andere sah nur kurz über die Schulter, während die dritte regungslos sitzen blieb und halb von den anderen beiden verdeckt wurde.

Deke erkannte Cara Bedell sofort. Sie war groß, schlank und rotblond. Auch wenn sie nicht so hübsch war wie Lucie Evans, erinnerte sie ihn doch an seine Kollegin. Sie waren ungefähr gleich groß, aber Lucie war ein paar Jahre älter als Miss Bedell und ihr Haar war einige Nuancen dunkler.

Die Erbin des Bedell-Vermögens ging ein paar Schritte auf die Männer zu und streckte ihnen ihre Hand entgegen. „Sie kommen von Dundee Private Security and Investigation?"

„Richtig, Ma'am." Deke schüttelte die ausgestreckte Hand. „Mein Name ist Deke Bronson." Auf Geoff zeigend fügte er hinzu: „Und das ist mein Kollege Geoff Monday."

„Ich nehme an, Sawyer hat Ihnen die Situation geschildert? Sie wissen, dass ich Sie beide so lange brauche, bis wir die Person haben, die hinter diesem Anschlag steckt?“, versicherte sich Cara.

„Ja, das ist uns bekannt.“

Sie wandte sich an Desmond. „Ich erwarte von der Polizei, dass sie mich täglich informiert. Und ich erwarte, dass alle Informationen, die herausgegeben werden dürfen, auch Mr. Bronson und Mr. Monday zur Verfügung gestellt werden. Ist das klar?“

„Ist es“, erwiderte Desmond mit einem Anflug von Verärgerung in der Stimme.

Cara Bedell drehte sich nun zu der schlanken Farbigen mit den großen braunen Augen um: „Nehmen Sie sich morgen frei, Toni. Ich will nicht, dass jemand zur Arbeit kommt, solange wir das Wachpersonal hier noch nicht aufgestockt haben.“

„Wird gemacht, Miss Bedell. Ehrlich gesagt, nach allem, was heute passiert ist, habe ich es nicht eilig, zurückzukommen.“ Sie wandte sich an die dritte Frau. „Jafari wartet unten auf mich. Bist du sicher, dass du klarkommst? Du musst ganz sicher nicht ins Krankenhaus?“

„Die Notärzte haben mich untersucht“, erwiderte die Frau. „Ich habe nur einen Bluterguss am Knie und eine Beule auf der Stirn. Mir geht’s gut. Geh nach Hause und ruf mich morgen an. Bis dahin sollte ich auch wissen, ob wir am Freitag wieder arbeiten können.“

Deke und Geoff beobachteten, wie Toni den Raum verließ. Beide waren sich nur allzu gut bewusst, wie attraktiv diese Frau war. Dann wandte sich Deke der sitzenden Frau zu. Schön war nicht die richtige Beschreibung für sie. Sie war außergewöhnlich. Ihr blondes Haar lockte sich über ihre Schultern, die blauen Augen wurden von langen dunklen Wimpern umrahmt, und ihre Pfirsichhaut erstrahlte in einer leichten Sommerbräune. Deke blinzelte einmal, zweimal und schloss dann seine Augen für einen Moment. Das *konnte* nicht sein. Er *musste* sich täuschen!

Als er die Augen wieder öffnete, trafen seine Augen die der jungen Frau. Ihm stockte der Atem, und für einen kurzen Augenblick starrte er sie unverhohlen an. Es war zehn Jahre her, doch es kam ihm vor, als sei es gestern gewesen. Es war ihr Gesicht, das ihm fast jede Nacht in seinen Träumen erschienen war – seit diesem blutigen Tag in Gadi, als sie zwischen die Fronten von seinen und Babu Tums Leuten geraten war.

Sie erhob sich aus ihrem Stuhl, indem sie sich auf den bronzenen Knauf eines mit filigranen Schnitzereien verzierten Gehstocks stützte. Er war wie erstarrt, sprachlos. Sie aber bewegte sich auf ihn zu, streckte die Hand aus und sagte: „Ich bin Lexie Murrough, die Präsidentin von Helping Hands.“

2. KAPITEL

Lexie betrachtete den großen dunkelhaarigen Mann, der da vor ihr stand, und ein unerwarteter Schauer überlief sie. Sexuelle Anziehungskraft, kein Zweifel. Obwohl Deke Bronson streng genommen keine Schönheit war – dazu war er viel zu sehr ein ganzer Kerl –, warf seine ursprüngliche männliche Ausstrahlung sie völlig aus der Bahn. Sie konnte sich nicht daran erinnern, jemals zuvor so auf einen Mann reagiert zu haben.

Bevor er ihre Hand schütteln konnte, trat der kräftig gebaute blonde Kerl zwischen sie und grinste Lexie an: „Hallo. Mein Name ist Geoff Monday. Ich bin ihr Bodyguard, Miss Murrough."

Ehe er weitersprechen konnte, packte Bronson seinen Kollegen an der Schulter und zog ihn ein paar Schritte zur Seite: „Nein, du irrst dich. Ich werde Miss Murrough übernehmen." Er nickte in Caras Richtung. „Miss Bedell untersteht deinem Schutz."

„Bist du sicher?", fragte Geoff.

„Absolut", erwiderte Deke mit festem Blick.

Lexies Herz setzte einen Schlag lang aus. Ihr war klar, dass Deke Bronson sie gerade für sich beansprucht hatte, und die Bestimmtheit, mit der er das getan hatte, erschien ihr ebenso befremdlich wie besitzergreifend. Wenn es sich hierbei um einen Wettstreit zwischen den beiden Personenschützern handelte, verstand sie nicht, warum ausgerechnet sie der Hauptgewinn sein sollte. Immerhin war Cara Bedell die Milliardenerbin.

„Hören Sie! Wer auch immer mein Bodyguard ist – ich möchte jetzt gehen", mischte sich Cara in genau dem autoritären Ton ein, den sie über Jahre perfektioniert hatte. Ihr war nicht bewusst, wie überheblich sie dabei wirkte. Und wie oft ihre Mitmenschen diesen Tonfall als Arroganz oder gar Unhöflichkeit missverstanden.

Die zwei Männer tauschten einen kurzen, aber vielsagenden Blick aus, bevor Geoff auf Cara zuging und eine einladende Handbewegung Richtung Tür machte: „Nach Ihnen, Miss Bedell."

„Lexie, ich melde mich gleich morgen früh. Hoffentlich hat die Polizei", bei diesen Worten warf Cara Bain Desmond einen strengen Blick zu, „bis dahin ein paar Ergebnisse für uns und wir können unsere weiteren Schritte planen." Dann wandte sie sich an Deke Bronson. „Passen sie gut auf Lexie auf. Sie ist sprichwörtlich Gold wert."

Deke nickte. „Das werde ich."

Sobald Cara und Geoff das Zimmer verlassen hatten, lächelte Lexie ihrem Bodyguard zu und sagte: „Geben Sie mir eine Minute, und wir können auch gehen."

Er nickte erneut.

„Er wird Tag und Nacht bei dir bleiben", hatte Cara ihr erklärt. Sie hatte bereits alles organisiert, ohne Lexie vorher zu fragen. „Mir wäre wohler, wenn du vorerst bei mir einziehen würdest, aber da du das ohnehin nicht tun wirst, wirst du dir zumindest gefallen lassen müssen, rund um die Uhr bewacht zu werden. Bis wir wissen, mit wem oder was wir es hier zu tun haben, müssen wir schließlich davon ausgehen, dass dein Leben in Gefahr ist."

Selbst jetzt, einige Stunden nach der Explosion, war Lexie immer noch ein wenig wackelig auf den Beinen. Vorsichtig ging sie auf Bain zu. Als sie ihm die Hand auf den Arm legte, spürte sie Deke Bronsons Blick auf sich. Aus dem Augenwinkel sah sie, dass er sie genau beobachtete.

Bild dir bloß nichts ein! Das ist rein geschäftlich. Er ist dein Bodyguard.

„Es tut mir leid wegen heute Abend", sagte sie schließlich zu Bain. „Ich hatte mich schon auf die Burger und den Weihnachtseinkauf mit dir gefreut."

„Das holen wir nach", versicherte Bain und streichelte

ihre Hand. Dann sah er zu Deke. „Geben Sie gut auf sie acht. Miss Bedell hat völlig recht! Ich würde sogar sagen, Lexie ist in Gold nicht aufzuwiegen."

„Ich werde Miss Murrough unter Einsatz meines Lebens beschützen."

Bain hob überrascht die Augenbrauen, während Lexie der Atem stockte.

Sie gab Bain einen Abschiedskuss auf die Wange. Als sie sich umdrehte, meinte sie auf Deke Bronsons Gesicht einen missbilligenden Ausdruck wahrzunehmen. Offensichtlich hielt er nichts davon, wenn Menschen ihre Zuneigung öffentlich kundtaten. Na ja, sein Pech. So war sie nun einmal. Sie umarmte und küsste ihre Freunde, wenn ihr danach war.

„Mein Wagen oder Ihrer?", fragte sie Deke, als sie gemeinsam das Zimmer verließen.

„Ihrer. Wir sind mit einem Mietwagen aus Atlanta gekommen."

Vor der Tür schnappte er sich einen dunklen Seesack und warf ihn sich über die Schulter. Als sie kurz darauf am Lift standen, griff er an ihr vorbei und drückte den Aufzugknopf. Bevor Lexie jedoch durch die aufgleitenden Türen eintreten konnte, hielt er sie zurück. Erst nachdem er den Innenraum des Lifts genau inspiziert hatte, schob er sie sanft hinein.

„Es wird wohl etwas dauern, bis ich mich daran gewöhnt habe, einen Bodyguard zu haben."

„Solange Sie sich klarmachen, dass alles, was ich tue, zu ihrer Sicherheit geschieht."

„Hmm … Ich werde versuchen, daran zu denken."

Sie bemühte sich, ihn nicht anzustarren, aber das verhinderte auch nicht, dass sie sich mit jeder Faser ihres Körpers seiner Gegenwart bewusst war. Er war gut zwei Köpfe größer als sie selbst und um einiges schwerer. Er schien die kleine Kabine völlig auszufüllen. Und da war noch sein Geruch. Er roch sauber und sinnlich zugleich. Nach Seife und

Wasser, einem Hauch Aftershave und seiner ganz eigenen, männlichen Note.

Keiner von beiden sagte ein Wort, bis sie in der Lobby waren. Dann fragte er: „Wo steht Ihr Auto?“

„In der Tiefgarage.“

„Wie kommen wir dorthin?“

„Normalerweise würden wir den Hinterausgang nehmen“, erwiderte sie und spähte zu der Tür, die allerdings von der Polizei abgesperrt worden war.

Er griff nach ihrem Ellenbogen. „In diesem Fall nehmen wir den Vorderausgang.“

Als sie das Gebäude verlassen hatten, übernahm Lexie die Führung und er folgte ihr durch eine Seitenstraße, bis sie die schmale Gasse hinter dem Bürokomplex erreicht hatten. Es war November, die Sonne ging bereits unter. Im Schatten der hohen Häuser rechts und links wirkte die schmale Straße dunkel und unheimlich. Deke öffnete sein Jackett und umfasste Lexies Oberarm. Als er sie berührte, blickte sie ihn unvermittelt an, doch ihr Blick wurde nicht erwidert. Dekes gesamte Aufmerksamkeit galt der Umgebung. Konzentriert überprüfte er die Gasse, die Toreingänge sowie den Parkplatz. Lexies Blick jedoch glitt über sein markantes Gesicht, den Hals entlang zu seinen breiten Schultern und seiner muskulösen Brust. Als er sich bewegte, gab sein Jackett für einen kurzen Moment den Blick auf seine Waffe frei, die er in einem Holster um die Schulter trug.

Ihr stockte der Atem. Sie hasste Waffen. Das Einzige, was sie an Bain Desmond nicht leiden konnte, war, dass er sich einen Beruf ausgesucht hatte, bei dem er einen Revolver tragen musste.

Sie hätte wissen müssen, dass ein professioneller Bodyguard ebenfalls eine Waffe haben würde. Wenn sie ihn bitten würde, sie abzulegen und in ihrer Gegenwart nicht zu tragen, würde er sie wahrscheinlich für verrückt erklären. Und er würde sich garantiert weigern.

„Welcher ist Ihrer?"

„Der weiße Geländewagen."

Sie öffnete ihre Handtasche und wühlte darin herum, bis sie ihre Schlüssel gefunden hatte. Er nahm sie ihr ab, führte sie zur Beifahrerseite und öffnete die Tür.

„Wollen Sie fahren?", fragte sie erstaunt. „Da ich den Weg kenne, wäre es doch vielleicht einfacher, ich …"

„Ich fahre." Sein Ton duldete keinen Widerspruch.

Sie nickte.

„Brauchen Sie Hilfe?" Er sah auf ihren Stock.

Sie schüttelte den Kopf, griff nach dem oberen Rand der Tür, lehnte den Stock zwischen Sitz und Handschuhfach und stemmte ihren Körper in den Wagen. Als sie saß, schloss er die Tür hinter ihr und öffnete den Kofferraum, um seine Tasche zu verstauen. Dann sprang er auf den Fahrersitz und fragte: „Wo wohnen Sie?"

„Wenn Sie mich fahren ließen, könnte ich uns direkt dorthin bringen und müsste Sie nicht durch den Feierabendverkehr leiten."

„Und wenn ich Sie fahren ließe und jemand versuchen würde, uns von der Straße zu drängen, wüsten Sie dann, was zu tun ist?"

Seine Frage überraschte sie. Der Gedanke war ihr gar nicht gekommen. „Darüber habe ich noch nicht nachgedacht. Ist das der Grund, warum …?"

„Ich habe Ihnen doch gesagt, dass es für alles, was ich tue, einen Grund gibt." Er ließ den Motor an. „Unser Leben wird um einiges einfacher, wenn Sie das einfach akzeptieren, anstatt alles zu hinterfragen, was ich tue."

„Es tut mir leid, aber es fällt mir nun mal sehr schwer, keine Fragen zu stellen. Ich war schon immer sehr wissbegierig. Ich muss einfach wissen wer, was, wann, wo und warum." Es lag ein Hauch von Selbstironie in ihren Worten. Sie wollte die Stimmung um jeden Preis aufhellen. „Wissen Sie, in meinem früheren Leben war ich Journalistin."

Er antwortete ihr nicht, lächelte nicht einmal. Stattdessen schienen seine großen Hände das Lenkrad noch stärker zu umgreifen. Dieser Mann hatte anscheinend überhaupt keinen Sinn für Humor.

„Ich wohne nicht weit von hier", sagte sie schließlich. „Etwa zehn Minuten, in einem großzügigen Apartment, das Cara mir spottbillig verkauft hat, als ich nach Chattanooga gezogen bin."

Deke setzte den Wagen zurück und lenkte ihn Richtung Ausfahrt. „Rechts oder links?"

„Rechts." Sie nannte ihm die Adresse und rasselte die Wegbeschreibung zu ihrer Wohnung herunter. Ohne auch nur ein einziges Mal nachzufragen, fuhr er wortlos direkt zu ihrer Wohnung.

„Wo parken Sie?", fragte er, als sie vor ihrem Zuhause anhielten.

„Auf der Rückseite des Gebäudes", antwortete sie. „Sehen Sie das kleine Gässchen?" Sie deutete auf eine enge Durchfahrt zwischen ihrem und dem nächsten Gebäude, die gerade breit genug für ein Fahrzeug war. „Das führt direkt hinters Haus. Es ist einspurig. Man fährt den gleichen Weg zurück."

„Gibt es einen Hintereingang?", wollte er wissen.

„Ja."

„Irgendwelche Sicherheitsvorkehrungen?"

„Alle Bewohner benötigen einen Schlüssel, um das Haus durch die Vorder- oder die Hintertür zu betreten."

„Und wie sieht's mit Ihrer Wohnung aus? Haben Sie eine Alarmanlage?"

„Ja, habe ich."

„Gut. Wie lautet Ihr Code?"

„Wie bitte?"

„Wie lautet Ihr Code?", fragte Deke erneut. „Wir werden

ihn ändern müssen. Und Sie dürfen den neuen Code niemandem verraten. Nur Sie und ich werden ihn kennen."

„Muss das denn sein?"

„Sie stellen meine Entscheidungen ja schon wieder infrage."

Sie stieß einen tiefen, leicht verärgerten Seufzer aus. „Na schön. Tut mir leid."

Er parkte den Wagen, und noch bevor sie die Beifahrertür ganz geöffnet hatte, war er schon aus dem Auto gesprungen, hatte seine Tasche aus dem Kofferraum geschnappt und stand parat, um ihr beim Aussteigen behilflich zu sein.

Lexie aber wich vor seiner ausgestreckten Hand zurück und blickte ihn abweisend an, sodass er beide Hände entschuldigend hob. Seine Handflächen signalisierten ihr, dass er verstanden hatte, dass sie seine Hilfe weder wollte noch brauchte.

Er trat einen Schritt zurück, sodass sie sich selbst aus dem Autositz schälen konnte. „Es gibt einen Lieferantenaufzug", rief sie ihm über die Schulter zu, während sie zur Hintertür ging.

Er folgte ihr. Als sie die Tür erreicht hatten, hielt er ihr ihren Schlüsselbund fragend entgegen. Sie zog kurz an dem richtigen Schlüssel, und er schloss auf. Als sie wenig später im karg beleuchteten Eingangsbereich des Gebäudes standen, murmelte er: „Ein kräftiger Stoß, und diese Türe fliegt auf, egal ob sie abgeschlossen ist oder nicht."

„In den zwei Jahren, die ich bereits hier wohne, hat es jedenfalls noch keinen Einbruch gegeben."

„Glück gehabt."

„Sind Sie immer so ein Schwarzseher?" Sie drückte den Fahrstuhlknopf. Der alte Lastenaufzug war der einzige funktionierende Aufzug hier. Nur sie und Mr. Rafferty, ein älterer Herr aus dem dritten Stock, benutzten ihn regelmäßig. Die anderen Mieter nahmen meist die Treppe.

Deke reagierte nicht auf ihre Frage. Auf der gesamten Fahrt nach oben sprach er kein Wort. Bedell, Inc. hatte das alte Lagerhaus aus den Zwanzigerjahren in ein Apartmentgebäude umgebaut. Jedes Stockwerk war in eine großzügige Wohnung verwandelt worden. Als Lexie vor zwei Jahren nach Chattanooga gezogen war, hatte man ihr das Loft in der obersten Etage angeboten. Sie hatte es sehr genossen, den riesigen offenen Raum nach ihren Vorstellungen zu gestalten.

„Der Schlüssel ist der kleine kupferfarbene, neben dem für die Hintertür", erklärte sie Deke. Die Alarmanlage ist gleich rechts neben dem Eingang. Der Code ist drei-vier-drei-vier."

Er runzelte die Stirn.

„Bevor Sie mir jetzt einen Vortrag darüber halten, dass es dumm sei, Zahlen zu wiederholen, lassen Sie's ... Ich ändere meinen Code jedes Jahr an meinem Geburtstag. Ich bin vierunddreißig Jahre alt, deshalb ..."

„Ich werde ihn heute Abend ändern", sagte Deke bestimmt, drehte den Schlüssel im Schloss herum, betrat die Wohnung und schaltete die Alarmanlage aus.

Verunsichert trat sie nach ihm über die Schwelle. Sie war es nicht mehr gewohnt, dass jemand anderes über ihr Leben bestimmte. Seit sie vor fünf Jahren ihre Physiotherapie beendet hatte, war sie besonders stolz darauf gewesen, für sich selbst sorgen zu können und von niemandem abhängig zu sein. Wie nur sollte sie diesem Kerl – diesem hoch dotierten Sicherheitsbeamten – erklären, dass seine Gegenwart in ihrem Leben sie gleich aus mehreren Gründen störte? Vor allem hasste sie es, auf seinen Schutz angewiesen zu sein. Aber es missfiel ihr auch, sich von einem Mann sexuell angezogen zu fühlen, den sie kaum kannte.

Deke war nicht sicher, was er erwartet hatte. Er hatte schon zahlreiche Loftwohnungen gesehen. Obwohl sie alle unterschiedlich eingerichtet gewesen waren, war der grundlegende

Stil doch immer der gleiche gewesen: modern und minimalistisch. Lexies Wohnung war ganz anders. Deke ließ seinen Seesack auf den hölzernen Boden fallen, der tolle dunkle Patina entwickelt hatte, gleichzeitig aber vor Sauberkeit und Pflege glänzte. In der Mitte des großen offenen Raumes befand sich die Küche, die mit weißen Schränken und Edelstahlgeräten ausgerüstet war. Dann kam das Wohnzimmer, das in hellen Beigetönen eingerichtet war; ein schwarzes Klavier stand vor einem der drei Flügelfenster. Zu guter Letzt fand sich ein Essbereich mit einem riesigen Mahagonitisch, über dem ein Kronleuchter hing.

„Sehr beeindruckend", sagte Deke. „Die Einrichtung muss ein Vermögen gekostet haben."

„Die meisten der Möbel haben meiner Großmutter gehört. Ich war ihr einziges Enkelkind. Sie hat mir alles hinterlassen", erklärte Lexie. „Außerdem habe ich ein wenig Geld. Nicht so viel wie Cara Bedell natürlich, aber doch mehr, als ich jemals brauchen werde."

Natürlich wusste Deke, wie sie zu diesem Geld gekommen war, gab aber vor, überrascht zu sein, um sich nicht zu verraten. „Haben Sie im Lotto gewonnen?"

Sie schüttelte den Kopf. „Ich hatte vor einiger Zeit eine Art Arbeitsunfall …" Sie klopfte mit ihrem Stock auf den Parkettboden. „Meine Mutter und mein Stiefvater haben meinen Arbeitgeber verklagt. Man hat sich schließlich außergerichtlich auf eine Schadensersatzzahlung von drei Millionen Dollar geeinigt."

Deke tat erstaunt und lief durch die Wohnung.

„Wie viele Schlafzimmer?"

Sie folgte ihm ins Wohnzimmer. „Zwei Schlafzimmer und zwei Bäder."

Er studierte den Grundriss der Wohnung genau. „Die Schlafzimmer liegen nebeneinander, dort drüben auf der linken Seite."

„Das stimmt. Ich wollte die Schlafzimmer und Bäder nicht offen haben, und mein Architekt und ich fanden, dass es am einfachsten wäre, eine Seite des Lofts dafür abzutrennen."

„Zwischen den Schlafzimmern gibt es keine Verbindungstür." Das war eine Feststellung, keine Frage.

„Nein, gibt es nicht. Warum?"

„Wie viele Fenster hat ihr Schlafzimmer?"

„Zwei."

„Balkontüren?"

„Nein."

„Gut."

„Sie denken an die Sicherheit."

„Das ist mein Job."

„Die Feuerleiter führt zum Balkon, aber der einzige Zugang aus der Wohnung auf den Balkon sind diese drei Flügeltüren dort." Sie zeigte auf die großen Fenster im Wohnzimmer. „Wer in die Schlafzimmer einsteigen will, muss entweder die Wände hochlaufen oder braucht eine sehr lange Leiter."

Er nickte, sagte jedoch nichts. Während er die Wohnung aufmerksam durchschritt und dabei ab und an etwas vor sich hin murmelte, folgten ihm Lexies große blaue Augen aufmerksam. Deke bemühte sich, sie nicht direkt anzusehen, wenn es sich irgendwie vermeiden ließ. Sie *konnte* nicht ahnen, wer er war und was er ihr angetan hatte.

Hör auf, dir Sorgen zu machen. Sie weiß nicht, wer du bist!

Woher sollte sie auch wissen, dass ausgerechnet ihr Bodyguard der Mann war, dessen Kugel sie vor zehn Jahren so schwer verletzt hatte?

Kurz nach der Ermordung von Babu Tum nahm Deke seinen Abschied von der U.S. Army und ließ seine Spezialeinheit und seine Karriere hinter sich. Knapp drei Monate später quittierte auch Geoff Monday seinen Dienst. Die beiden Freunde gründeten zusammen mit anderen ehemaligen Spezialagenten eine Söldnertruppe. In den folgenden fünf wilden Jahren verfolgte Deke Lexie Murroughs langsame und schmerzhafte Genesung genau. Die Kugel, die sie im Rücken getroffen hatte, war zum Glück nicht tödlich gewesen, und die durch sie verursachte Lähmung zwar schwerwiegend, aber heilbar. Allerdings hatte es über ein Jahr gedauert, bevor Lexie überhaupt wieder ein wenig laufen konnte, und vier weitere Jahre voller Physio- und Psychotherapie, bis sie ein halbwegs normales Leben führte.

Danach – vor mehr als fünf Jahren – hatte er sie aus den Augen verloren.

„Hier ist mein Schlafzimmer", unterbrach Lexie seinen Gedankengang.

Mit Schwung öffnete sie die Tür zu dem pastellblau gestrichenen Zimmer. Ein großes Doppelbett mit einer blau-weiß karierten Tagesdecke bildete den Mittelpunkt des Raumes. Über dem offenen Kamin hing eine schwarz-weiße Landschaftsfotografie, und die Fenster wurden von langen blauen Taftvorhängen eingerahmt. In einer Ecke stand ein kleiner weißer Tisch mit zwei blau-weiß bezogenen Polsterstühlen. Auch wenn der Raum nicht übertrieben weiblich wirkte, so waren der Veilchenstrauß auf dem Nachttisch und der blau-weiß geblümte Teppichboden doch klare Hinweise darauf, dass hier eine Frau lebte.

„Ich hoffe, Sie werden sich im Gästezimmer wohlfühlen. Es ist nicht ganz so groß wie mein Schlafzimmer. Das Bett ist hoffentlich lang genug für Sie."

Sie führte ihn zur nächsten Tür, öffnete sie und bedeutete ihm mit einer Handbewegung, einzutreten und sich umzusehen. Die Wände dieses Raums waren cremefarben gestrichen, und an den Fenstern befanden sich keine Vorhänge, sondern dunkelbraune Jalousien aus Holz. Das gusseiserne Bett wurde von zwei Nachtkästchen aus Walnussholz flankiert, deren Dunkelbraun mit der rostroten Tagesdecke und den Kissen harmonierte. Die gesamte Einrichtung bestach durch klare Linien und schnörkellose Eleganz.

Besonders die einzelne, leicht vergilbte Fotografie, die in einem Bronzerahmen über dem Kopfende des Bettes hing, stach Deke ins Auge. Sie zeigte einen kleinen Teich, der friedlich von ein paar Bäumen umgeben war. Er erkannte den Ort sofort – eine Oase ein paar Kilometer vor Gadis Hauptstadt.

Er spürte, wie sich sein Magen zusammenzog.

„Gefällt Ihnen das Bild?“, fragte Lexie, der sein Blick aufgefallen war.

Er musste schlucken.

„Wer hat es gemacht?“

„Ein Mann namens Marty Bearn“, flüsterte sie kaum hörbar. In ihrer Stimme lagen Bedauern und Melancholie. „Er war mein Kameramann. Er starb vor zehn Jahren in Gadi.“

„Und er war ein Freund von Ihnen?“ Himmel, wie konnte er ihr nur vormachen, er wisse nicht, wer Marty Bearn war? Jede Sekunde, die er mit ihr verbrachte, zwang ihn dazu, sie weiter anzulügen.

„Ja, das war er. Ich bin die Patentante seiner Tochter.“ Lexie atmete tief ein. „Sie wurde sechs Monate nach seinem Tod geboren.“

Was sollte er dazu sagen? Nichts. Rein gar nichts.

Er hätte gar nicht herkommen sollen. Als Geoff ihm einen Ausweg aus dieser Hölle gezeigt hatte, hätte er zugreifen sollen. Er hätte Cara Bedell übernehmen und es seinem Kollegen und Freund überlassen sollen, Lexie zu beschützen. Aber anstatt das einzig Richtige zu tun, hatte er darauf bestanden, sich persönlich um Lexies Schutz zu kümmern. Und warum? Weil ihm irgendetwas in seinem Innersten keine Wahl gelassen hatte.

Seit zehn Jahren verfolgten ihn seine Schuldgefühle nun bereits. Auch wenn er versucht hatte, sie abzuschütteln, als Lexie wieder ein normales Leben führen konnte. Er und Geoff waren mit Mitte dreißig nacheinander aus dem Söldnergeschäft ausgestiegen, Geoff zuerst. Er fing bei Dundee an und überredete Deke, ebenfalls dort einzusteigen. Sicher, sie waren überqualifiziert, aber der Job war perfekt für zwei alte Krieger wie sie. Und die Bezahlung war verdammt gut.

Jetzt wo er Lexie Murrough so gegenüberstand, kam es Deke so vor, als ergebe plötzlich alles einen Sinn. Vielleicht hatte ihn das Schicksal hierhergeführt, damit er diesmal auf sie aufpassen konnte.

„Geht es Ihnen gut?", fragte sie.

„Hm?"

„Ich habe Sie schon zweimal gefragt, ob Sie lieber Suppe und Salat oder Suppe und Sandwiches zum Abendessen möchten."

„Tut mir leid. Ich war gerade in Gedanken."

„Wie wär's, wenn Sie Ihre Tasche auspacken und sich ein wenig einrichten?", schlug Lexie vor. „Ich werde mich frisch machen und mit den Vorbereitungen fürs Abendessen beginnen. Also – Sandwiches oder Salat?"

„Sie müssen sich wirklich keine Umstände machen. Wir können auch etwas bestellen."

„Ich mach das gern."

„Sicher?"

Sie nickte.

„Sandwiches. Und für mich bitte mehr Belag als Brot."

„Warum überrascht mich das nicht?"

Als sie ihn anlächelte, so wunderschön und süß und weiblich, hätte er sie am liebsten an sich gezogen und geküsst. Teufel, wem wollte er hier etwas vormachen? Er wollte sie zum Bett tragen, ihr die Kleider vom Leib reißen und sie auf der Stelle vernaschen.

„Schinken oder Roastbeef?", fragte sie. „Oder beides?"

„Beides."

Als sie das Zimmer verlassen hatte, atmete er vor Erleichterung tief durch. Zum Glück war sie gegangen, bevor sich seine Erregung allzu deutlich durch seine Jeans abgezeichnet hatte. Verdammt, er musste wirklich lernen, seinen Körper zu kontrollieren. So leicht war er seit seiner Jugend nicht mehr auf eine Frau angesprungen.

Er hatte Lexies Schutz nicht übernommen, um sich an sie heranzumachen. Allerdings war ihm ihr Blick aufgefallen, der andeutete, dass sie gar nicht abgeneigt wäre. Es war nicht ungewöhnlich, dass Frauen sich in ihre Bodyguards verliebten; das passierte sogar recht häufig. Und ab und an kam es auch zu kurzen Affären zwischen Klientin und Personenschützer. Aber mit Lexie war das ausgeschlossen. Er durfte es auf keinen Fall so weit kommen lassen. Nicht mit ihr.

Hatte er sie vor zehn Jahren nicht schon genug verletzt? Hatte sie seinetwegen nicht schon genug gelitten? Auch wenn die sexuelle Anziehungskraft zwischen ihnen unbestreitbar war – Lexie war die letzte Frau auf Erden, die er verführen würde.

3. KAPITEL

Nachdem er das Anwesen der Bedells sorgfältig inspiziert hatte, entschied Geoff, dass Cara Bedell hier sicher war. Dass ein äußerst brillanter Einbrecher einen Weg in die Festung fand, war zwar vorstellbar, angesichts der ungewöhnlich hohen Sicherheitsvorkehrungen jedoch höchst unwahrscheinlich.

Als sie vor etwa zwei Stunden angekommen waren, mussten sie zunächst ein elektrisches Eisentor passieren, das nur mit einem Code zu öffnen war. Anschließend hatte Cara ihn durch das Haus geführt und ihm das Überwachungs- und Alarmsystem erklärt. Danach zeigte sie ihm sein Zimmer.

„Tut mir leid, Miss Bedell", winkte Geoff ab, „aber das wird nicht funktionieren."

„Verzeihung?"

„Mein Zimmer sollte so nah wie möglich an Ihrem liegen", erklärte Geoff.

„Natürlich. Darüber hatte ich gar nicht nachgedacht."

Rasch hatte sie ihn in den anderen Flügel des Anwesens geführt und ihm ein Zimmer direkt gegenüber von ihrem eigenen Schlafzimmer gezeigt. „Wie wäre es damit?"

„Ja, das ist schon besser. Danke."

Cara Bedells war keine glamouröse oder mondäne Erscheinung, wie man es bei einer Milliardenerbin erwarten würde. Vielmehr wirkte sie sympathisch und umgänglich. Sie war eine große schlanke Frau mit rotblondem Haar und Sommersprossen. Irgendwie erinnerte sie Geoff an seine Kollegin Lucie Evans, obwohl diese um einiges hübscher war. Nein, Miss Stinkreich Bedell war keine klassische Schönheit, aber sie hatte etwas ungemein Anziehendes an sich.

Vom ersten Moment an hatte Geoff gespürt, dass sie eine resolute Frau war, die daran gewöhnt war, dass man ihren Anordnungen Folge leistet. Cara Bedell war niemand, der sich mit Nettigkeiten aufhielt. Andererseits aber hatte sie ihm noch kein einziges Mal widersprochen. Solange er ihr triftige Argumente für seine Forderungen liefern konnte, schien sie ihm blind zu vertrauen. Wahrscheinlich war sie so klug, einzusehen, warum sie ein kleines Vermögen an Dundee zahlte – nämlich, um die Besten zu bekommen. Und genau das waren Deke Bronson und er. Niemand in der Branche war dem Team der Dundee Private Security and Investigation Agency ebenbürtig. Sie waren die Besten der Besten.

Gerade als er begonnen hatte, seine Tasche auszupacken und seine Socken und Unterwäsche in der antiken Kommode zu verstauen, klingelte sein Handy. Er warf einen Blick aufs Display und seine restliche Wäsche in die Schublade und nahm den Anruf an.

„Hallo Grübchen. Du rufst aber spät an. Was gibt's?"

Geoff hatte sich von Freunden schon oft sagen lassen müssen, dass er ein unverbesserlicher Charmeur sei, und im tiefsten Inneren wusste er auch, dass das stimmte. Aber er liebte die Frauen einfach, und zwar alle: die jungen wie die alten, die reichen wie die armen, die dicken wie die dünnen. Und Daisy Holbrook war ihm nun mal eine der Liebsten. Sie hatte einfach immer ein warmes Lächeln und ein freundliches Wort für ihn übrig. Er nannte sie scherzhaft „Grübchen", weil ihr Lächeln zwei ebensolche in ihr Gesicht zauberte.

„Ich hab die Berichte über Miss Bedell, Miss Murrough und Helping Hands fertig", antwortete Daisy. „Sie gingen eben per E-Mail an dich und Deke raus."

„Irgendetwas Ungewöhnliches?" Er klemmte sich sein Telefon zwischen Schulter und Ohr und begann seine Hemden auf Kleiderbügel zu hängen.

„Nichts Besonderes. Nur so ein Gefühl."

„Raus mit der Sprache!" Er konnte den Schrank nicht finden. Die Tür, die er gerade geöffnet hatte, führte in das angrenzende Badezimmer.

„Helping Hands ist eine internationale Wohltätigkeitsorganisation“, begann Daisy. „Sie agiert weltweit. Nur ein Drittel ihrer Mittel fließt in amerikanische Projekte, der Rest geht an arme Länder in Übersee. Einer der Hauptnutznießer ist ein kleines afrikanisches Land namens Gadi.“

Geoff horchte auf, ließ sich jedoch nichts anmerken, sondern erwiderte nur: „Ja, und weiter …?“ Endlich hatte er den Schrank entdeckt und begann, seine Sachen aufzuhängen.

„Lexie Murrough war vor zehn Jahren dort. Sie arbeitete als Reporterin und berichtete für UBC, den Fernsehsender, von der Machtübernahme durch Babu Tum – genau an dem Tag, an dem er ermordet wurde. Dabei wurde sie schwer verletzt. Eine Kugel traf sie im Rücken, als sie in einen Schusswechsel zwischen Tums Leibgarde und seinen Mördern geriet. Sie war zeitweise gelähmt und musste mehrere Operationen und endlose Physiotherapien über sich ergehen lassen, bevor sie wieder laufen konnte.“

„Und das ist für diesen Fall von Bedeutung, weil …?“

Bis zum heutigen Tage wusste die Öffentlichkeit nicht, dass es eine Elitetruppe aus amerikanischen und britischen Soldaten gewesen war, die den Präsidenten damals ermordet hatte. Immerhin leugneten beide Länder hartnäckig das Vorkommen solcher politischen Morde. Und nur zwei Menschen wussten, dass Deke Lexie Murrough damals angeschossen hatte. Nämlich Geoff und Deke.

„Es ist nur ein Gefühl, aber irgendwas sagt mir, dass es da eine Verbindung zwischen Gadi, Miss Murrough und dem Bombenanschlag gibt. Immerhin wissen wir bereits, dass einige radikale gadinesische Gruppen inzwischen zum Majeed gehören. Sie hassen die USA. Wäre es nicht vorstellbar, dass sie etwas dagegen haben, dass Helping Hands in Gadi so präsent ist?“

„Weißt du was, Grübchen? An dir ist ein echter Geheimagent verloren gegangen. Du denkst jedenfalls genau wie einer.“

Daisy lachte geschmeichelt. „Ich bleibe lieber im Hintergrund."

„Wir sollten herausfinden, ob …", setzte Geoff an.

„Drei Mitarbeiter von Helping Hands, die in der Zentrale in Chattanooga arbeiten, kommen ursprünglich aus Gadi", beantwortete Daisy seine Frage, bevor er sie stellen konnte. „Robert Lufti, Vega Sharif und Malik Abdel."

„Lass alle drei überprüfen."

„Schon dabei."

„Du bist uns wirklich immer einen Schritt voraus. Was würden wir nur ohne dich tun?"

Schweigen.

„Grübchen?"

„Hmm …?"

„Warum bist du so still?"

Sie lachte. „Ich habe nur schnell dein Kompliment verdaut, bevor es mir zu Kopf steigen konnte. Ich musste mich daran erinnern, wie freigiebig und locker du mit deinem Lob bist."

„Aber nicht doch, Grübchen. So darfst du nicht denken", entgegnete er schmunzelnd. „Mag ja sein, dass ich bei der einen oder anderen Dame meinen britischen Charme ein bisschen zu dick auftrage, aber bei dir meine ich jedes Wort ernst. Ich habe dir noch nie ein Kompliment gemacht, das nicht direkt von Herzen kam."

„Ja, klar." Schnell wechselte sie das Thema. „Ich melde mich wieder, sobald ich was über Lufti, Sharif und Abdel habe. Es könnte allerdings ein paar Tage dauern, bis die Berichte fertig sind."

„Danke, Süße. Ich melde mich, wenn es was Neues vom Chattanooga Police Department gibt."

Deke half Lexie nach dem Essen beim Abwasch. Er bemühte sich redlich, sich an dem Gespräch zu beteiligen, das sie immer wieder anfing – wenn auch ohne großen Erfolg. Er war einfach kein guter Plauderer. Und wenn es darum ging, Persönliches mit einer anderen Person zu teilen, war er überhaupt nicht zu gebrauchen. Schlussendlich verfielen sie in ein gezwungenes Schweigen, das das Loft anzufüllen schien, bis Lexie schließlich Musik anmachte und die Stille in spanischen Gitarrenklängen ertrank.

Deke setzte sich in den braunen Ledersessel, der im rechten Winkel neben der Couch stand. Falls er jedoch gehofft hatte, dass Lexie sich ebenfalls setzen würde, wurde er enttäuscht. Sie bewegte sich ruhelos durch den Raum. Jeder ihrer Schritte versetzte ihm einen Stich. Sie würde dieses Humpeln niemals loswerden; sie war für den Rest ihres Lebens auf den Gehstock angewiesen. Deke würde seine Schuld nie vergessen. Er würde immer an jenen Tag denken, an dem er auf sie geschossen hatte.

Lexie ging zur mittleren der drei Balkontüren. Noch bevor er sie ermahnen konnte, wie unklug es wäre, sich ans Fenster zu stellen und sich so zur Zielscheibe zu machen, öffnete sie die Flügeltür.

„Machen Sie wieder zu!“, befahl er.

Sie sah ihn über die Schulter hinweg an. „Wie bitte?“

„Schließen Sie sofort die Tür und treten Sie zurück!“

Lexie gehorchte augenblicklich. „Ich wollte doch nur etwas frische Luft schnappen. Es ist kühl draußen, ich hätte es sowieso nur ein paar Minuten ausgehalten.“

„Mit einem Jagdgewehr könnte man sie in null Komma nichts erwischen.“ Deke schnipste mit den Fingern. „Wenn jemand Sie umbringen möchte, müssen wir davon ausgehen, dass er vor nichts zurückschrecken wird.“

Aus ihrem Gesicht war jegliche Farbe gewichen. Er sah ihr an, dass sie an eine andere Zeit und an einen anderen Ort dachte, wo man bereits einmal auf sie geschossen hatte.

„Natürlich. Das war dumm von mir. Besonders wenn man

bedenkt ... Sie können das nicht wissen, aber vor Jahren bin ich schon einmal angeschossen worden. Die Kugel hat mich im Rücken getroffen. Darum humpele ich und brauche den Stock."

Sein Magen zog sich zusammen, und sein Herz fing an zu rasen. Verdammt noch mal, was tat er hier eigentlich, hier bei Lexie? Warum hatte er sie nicht Geoff überlassen? Das war der erste Tag. Er war erst seit ein paar Stunden mit ihr zusammen und wünschte sich jetzt schon nichts sehnlicher, als sich ihr zu offenbaren.

„Mr. Bronson?"

„Ja?"

„Habe ich etwas Falsches gesagt?"

„Nein. Wie kommen Sie darauf?"

„Nur so. Als ich meine Schussverletzung erwähnt habe, haben Sie irgendwie komisch geguckt." Sie setzte sich auf das Ende des Sofas, das ihm am nächsten war.

Man sagte ihm für gewöhnlich, dass er gefühlskalt wirke, dass seine Gesichtszüge keine seiner Regungen verrieten. Wie also war es ihr gelungen, wahrzunehmen, was nicht mehr gewesen sein konnte als ein kurzer Schatten der Erinnerung, die ihn plagte?

„Das tut mir leid. Mir war nicht bewusst, dass mein Gesichtsausdruck sich verändert hat."

„Ich bin mir auch gar nicht sicher, dass er das hat." Sie sah ihn direkt an. „Es war eher etwas, das ich in Ihren Augen entdeckt habe. Ein kurzes Aufflackern von Traurigkeit."

Jeder Muskel in seinem Körper war angespannt.

„Verzeihen Sie bitte. Ich kann Ihnen ansehen, dass Sie lieber nicht darüber sprechen möchten."

„Es gibt nichts zu sagen." Er stand auf und drehte ihr den Rücken zu.

„Ich werde die Fenster und Türen überprüfen und mache noch einen Rundgang, nachdem ich geduscht habe." Als er mit seiner Inspektion fertig war, ging er in Richtung Gästezimmer. „Entschuldigen Sie mich bitte."

Seine Hand lag schon auf der Türklinke, als er innehielt und hinzufügte: „Ich werde auch noch mal nach Ihnen sehen, bevor ich ins Bett gehe. Öffnen Sie bitte unter keinen Umständen die Tür, solange ich weg bin, ganz egal wer davor steht. Und wenn Sie mich brauchen, rufen Sie einfach. Wenn nötig, schreien Sie!"

„Mache ich."

Dann flüchtete er sich in sein Zimmer, schloss die Tür hinter sich und versuchte damit, auch den Gedanken an Lexie Murrough zu entkommen. Es verursachte ihm Unbehagen, dass sie ihn so leicht zu durchschauen schien. Dass sie in ihm lesen konnte wie in einem Buch.

Das würde nicht lange gut gehen. Wie hatte er nur glauben können, dass das funktionieren würde?

Gleich morgen würde er Geoff anrufen und ihm sagen, dass er von Anfang an recht gehabt hatte. Sie mussten tauschen.

Die kleine Bombe hatte sich einfach basteln und problemlos in dem kleinen Abstellraum im Erdgeschoss von Helping Hands verstecken lassen. Selbst wenn man ihn dort erwischt hätte, hätte niemand Verdacht geschöpft. Schließlich kannte ihn hier jeder. Trotzdem war er froh, dass er die kleine Kammer unbemerkt betreten und wieder verlassen hatte. Je vorsichtiger er war, desto einfacher würde sich auch alles andere in die Tat umsetzen lassen.

Eigentlich hatte man ihn in die Vereinigten Staaten geschickt, um einen anderen Auftrag auszuführen. Einen großen Auftrag, den er zu den nahenden christlichen und jüdischen Feiertagen ausführen würde. Solange seine persönliche Rache dieses Unterfangen jedoch nicht gefährdete, duldete der Majeed, dass er Lexie Murrough bedrohte, verfolgte und – sobald die Zeit gekommen war – tötete.

Dachte sie etwa wirklich, dass sie sich durch ein paar gute

Taten freikaufen konnte? Sie war doch keinen Deut besser als all die anderen, die die Habgier und Rücksichtslosigkeit ihres Heimatlandes mit Lebensmittelspenden und Arzneilieferungen wiedergutzumachen versuchten. Diese Amerikaner, diese Engländer! Dabei verachteten sie die Traditionen und Werte, die sich so sehr von ihren eigenen unterschieden. Waren davon überzeugt, dass sie allein im Recht waren. Verübten heimlich schreckliche Verbrechen und präsentierten sich auf der Weltbühne als Retter des Erdballs.

Die Männer, die Babu Tum damals getötet hatten, kannte er nicht, und er würde sie auch dann nicht erkennen, wenn er vor ihnen stünde. Aber ein Gesicht kannte er ganz genau, ein Gesicht, das für alle Zeit für ihn die USA symbolisieren würde. Sie war als Reporterin in Gadi gewesen, um über die Zeremonie zu berichten. Ein willkommener Gast, der wie alle Medienleute von der neuen, auf ihre Wirkung bedachte Regierung hofiert wurde. Und dabei hatte sie die ganze Zeit gewusst, dass eine Spezialeinheit auf Babu Tum angesetzt war. Dass amerikanische und britische Soldaten den Präsidenten ermorden würden.

Es war zumindest eine kleine Vergeltung, dass sie angeschossen worden war und beinah gestorben wäre. Aber noch hatte sie nicht bekommen, was ihr zustand …

Er hätte sie heute töten können; er hätte die Bombe nur in ihrem Büro platzieren müssen. Aber das wäre viel zu einfach gewesen. Lexie Murrough sollte leiden. Das hatte sie verdient. Er war fest entschlossen, sie zu quälen – sie und ihre Freundin, deren Geld es Lexie erlaubte, in Gadi als edle Wohltäterin aufzutreten. Sterben sollten sie! Aber erst an jenem Tag, an dem er Amerika im Namen des Majeed in Angst und Schrecken versetzen würde.

Cara klopfte sich die großen weichen Kissen im Rücken zurecht und lehnte sich zurück, um zu lesen. Seit sie von ihrem Vater den Vorstand des weltweiten Konzerns Bedell, Inc. übernommen hatte, blieb ihr nur wenig Zeit dafür. Deshalb hatte sie es sich zur Gewohnheit gemacht, jeden Abend vor dem Einschlafen noch eine Stunde zu lesen. Heute aber wollte ihr Geist einfach nicht zur Ruhe kommen. Trotz all ihrer Bemühungen, sich auf den neuesten Bestseller zu konzentrieren, den sie aufgeschlagen in ihren Händen hielt, verschwammen die Worte vor ihren Augen.

Was für ein Tag! Nicht, dass sie nicht an Krisen gewöhnt wäre. Sie musste wöchentlich, ja beinahe täglich, mit Ausnahmesituationen fertig werden. Aber der Bombenanschlag auf Helping Hands hatte sie nun wirklich aus der Bahn geworfen. Warum sollte irgendjemand eine Wohltätigkeitsorganisation angreifen? Und wer hätte Grund, eine Frau wie Lexie Murrough zu bedrohen?

Vergiss nicht, dass man auch dich bedroht hat.

Als alleinige Erbin eines Riesenvermögens und öffentliche Persönlichkeit lebte sie ständig mit der Angst vor Entführung und Anschlägen. Sie besuchte öffentliche Orte fast nur in Begleitung von firmeneigenem Sicherheitspersonal, und sowohl ihr privates Anwesen als auch der Firmenhauptsitz waren mit modernster Sicherheitstechnik ausgestattet. Wenn es um ihr Leben ging, würde sie nichts riskieren. Und genau deshalb hatte sie nun einen privaten Sicherheitsdienst hinzugezogen. Dundee stellte Lexie und ihr nicht nur rund um die Uhr Bodyguards an die Seite, sondern auch eigene Ermittlungen an.

Lieutenant Desmond würde mit den privaten Ermittlern zusammenarbeiten, soweit das möglich war. Auch er kannte die Firma bereits. Vor zweieinhalb Jahren, als Caras Halbschwester verschwunden war, hatte ihr Vater – Gott sei seiner Seele gnädig, auch wenn er es wohl nicht verdient hatte – bereits Dundee mit den Nachforschungen betraut. Er hatte immer nur die Besten engagiert. Darin war Cara ihm gleich.

Wem wollte sie etwas vormachen? Das war bei Weitem

nicht das Einzige, in dem sie ihm glich. Nicht nur, dass sie ihm ähnlich sah mit ihren Sommersprossen, dem rotblonden Haar und dem sportlichen Körperbau, sie besaß auch seinen Geschäftssinn. Damit hatte sie schon so manchen der früheren Geschäftspartner ihres Vaters überrascht – vor allem diejenigen, die einer Vorstandsvorsitzenden Mitte zwanzig nicht allzu viel zugetraut hatten.

Als ihr Handy klingelte, zögerte Cara einen kurzen Moment, bevor sie aufs Display blickte. Ihr Schwager Grayson Perkins lag ihr nun schon seit fast zwei Jahren damit in den Ohren, ihn zu heiraten. Obwohl sie ihn immer wieder freundlich, aber bestimmt abwies, gab er nicht auf. Er war einfach nicht der Typ, der ein Nein als Antwort akzeptierte. Er hatte es sich angewöhnt, sie mehrmals pro Woche anzurufen – meist kurz vor dem Zubettgehen –, um sie wissen zu lassen, wie sehr er sie begehrte.

Alles Blödsinn. Grayson Perkins liebte Grayson Perkins. Um der Wahrheit die Ehre zuteil werden zu lassen: Gray hatte ihre Schwester Audrey tatsächlich geliebt; ihr Geld liebte er allerdings noch mehr. Und genau das war es auch, was ihm an Cara gefiel: die Bedell-Milliarden. Als Teenager wäre sie vielleicht so naiv gewesen, auf seine Liebesschwüre hereinzufallen. Aber nachdem sie jahrelang hoffnungslos in ihn verliebt gewesen war, war sie nun endlich unempfänglich für seinen Charme.

Als sie die Nummer des Anrufers erkannte, wurde sie kurz nervös. Aber nicht, weil es Gray war. „Guten Abend, Lieutenant Desmond."

„Guten Abend, Miss Bedell."

„Gibt es was Neues?", fragte Cara.

„Nein, noch nicht. Ich wollte mich nur nach Ihnen erkundigen und mich davon überzeugen, dass Sie Ihrem Bodyguard nicht das Leben schwer machen."

„Haben Sie denn auch Lexie angerufen und überprüft, ob

sie sich an die Spielregeln hält?“

„Bei ihr brauche ich das nicht zu tun. Sie ist nicht so dickköpfig und aufbrausend wie Sie.“

„Sie lassen es sich nehmen, persönlich nach dem Rechten zu sehen? Und wenn ihr großer starker Bodyguard sie in Versuchung führt? Sie wollen doch bestimmt nicht, dass jemand anderes in Ihrem Revier jagt, oder?“

Bain Desmond musste schmunzeln. „Sie wissen doch genau, dass Lexie und ich nur gute Freunde sind.“

„Und was sind wir beide, Bain? Sicher keine Freunde.“

„Wir sind wohl gute Bekannte. Was könnten wir auch sonst sein, Miss Bedell? Sie sind die milliardenschwere Vorstandsvorsitzende von Bedell, Inc. – und ich bin ein einfacher Detective mit ein paar Tausend auf dem Konto.“

„Sie konnten zusammen nicht kommen, das Wasser war viel zu tief?“

„So in etwa.“

„Irgendwann werde ich heiraten, wissen Sie“, erwiderte sie.

„Ja, das werden Sie wohl. Solange Sie nicht Grayson Perkins heiraten.“

„Keine Sorge.“

„Egal, wen Sie heiraten – ich werde ihn nicht mögen.“

Seine Worte schnürten Caras Kehle zu. Seit sie Bain Desmond das erste Mal begegnet war, damals, als er das Verschwinden ihrer Halbschwester untersucht hatte, hatte sie ihr Herz an ihn verloren. Inzwischen liebte sie ihn so sehr, dass es wehtat. Sie ahnte, dass es ihm ähnlich ging. Aber ein altmodischer Mann wie Bain würde sich nie auf eine Frau wie sie einlassen können. Sie lebten in zwei verschiedenen Welten, und keiner von beiden passte in die des anderen.

„Irgendwann wird es auch bei Ihnen eine Frau geben, die mehr ist als eine Freundin“, murmelte Cara. „Und ich werde sie hassen.“

Bain sagte eine lange Zeit nichts, dann räusperte er sich

und erwiderte mit rauer Stimme: „Wenn ich könnte, würde ich bei Ihnen sein und mich um Sie kümmern."

„Ich weiß."

Sie beendete das Gespräch, legte das Handy neben sich auf den Nachttisch und schluckte ihre Tränen hinunter.

Er nahm sie in seine starken Arme, so als wolle er sie vor allem Unheil bewahren. Das Getöse der Schlacht, die Schüsse, die Schreie der Verletzten und Sterbenden, das alles nahm sie kaum noch wahr. Er brachte sie in Sicherheit. Vor Schmerzen beinah ohnmächtig, konnte sie keinen klaren Gedanken fassen. Das einzig Sichere waren seine schützenden Arme, sein maskuliner Geruch, seine stahlgrauen Augen.

Und dann vermischte sich die Wirklichkeit mit ihrer Fantasie. Sie ließ die Vergangenheit hinter sich, in der sie verletzt worden war und er sie gerettet hatte.

Er breitete die Arme aus, und sie sank glücklich in seine Liebkosung. Es gab keinen Ort auf der Welt, an dem sie lieber gewesen wäre. Er schlang seinen Arm um ihre Hüfte und nahm ihre rechte Hand in seine linke. Ehe sie sich versah, wiegten sie sich im Walzertakt über das Parkett. Sie wurden schneller und schneller, während ihre Körper sich in perfektem Einklang zur Musik und dem Schlagen ihrer Herzen bewegten.

Plötzlich waren ihre Beine taub, sie konnte sich nicht mehr rühren. Nein, bitte nicht. Ich will tanzen, immer weiter tanzen.

Er ließ sie los und entfernte sich von ihr – Schritt für Schritt, bis er ganz verschwunden war.

Sie rief nach ihm, flehte ihn an, zurückzukommen, sie nicht zu verlassen.

„Miss Murrough!" Die besorgte Stimme durchbrach ihren Schlaf und befreite sie von diesem Traum, der zum Albtraum geworden war.

„Hm …?" Ihre Augenlider zuckten.

Etwas Schweres ließ sich neben ihr auf dem Bett nieder.

„Miss Murrough? Ich habe Sie schreien hören. Geht es Ihnen gut?“

Sie öffnete die Augen. Mondlicht fiel durch die hohen Fenster ins Schlafzimmer. Im Halbdunkel erkannte sie die hünenhafte Silhouette eines Mannes. Er beugte sich über sie.

„Oh ... oh, Mr. Bronson. Es tut mir leid, wenn ich Sie aufgeweckt habe.“ Sie richtete sich mit einem Ruck auf. Plötzlich waren sie sich so nah, dass ihre Gesichter sich fast berührten. Sie fuhren erschrocken auseinander. „Ich habe wohl geträumt.“

„Ihren Schreien nach zu urteilen, war es ein Albtraum.“

Sie nickte. „Ja, irgendwie ist aus dem Traum ein Albtraum geworden.“

„Haben Sie das oft?“, fragte Deke.

„Ich ... früher, ja“, gab sie zu. „Aber inzwischen nicht mehr so häufig.“

Er erhob sich langsam von ihrem Bett. „Möchten Sie ein Glas Wasser oder soll ich Ihnen vielleicht eine heiße Schokolade machen oder ...?“

„Heiße Schokolade klingt gut.“ Sie warf die Bettdecke zurück, um aufzuspringen, als ihr plötzlich einfiel, dass sie nichts anderes trug als ihren dünnen Seidenpyjama. Jede Kurve ihres Körpers zeichnete sich darunter ab.

„Ich mache die heiße Schokolade, wenn Sie eine Tasse mittrinken“, sagte sie rasch, während sie nach ihrem Morgenmantel tastete, den sie vor dem Zubettgehen irgendwo achtlos hingeworfen hatte.

„Ja, gern.“ Er trat einen Schritt vom Bett zurück. „Ich zieh mir nur rasch was an.“

Als er das Zimmer verließ, erhaschte sie einen Blick auf seinen nur mit Boxershorts bekleideten Körper. Im Mondlicht glich seine durchtrainierte Gestalt einer griechischen Bronzestatue. Der kurze Anblick genügte, um ihr den Atem zu rauben. *Himmel, er war wirklich umwerfend gut gebaut.*

Zehn Minuten später saßen sie sich am Küchentisch gegenüber und tranken heiße Schokolade. Lexie hatte sich in ihren Morgenmantel gehüllt, Deke trug eine leicht zerknitterte Kakihose.

Sie gab sich alle Mühe, nicht auf seinen nackten Oberkörper zu starren. Aber wie sollte man sich da als Frau auch beherrschen können? Seine leicht behaarte Brust war breit und muskulös, seine Arme durchtrainiert, seine Haut leicht gebräunt.

Was ist denn nur los mit dir?, schimpfte sie sich. Projizierte sie etwa Bilder ihres Traummannes auf Deke Bronson? Raste ihr Puls so, weil Deke bei ihr war – oder weil sie ihn mit der Erinnerung an ihren geheimnisvollen Lebensretter von einst verwechselte?

„Vor zehn Jahren hatte ich häufig Albträume. Das war kurz nachdem ich angeschossen worden war und sie mir gesagt hatten, dass ich gelähmt bin.“ Lexie umfasste ihren Becher mit beiden Händen und starrte gedankenverloren hinein.

„Das ist nachvollziehbar“, erwiderte Deke.

Sie wagte einen kurzen Blick in seine Richtung. Er starrte sie an. Ihre Blicke trafen sich, verloren sich für einen kurzen Moment ineinander. Was war es, was ihr da entgegenblickte? Zuneigung? Besorgnis? Begehren?

Lexie musste schlucken. „Ich erinnere mich kaum noch an das, was geschah, nachdem der Schuss gefallen war. Aber es gibt etwas, an das ich mich ganz deutlich erinnere. Es ist eine schöne Erinnerung, die immer in meinem Traum auftaucht, bevor er zum Albtraum wird.“

Deke sagte kein Wort, sondern starrte sie einfach weiter an, so als könne er es kaum erwarten, dass sie ihm von dieser einen schönen Erinnerung erzählte.

„Da war ein Mann. Er hat mein Leben gerettet. Er hob mich einfach auf und brachte mich in Sicherheit. Ich habe keine Ahnung, wer er war. Ich habe ihn nie wieder gesehen, und niemand konnte mir sagen, wie er hieß."

Dekes Kiefer verspannte sich, als er sagte: „Er hat wahrscheinlich nur seine Pflicht getan."

Sie schüttelte den Kopf. „Nein. Ich weiß noch ganz genau, wie jemand anderes sagte: *Du kannst sie nicht mitnehmen.*" Sie seufzte tief. „Ich glaube, er hat sich sogar über Vorschriften hinweggesetzt, als er mir das Leben gerettet hat."

Deke setzte die Tasse an seine Lippen und trank.

Die Stille zwischen ihnen war zurückgekehrt. Den Rest ihrer heißen Schokolade tranken sie schweigsam, doch Lexie stellte zu ihrer Überraschung fest, dass das mit ihm nicht unangenehm war. Sie saßen einfach zusammen, wie ein paar alte Freunde, die keine Worte brauchten. Oder wie ein altes Liebespaar ...

4. KAPITEL

Lexie wusste sofort, dass sie verschlafen hatte. Mit dem unangenehmen Bewusstsein, etwas Wichtiges vergessen zu haben, wandte sie ihren Kopf und sah auf ihren Wecker.

6 Uhr 57.

Warum hatte er nicht geklingelt? Er war immer auf sechs Uhr gestellt. Und selbst am Wochenende, wenn Lexie ausschlafen konnte, wachte sie selten später als um halb sieben auf.

Nachdem sie sich aus dem Bett gequält hatte, griff sie nach ihrem Gehstock, der am Nachttisch lehnte, und tapste barfuß ins Badezimmer.

Als sie unter ihren Füßen die kalten Fließen spürte und ihr verschlafenes Gesicht im Spiegel über dem Waschbecken sah, erinnerte sie sich wieder, warum sie gestern Abend den Wecker nicht gestellt hatte. Sie würde heute gar nicht zur Arbeit gehen. Sie spritzte sich kaltes Wasser ins Gesicht und erinnerte sich noch an etwas anderes: Sie war nicht allein in ihrer Wohnung. Deke Bronson hatte in ihrem Gästezimmer übernachtet.

Nachdem sie ihr Gesicht getrocknet hatte, inspizierte sie ihr äußeres Erscheinungsbild etwas genauer. Die Schwellungen unter ihren Augen würden sich innerhalb der nächsten Stunde zurückbilden, aber diese wenig schmeichelhaften Augenschatten würde sie wohl nicht loswerden. Sie könnte sich schminken und ihre Haare frisieren. Aber würde Deke dann nicht denken, dass sie das nur seinetwegen getan hatte?

Vielleicht solltest du wenigstens in etwas anderes als deinen Pyjama schlüpfen? Nein. Tu nichts, was du sonst nicht auch tun würdest.

Lexie fuhr sich mit den Fingern einmal durch ihr dickes, lockiges Haar, putzte sich die Zähne und griff nach ihrem Samtmorgenmantel, der an einem Haken hinter der Tür hing. Der dicke Stoff würde sie vor Deke Bronsons anerkennender Musterung schützen. Nicht, dass er sie unverschämt angestarrt hätte. Oder dass sie es als unangenehm empfunden hätte, wie seine Augen letzte Nacht immer wieder über ihren Körper geglitten waren. Ganz im Gegenteil: Die Art und Weise, wie seine beiläufigen Blicke sie beinahe liebkosten, hatten sie erregt.

Geh einfach raus und tu, was du sonst auch tust.

Normalerweise würde sie jetzt Kaffee aufsetzen und das Frühstück vorbereiten. Sie hatte noch Eier und Speck im Haus. Es würde keine zehn Minuten dauern, bis sie den Kaffee, das Rührei und den Speck zubereitet hätte. Dann würde sie den Tisch decken, Orangensaft einschenken und schließlich an die Tür des Gästezimmers klopfen, um Deke zum Frühstück zu rufen.

Goldenes Morgenlicht durchflutete den riesigen offenen Raum. Hinter den drei Flügeltüren, die auf den Balkon führten, erstreckte sich eine herrliche Aussicht auf das spätherbstliche Tennessee. Dieses Jahr hatte der erste Nachtfrost besonders lange auf sich warten lassen, und das Laub leuchtete noch bunt und frisch. Nicht mehr lange – bis Thanksgiving vielleicht –, dann würde das fröhliche Farbenspiel verblassen, durch das sich der Tennessee River jetzt noch direkt unter ihrem Fenster schlängelte. Die Wohnungen am Flussufer gehörten zu den teuersten der Gegend. Lexie wusste, dass sie sich ihre Wohnung nie hätte leisten können, wenn das Gebäude nicht Bedell, Inc. gehören würde und Cara dafür gesorgt hätte, dass man ihr das Apartment für einen Freundschaftspreis überlässt. Trotz der hohen Abfindung, die Lexie damals von UBC erhalten hatte, war sie sehr sparsam. Sie gönnte sich selbst nur das Nötigste und spendete einen Großteil der Zinsen, die ihre Geldanlagen abwarfen, an Helping Hands. Ihr Beitrag zum Budget der Hilfsorganisation war im Vergleich zu dem, was Bedell Inc. spendete, natürlich nur ein Tropfen auf den heißen Stein. Aber jeder Beitrag zählte.

„Guten Morgen“, erklang sie eine tiefe Männerstimme in ihrem Rücken.

Lexie fuhr herum. Deke stand in ihrer Küche. Er war frisch rasiert, sein kurzes schwarzes Haar war noch feucht. Er trug Jeans und ein kariertes Hemd. Keine Krawatte. Wie zum Gruß hob er einen ihrer orangefarbenen Kaffeebecher in die Höhe.

„Guten Morgen“, antwortete sie und sah neugierig auf die Kaffeemaschine. „Sie haben schon Kaffee gemacht?“

„Der hier ist frisch“, erwiderte er und deutete auf die Maschine. „Ich trinke gerade noch den Rest der ersten Kanne.“

„Wie lange sind Sie denn schon wach?“

„Seit halb sechs.“ Er nickte in Richtung der Theke, auf der sein eingeschalteter Laptop stand, und erklärte: „Ich musste ein paar Berichte durchgehen.“

„Haben Sie überhaupt geschlafen?“

„Ich brauche nicht viel Schlaf. Vier bis fünf Stunden reichen mir völlig.“

Sie seufzte. „Beneidenswert. Ich brauche meine sieben Stunden Schlaf, sonst bin ich zu nichts zu gebrauchen.“

Ihr Gehstock klapperte leise auf dem Parkett, als sie zur Kaffeemaschine ging. Sie griff in einen der Hängeschränke, fischte eine zweite Tasse heraus und füllte sie bis zum Rand.

„Ich habe gerade mit meinem Kollegen Geoff Monday gesprochen“, erwähnte Deke. „Auch Miss Bedell und er hatten eine ruhige Nacht.“

Lexie kostete bedächtig von ihrem Kaffee. Hmm … köstlich. In Wirklichkeit war ihre Nacht zwar ruhig gewesen, aber von ihren Träumen konnte dies beim besten Willen nicht behauptet werden. „Das ist gut. Ich bin froh, dass es keine weiteren Vorfälle gab. Vielleicht waren der Bombenanschlag und der Drohanruf gestern schon alles und wir haben ab jetzt unsere Ruhe.“

„Vielleicht. Aber ich bezweifle das.“

Lexie setzte ihren Kaffeebecher ab, schwang sich auf einen der beiden Barhocker, die an der Theke standen, und lehnte ihren Stock neben sich an die Wand. „Sie denken also, gestern war erst der Anfang?"

„Wahrscheinlich." Er ging zu ihr hinüber und klappte seinen Laptop zu. Dann setzte er sich auf den zweiten Hocker und sah sie direkt an.

Ihr Herz setzte für ein paar Schläge aus, als sie seinen Blick auf sich spürte. Nervös zog sie den Kragen ihres Morgenmantels vor der Brust zusammen, obwohl man durch den dicken Stoff ohnehin nichts sehen konnte.

So aber glitt sein Blick automatisch dorthin, wo ihre Hand lag. Er räusperte sich. „Gibt es irgendeinen Grund, warum Lieutenant Desmond befangen sein könnte und diesen Fall abgeben sollte?"

Diese Frage kam so unerwartet für sie, dass sie sich beinahe an ihrem Kaffee verschluckt hätte. Als sie schließlich wieder Luft bekam, sah sie ihn fragend an. „Wie kommen Sie darauf? Ich habe keine Ahnung, worauf Sie ..."

„So wie es keine gute Idee ist, wenn Ärzte ihre Liebsten behandeln, so sollten auch Polizisten nicht die Untersuchung in Fällen leiten, die jemanden betreffen, mit dem sie liiert sind."

„Bain und ich sind nichts weiter als Freunde. Und er und Cara sind gute Bekannte." *Gute Bekannte, die zufällig hoffnungslos ineinander verliebt waren. Aber das ging niemanden etwas an, außer die beiden.* „Sie wissen ja wahrscheinlich, dass Bain damals auch die Untersuchung im Mordfall von Caras Halbschwester geleitet hat."

Er nickte. „Ja, das weiß ich." Dann hielt er einen Augenblick inne. „Also gehen Sie zwar ab und zu mit dem Lieutenant aus, aber Sie haben keine sexuelle Beziehung zu ihm?"

Lexie starrte ihren Bodyguard überrascht an. „Finden Sie nicht, dass diese Frage etwas unangebracht ist?", erwiderte sie schließlich.

„Vielleicht hätte ich mich doch etwas vorsichtiger ausdrücken sollen ..."

„Vielleicht hätten Sie erst gar nicht fragen sollen."

„Ich frage Sie das nicht aus Neugier", verteidigte er sich. „Schließlich wurde ich engagiert, um Sie mit allen Mitteln zu schützen. Um das tun zu können, muss ich so viel wie möglich über Sie und Ihr Leben erfahren. Irgendjemand hat in der Firma, für die Sie arbeiten, eine Bombe hochgehen lassen, und derselbe Jemand hat kurz darauf Ihr Leben bedroht. Ich muss mich auf Ihre bedingungslose Mithilfe verlassen können, wenn ich meinen Job erledigen soll."

Lexie sah überhaupt keinen Zusammenhang zwischen dem Anschlag auf ihr Leben und ihrer persönlichen Beziehung zu Bain. Aber sie wollte nicht grundlos dickköpfig oder schwierig erscheinen.

„Wie gesagt: Bain und ich sind nur Freunde. Wir unternehmen manchmal etwas zusammen, weil wir gern Zeit miteinander verbringen. Aber wir sind kein Paar."

Dekes Gesichtszüge entspannten sich. Warum war er so wütend gewesen? Doch nicht etwa, weil sie seine Frage nicht sofort beantwortet hatte? Merkwürdig. Sehr merkwürdig.

Um die angespannte Stimmung zwischen ihnen aufzulockern, sprang Lexie von ihrem Hocker und ging zum Kühlschrank. „Ich habe noch Eier und Speck. Wenn Sie möchten, kann ich ..."

In diesem Moment klingelte irgendwo ein Handy. Der Ton war gedämpft, so als käme er aus einem anderen Raum. Als sie aufhorchte, erkannte Lexie das Klingeln ihres eigenen Telefons. „Das ist meins", sagte sie und machte sich auf den Weg in ihr Schlafzimmer. Deke aber winkte sie zurück. „Bleiben Sie hier! Ich bringe es Ihnen."

Lexie war nicht daran gewöhnt, herumkommandiert zu werden – jedenfalls nicht mehr, seit sie ihre Physiotherapie beendet hatte und wieder ein selbständiges Leben führte. Wie vom Blitz getroffen, blieb sie stehen und sah seinem breitem Rücken wütend hinterher, während Deke in ihrem Schlafzimmer verschwand. Ja, sie hatte eine kleine Gehbehinderung. Und sie hasste es, deshalb behandelt zu werden, als sei sie vollkommen hilflos.

Reg dich nicht auf. Immerhin konnte er ja nicht ahnen, wie sehr sie es verabscheute, bedient und umsorgt zu werden. *Mach einfach Frühstück.*

Bevor sie aber noch Zeit hatte, Eier und Speck aus dem Kühlschrank zu holen, kam Deke schon zurück aus ihrem Schlafzimmer und hielt ihr Handy an sein Ohr.

Wie konnte er es wagen, einfach an ihr Telefon zu gehen? Was fiel diesem Kerl eigentlich ein?

„Ja, ja. ... Sicher. ... Wir kommen. Geben Sie uns ... Wie lange brauchen wir zur Villa? ... O.k. Zwanzig Minuten. ... Einverstanden. Geben Sie uns eine Dreiviertelstunde." Er ging zu Lexie und drückte ihr das Telefon in die Hand. „Lieutenant Desmond. Für Sie."

Sie warf Deke einen empörten Blick zu. Er aber schien sich keiner Schuld bewusst zu sein, sondern hob fragend die Augenbrauen und sah sie erstaunt an.

„Bain?"

„Guten Morgen, meine Schöne."

„Verrätst du mir vielleicht auch, was du Mr. Bronson erzählt hast?"

„Mr. Bronson? Das klingt aber sehr formell. Du bist nicht per Du mit deinem Bodyguard?"

„Nein."

„Gibt es Probleme?"

„Nein. Ich bin es nur nicht gewöhnt, ständig jemanden um mich zu haben."

Deke stand direkt neben ihr und öffnete gerade den Kühlschrank, um die Eier und den Speck herauszuholen. Scheinbar unberührt von ihren Worten, trug er die Zutaten hinüber zum Herd.

Bain schmunzelte am anderen Ende. „Ich habe einen Vorabbericht über den Bombenanschlag erhalten, und da Miss Bedell darauf bestanden hat, dass sie über jede Entwicklung in diesem Fall sofort zu unterrichten ist, fahre ich jetzt zu ihr."

„Ein Vorwand ..."

„Willst du mir etwa unterstellen, dass ich gar keine Neuigkeiten habe, sondern sie nur sehen will? Lass bitte stecken."

„Ist es denn nicht so?"

Er zögerte einen Moment lang. „Doch. Vielleicht. Sind meine Gefühle für sie denn so offensichtlich?"

„Nur für mich. Aber ich weiß ja schließlich, wie es um dich steht."

„Wenn ich mich dieses eine Mal nur nicht betrunken und dir mein Herz ausgeschüttet hätte ..."

„Das bleibt unser kleines Geheimnis, versprochen. Bis gleich. Wir sind in einer halben Stunde da", beendete sie das Gespräch. Das Telefon noch in der Hand, machte sie sich auf den Weg in ihr Schlafzimmer.

„Frühstück ist gleich fertig", rief Deke ihr nach.

„Wir brauchen zwanzig Minuten zu Cara, und Sie haben gesagt, dass wir in einer Dreiviertelstunde da sind. Mir bleiben also fünfundzwanzig Minuten, um mich zu duschen und anzuziehen. Ich habe keine Zeit, um zu frühstücken!" Obwohl sie seine Blicke in ihrem Rücken spürte und erwartete, jeden Moment von ihm aufgehalten zu werden, ging sie unbeirrt weiter in ihr Zimmer.

Dort angekommen, schloss sie die Tür hinter sich und atmete tief durch. *Denk nicht an ihn. Mach dich einfach fertig.*

Zwanzig Minuten später trug sie ihre Lieblingsjeans, eine fliederfarbene Bluse und eine Strickjacke. Ihr Haar hatte sie zu einem Pferdeschwanz zusammengebunden und ihren Teint durch ein wenig Make-up aufgefrischt. Ein letzter Blick in den Spiegel. Fertig.

Deke stand mitten im Wohnzimmer und wartete auf sie.

„Lassen Sie uns aufbrechen!", sagte sie.

Er betrachtete sie aufmerksam von Kopf bis Fuß, um dann ein zweites Mal seinen Blick über sie wandern zu lassen, so als hätte er Sorge, beim ersten Mal etwas verpasst zu haben. Erst dann griff er in seine Jackentasche und brachte ihren Schlüsselbund zum Vorschein. „Ich habe Ihre Schlüssel an mich genommen. Sie werden sie vorerst nicht brauchen, ich schon."

„Warum ...?"

„Weil Sie ohne mich sowieso nirgendwohin gehen werden."

„Natürlich. Ich verstehe." Lexie war sich nicht sicher, wie das funktionieren sollte. Dieser Typ war noch nicht einmal vierundzwanzig Stunden ihr Bodyguard, und sie hatte jetzt schon genug davon, ständig unter Beobachtung zu stehen.

Als sie zusammen aus der Tür gingen, drückte er ihr eine braune Papiertüte in die Hand. „Kaffee und ein Sandwich. Eine Serviette ist auch drin. Sie können auf der Fahrt essen."

Sie nahm die Tüte huldvoll entgegen, ohne ihn darauf hinzuweisen, dass sie kein Schulkind mehr war. *Sei nett,* ermahnte sie sich innerlich. „Danke."

„Gern geschehen."

Wenn sie es nicht schon geahnt hätte, wäre sie vielleicht enttäuscht gewesen, dass Deke ihr mit seiner Antwort nicht mal ein Lächeln schenkte. Aber irgendwas sagte ihr, dass dieser Mann grundsätzlich nur sehr selten lächelte. *Ich frage mich, warum.*

Als der alte Lastenaufzug seine Türen für sie öffnete, überprüfte Deke den Innenraum und überließ ihr dann den Vortritt.

Lexie dachte daran, dass Cara ein mindestens genauso großes Problem damit haben musste, sich von einem Dundee-Agenten herumkommandieren zu lassen, wie sie selbst. Um genau zu sein, fiel es Cara wahrscheinlich noch um einiges schwerer, ihre vorübergehende Entmündigung zu akzeptieren. Seit sie mit gerade mal vierundzwanzig Jahren von einem

Tag auf den anderen die gesamte Verantwortung für Bedell, Inc. und seine unzähligen Mitarbeiter übernehmen musste, war sie gezwungen gewesen, sich eine harte Schale zuzulegen. Schwäche zu zeigen, war ihr seitdem nicht mehr erlaubt. Das war etwas, was sie beide gemeinsam hatten. Sie beide hatten sehr frühzeitig erwachsen werden und sich eine Art Schutzschild gegen die Außenwelt zulegen müssen. Doch tief in ihrem Inneren waren sie beide eigentlich einsame gefühlvolle Frauen.

Nachdem ihr Bodyguard ihr berichtet hatte, dass Lieutenant Desmond auf dem Weg zur Villa war, um ihr persönlich über den Stand der Ermittlungen Bericht zu erstatten, war Cara kurzerhand in ihr Zimmer hinaufgeeilt. Geoff stand nun draußen vor ihrer Tür. Zum Frühstück war Cara in einem grünen Jogginganzug erschienen. Sie hatte geplant, ihren üblichen Morgenspaziergang zu machen. Doch das war gewesen, bevor sie wusste, dass sie gleich Bain begegnen würde.

Cara wusste, dass sie keine klassische Schönheit war. Dafür war sie einfach zu groß, zu sommersprossig und zu rotblond. An manchen Tagen fühlte sie sich so unauffällig wie die Tapete an der Wand. Aber immerhin hatte sie sich nach langen leidvollen Jahren, in denen sie immer unter der strahlenden Schönheit ihrer älteren Schwester gelitten hatte, an ihr Äußeres gewöhnt.

Geoff würde sich höchstwahrscheinlich fragen, warum sie es so eilig gehabt hatte, aber war zu höflich, um sie darauf anzusprechen. Und solange er nicht ahnte, dass Bain Desmond sie nicht ohne Make-up und in ihren schlabberigen Jogginghosen sehen sollte, war ihr das auch egal.

Sie musste zugeben, dass ein Teil von ihr – der Snob, die reiche Erbin – Geoff Monday als Teil des Personals abgestempelt hatte. Nicht, dass sie sich ihm gegenüber herablassend verhalten hätte; niemand litt insgeheim mehr an Selbstzweifeln als Cara. Und doch war sie Edward Bedells Tochter und hatte von Kindheit an die Rechte und Privilegien einer Milliardenerbin genossen. Hätte sie nicht ihre gesamte Jugend über im Schatten ihrer umwerfenden Schwester verbracht, so wäre aus ihr wahrscheinlich ein nutzloses, verzogenes Püppchen geworden. Aber im Gegensatz zu Audrey, die ihre Zeit damit verbracht hatte, Partys zu feiern und ihren Mann zu betrügen, hatte Cara Betriebwirtschaftslehre an der Universität von Tennessee studiert und bereits mit zweiundzwanzig Jahren ihren Abschluss gemacht. Bereits vor den tragischen Ereignissen, die sie über Nacht zur Chefin des weltweiten Konzerns gemacht hatten, war sie die Vizepräsidentin von Bedell, Inc. gewesen. Und aufgrund all ihrer Erfahrung konnte sie mit Gewissheit sagen, dass Intelligenz der Schönheit vorzuziehen war.

Gerade eben jedoch hätte sie, während sie verzweifelt ihren begehbaren Kleiderschrank nach einem passenden Outfit durchwühlte, viel für etwas mehr Schönheit gegeben. Nachdem sie drei verschiedene Ensembles anprobiert und wieder verworfen hatte, entschied sie sich schließlich für ein rotbraunes Wollkostüm mit einem längeren Rock und einer taillierten Jacke. Darunter trug sie eine smaragdgrüne Seidenbluse, deren obere drei Knöpfe sie absichtlich offen ließ. Ihre vollen Brüste waren ohne Frage einer ihrer großen Vorzüge, und sie konnte weiß Gott jede Hilfe gebrauchen, um Bain Desmond zu beeindrucken.

Nachdem sie sich angekleidet, geschminkt und ihr Haar aus dem Gesicht frisiert hatte, damit ihre großen Smaragdohrringe besser zur Geltung kamen, betrachtete sie sich prüfend in dem riesigen antiken Spiegel.

Wie würde sie auf ihn wirken?

Reich.

Warum gab sie sich überhaupt solche Mühe, Bain zu beeindrucken? Warum hoffte sie, dass er bemerken würde, dass sie sich für ihn schön gemacht hatte? Sie wusste doch, dass sie keine Chance bei ihm hatte. Und zwar nicht, weil er sie nicht attraktiv fand. Er stand auf sie, und daraus hatte er auch nie einen Hehl gemacht. Trotzdem hielt er sich wegen ihres Geldes von ihr fern. Wegen ihrer Milliarden.

Von allen Männern dieser Welt hatte sie sich ausgerechnet diesen altmodischen Macho aussuchen müssen! Bain wäre lieber gestorben, als dass er sich von seiner Frau hätte aushalten lassen. Er hatte Cara gegenüber mehr als deutlich gemacht, dass es für sie beide keine gemeinsame Zukunft geben konnte. Dass sie in zwei grundunterschiedlichen Welten lebten. Und dass sie niemals zusammenfinden würden, sosehr sie es sich auch wünschten.

Cara öffnete die Tür und trat auf den Korridor. Geoff sah an ihr herunter und pfiff anerkennend. Sie lächelte.

„Machen Sie so weiter, und ich sorge dafür, dass Sie eine schöne Prämie bekommen", scherzte sie.

Geoff musste lachen. Er war selbst kein Model, aber dafür ein echter Kerl mit Ecken und Kanten. Gestern Abend hatte er ihr erzählt, dass er zur einen Hälfte Engländer, zur anderen Schotte war. Inzwischen fühlte er sich aber auch in den USA ganz wie zu Hause.

Als sie ihn wiederholt mit *Mr. Monday* angesprochen hatte, bot er ihr an, ihn Geoff zu nennen. „Aber nur, wenn Sie mich Cara nennen", hatte sie geantwortet. „Immerhin werden wir es für weiß Gott wie lange miteinander aushalten müssen."

Cara mochte Geoff. Sie fühlte sich sehr wohl in seiner Gegenwart. Seine Scherze dienten nur dazu, die Situation etwas aufzulockern. Sie waren keine ernsthaften Annäherungsversuche.

„Da will wohl jemand den Herrn Lieutenant beeindrucken?", sagte Geoff nun lächelnd.

Cara wirkte mit einem Mal verunsichert. „Ich muss immer versuchen, die Menschen zu beeindrucken. Schließlich bin ich

Cara Bedell. Man erwartet ein bestimmtes Auftreten von mir. Was sollte Lieutenant Desmond denken, wenn ich ihn in meinem alten Trainingsanzug begrüße."

Cara Bedells Butler Aldrige, ein distinguierter Herr mittleren Alters, begleitete Bain in den Salon. Der Lieutenant hatte diesem Mausoleum, in dem die Bedells seit Generationen lebten, noch nie etwas abgewinnen können. Seit er vor zweieinhalb Jahren das erste Mal seinen Fuß über diese Schwelle gesetzt hatte, hatte sich zumindest an der kalten, unpersönlichen Inneneinrichtung etwas verändert. Cara hatte nach dem Tod ihres Vaters und ihrer Schwester einen Innenarchitekten beauftragt. Nichtsdestotrotz: Das Haus war für Bains Geschmack einfach zu groß, um einem das Gefühl von Geborgenheit zu vermitteln. Es glich eher einem Hotel als einem Zuhause. Hier könnte er sich nie im Leben wohlfühlen.

Aber was für einen Unterschied machte es schon, ob er dieses Haus mochte oder nicht. Leben würde er hier sowieso niemals.

„Nehmen Sie bitte Platz, Sir", forderte Aldridge ihn höflich auf. „Miss Bedell und Mr. Monday werden gleich bei Ihnen sein."

„Ja, vielen Dank." Bain setzte sich nicht, sondern begann, in dem großen Raum auf und ab zu laufen. Die Möbel in diesem Zimmer allein hatten wahrscheinlich mehr gekostet, als er jemals verdienen würde. Wozu brauchte man so teure Dinge?

Dabei war es nicht einmal so, als ob Cara alles neu gekauft hätte. Die meisten Möbel waren schon lange Zeit im Besitz ihrer Familie. Unbezahlbare Antiquitäten. Bain schnaubte. Das einzige annähernd antike Stück, das er besaß, war die alte Taschenuhr seines Großvaters. Er bewahrte sie in einem kleinen Tresor auf. Er kam aus einer Familie, in der die Menschen seit Generationen hart arbeiteten, ohne Reichtümer anzuhäufen. Seine Urgroßeltern waren bettelarme Bauern gewesen. Sein Großvater mütterlicherseits hatte seine Familie als LKW-Fahrer ernährt, der Großvater väterlicherseits war der erste Polizist in der Familie gewesen. Bains eigener Vater war in seine Fußstapfen getreten, doch erst, seit Bain als dritter Desmond in Folge Cop geworden war, konnte man wohl von einer Familientradition sprechen.

Bain betrachtete gedankenverloren die Statue eines nackten jungen Mannes auf dem Kaminsims.

„Guten Morgen, Lieutenant“, begrüßte ihn Cara, die unbemerkt das Zimmer betreten hatte und nun hinter ihm stand.

Er holte tief Luft und drehte sich zu ihr um. Hinter ihr stand der Bodyguard. Bain war nicht gerade begeistert von dem Gedanken, dass ein anderer Mann rund um die Uhr bei Cara war. Andererseits aber war er froh, dass sie und Lexie von Profis bewacht wurden. Seit sie nach dem Tod ihres Vaters die Leitung des Konzerns übernommen hatte, lag er ihr damit in den Ohren, dass eine Frau in ihrer Stellung dringend Personenschutz benötigte. Sie hatte ihn immer wieder mit dem Hinweis beschwichtigt, dass die Sicherheitstechnik sowohl in der Firma als auch in ihrem Haus modernsten Standards entsprach, und sie auf Reisen immer von einem der firmeninternen Sicherheitsleute begleitet wurde.

„Lexie und Mr. Bronson werden gleich zu uns stoßen. Es erschien mir sinnlos, die gleichen Informationen zweimal durchzugehen.“

Als sein Blick Caras traf, meinte er einen Anflug von Sehnsucht in ihren Augen zu erkennen. Ob sie das Gleiche in seinen lesen konnte? Wahrscheinlich. Obwohl sie sich ihr gegenseitiges Begehren niemals eingestanden hatten, war die Anziehungskraft zwischen ihnen unbestritten. Sie würden ihr jedoch niemals nachgehen können.

Ein Mal war Bain in Versuchung gewesen, Cara doch zu gestehen, was er für sie empfand: kurz nachdem Edward Bedell zugegeben hatte, seine Tochter Audrey versehentlich getötet zu haben, und Selbstmord beging. Bain befürchtete damals, dass dieser Nichtsnutz von Schwager Caras jugendliche Schwärmerei für ihn ausnutzen und sie zur Heirat überreden könnte. Grayson Perkins war ein Mann mit viel Charme, aber ohne Gewissen. Tatsächlich hatte er sich kurz nach dem Tod von seiner Frau und deren Vater an seine Schwägerin herangemacht. Cara war zum Glück stark genug gewesen, seine Absichten zu durchschauen und ihn abzuweisen. Aber dieser Gigolo war als Vorstandsmitglied von Bedell, Inc. nach wie vor Teil ihres Lebens. Und offensichtlich hatte er die Hoffnung immer noch nicht aufgegeben, sie eines Tages doch noch dazu überreden zu können, seine Frau zu werden.

Immerhin musste Cara die Anwesenheit ihrer Stiefmutter nicht mehr ertragen. Sie hatte Patrice eine riesige Abfindung gezahlt, um sie loszuwerden. Die vierte Ehefrau von Edward Bedell lebte inzwischen ein sorgenfreies Leben in Europa.

„Möchten Sie Kaffee?", fragte Cara, als sie auf Bain zuging.

Er schüttelte den Kopf. „Nein, danke."

Sie streckte ihm die Hand entgegen. „Es ist sehr nett von Ihnen, dass Sie extra hier rausfahren, anstatt uns die Neuigkeiten einfach am Telefon zu übermitteln."

Bain sah ihre Hand an. Ihre Finger waren lang und schlank, die Nägel kurz, klar lackiert und gepflegt. Es steckte kein Ring an diesen Fingern. Er zögerte einen Moment, dann aber ergriff er sie und schüttelte sie. „Das ist mein Job." Nur ungern ließ er sie wieder los.

Mit einer kurzen Handbewegung lud sie ihn ein, sich zu setzen. Er ließ sich auf dem brokatbezogenen Sofa nieder, sie sich daneben. Aus den Augenwinkeln bemerkte er, wie Geoff Monday Stellung bezog.

„Wie war der Verkehr?", wollte Cara wissen.

Bain zuckte mit den Schultern. „Ganz normal für diese Tageszeit."

„Es sieht aus, als würde es ein richtig schön sonniger Tag heute. Es soll noch mal an die zwanzig Grad geben."

„Ja, das habe ich auch im Radio gehört."

Als sie so dasaßen und sich über Nichtigkeiten unterhielten, vergaß Bain beinahe, dass sie nicht allein waren. Wie jeder gute Bodyguard war Geoff Monday zwar hellwach und aufmerksam, verstand es jedoch, sich unsichtbar zu machen.

Auf einmal gingen die Schiebetüren zum Salon auf, und Aldridge kam herein. „Verzeihen Sie, Miss Bedell. Hier ist ein Anruf für Sie." Er hielt ihr das tragbare Haustelefon entgegen.

„Wer ist dran?", fragte sie.

„Der Herr wollte mir seinen Namen nicht nennen, bestand aber darauf, dass es dringend sei", erwiderte Aldridge. „Es ginge gewissermaßen um Leben und Tod, waren seine Worte."

Bains Blick, dem Cara zuvor während ihrer kleinen Unterhaltung geflissentlich ausgewichen war, traf sie nun mit voller Wucht.

„Sie glauben doch nicht, dass der Anrufer …?"

„Gehen Sie ran!", befahl ihr Bain. „Gibt es hier drinnen noch ein Telefon?"

Sie nickte und deutete auf ein dekoratives Kristalltelefon, das auf dem antiken Mahagonischränkchen in der Ecke stand.

„Im Laufe des Tages werde ich unsere Techniker anweisen, hier eine richtige Abhöranlage zu installieren. Und das gleiche machen wir auch mit Ihrer Firmenleitung." Außerdem würde er dafür sorgen, dass auch Lexies Telefone überwacht würden.

Cara erhob sich vom Sofa und griff nach dem Telefon, das Aldridge ihr entgegenstreckte. Bevor sie sich meldete, wartete sie jedoch, bis Bain ihr zunickte. Dann drückte sie den Hörer ans Ohr und sagte: „Hallo. Hier spricht Cara Bedell. Worum geht es bitte?"

In diesem Moment hob Bain geräuschlos den Hörer des zweiten Apparates ab.

Der Mann am anderen Ende sprach mit offensichtlich verstellter Stimme. „Wenn Sie Ihr Engagement für Helping Hands einstellen und öffentlich erklären, dass Lexie Murrough eine egoistische und selbstsüchtige Heuchlerin ist, lasse ich Sie am Leben."

„Wer sind Sie, und warum tun Sie das?", fragte Cara. Ihre Stimme zitterte, ihr Blick war jedoch fest auf Bain gerichtet. Geoff hielt sich im Hintergrund.

„Wer ich bin, tut nichts zur Sache. Ich gebe Ihnen 48 Stunden, meinen Forderungen nachzukommen. Wenn Sie das nicht tun, betrachte ich Sie weiterhin als meine Feindin. Dann werden Sie einen hohen Preis für Ihre Loyalität bezahlen."

Das Besetztzeichen erklang. Es war vorbei. Bain legte den Hörer auf und eilte zu Cara. Vorsichtig nahm er ihr das schnurlose Telefon aus der Hand, löste ihre verkrampften Finger und gab das Telefon an Aldridge weiter.

„Geht es Ihnen gut?", fragte Bain besorgt.

„Gleich. Sobald ich aufgehört habe, zu zittern." Dabei lächelte sie ihn zaghaft an. „Dieser Typ ist verrückt. Aus irgendeinem Grund scheint er Lexie zu hassen. Ausgerechnet Lexie! Sie ist eine der nettesten und fürsorglichsten Personen, die ich kenne."

Bain tauschte einen besorgten Blick mit dem Bodyguard. „Wir haben es hier eindeutig mit einer sehr gefährlichen Person zu tun." Während er Cara sanft am Ellbogen fasste und sie zurück zur Couch führte, berichtete er Geoff in knappen Worten, was der Anrufer gesagt hatte.

Als sie am Sofa angekommen waren, machte sich Cara los und sah Bain direkt an. „Mir geht es gut." Er warf ihr einen skeptischen Blick zu. „Wirklich, es geht mir gut." Sie sah über ihre Schulter zu ihrem Bodyguard und wandte sich dann wieder an Bain. „Sie sollten sich auf den Weg machen, Lieutenant, Sie haben doch jetzt bestimmt eine Menge zu tun. Geoff wird bei mir bleiben und mich nicht aus den Augen lassen."

Bain konnte sich kaum zurückhalten. Am liebsten hätte er Cara in seine Arme gezogen und sie an sich gedrückt. In dieser Welt war wirklich etwas verkehrt, wenn ein Mann nicht für eine Frau da sein konnte, die er so liebte, wie er Cara liebte.

„Soll ich Lexie anrufen und ihr von dem Vorfall erzählen?", fragte Cara.

„Ich werde Deke kontaktieren, wenn Sie einverstanden sind, Lieutenant", schlug Geoff vor.

„Ja. Natürlich."

Bain ging in die Eingangshalle und rief auf dem Revier an. Nach einem kurzen Bericht über die Sachlage gab er seinem Partner eine Reihe von Aufträgen. Vielleicht konnte er nicht rund um die Uhr bei Cara bleiben, aber er würde verdammt noch mal alles unternehmen, um herauszufinden, wer hinter diesen Drohungen steckte. Und er würde höchstpersönlich dafür sorgen, dass dieser Irre hinter Gitter kam, bevor er Cara oder Lexie irgendetwas antun konnte.

Er hatte sich im Hinterhof eines Nachbargebäudes versteckt und blickte zu Lexie Murroughs Loft hoch, während er das Handy mit einem selbstzufriedenen Lächeln in die Jackentasche gleiten ließ. Es war toll gewesen, die Angst in Cara Bedells Stimme zu hören. Sie hatte nach Kräften versucht, sich nichts anmerken zu lassen, aber keiner kannte den Klang von Angst besser als er selbst. Als Junge hatte er mit ansehen müssen, wie sein Vater brutal ermordet worden war. Ein Albtraum. Er war gerade mal zwölf Jahre alt gewesen. Seine Mutter und er hatten Gadi verlassen müssen. Sie wurden zu unerwünschten Flüchtlingen, die von einem Land ins nächste abgeschoben wurden. Schließlich hatte seine Mutter einen anständigen Mann getroffen, der sie geheiratet und ihren Sohn angenommen hatte. Aber als er vierzehn gewesen war, waren seine Mutter und sein Stiefvater bei einem Autounfall ums

Leben gekommen. Seitdem musste er für sich alleine sorgen. Er wäre wahrscheinlich verhungert, wenn da nicht ein mitfühlender Nachbar gewesen wäre. Aber er verdankte Kalil Ben Riyad nicht nur sein Leben: Kalil war es auch gewesen, der ihn mit seiner neuen Familie, dem Majeed, bekannt gemacht hatte.

Er richtete das kleine Fernglas, das um seinen Hals hing, auf den Parkplatz hinter Lexies Haus. Auch wenn er nicht wusste, wann sie und ihr Bodyguard auftauchen würden, würde er hier warten. Schließlich hatte er heute nichts anderes zu tun. Und die Panik, die sich in ihrem Gesicht abzeichnen würde, wenn sie seine Überraschung entdeckte, wollte er sich auf keinen Fall entgehen lassen.

5. KAPITEL

Deke ging ein wenig langsamer, um sein Tempo Lexies leichtem Humpeln anzupassen. Sie hasste es, wenn das jemand tat. Bevor diese Kugel sie in den Rücken getroffen hatte, war sie einigermaßen sportlich gewesen. Sie war gejoggt und geschwommen, hatte Softball gespielt und gerne getanzt. Jetzt musste sie sich glücklich schätzen, dass sie noch laufen und schwimmen konnte. Ja, sie hatte Glück im Unglück gehabt; immerhin war ihr Rückenmark nicht ganz durchtrennt worden. Und was geschehen war, war geschehen. Soviel sie auch darüber nachdachte – es ließ sich nun nicht mehr ändern.

Warum sollte sie also überhaupt daran denken?

Weil sie sich in Deke Bronsons Gegenwart so hilflos fühlte. Und genau gegen dieses Gefühl hatte sie die letzten zehn Jahre lang angekämpft. Sie hatte zwar eine Behinderung, aber sie war eine starke und unabhängige Frau, die sehr gut alleine zurechtkam.

Außer, wenn ihr Leben von einem unbekannten Bombenleger bedroht wurde.

Deke öffnete die Hintertür. Aus der Ferne erklang leises Verkehrsrauschen. Sie waren die einzigen Menschen auf dem Parkplatz, nur auf dem benachbarten Hof hielten sich ein paar Leute auf. Sie traten gemeinsam hinaus in die Herbstsonne.

„Bleiben Sie bitte zurück", sagte Deke, während er seinen Blick über das gesamte Areal schweifen ließ und schließlich an den vier Wagen hängen blieb, die in einer Reihe am hinteren Ende des Hofes parkten. „Ich muss zuerst Ihr Auto untersuchen."

„Worauf wollen Sie mein Auto denn untersuchen?" Kaum hatte sie die Worte ausgesprochen, da wurde ihr klar, was er meinte. Sie wurde blass. „Auf Bomben?"

Er nickte. „Bleiben Sie mit dem Rücken zur Tür stehen und bewegen Sie sich keinen Zentimeter, egal was passiert. Haben Sie verstanden?"

Sie nickte.

„Das würde ich gerne laut und deutlich von Ihnen hören", sagte er bestimmt.

„Ja, ich habe verstanden."

Lexie presste sich an die Tür und beobachtete, wie Deke auf ihren SUV zuging. Plötzlich erschütterte eine laute Detonation den Parkplatz. Aus dem Auto, das am linken Ende der Vierergruppe geparkt war, schlugen hohe Flammen. Überall flogen Plastik- und Metallteile durch die Luft. Deke drehte sich auf dem Absatz um und rannte zu Lexie zurück. Doch bevor er sie erreichte, ging eine zweite Explosion los. Der rote Mustang, der neben dem ersten Auto gestanden hatte, spuckte nun ebenfalls Feuer.

Oh Gott! Warum in aller Welt zerstörte jemand die Autos ihrer Nachbarn?

Deke wurde von der Druckwelle der zweiten Explosion direkt in Lexies Arme geschleudert. Ehe sie sich versah, packte er sie und drückte sie gegen die Hintertür. Gerade als er sie aufstieß, detonierte erneut ein Auto. Diesmal hatte es Lexies Wagen getroffen.

Rasch schubste Deke sie ins Gebäude. Sie stolperte, verlor ihren Stock. Er verhakte sich im Türrahmen. Während Deke versuchte, die Tür mit dem Fuß zu schließen, legte er seinen Arm um ihre Hüfte und presste sie an sich, sodass sein Körper wie ein Schutzschild zwischen ihr und den Flammen stand. Endlich knallte die Tür ins Schloss.

Durch das zerbrochene Hinterfenster sahen sie, wie nur Sekunden später das vierte Auto – ein weißer Mercedes – explodierte. Bibbernd vor Angst, hing Lexie an Deke. Sie stand so unter Schock, dass sie kaum Luft bekam.

Atme tief durch. Beruhig dich. Du bist in Sicherheit. Deke ist auch in Sicherheit. Keiner ist verletzt. Autos kann man ersetzen.

Deke beeilte sich, Lexie vom Fenster wegzuführen. Aus

dem Aufzug stiegen gerade einige andere Bewohner des Apartmenthauses. Zum Teil trugen sie noch ihre Pyjamas und Pantoffeln.

Roy und Betsy Morrison, ein Paar mittleren Alters, dem der Mercedes gehört hatte, kamen zuerst heraus, danach folgte Susan McKelvey, die Besitzerin des roten Mustangs.

„Was ist denn nur passiert?“, wollte Roy wissen. „Wir waren gerade beim Frühstück, da hörten wir eine schreckliche Explosion.“

„Als ich aus dem Fenster sah, habe ich gesehen, dass der Wagen von Wilsons in Flammen stand“, ergänzte Susan.

„Sie sollten sich alle sofort zurück in Ihre Wohnungen begeben“, forderte Deke die verwirrten Anwohner auf. „Ich rufe jetzt die Polizei.“ Er bückte sich, hob Lexies Stock auf und reichte ihn ihr. Dann griff er nach seinem Handy. „Alle vier Autos auf dem Parkplatz sind explodiert.“

Susan und Betsy rangen um Fassung.

„Jemand hat unsere Wagen in die Luft gejagt?“ Ein erschrockener Ausdruck erschien auf Roys rundem, etwas einfältigem Gesicht.

Als endlich alle Anwohner wieder in den Aufzug gestiegen waren und er sich in Bewegung gesetzt hatte, tätigte Deke seinen Anruf. Er sprach sehr leise, und da die Morrisons und Susan vor Aufregung in einem fort durcheinanderredeten, konnte Lexie nicht alles verstehen, was er sagte. Aber offensichtlich sprach er zunächst nicht mit der Polizei, sondern mit Geoff Monday. Erst als die Morrisons im ersten Stock und Susan im zweiten ausgestiegen waren, konnte Lexie der Unterhaltung folgen.

„Ja, Lieutenant, es geht ihr gut. Wir sind gerade auf dem Weg zurück in ihre Wohnung.“

Bain war also bereits bei Cara, und Deke informierte ihn, nachdem er zunächst mit Geoff gesprochen hatte.

Als die Aufzugtüren aufgingen, folgte er Lexie, setzte aber

seine Unterhaltung mit Bain fort. Größtenteils war er Zuhörer. Er gab nur ab und an einen kurzen Kommentar ab.

Im Apartment angekommen, beendete er den Anruf und steckte das Handy zurück in seine Jackentasche.

„Wollen Sie sich nicht setzen? Sie sehen mitgenommen aus."

Lexie brauchte keine zweite Aufforderung. Ohne Umwege ging sie ins Wohnzimmer und ließ sich in ihren Lieblingssessel fallen. Ihren Gehstock ließ sie dabei kraftlos zu Boden gleiten.

Deke setzte sich ihr gegenüber aufs Sofa. „Geht es Ihnen gut?"

„Abgesehen davon, dass ich Todesangst habe?", fragte sie trocken. „Ja, abgesehen davon geht es mir gut. Ich habe nur das Gefühl, dass ich mich übergeben muss."

„Das ist ganz normal. Wenn Sie sich übergeben müssen, tun Sie es. Hauptsache, Ihre Nerven beruhigen sich."

„Die Autobomben ..." Sie holte tief Luft. „Sie stehen in Verbindung mit dem Anschlag gestern, nicht wahr? Das war derselbe Täter. Und ich bin sein Ziel."

„Wahrscheinlich."

„Aber warum bringt er unschuldige Menschen in Gefahr? Warum hat er gleich alle vier Autos in die Luft gejagt und nicht nur meines?"

„Ich nehme an, er versucht, Sie zu Tode zu erschrecken, Lexie. Und so wie es aussieht, hat er Erfolg."

Er hatte recht.

„Es wäre leichtsinnig, die Anschläge nicht ernst zu nehmen."

„Ja, das wäre es in der Tat. Es kommt aber darauf an, wie Sie mit Ihrer Angst umgehen. Sie müssen sich jetzt schützen, ohne in Panik zu verfallen."

„Aber wer tut so etwas? Soweit ich weiß, habe ich keine Feinde. Jedenfalls kenne ich niemanden, der mir schaden wollte."

„Gut möglich, dass Sie ihn gar nicht kennen", erwiderte Deke. „Es könnte ein Stalker sein oder ein Verrückter, der aus irgendeinem Grund etwas gegen Ihre Arbeit bei Helping Hands hat. Oder jemand aus Ihrer Vergangenheit, der, warum auch immer, all seinen Hass und Groll auf Ihre Person projiziert hat."

Die Übelkeit, die bei seinen Worten weiter in ihr aufgestiegen war, wanderte ruckartig zurück in ihren Magen und hinterließ einen beißenden Geschmack in ihrer Speiseröhre. „Ich brauche einen Schluck Wasser." Sie schickte sich an aufzustehen.

Deke aber gab ihr ein Zeichen, sich wieder hinzusetzen. „Ich mach das schon."

„Wasser ist im Kühlschrank."

Auf dem Weg sagte er: „Lieutenant Desmond ist unterwegs. Er sollte jeden Moment hier sein." Er öffnete den Kühlschrank und fischte eine kleine Flasche Wasser hervor. „Die Spurensicherung und das Sprengstoffteam müssen alles ganz genau unter die Lupe nehmen. Es könnten noch weitere Bomben versteckt worden sein."

Lexies Körper verkrampfte sich. „Hier?"

Deke schüttelte den Kopf. „Das ist höchst unwahrscheinlich. Wenn dieser Typ Sie hätte umbringen wollen, dann hätte er die Bombe gestern in Ihrem Büro versteckt oder zumindest irgendwo in Ihrer Nähe. Das Gleiche gilt für die Autobomben. Wenn Sie hätten sterben sollen, hätte er gewartet, bis Sie im Auto sitzen."

Lexie seufzte erleichtert auf.

Deke reichte ihr das Wasser. „Miss Bedell und Geoff sind auch auf dem Weg hierher."

Lexie drehte den Schraubverschluss auf und trank einen Schluck. Als das eisgekühlte Wasser in ihrem Magen ankam, stöhnte sie leise auf. „Das war keine gute Idee." Unbeholfen suchte sie zu ihren Füßen nach ihrem Stock.

„Brauchen Sie Hilfe?", bot Deke sich an.

So schnell es ihr möglich war, bewegte sich Lexie in Richtung Gästebad.

„Oh Gott. Ich weiß nicht, ob ich das schaffe."

Doch Deke war bereits aufgesprungen und zu ihr geeilt. Ohne zu zögern, nahm er sie in seine Arme und trug sie ins kleine Bad. Mit einer Hand hob er den Toilettendeckel und platzierte Lexie dann direkt vor der Schüssel. Die ganze Zeit über hielt er sie jedoch um die Hüfte gefasst, um sie zu stützen – auch, als sie sich vornüber beugte und sich erbrach.

Nachdem sie ihren Morgenkaffee losgeworden war, hob sie ihren Kopf an, wischte sich mit dem Handrücken über den Mund und blickte über die Schulter hinweg zu Deke. Es war ihr schrecklich unangenehm, dass er sie so sah. Nachdem sie monatelang gelähmt im Krankenhaus verbracht hatte und auch während der folgenden jahrelangen Physiotherapie auf die Hilfe anderer angewiesen gewesen war, war sie heute eigentlich besonders stolz darauf, alleine zurechtzukommen.

„Es tut mir leid", murmelte sie.

„Kein Problem. Das ist eine vollkommen normale Reaktion."

Als sie aufstand, wankte sie leicht, aber Deke hielt sie fest. Nach ein paar Minuten hatte sie ihr Gleichgewicht zurückgewonnen, und als der Schwindel und die Übelkeit vorüber waren, machte sie sich los.

„Mir geht's schon besser", sagte sie, während sie sich auf den Rand des Waschbeckens stützte. „Ich würde mir gerne das Gesicht waschen. Sie können mich ruhig allein lassen." Als er trotzdem hinter ihr stehen blieb, drehte sie sich zu ihm um und sagte: „Mir geht es wirklich gut."

Er sah sie ernst und besorgt an, verließ dann aber tatsächlich den Raum und schloss die Tür hinter sich.

Lexie stützte sich erneut mit aller Kraft am Waschbecken ab. Es sah ihr gar nicht ähnlich, die Nerven zu verlieren. Also warum ausgerechnet jetzt? Vielleicht, weil die Ausnahmesituationen, die sie in den letzten zehn Jahren erlebt hatte, nie lebensbedrohlich gewesen waren. Das war das letzte Mal an jenem schrecklichen Tag in Gadi gewesen. An dem Tag, an dem sie mit ihrem eigenen Leben gespielt und den Tod eines anderen verschuldet hatte. Sie würde nie vergessen, dass Marty Bearns ihrer Dickköpfigkeit wegen sterben musste. Niemand sonst hatte ihr je die Schuld an seinem Tod gegeben – nicht einmal Martys Frau oder seine Tochter. Doch egal, wie viele Menschen sie von diesem Verbrechen bereits freigesprochen hatten: Lexie selbst war von ihrer Schuld überzeugt. Sie war die ehrgeizige junge Reporterin gewesen, die ihren Kameramann angewiesen hatte, weiterzufilmen, als das Hinrichtungskommando das Feuer eröffnet und die Leibgarde von Präsident Tum zurückgeschossen hatte.

Wären Marty und sie damals in Deckung gegangen, dann wäre keiner von ihnen angeschossen worden. Marty wäre noch am Leben. Und sie wäre nicht …

„Alles in Ordnung, Lexie?“, erkundigte Deke sich durch die geschlossene Tür.

„Ja, mir geht es gut.“ Damit konnte sie nicht einmal sich selbst überzeugen. „Ich brauche noch ein paar Minuten.“

Als ihr Leben wirklich in Gefahr gewesen war, hatte sie sich einfach zur falschen Zeit am falschen Ort befunden. Der Mann, der damals auf sie geschossen hatte, hatte sie gar nicht treffen wollen; seine Kugel war nicht für sie bestimmt gewesen. Sie hatte einfach in der Schusslinie gestanden. Dieses Mal aber ging es um sie persönlich. Der Anschlag galt ihrer Person, er trug ihren Namen. Für den Mann, der sie und Cara und Helping Hands bedrohte, war dies kein Zufall. Er meinte genau sie.

Seit zwanzig Minuten ließ Deke Lexie inzwischen schon im Gästebad alleine. Zweimal hatte er sich durch die Tür nach ihr erkundigt, und beide Male hatte sie ihm versichert, dass es ihr gut ginge. Er glaubte ihr kein Wort. Wahrscheinlich musste sie sich zwar nicht mehr übergeben, übel war ihr aber bestimmt trotzdem noch – vor Angst. Und zweifelsohne hatten sie die Erinnerungen an einen lang vergangenen Tag am anderen Ende der Welt eingeholt und quälten sie nun. Dachte sie über den Moment nach, in dem ihr Kameramann erschossen worden war? Oder daran, wie die Kugel sie in den Rücken getroffen hatte? Die Kugel, die aus seiner Waffe gekommen war. Fragte sie sich, warum dies alles ausgerechnet jetzt passierte, wo sie ihr Leben wieder geordnet hatte und endlich glücklich war?

War sie eigentlich glücklich? Wirklich glücklich?

Vielleicht war es altmodisch von ihm, aber er konnte sich dieses Gedankens nicht erwehren. Immerhin war Lexie Murrough eine attraktive und intelligente junge Frau, und doch hatte sie mit vierunddreißig Jahren immer noch keinen Partner fürs Leben gefunden. Es sei denn, zwischen ihr und Bain Desmond war doch mehr, als sie zugab. Ja, Deke wusste, dass eine moderne Frau wie Lexie auch ohne Mann ein erfolgreiches und ausgefülltes Leben haben konnte, aber …

Ein Läuten an der Tür riss Deke aus seinen Gedanken. Er verließ seinen Posten vor der Badezimmertür, um durch den Spion in den Hausflur zu sehen. Erst, als er sich versichert hatte, dass es sich bei den Besuchern um Lieutenant Desmond, Cara Bedell und Geoff Monday handelte, öffnete er die Tür und ließ sie eintreten.

„Wie geht es Lexie?", fragten Cara und Bain wie aus einem Munde.

„Sie steht ein wenig unter Schock, aber sonst geht es ihr ganz gut."

„Wo ist sie?" Cara sprintete in die Wohnung, um nach ihrer Freundin zu sehen.

Die Tür des Gästebads öffnete sich, und Lexie trat heraus. Ihr Gesicht war bleich, aber ihre Haltung war tapfer und aufrecht. „Ihr wart aber schnell hier."

Cara eilte auf Lexie zu, nahm ihre Hände und musterte

ihre Freundin prüfend von oben bis unten. „Gott sei Dank, dir ist nichts passiert." Dann blickte sie sich zum Lieutenant um. „Wir sind Bain hinterhergefahren. Die Leute halten an, wenn ein Polizeiauto mit Blaulicht kommt."

Desmond kam zu den beiden herüber und tätschelte ermutigend Lexies Arm. „Ich muss jetzt runter zu meinen Leuten, aber ich komme so bald wie möglich zurück. Du musst mir noch ein paar Fragen beantworten."

„Geh nur und tu, was du tun musst", beruhigte ihn Lexie. „Deke wird sich hier oben um alles kümmern."

Desmond sah zu Deke hinüber. „Eigentlich bräuchte ich Mr. Bronson unten bei mir. Aber Mr. Monday und Cara werden hierbleiben."

Cara zog Lexie auf das Sofa. Die beiden Frauen setzten sich dicht nebeneinander und begannen leise, beinahe flüsternd, miteinander zu sprechen.

Desmond und Deke verließen die Wohnung . Als sie auf den Aufzug warteten, fragte der Lieutenant: „Waren Menschen in den Autos?"

„Ich habe jedenfalls keine gesehen."

Desmond nickte und räusperte sich. „Ich habe gerade erfahren, dass heute Nacht ein weiterer Mitarbeiter von Helping Hands, der gestern bei dem Anschlag verletzt wurde, gestorben ist."

„Verdammt", zischte Deke.

„Wer auch immer dieser Typ ist – er hat bereits zwei Menschenleben auf dem Gewissen. Er hat es auf Lexie abgesehen, und er wird nicht aufhören. Wir müssen ihn kriegen."

„Er weiß, wo Lexie arbeitet und wo sie wohnt. Ich gehe davon aus, dass diese Anschläge von langer Hand geplant waren. Wahrscheinlich beobachtet er sie schon eine ganze Weile."

Bain nickte. „Was ich jetzt sage, hat nichts damit zu tun, dass ich an ihren Fähigkeiten als Bodyguard zweifeln würde. Aber Cara hat vorgeschlagen – und ich finde den Vorschlag gut –, dass Lexie vorerst zu ihr zieht. Die Sicherheitstechnik auf ihrem Anwesen ist auf dem neuesten Stand. Die beiden Frauen wären dort sicher."

„Ich habe nichts dagegen einzuwenden. Das ist eine gute Idee. Aber ich bin nicht derjenige, den Sie davon überzeugen müssen."

Die Aufzugtüren öffneten sich. Die beiden Männer fuhren wortlos nach unten.

Unten angekommen, gingen sie direkt in den Hinterhof des Gebäudes. Dort wimmelte es bereits von Polizisten, die den Ort des Verbrechens absperrten und auf Spuren untersuchten.

„Ich muss kurz mit ein paar Leuten sprechen, und dann müssen sie mir ganz genau erzählen, was heute Morgen passiert ist. Ich muss jeden Schritt wissen, den Lexie und Sie gemacht haben." Desmond winkte einen großen rothaarigen Typen zu sich, der in Zivil gekleidet war, aber eine Polizeimarke an einer Kette um den Hals trug. Er kaute auf einem Kaugummi herum.

Da klingelte Dekes Handy. Er warf einen Blick aufs Display, bevor er das Telefon ans Ohr drückte.

„Was gibt's, Geoff?"

„Lexie hat gerade schon wieder einen Anruf von diesem verrückten Bombenleger erhalten."

„Dieser Dreckskerl!", fluchte Deke. „Was hat er gesagt?"

Schweigen.

„Raus mit der Sprache!"

„Er sagte, dass sie eigentlich schon in Gadi hätte sterben sollen. Und dass er dafür sorgen wird, dass dieser Fehler schon bald korrigiert wird."

„Es ist doch nur für kurze Zeit! Nur, bis Bain diesen Kerl erwischt hat.“ Cara saß auf dem Bett und sah Lexie dabei zu, wie sie Kleidung für eine Woche einpackte.

„Ich sehe ja ein, dass ich bei dir sicherer bin als hier. Mir gefällt der Gedanke einfach nicht, dass dieser Psychopath es schafft, mich aus meinem eigenen Zuhause zu vertreiben.“

„Das verstehe ich. Mir würde es genauso gehen“, erwiderte Cara. „Aber wenigstens kannst du in ein paar Tagen wieder ins Büro, versprochen. Sobald die Polizei die Spurensicherung abgeschlossen hat, werde ich die neueste Sicherheitstechnik installieren lassen. Wenn dieser Kerl denkt, er kann uns Angst einjagen und dafür sorgen, dass Helping Hands seine Arbeit niederlegt, dann zeigen wir ihm, dass er sich irrt.“

„Ja, das werden wir.“ Lexie zwang sich zu einem vorsichtigen Lächeln. „Es tut mir leid, dass du da mit reingeraten bist. Und dass Helping Hands zur Zielscheibe dieses Verrückten geworden ist. Dabei geht es ihm ja offenkundig um mich. Ich bin es, auf die er es eigentlich abgesehen hat.“

Cara sprang vom Bett auf und legte ihre Hand auf Lexies Schulter, während diese versuchte, den Koffer zu schließen. „Desmond denkt, dass die Verbindung zu Gadi sie bei ihren Ermittlungen weiterbringen wird. Es ist entweder jemand, der deine Lebensgeschichte ganz genau studiert hat oder jemand aus deiner Vergangenheit.“

„Oder er hatte gar nichts mit Gadi zu tun und hat das nur gesagt, um uns auf die falsche Fährte zu locken.“

Cara umarmte ihre Freundin mit ernstem Gesicht. „Das kann natürlich sein.“

In diesem Moment steckte ihr Bodyguard den Kopf zur Schlafzimmertür herein. „Brauchen die Damen vielleicht Hilfe?“

„Könnten Sie Lexies Gepäck nehmen?“ Cara deutete auf

den kleinen Koffer und die Tasche, die am Fußende des Bettes lagen.

„Selbstverständlich." Geoff kam in den Raum, nahm beide Gepäckstücke an sich und ging zurück in das Wohnzimmer.

„Wo ist denn Mr. Bronson?", rief ihm Lexie hinterher.

„Er holt gerade das Auto. Er wartet unten auf uns."

Lexie nickte und wandte sich an Cara. „Vielen Dank, dass du Bodyguards für uns engagiert hast. Ich weiß, dass das sehr teuer ist. Ich würde gern selbst dafür aufkommen."

„Papperlapapp." Cara lehnte Lexies Angebot mit einer ungeduldigen Handbewegung ab. „Ich habe mehr Geld, als ich jemals ausgeben kann. Zumindest sagt man mir das. Was Dundee für die beiden Agenten berechnet, ist nicht mehr als ein Taschengeld."

Caras gab ihrer Freundin einen freundschaftlichen Klaps.

„Startklar?"

„Startklar."

Nachdem Lexie ihre Alarmanlage angeschaltet und ihre Tür verriegelt hatte, fuhren sie mit dem Aufzug ins Erdgeschoss und verließen das Gebäude. Deke hatte Caras Mercedes direkt vor dem Eingang des Wohnblocks geparkt und lehnte mit verschränkten Armen an der Kühlerhaube. Als er sie sah, richtete er sich zu seiner vollen Größe auf und ging auf sie zu. Er begleitete die Frauen zum Auto, während Geoff Lexies Taschen im Kofferraum verstaute.

Als sie es sich bequem gemacht hatten – die Damen auf dem Rücksitz, die beiden Bodyguards vorne – und Deke das Auto sicher durch den Verkehr steuerte, sagte Cara: „Hör zu, Geoff und ich werden kurz ins Büro gehen. Es gibt ein paar Dinge, die ich von zu Hause nicht erledigen kann." Cara streichelte beruhigend Lexies Hand. „Mr. Bronson wird dich begleiten. Ich habe Aldridge gebeten, dein Zimmer vorzubereiten. Fühl dich bitte ganz wie zu Hause."

„Vielen Dank." Lexie zwang sich zu einem Lächeln.

Zehn Minuten später waren sie am Firmensitz von Bedell, Inc. angelangt, und Cara und Geoff stiegen aus dem Wagen. Sie wurden sofort von Sicherheitsleuten in Empfang genommen und ins Gebäude geleitet. Lexie nahm auf dem Beifahrersitz Platz, und Deke fuhr wieder los. Zwanzig Minuten später hatten sie ihr Ziel erreicht. Das Anwesen der Bedells war von einem Vorfahren Caras erbaut worden. Damals lebten alle reichen Bürger von Chattanooga auf diesem Hügel am Stadtrand. Er bot einen traumhaften Ausblick über die Stadt und ihre Umgebung. Nachdem Deke den Sicherheitscode eingegeben hatte, öffneten sich die Tore des Anwesens von selbst. Er parkte das Auto vor dem Haus und trug Lexies Taschen bis an die Eingangstür, wo sie vom Butler in Empfang genommen wurden.

„Treten Sie bitte ein, Miss Murrough, Mr. Bronson“, begrüßte Aldridge sie freundlich. „Ich zeige Ihnen Ihre Zimmer.“

Lexie lächelte den Butler dankbar an und folgte ihm durch die langen Korridore der riesigen Villa. Sie fragte sich immer wieder, wie man sich hier wohlfühlen konnte. Sie selbst stammte aus einer Mittelklassefamilie in Georgia. Ihr Vater, der früh verstorben war, hatte als Sportlehrer gearbeitet, und ihre Mutter war Krankenschwester am örtlichen Krankenhaus. Sie war auf einer weitläufigen Farm aufgewachsen; der einzige Luxus war ein Swimmingpool gewesen, der Lexie den Neid aller Nachbarskinder eingebrachte. Wirklichen Reichtum hatte sie erst kennengelernt, als sie auf der Universität von einer Mitbewohnerin übers Wochenende nach Kentucky eingeladen worden war. Das Mädchen stammte aus einer alten Familie von Pferdezüchtern, aber selbst deren riesige Pferderanch war nichts im Vergleich zum Familiensitz der Bedells. Mit Pferdezucht ließen sich Millionen verdienen, aber eben keine Milliarden.

„Wenn Ihnen dieses Zimmer nicht genehm ist, geben Sie mir bitte Bescheid.“ Aldridge öffnete die Tür zu einem riesigen Raum, der mit kostbaren Antiquitäten möbliert und kostbaren Stoffen dekoriert war.

„Es ist wundervoll.“ Lexies Blick schweifte über das Himmelbett, den antiken Wandschrank und die Sitzecke unter dem Fenster.

„Ihr Zimmer ist gleich nebenan, Mr. Bronson“, fuhr Aldridge fort. „Zwischen den beiden Räumen gibt es eine Verbindungstür.“ Der Butler sah Deke an. „Das war früher das Kinderzimmer, und nebenan wohnte das Kindermädchen.“

„Ich bin mir sicher, wir werden uns wohlfühlen“, erwiderte Deke.

„Ich sorge dafür, dass Ihr Gepäck gleich hinaufgebracht wird.“ Aldrige sah zwischen Deke und Lexie hin und her. „Wäre das alles für den Moment?“

„Ja, vielen Dank“, versicherte Lexie.

Deke nickte nur.

„Das Mittagessen wird um ein Uhr serviert“, schob Aldridge noch nach. „Wenn Sie es vorziehen, früher oder später zu essen, lassen Sie es mich bitte wissen, dann gebe ich der Köchin Bescheid.“

„Ein Uhr ist wunderbar. Danke!“, erwiderte Lexie.

Sobald Aldridge verschwunden war, trat Deke ans Fenster und blickte hinaus auf den Park. „Dies ist ein sehr ruhiger Ort, finden Sie nicht?“

„Ja“, stimmte Lexie ihm zu. „Und ziemlich beeindruckend.“

„Wer auch immer gesagt hat, dass die Reichen nicht sind wie du und ich, wusste wovon er sprach.“

Sie betrachtete ihn lächelnd. Deke Bronson hatte ein schmales Gesicht mit hohen Wangenknochen. Er war kein Schönling, aber seine maskuline Ausstrahlung war ähnlich überwältigend wie die Bedell-Villa. Lexie fragte sich, ob er sich dessen bewusst war. War ihm klar, dass jede Pore seines Körpers Sex-Appeal verströmte? Hatte er bemerkt, wie unwiderstehlich sie ihn fand mit seinem Dreitagebart, dem schwarzen Haar und den stahlgrauen Augen? Gleichzeitig warnte sie eine innere Stimme vor ihm.

„Kann ich irgendetwas für Sie tun?“, fragte er in diesem Moment.

„Äh ... nein, danke. Ich werde auspacken und ein bisschen lesen. Ich habe ein paar Bücher mitgenommen.“ Sie wich seinem Blick absichtlich aus und sah über seine Schulter hinweg an die Wand.

„Dann sehe ich mir mein Reich mal an.“ Deke ging auf die Tür zu, die die beiden Räume verband. Dann hielt er einen Moment inne. „Schließen Sie diese Tür bitte nicht ab. Ich werde Ihre Privatsphäre selbstverständlich respektieren und anklopfen, bevor ich hereinkomme.“

Als ihre Blicke sich trafen, glaubte sie, etwas Wildes, Ursprüngliches in seinen Augen zu entdecken. Oder bildete sie sich das nur ein? Weil sie kein Wort herausbrachte, nickte sie einfach, und Deke gab sich damit zufrieden. Er ging nach nebenan und schloss die Tür leise hinter sich.

Mit einem tiefen Seufzer ließ Lexie sich auf das gestreifte Sofa unter dem Fenster fallen. Ihre Haut kribbelte, und in ihrem Magen schien plötzlich ein ganzer Schwarm Schmetterlinge durcheinanderzufliegen.

Das ist vollkommen lächerlich. Ich benehme mich wie ein Teenager, der in einen Rockstar verliebt ist.

O.k., sie hatte schon lange keinen Sex mehr gehabt. Um genau zu sein: seit drei Jahren nicht mehr. Seit sie ihre kurze Affäre mit einem ehemaligen Journalistenkollegen beendet hatte. Leider hatte sein Interesse in Wirklichkeit nicht ihr, sondern den drei Millionen Dollar gegolten, die sie nach Gadi als Abfindung bekommen hatte. Und sogar vor ihrer Verletzung hatte sie nur zwei längerfristige Beziehungen gehabt.

Ihre Unschuld hatte Lexie im ersten Jahr auf der Universität verloren. Er war eine richtige Sportskanone gewesen, der beste Werfer des regionalen Baseballteams. Als er dann von einem Verein in der ersten Liga eingekauft wurde und feststand, dass er von nun an durchs ganze Land reisen und überall von weiblichen Fans angehimmelt werden würde, hatten sie in beiderseitigem Einvernehmen beschlossen, sich zu trennen.

Zum zweiten Mal hatte sie sich mit vierundzwanzig Jahren verliebt, ja, sogar verlobt. Wes Harris war ein junger, vielversprechender Rechtsanwalt. Er lebte in Atlanta, wo Lexie als Journalistin arbeitete. Doch als sie aus Gadi zurückkam, trennten sie sich recht bald. Wes hatte einfach keine Lust, eine behinderte Frau zu heiraten. Und Lexie wunderte sich, warum ihr nicht schon viel früher aufgefallen war, dass sie für ihn nichts weiter als schöne Dekoration war. Wes hatte keine Partnerin gesucht, sondern jemanden, den er vorzeigen und mit dem er angeben konnte und der sein perfektes Leben noch vollkommener machte.

Eine Affäre mit ihrem Bodyguard anzufangen, wäre in höchstem Maße unangebracht. Sicherlich gab es bei Dundee Vorschriften, die dergleichen untersagten. Außerdem hatte sie Deke doch gerade erst kennengelernt! Sie wusste rein gar nichts von ihm. Nicht einmal, wie alt er war. Oder ob er verheiratet war. Oh Gott. Was, wenn er verheiratet war?

Lexie Murrough, du hast wohl deinen Verstand verloren! Draußen rennt ein Verrückter herum, der versucht hat, dich umzubringen. Du musstest dein Zuhause verlassen. Du wirst rund um die Uhr bewacht. Und deine größte Sorge ist, ob Deke Bronson verheiratet ist?

Deke lehnte sich an die Tür, die er gerade hinter sich geschlossen hatte, und atmete tief durch. So konnte das auf keinen Fall weitergehen. Er musste verrückt gewesen sein, zu glauben, dass das funktionieren würde. Heute Abend würde er Geoff beiseite nehmen und ihm sagen, dass sie die Klientinnen tauschen mussten. Ihnen würde schon irgendwas einfallen, um den Wechsel zu erklären.

Lexie Murrough hatte sich verändert, seit er ihren blutüberströmten Körper an diesem verfluchten Tag in Gadi aus der Schusslinie getragen hatte. Entgegen aller Anweisungen hatte er sie mit an Bord des Kampfhubschraubers genommen, der das Spezialagenten-Team ausflog, nachdem sie ihren Auftrag erfüllt und Babu Tum getötet hatten.

Deke hatte vor Lexies Krankenzimmer ausgeharrt, bis man ihn fortschickt hatte. Sie sagten ihm, dass die Kugel ihr Rückenmark verletzt hatte. Sie war nicht die erste Zivilistin, die in einem Gefecht verletzt worden war, und sie würde auch nicht die letzte sein. Nichtsdestotrotz war dieses Mal anders für ihn gewesen. Vielleicht, weil sie eine Frau war? Eine Amerikanerin? Er konnte es sich auch nicht erklären.

Wochenlang war sie durch seine Träume gegeistert, hatte ihm schlaflose Nächte bereitet und ihn beinahe in den Wahnsinn getrieben. Rückblickend verstand er, dass das, was damals mit Lexie geschehen war, der Auslöser dafür gewesen war, dass er die U.S. Army verlassen hatte. In den folgenden Jahren, die Geoff und er als Söldner verbrachten, hatte sich eine starke Freundschaft zwischen ihnen entwickelt. Immer wenn seine Albträume zurückkamen – und das taten sie nach jedem Auftrag – war Geoff für ihn da gewesen, um ihm aus den Momenten tiefster Verzweiflung herauszuhelfen. Meistens hatten sie sich dann hemmungslos betrunken und Frauen abgeschleppt, als gäbe es kein Morgen.

Deke hatte Lexies Genesung über fünf Jahre hinweg verfolgt. Er wusste über jede ihrer Operationen genauso gut Bescheid wie über die Physiotherapie, die ihr schließlich die Fähigkeit zu gehen zurückgebracht hatte. Irgendwann aber musste er sich eingestehen, dass er von ihr regelrecht besessen war. Und dass er sie endlich vergessen musste, wenn er nicht gänzlich den Verstand verlieren wollte.

Aber da hatte er die Rechnung wohl ohne das Schicksal gemacht.

In seinem Leben kamen und gingen die Frauen; die wenigsten blieben länger als eine Nacht. Lose Beziehungen, ohne Bedeutung und Zukunft. Verheiratet war er nur einmal gewesen, mit Anfang zwanzig. Damals kam er frisch von der Militärakademie. Er war nur ein einziges Mal mit Abby ausgegangen und hatte sie ungewollt geschwängert. Sie war ein nettes Mädchen – gerade mal neunzehn Jahre alt – und ebenso wenig bereit für Ehe und Kinder wie er selbst. Sie gaben ihr Bestes. Eine Weile schien es, als könnten sie es schaffen – besonders, nachdem ihr Sohn auf die Welt gekommen war. Sie tauften ihn Andrew, nach Abbys geliebtem Großvater. Aber der kleine Andrew überlebte nur zehn Wochen. Plötzlicher Kindstod. Niemand war schuld.

Nachdem sie Andrew begraben hatten, ließen sie sich scheiden. Sie verloren sich aus den Augen. Deke hatte seit Jahren nichts von Abby gehört. Das Letzte, was er wusste, war, dass sie wieder geheiratet hatte und inzwischen Mutter einer Tochter und eines Sohnes war.

Warum denke ich gerade jetzt an Abby und Andrew? Sie haben rein gar nichts mit Lexie Murrough zu tun.

Es war jugendlicher Leichtsinn gewesen, mit Abby zu schlafen. Abgesehen von ihrer Bereitschaft, schon bei der ersten Verabredung mit ihm ins Bett zu gehen, war sie ein anständiges Mädchen gewesen – ein einsames Mädchen, ausgehungert nach Liebe und Aufmerksamkeit.

Und das war Lexie auch: ein anständiges Mädchen – oder besser, eine anständige Frau. Und sie sollte die letzte Frau auf Erden sein, mit der er Sex haben wollte. Aber so war es nun einmal. Er wollte Lexie. Er musste sie nur ansehen und war erregt. Jeder Mann würde sie begehren. Sie war schön. Sie war liebevoll und fürsorglich. Und sie war unerreichbar für ihn.

Deke war kein Grünschnabel mehr. Er war immerhin schon einundvierzig. Alt genug, um zu wissen, dass seine Gefühle für

Lexie sich immer mit dem Gefühl von Schuld und Reue vermischen würde, das er empfand, seit er sie angeschossen hatte. So verrückt es auch klang: Sie war die einzige Frau, mit der er je eine Langzeitbeziehung geführt hatte. Auch, wenn diese Beziehung nur in seiner Fantasie existierte – und seinen Albträumen. Ihren beinahe leblosen Körper in den Armen zu halten, hatte ein unauslöschliches Mal auf seiner Seele hinterlassen.

Deke lief unruhig auf und ab. Er dachte über mögliche Auswege nach. Er könnte Geoff bitten, mit ihm zu tauschen, was ihn aber nicht von Lexies Nähe befreien würde. Und genau das musste geschehen – er musste so weit wie möglich von ihr weg. Eigentlich sollte er Daisy anrufen und sie bitten, Ersatz für ihn zu schicken. Aber aus welchem Grund? *Holt mich hier raus, bevor ich über Lexie Murrough herfalle?* Er konnte ja wohl schlecht erwähnen, dass er sie am liebsten auf das nächste Bett geworfen und es mit ihr getrieben hätte, bis er nicht mehr geradeaus sehen konnte.

Deke hielt mitten im Raum inne, legte den Kopf in den Nacken und lockerte seine Schultern.

Plötzlich vernahm er ein leises Klopfen an seiner Zimmertür. „Ja?"

„Ich bin es, Sir. Aldridge. Ich bringe Ihr Gepäck."

„Ich komme schon."

Er öffnete die Tür und nahm dem Butler seine Reisetasche ab. „Danke."

„Miss Murrough bat mich, Sie zu fragen, ob Sie Lust hätten, mit ihr durch den Park zu spazieren."

„Ich bespreche das persönlich mit Miss Murrough." Deke zeigte mit dem Daumen auf die Verbindungstür.

„Sehr wohl, Sir."

Nachdem der Butler gegangen war, klopfte Deke leicht an die Tür zu Lexies Zimmer.

„Kommen Sie rein", hörte er sie sagen.

Als er das Zimmer betrat, drehte sie sich vom Fenster weg

und ihm zu. Sie hatte ihre Steppjacke abgelegt und trug nun nur noch ihre einfache Bluse. Ihre schmale Taille wurde durch einen dünnen braunen Ledergürtel betont. Trotz ihrer schlanken Figur besaß sie einen sehr weiblichen Körper.

„Aldridge erwähnte, dass Sie gerne spazieren gehen würden." Deke hielt einige Schritte Abstand.

„Ich gehe davon aus, dass es sicher ist. Immerhin ist das gesamte Anwesen videoüberwacht", sagte Lexie.

Sein Blick streifte ihre Beine und dann den Gehstock in ihrer Hand. „Sie sollten es aber nicht übertreiben."

„Spazierengehen ist gut für mich. So bekomme ich Bewegung und kann Stress abbauen."

„Bereitet es Ihnen Schmerzen? Das Gehen, meine ich."

„Nein. Nicht mehr."

„Aber früher?"

Sie nickte.

„Das tut mir leid." *Gott, du hast ja keine Ahnung, wie leid es mir tut. Wenn ich zusehe, wie du humpelst, wie du dich immer wieder auf deinen Stock stützen musst ... Ich frage mich, was du wohl von mir halten würdest, wenn du wüsstest, dass ich der Mann bin, der dich angeschossen hat.* Da sie ihn fragend ansah, beeilte er sich, erklärend hinzuzusetzen: „Ich entschuldige mich, weil ich so indiskret war. Das geht mich gar nichts an."

„Das macht nichts. Ich bin nicht empfindlich, was meine Behinderung betrifft."

Deke räusperte sich und fragte dann: „Sind Sie startklar?"

„Ich hole nur schnell meine Jacke."

„Lassen Sie mich das für Sie machen." Er nahm die Jacke von der Sofalehne und half ihr hinein. Als sie die Jacke schließlich anhatte, strich Deke ganz leicht mit seiner Hand über ihre Schultern, riss sich dann aber schnell wieder zusammen und trat einen kleinen Schritt zurück.

Lexie, die von seiner Berührung wohl nichts mitbekommen hatte, drehte sich zu ihm um, legte ihren Arm in seinen und verkündete: „Ich führe Sie über das Anwesen. Es gibt diverse Innenhöfe, zwei Pools, einen Tennisplatz, ein Gewächshaus, einen Pavillon, einen riesigen Fuhrpark und mehrere Themengärten."

„Wie groß ist das gesamte Areal?"

„Ich bin nicht sicher. Vielleicht zwei Hektar? Und jeder Quadratmeter davon wird genutzt."

Er führte sie vorsichtig hinaus in den Flur. „Und das gesamte Anwesen ist umzäunt?"

„Ja."

Lexie hatte ein wenig mit den Stufen der riesigen Treppe zu kämpfen, die zur Eingangstür führte, und Deke fragte sich, ob es in diesem Haus keinen Aufzug gab. Aber er hätte sich eher die Zunge abgebissen, als sie zu fragen. Wenn es einen Lift gab, hatte Lexie sich sicher bewusst dagegen entschieden, ihn zu benutzen.

„Wie viele Zufahrten gibt es?"

„Ich weiß nicht genau, aber es gibt auf jeden Fall eine Hinter- und eine Vorderpforte, die beide videoüberwacht werden."

„Vielleicht sollten wir unseren Spaziergang auf die unmittelbare Nähe des Hauses beschränken", schlug er vor. „Jedenfalls bis ich das Areal genauer untersucht habe und alle Angestellten überprüft wurden."

„Sie denken doch nicht wirklich, dass irgendjemand, der hier für Cara arbeitet …"

„Alles ist möglich. Und im Moment müssen wir jeden als Verdächtigen behandeln."

„Wie menschenverachtend."

„Ein wenig Skepsis meinen Mitmenschen gegenüber hat mir schon mehr als einmal das Leben gerettet. In meinem Beruf ist es angebracht, nicht jedem zu trauen."

„Ich hoffe, Sie halten das in Ihrem Privatleben anders." Erschrocken über ihre eigene Aussage, musste sie schlucken.

„Oh, tut mir leid, Mr. Bronson. Das war unpassend."

Als sie den Marmorboden des Foyers sicher erreicht hatte, hielt Deke kurz inne und sagte: „Wir neigen offensichtlich beide dazu, persönliche Fragen zu stellen. Das ist sicher nicht ungewöhnlich, wenn man so viel Zeit miteinander verbringt, nicht wahr? Stellen wir uns also am besten darauf ein, dass es wieder passieren wird." *Zum Glück wirst du nicht mehr lange hier sein,* beruhigte er sich selbst.

„Mir zumindest wird es wahrscheinlich tatsächlich wieder passieren – ich bin von Natur aus neugierig. Einige Menschen nennen das netterweise: wissbegierig. Als ich noch als Reporterin gearbeitet habe, sagten meine Freunde immer, ich sei ein Naturtalent."

Deke öffnete die schwere Eingangstür und führte Lexie hinaus in die frische Herbstluft und die wärmende Sonne.

„Was für ein wunderbarer Tag!" Sie sah hinauf in den wolkenlosen Himmel.

Deke folgte ihrem Blick. „Ja, das könnte man so sagen."

Lexie lächelte. „Nur dass Sie niemals das Wort ‚wunderbar' benutzen würden, nicht wahr?"

Er murmelte: „Wahrscheinlich nicht."

Sie drückte seinen Arm und sagte: „Sind Ihnen die schönen Chrysanthemen aufgefallen? Wir können sie von unseren Zimmern aus sehen."

„Sind das die gelben Blumen in den großen Töpfen?"

Sie lachte. „Genau die."

Deke konnte sich nicht erinnern, dass das Lachen einer Frau jemals so betörend auf ihn gewirkt hatte. Aber Lexies Lachen tat genau das. Es war beinahe so schön wie sie selbst.

Es blieb ihm noch ein klein wenig mehr Zeit als ein Monat, um Lexie Murrough zu quälen. Dann würde er sie töten. Der Zeitpunkt ihres Todes stand inzwischen fest. Der Majeed hatte beschlossen, das gesamte Tennessee Valley anzugreifen und so den Amerikanern zu zeigen, wie verletzlich sie waren. Man hatte diese verschlafene kleinstädtische Gegend im Süden der Vereinigten Staaten bewusst ausgewählt. Niemand erwartete, dass dieser Landstrich jemals Opfer mehrerer Terrorakte werden könnte. Sinn und Zweck der Anschläge war nicht, eine größtmögliche Zahl von Menschen zu töten. Vielmehr sollten sie den Durchschnittsamerikanern zeigen, dass sie nirgendwo sicher waren – nicht einmal im tiefsten Inneren ihres eigenen Landes. Das würde dieses gottverlassene Volk daran erinnern, dass seine Weltherrschaft nicht ewig andauern würde.

Sein Name – sein wirklicher Name – würde in die Geschichtsbücher eingehen. Er würde als treuer Krieger einer gerechten Sache in Erinnerung bleiben. Wenn nur sein Vater ihn so sehen könnte! Wenn er nur wüsste, wie stark und furchtlos er geworden war.

„Ich werde deinen Tod rächen."

Sorg dafür, dass diese amerikanische Hure zahlt! Statuier ein Exempel an ihr. Zeig der Welt, was wir mit denen machen, die uns nicht ernst nehmen.

Seit zehn Jahren quälte ihn die Erinnerung an Lexie Murroughs Gesicht. Die schöne blonde Reporterin war für ihn das Symbol alles Bösen, alles Hassenswerten in der westlichen Welt. Er würde ihr Antlitz für immer mit der Ermordung seines Vaters in Verbindung bringen.

Er konnte sich nicht an den Soldaten rächen, die seinen Vater kaltblütig ermordet hatten; er wusste nicht, wer sie waren. Aber auch sie würden bald fallen, wie alle ihre Soldaten. Zuerst jedoch würde er Lexie Murrough bestrafen. Und wenn Cara Bedell sich nicht von ihr und Helping Hands lossagte, würde auch sie dran glauben müssen.

7. KAPITEL

„Es passt mir gar nicht in den Kram, dass ich auf diese vermaledeite Geschäftsreise muss“, beschwerte sich Cara. „Dass wir aber auch ausgerechnet jetzt eine Krise in Mexiko City haben müssen! Sogar unser Vizepräsident hat schon versucht, das Problem zu lösen, aber es sieht so aus, als hätten sie uns in eine aussichtlose Situation manövriert. Es bleibt mir gar nichts anderes übrig, als die Verhandlungen selbst zu führen, wenn wir da wieder rauskommen wollen.“

„Jetzt hör schon auf, dir Sorgen zu machen“, beruhigte Lexie sie. „Du musst tun, was du tun musst. Mir wird nichts passieren. Immerhin wohne ich in dieser Trutzburg und habe einen Bodyguard, der mich rund um die Uhr bewacht.“

„Ich weiß, aber trotzdem fühle ich mich, als würde ich dich einfach im Stich lassen.“

„Mach dir bloß keine Sorgen, Cara. Ich habe Mr. Bronson und Bain und ein Dutzend Mitarbeiter von Helping Hands an meiner Seite, Toni zum Beispiel.“

„Würdest du dich besser fühlen, wenn Toni auch hier wohnen würde?“ Cara warf eine riesige Flasche Haarspray in ihren Kulturbeutel, den sie dann in ihrem Designerkoffer verstaute.

„Ich brauche Toni nicht zum Händchenhalten. Hast du eine Ahnung, wann wir zurück ins Büro ...“

„Sobald Desmond uns grünes Licht gibt. Ich habe bereits ein Team von Sicherheitsleuten engagiert, die nur darauf warten, ihren Job aufzunehmen. Und bis dahin wirst du gleich von zwei Bodyguards bewacht.“

„Ich finde ja immer noch, dass du Geoff mitnehmen solltest.“

„Er bringt mich zum Flughafen, aber auf der Reise nehme ich den üblichen Begleitschutz der Firma in Anspruch.“

Ein vorsichtiges Klopfen an der Tür unterbrach ihr Gespräch. Im nächsten Moment steckte Geoff seinen Kopf herein. „Lieutenant Desmond ist hier."

Cara nickte. „Wir kommen sofort." Sie wandte sich an Lexie. „Bis du bereit?"

„Ich denke schon. Obwohl es mir schon Angst macht, was er herausgefunden haben mag."

„Wissen ist Macht."

„Ja, aber selig sind die Unwissenden."

Cara und Lexie mussten gleichzeitig lachen. Das befreite sie für einen Moment von der Unsicherheit und Angst, die sie vorher empfunden hatte.

Als sie in den Gang hinaustraten, hefteten sich ihre beiden Bodyguards sofort an ihre Fersen und begleiteten sie hinunter. Lexie fragte sich, ob sie sich wohl jemals daran gewöhnen würde, von jemandem auf Schritt und Tritt verfolgt zu werden. Wahrscheinlich eher nicht.

Bain und sein Partner Mike Swain warteten im Salon.

Cara bot den Polizisten etwas zu trinken an und bat alle Anwesenden, sich zu setzen. Bain setzte sich neben Lexie auf das Sofa, während Cara in einem Sessel gegenüber Platz nahm. Mike Swain blieb mit verschränkten Armen vor dem Verandafenster stehen und ließ seinen Blick durch den Raum schweifen. Geoff und Deke nahmen in gebührendem Abstand Position hinter ihrer jeweiligen Klientin ein.

„Die Spurensicherung ist heute bei Helping Hands fertig geworden. Ihr könnt also zurückkehren, wann ihr wollt", sagte Bain. „Aber ich schlage vor, den Trakt, in dem die Bombe am meisten Schaden angerichtet hat, verschlossen zu halten, bis er saniert wurde."

„Das Bauunternehmen wartet schon darauf, damit anzufangen", erklärte Cara. „Bis alles fertig ist – ob nun morgen oder erst nächste Woche – wird Lexie von hier aus arbeiten."

Bain sah Lexie eindringlich an. „Ich kann dir nur raten, dir nicht mehr als einen oder zwei Mitarbeiter hierherzuholen."

Bevor Lexie etwas erwidern konnte, fuhr er fort: „Überleg dir genau, wem du vertrauen kannst.“

„Ich kann all meinen Mitarbeitern vertrauen“, antwortete Lexie mit fester Stimme.

„Aber würdest du ihnen auch dein Leben anvertrauen?“, mischte sich Deke ein.

Als Lexie ihren Mund öffnete, um etwas zu erwidern, erhob Bain die Stimme. „Wie wäre es, wenn du erst mal nur Toni herholst? Wenigstens so lange, bis wir uns sicher sein können, dass keiner der Landsleute aus Gadi unter Tatverdacht steht.“

„Du glaubst doch nicht wirklich, dass Robert, Vega oder Malik die Bombe gelegt haben könnten, oder?“

„Es tut mir leid, Lexie, aber Toni ist die Einzige, bei der wir eine Beteiligung bisher ausschließen konnten.“ Bain sah sich nach Deke um. „Ty Garrett hat mich gerade angerufen. Dundee stellt einen Bericht über alle Mitarbeiter von Helping Hands zusammen, der sich besonders auf die Gadinesen konzentrieren wird. Dank der weltweiten Kontakte von Dundee wird er wohl um einiges detaillierter ausfallen als unserer.“

„Ty hat Ihnen doch sicher zugesagt, Ihnen alle Informationen zukommen zu lassen“, erwiderte Deke.

Bain nickte. „Im Moment haben wir zwei Tote und einen Schwerverletzten als Ergebnis des Attentats vom Mittwoch. Wir haben es also mit Mord zu tun. Zum Glück gab es heute keine Verletzten.“

„Gott sei Dank!“, murmelte Lexie kaum hörbar.

„Warum erzählen Sie uns nicht etwas, das wir noch nicht wissen?“, forderte ihn Cara ungeduldig auf.

Bain fuhr seelenruhig fort. „Wir haben den Zünder, den unser Attentäter am Mittwoch benutzt hat, in einer Mülltonne gefunden. Die Spurensicherung hat außerdem Teile der beiden Bomben sichergestellt.“ Er sah von einem Bodyguard zum anderen. „Die Spurensuche an den Schauplätzen von

Bombenanschlägen ist reine Glückssache. Wir hatten Glück, aber die eigentliche Arbeit beginnt erst im Labor. Bis alle Spuren ausgewertet sind, können gut und gerne ein paar Wochen vergehen."

„Können wir denn gar nichts tun, um die Angelegenheit zu beschleunigen?", wollte Cara wissen. „Ich stelle gern Personal aus der Firma zur Verfügung."

„Das ist Angelegenheit der Polizei", erwiderte Bain bestimmt. „Mit etwas Glück finden wir auf einem der Bombenteile einen Fingerabdruck des Täters oder einen anderen Hinweis auf ihn."

„Und wie soll das gehen?", fragte Cara skeptisch.

„Das FBI hat eine Datenbank, in der alle Bomben gelistet werden, die bisher bei Anschlägen verwendet wurden. So ist es möglich, einzelne Attentate miteinander in Verbindung zu bringen", erklärte Deke.

„So ist es." Bain sah Cara nun direkt in die Augen. „Sollte unser Attentäter schon früher einmal zugeschlagen haben, kann uns das vielleicht helfen."

„Und das ist alles? Das ist alles, was Sie tun können?" Cara hielt Bains Blick stand.

„Das ist alles", gab Bain zu. „Zumindest im Moment."

Cara stand auf. „Dann entschuldigen Sie mich bitte. Ich muss mich auf den Weg zum Flughafen machen." Sie sah zu Geoff hinüber. „Wären Sie so freundlich, den Chauffeur vorfahren zu lassen? Ich werde Aldridge bitten, meine Taschen einzuladen."

„Sie fliegen weg? Wohin?", fragte Bain überrascht.

„Ich muss geschäftlich nach Mexiko City. Ich nehme den Firmenjet heute Abend, damit ich morgen früh gleich loslegen kann."

Bain sah zu Geoff hinüber. „Wird Mr. Monday Sie begleiten?"

„Nein. Er bringt mich zum Flughafen und wird dort von

den beiden Personenschützern von Bedell, Inc. abgelöst, die mich nach Mexiko begleiten."

„Während Miss Bedell unterwegs ist, werde ich Deke unterstützen und die Nachforschungen vorantreiben", erklärte Geoff.

Da erschien der Butler im Türrahmen.

„Was gibt es denn, Aldridge?", fragte Cara.

„Eine Miss Wells und ein Mr. Holston sind da. Sie sagen, sie müssten dringend mit Miss Murrough sprechen."

„Bitten Sie sie herein", sagte Cara.

„Sehr wohl, Ma'am."

Deke sah Lexie fragend an. „Miss Wells ist Ihre Assistentin, nicht wahr? Aber wer ist Mr. Holston?"

„Jafari Holston ist der Freund meiner Assistentin", antwortete Lexie.

Kurz darauf kam Toni ins Zimmer geeilt, dicht gefolgt von Jafari. Mit ihrem goldbraunen Teint, ihren haselnussbraunen Augen, der schlanken Figur und dem wunderhübschen Gesicht war Toni alleine schon ein heißer Feger. Aber zusammen mit dem schokoladenbraunen Jafari, der so herrliche schwarzbraune Augen und einen gestählten Sportlerkörper besaß, gab sie ein atemberaubendes Pärchen ab.

Toni ließ ihren Blick zunächst durch den Raum schweifen, um sich dann aber ganz auf Lexie zu konzentrieren. Raschen Schrittes ging sie auf sie zu und umarmte sie. „Du wirst es nicht glauben! Ich kann es selbst kaum glauben. Es ist total verrückt. Warum jemand mir das schicken sollte und nicht dir, ist mir unbegreiflich. Zuerst habe ich gar nicht verstanden, was …"

„Jetzt beruhig dich erst mal." Jafari legte eine Hand auf Tonis Schulter. „Sag ihnen doch endlich, wovon du redest."

„Es kam heute mit der Post. Aber ich war den ganzen Nachmittag bei Jafari, deswegen habe ich ihn jetzt gerade erst gefunden."

„Was hast du gefunden?“, fragte Lexie.

„Einen gefütterten Umschlag, an mich adressiert, ohne Absender. Darin waren alte Zeitungsausschnitte, genauer gesagt: Kopien von alten Zeitungsausschnitten.“ Alle Anwesenden hingen an Tonis Lippen.

„Was für Zeitungsausschnitte?“, wollte Bain wissen.

Toni machte sich von Jafari los und nahm Lexies Hand in ihre. „Berichte von vor zehn Jahren. Über die Ermordung von Babu Tum und über dich, Lexie. Über den Kameramann, der damals umgekommen ist, und darüber, dass du angeschossen wurdest. Und über deinen Vater und deine Stiefmutter, die den Sender auf Schadensersatz verklagt haben, und über deine Entschädigung.“

„Haben Sie die Ausschnitte dabei?“, fragte Bain.

Toni ließ Lexies Hand los und öffnete ihre braune Lederhandtasche. Nachdem sie ein wenig in der Tasche gewühlt hatte, stieß sie auf das, was sie suchte. Sie zog einen Umschlag heraus und hielt ihn Lexie entgegen.

Doch bevor sie reagieren konnte, sprang Mike Swain dazwischen und nahm den Umschlag vorsichtig mit spitzen Fingern an sich. „Da sind sowieso schon mehr als genug Fingerabdrücke drauf.“ Er sah Bain fragend an. „Soll das ins Labor?“

Bain schüttelte den Kopf. „Wenn diese Sendung tatsächlich von unserem Attentäter stammt, war er sicher nicht so dumm, seine Fingerabdrücke darauf zu hinterlassen. Ganz abgesehen davon, wie viele Menschen den Umschlag schon in der Hand hatten, bis er bei Miss Wells ankam.“

„Aber warum sollte irgendjemand diese Berichte an mich schicken?“ Toni sah Lexie erstaunt an.

„Ich weiß es auch nicht. Aber es bestätigt jedenfalls, dass er es auf mich abgesehen hat“, erwiderte Lexie.

„*Falls* der Attentäter die Berichte überhaupt geschickt hat“, erinnerte Geoff.

„Ich bin mir sicher, dass er es war. Ich hab es im Gefühl, dass er irgendetwas mit dem zu tun hat, was damals in Gadi passiert ist."

„Aber das liegt doch zehn Jahre zurück!", warf Cara ein. „Vielleicht gibt es eine andere Verbindung zu Gadi. Vielleicht hasst er einfach alle Amerikaner. Oder er hat etwas gegen das Engagement von Helping Hands. Oder beides. Oder ..."

„Es gibt viel zu viele mögliche Möglichkeiten, um sie heute Abend alle ausdiskutieren." Bain gab seinem Partner ein Zeichen zum Aufbruch. „Sergeant Swain und ich halten Sie weiter auf dem Laufenden." Er sah zu Cara hinüber. „Gute Reise, Miss Bedell."

„Vielen Dank."

Nachdem Bain und sein Partner gegangen waren, entschuldigte sich auch Cara, und Geoff folgte ihr auf den Fersen. Toni setzte sich für einen Moment zu Lexie auf das Sofa und umarmte sie erneut.

„Diese ganze Sache ist einfach verrückt", sagte sie. „Es ergibt überhaupt keinen Sinn. Was in den letzten beiden Tagen passiert ist, kommt mir vor wie ein Film. Wir sind doch nur ganz normale Leute. Wir sollten unsere Leben ohne Angst und Schrecken leben können."

„Heutzutage ist niemand mehr sicher", gab Jafari zu bedenken. „Ich glaube, das hat der 11. September gezeigt. Ganz besonders den Amerikanern."

„Aber unser Bombenleger ist nicht Teil einer Terroristenvereinigung", widersprach Toni. „Er ist nur ein Verrückter, der weiß, wie man Bomben baut."

„Er ist ein Verrückter mit einem Plan", korrigierte Deke.

„Und was ist sein Plan?", fragte Jafari.

„Lexie zu quälen, bevor er sie tötet."

Lange Zeit nachdem alle gegangen waren – die Polizei an ihre Arbeit, Cara nach Mexiko, Geoff auf sein Zimmer und Toni und Jafari nach Hause – lag Lexie wach und ruhelos in ihrem Bett. Sie hatte heiß geduscht und alle Einschlafrituale bereits durchlaufen. Sie hatte auch schon versucht, zu lesen, aber ihr Geist war immer wieder zu diesen Zeitungsausschnitten zurückgewandert. Warum hatte Toni sie bekommen? Dachte der Attentäter, dass ihre Assistentin nicht über ihre Vergangenheit Bescheid wusste? Oder hatte er sie an Toni geschickt, um Lexie zu zeigen, dass niemand vor ihm sicher war? Auch nicht ihre Freunde?

Warum hasste er sie nur so sehr, dass er sie töten wollte? Was hatte sie ihm getan?

Du hättest schon in Gadi sterben sollen.

Sie hörte seine Worte wieder und wieder in ihrem Inneren. Ein furchtbarer Gesang, vor dem sie nicht fliehen konnte.

Ich werde dafür sorgen, dass dieser Fehler schon bald korrigiert wird.

Wollte er sie wirklich töten? Oder nur zu Tode erschrecken?

Deke hatte ganz richtig angemerkt, dass er sie schon längst hätte auslöschen können, wenn er das gewollt hätte – entweder mit der Bombe, die bei Helping Hands hochgegangen war, oder mit den Autobomben heute. Momentan schien er es vorzuziehen, mit ihr Katz und Maus zu spielen. Aber warum?

Natürlich gab es auch in Gadi radikale Gruppen, die alles Amerikanische zutiefst verabscheuten. Sie warfen Hilfsorganisationen wie Helping Hands sogar Einmischung in die Landespolitik vor. Aber würden sie wirklich jemanden in die USA entsenden, um sie zu töten? Warum sollten sie nicht einfach warten, bis sie das nächste Mal ins Land reiste? Und warum wollte man sie quälen, bevor man sie tötete?

Weil es eine persönliche Angelegenheit ist.

Weil er mich hasst. Nicht nur die USA. Nicht nur Helping Hands.

Sondern mich, Lexie Murrough.

Anscheinend reichte der Hass dieses Mannes weit zurück. Bis zum Tag der Ermordung von Babu Tum? War der verrückte Bombenleger etwa selbst an diesem Tag dort gewesen? Aber warum sollte er sie dann hassen? Sie war damals genauso zum Opfer geworden wie der Präsident selbst.

Lexie gab die Hoffnung auf Schlaf vorläufig auf, warf die Bettdecke zurück und verließ ihr Bett. Es war lange her, dass sie abends Schlaftabletten genommen hatte, um überhaupt Ruhe zu finden. Nachdem sie jedoch jahrelang Schmerzmittel hatte schlucken müssen, nahm sie sie heute wirklich nur dann, wenn es gar nicht anders ging. Vielleicht würde eine Tasse heiße Schokolade ja auch den gewünschten Erfolg bringen. Leider war sie nicht bei sich Zuhause, wo sie nur in die Küche zu gehen brauchte und im Handumdrehen eine Tasse heißen Kakao zubereiten konnte. Hier in dieser riesigen Villa musste sie zunächst den langen Weg in die Küche antreten. Sie würde ganz bestimmt niemanden vom Personal aufwecken, nur weil ihr nach Kakao gelüstete.

Lexie lief eine Weile in ihrem Zimmer auf und ab, betrachtete die Gemälde an der Wand und die Bücher im Regal. Als dies nichts half, setzte sie sich und begann erneut zu lesen. Als sie sich darauf nicht konzentrieren konnte, stand sie auf und ging ins Bad.

Nimm einfach das verdammte Schlafmittel und leg dich wieder hin!

Da hörte sie ein dumpfes Geräusch von nebenan. Jemand schien an die Zwischentür geklopft zu haben. Wahrscheinlich hatte sie Deke mit dem Geklapper ihres Gehstocks geweckt. Sie hatte nicht einmal darüber nachgedacht, was für einen Lärm sie mit dem Ding auf dem Parkett gemacht haben musste.

Rasch ging sie zu der Tür und rief leise seinen Namen. „Deke?“

„Geht es Ihnen gut?“, drang seine Stimme hindurch.

Sie öffnete die Tür einen Spalt und sah zu ihm hoch. „Es tut mir leid, wenn ich Sie aufgeweckt habe."

„Ich habe noch nicht geschlafen."

„Trotzdem – das war dumm von mir. Ich bin nicht daran gewöhnt, auf andere Rücksicht nehmen zu müssen. Schließlich lebe ich alleine, und zum Glück ist Mr. Rafferty, der direkt unter mir wohnt, schwerhörig." Sie lächelte entschuldigend. „Ich versuche, von jetzt an leise zu sein."

„Sie haben mich wirklich nicht geweckt", versicherte er ihr. „Geoff und ich haben uns über den Fall unterhalten. Er ist eben erst auf sein Zimmer gegangen."

Lexie öffnete die Tür ein Stückchen weiter. „Über was genau haben Sie gesprochen?"

„Haben Sie etwas dagegen, wenn ich zu Ihnen rüberkomme?", fragte er.

„Äh … nein. Natürlich nicht." Warum hatte sie bloß keinen Morgenmantel übergezogen, bevor sie diese Unterhaltung begonnen hatte?

Sie machte eine einladende Handbewegung zur Sitzecke unter dem Fenster.

„Bitte, kommen Sie rein", sagte sie.

Sie gingen zusammen zum Sofa, und nachdem Lexie Platz genommen und ihren Gehstock über die Lehne gehängt hatte, setzte sich Deke neben sie. Wenn er stand, war seine Größe und Kraft schon kaum zu übersehen, aber erst jetzt, als er so dicht neben ihr saß, wurde sie sich der Präsenz seines muskulösen Körpers in seiner Gänze bewusst. Sein linker Arm berührte ungewollt ihre rechte Schulter. In ihrem Innersten verzehrte sich Lexie danach, dass er den Arm um sie legen würde.

„Was wissen Sie über Tonis Freund?", fragte er.

„Warum wollen Sie das wissen?"

Sie sah Deke an, aber er erwiderte ihren Blick nicht. Seine Augen schweiften ruhelos durch den Raum. Versuchte er etwa, den Blickkontakt mit ihr zu vermeiden?

„Er ist kein amerikanischer Staatsbürger“, stellte er fest.

„Nein, das ist er nicht. Aber inwiefern spielt das eine … Um Gottes willen! Sie halten Jafari doch wohl nicht für den Attentäter?“

„Ich habe Ihnen bereits gesagt, dass momentan jeder verdächtig ist.“

„Jafari ist nicht aus Gadi. Er wurde in Äthiopien geboren und wuchs in London auf. Sein Vater war Engländer und seine Mutter kam aus Äthiopien.“

„Sie haben sicher nichts dagegen, wenn wir ihn überprüfen, oder?“

„Nein, machen Sie nur. Ich bin mir aber sicher, dass das Zeitverschwendung ist.“

„Sie sind zu vertrauensselig, Miss Murrough.“

„Und Sie sind zu misstrauisch, Mr. Bronson.“

Endlich sah er sie an, und für eine kurze Sekunde, blieb ihr jedes weitere Wort im Halse stecken. Sein eindringlicher Blick erschütterte sie. Sie erkannte das Verlangen in seinen Augen. Oder bildete sie sich das nur ein?

Lexie atmete tief ein. Schließlich sagte sie: „In Anbetracht der Lage sollten wir vielleicht auf die Förmlichkeiten verzichten. Wollen wir uns nicht duzen?“

„Sie sind meine Klientin, ich bin ihr Bodyguard. Ich weiß nicht …“

„Ich würde mich wohler fühlen, wenn Sie … du mich Lexie nennen würdest.“

Er nickte langsam. „Wenn du das möchtest … Lexie.“

Ihr Name kam ihm langsam und sanft über die Lippen. Wie eine Liebkosung.

Sie erzitterte.

„Ist dir kalt?“, fragte er besorgt.

„Nur ein bisschen“, log sie.

Sie fühlte, wie sein Blick über ihren Körper glitt, langsam

ihren Hals entlang, über ihre Brüste und ihren Bauch, bis er zwischen ihren Beinen verweilte. Nach kurzem Zögern riss er sich los, wanderte weiter ihre Beine entlang und dann zurück nach oben. Ihre Brustwarzen drückten gegen den zarten Stoff ihres Pyjamaoberteils, als ob sie um seine Berührung bettelten.

„Soll ich dir deinen Morgenmantel bringen?", fragte er.

„Ja, bitte", brachte sie krächzend hervor. „Er liegt auf dem Bett."

Deke stand auf und ging ans andere Ende des Zimmers, nahm ihren Seidenmantel und brachte ihn ihr. Als sie nach der Sofalehne griff, um sich aufzurichten, umfasste er plötzlich ihre Hüften und hob Lexie mit einer leichten Bewegung auf die Füße. Ihr Körper streifte seine durchtrainierte Brust. Wenigstens war er noch angezogen; er trug ein kariertes Hemd und die Kakihose. Und zum Glück hatte er seine Waffe abgelegt.

Während er sie mit einer Hand stützte, legte er ihr mit der anderen den Mantel um.

Sie wollte in die Ärmel schlüpfen, doch das gelang ihr nicht auf Anhieb. Sie kam sich idiotisch vor. Deke half ihr ohne ein Wort. Als sie den Mantel endlich anhatte, zog er ihn zusammen und verknotete den Gürtel vor ihrem Bauch.

Lexie konnte kaum atmen. Deke war ihr so nah, dass ihre Körper sich immer wieder berührten und sie seine Hitze spürte. Als sie der Versuchung nicht mehr widerstehen konnte, hob sie eine Hand und legte sie ihm zärtlich auf die Brust.

Er zog sie weg, konnte sich aber nicht loslassen. Sie sah zu ihm auf, er zu ihr hinab. Zwischen ihnen brannte ein loderndes Feuer, und sie erkannten es beide sofort als das, was es war. Verlangen.

„Das sollten wir nicht tun", brach es aus ihm hervor.

Sie entzog ihm seine Hand. „Tut mir leid. Normalerweise

bin ich nicht so forsch. Es ist nur …“ Sie schüttelte ihren Kopf. „Keine Ahnung, was mit mir los ist.“

„Das passiert öfter, als man denkt.“

„Was – dass eine Klientin dich anmacht?“ Gott, wie peinlich! Sie wünschte, es würde sich irgendwo ein Loch auftun, in dem sie sich verkriechen konnte.

„Weibliche Klientin. Männlicher Bodyguard“, erklärte Deke. „Ich nenne es: Beschütz-mich-Syndrom.“

„Ich verstehe. Das ist dir wohl schon so oft passiert, dass du schon einen Fachbegriff dafür erfunden hast?“

„Das ist das erste Mal, dass es mir passiert“, gestand er. „Aber ich habe es schon bei Kollegen beobachtet.“

„Oh.“

„Wenn es dich beruhigt: die Anziehungskraft beruht auf Gegenseitigkeit.“ Er strich ihr zärtlich eine Strähne aus der Stirn. „Ich habe mich noch nie so zu einer Klientin hingezogen gefühlt wie zu dir.“

Als sie nicht antwortete, fuhr er fort: „Wenn dir die Situation unangenehm ist, kann ich Geoff fragen, ob …“

„Ich will nicht Geoff. Ich will dich.“ Wie sich das anhörte! Lexie spürte, wie ihr die Röte in die Wangen stieg, und fügte schnell hinzu: „Ich würde es vorziehen, wenn du mein Bodyguard bleibst. Wir sind beide erwachsen. Ich denke, wir können mit ein wenig Anziehungskraft umgehen, ohne ihr gleich nachzugeben.“

„Natürlich können wir das.“ Aber seine Augen straften seine Worte Lügen.

8. KAPITEL

„Wenn du unbedingt an diesem Fall weiterarbeiten möchtest, dann tausch Plätze mit Ty“, schlug Geoff vor. „Du bist ja regelrecht von Lexie Murrough besessen! Du musst dich endlich davon lösen, Deke! Du stehst völlig in ihrem Bann. Du kannst doch nicht jedes Mal, wenn du sie ansiehst, an diesen Tag in Gadi denken!“

Deke sah seinen alten Freund ernst an. „Du hast recht.“ Zumindest teilweise. Jedes Mal, wenn er Lexie ansah, dachte er unwillkürlich daran, dass es seine Kugel gewesen war, die ihr das angetan hatte. Und so oft Geoff auch versuchte, ihn davon zu überzeugen, dass es nicht unbedingt seine Kugel gewesen sein musste, die Lexie damals getroffen hatte, wusste er es doch besser. Sie war ihm direkt vor die Linse gelaufen, als er gerade den Finger am Abzug hatte.

Aber er würde den Teufel tun, irgendjemandem – nicht mal Geoff! – zu erzählen, dass diese Frau ihn seit zehn Jahren verfolgte. Auf eine eigentümliche Art und Weise war sie Teil seines Lebens geworden, hatte beeinflusst, wer er war und was er tat. Sein Leben als Soldat und Söldner hatte seine Seele unwiderruflich beschädigt. Inzwischen war er der Vergangenheit zwar entkommen und verdiente seinen Lebensunterhalt als Dundee-Agent, aber er war einst eine bezahlte Tötungsmaschine gewesen. Und für die Sünden von damals gab es keine Vergebung.

„Warum hörst du nicht endlich mit deinen Selbstvorwürfen auf? Was damals passiert ist, war ein Unfall“, redete Geoff auf ihn ein. „Das weißt du genauso gut wie ich.“

„Wenn sie wüsste …“

„Tu das nicht. Sag es ihr nicht. Versuch nicht, von ihr Vergebung zu bekommen. Ruf lieber Ty an und …“

„Du verstehst es einfach nicht“, unterbrach ihn Deke. „Das ist meine Chance, etwas für sie zu tun. Mich um sie zu kümmern, sie zu beschützen. Ich muss wenigstens versuchen, wiedergutzumachen, was ich ihr angetan habe."

„Du hast ihr das Leben gerettet", erinnerte Geoff ihn. „Oder hast du dieses kleine Detail vielleicht vergessen?"

„Ich habe gar nichts vergessen."

„Ich sag's dir noch mal: Halt dich von ihr fern! Ihr zuliebe und dir zuliebe. Egal, was du jetzt tust – es wird die Vergangenheit nicht ändern. Lass es gut sein."

Deke blickte nachdenklich durch die Glastüren. Lexie schwamm gerade ihre Runden im überdachten Swimmingpool. Er musste daran denken, was sie zu ihm gesagt hatte. Dass Schwimmen eines der wenigen Dinge war, die sie jetzt noch genauso gut konnte wie vor … Gadi.

Lexie stieg aus dem Becken. Sie trug einen knapp geschnittenen schwarzen Badeanzug, der ihre Kurven fabelhaft zur Geltung brachte. Ihre vollen Brüste, ihre wohlgeformten Hüften und ihre schmale Taille waren einfach atemberaubend.

„Sie ist wunderschön, nicht wahr?", stellte Geoff fest.

Deke biss die Zähne zusammen. Ja, sie sah umwerfend aus, aber er hatte keine Lust, sich dass von einem anderen Mann sagen zu lassen.

Geoff klopfte Deke freundschaftlich auf den Rücken. „Tu, was immer nötig ist, um dich von deinen Schuldgefühlen zu befreien! Wenn das bedeutet, dass du ihr Bodyguard bleibst und dich selbst weiter quälst, dann soll das wohl so sein."

Deke sah zu, wie Lexie sich vorsichtig auf den Beckenrand setzte und die Beine in den Pool baumeln ließ.

Was, wenn sie bei dem Versuch auf den rutschigen Fließen aufzustehen, ausrutschte und hinfiel? Er hätte sich eine der vielen Badehosen ausleihen sollen, die es hier für Gäste gab, und sie in den Pool begleiten sollen. So hätte er in ihrer Nähe sein können.

Verdammt noch mal, Bronson! Sie ist zehn Jahre lang allein zurechtgekommen, und du benimmst dich, als sei sie ohne dich vollkommen hilflos.

Lexie nahm ein großes Badehandtuch und trocknete sich Gesicht und Haare damit. Deke befahl seinem Körper, sich zusammenzureißen. Ob es wohl Teil seiner Strafe war, dass ihr Anblick ihn so verrückt machte? Dass er sie stärker begehrte als je eine Frau zuvor?

Als er sich und seine Körperfunktionen wieder einigermaßen unter Kontrolle hatte, öffnete er die Glastür und ging direkt auf sie zu.

„Brauchst du Hilfe?“, fragte er sie.

Sie sah ihn über ihre Schulter hinweg an und antwortete: „Nein danke!“ Einen Moment später fragte sie: „Wieviel Uhr ist es denn?“

„Zwanzig nach zwei.“

„Schon so spät? Sind Toni und die anderen schon da?“

„Noch nicht. Sie sollten ja auch erst um halb drei kommen, nicht wahr?“

Sie legte sich das Handtuch um den Hals und stützte sich auf einer Liege ab, um aufzustehen. Es bedurfte all seiner Selbstbeherrschung, ihr nicht zu helfen. Jeder Funke Beschützerinstinkt, den Deke besaß, wurde durch diese Frau wachgerufen. Doch er hatte schnell gelernt, dass sie es nicht leiden konnte, behandelt zu werden, als sei sie körperbehindert.

Lexie schnappte sie sich ihren Gehstock, der über der Kopflehne des Liegestuhls hing, kaum dass sie aufrecht stand. „Ich muss kurz duschen und mich umziehen. Falls sie kommen, bevor ich fertig bin, lass ihnen doch bitte von Geoff ausrichten, dass ich mich beeile. Ich habe beim Schwimmen einfach die Zeit vergessen.“

„Geoff wird bei dir bleiben und auf dich achtgeben, während ich ein paar Anrufe erledige. Ich telefoniere in der Halle, dann kann ich deine Mitarbeiter abfangen.“

Lexie sah besorgt drein. „Bitte verhör oder verschreck sie nicht.“

Er betrachtete ihre Gesichtszüge genau, um sicherzugehen, dass sie nicht gescherzt hatte.

Das hatte sie eindeutig nicht.

„Du hast dir gegen meinen ausdrücklichen Rat sechs Mitarbeiter hierher bestellt“, sagte er schließlich. „Wir konnten keinen von ihnen sorgfältig überprüfen. Nach allem, was wir wissen, könnte jeder von ihnen …“

„Wenn du wirklich glaubst, dass einer von ihnen der Bombenleger ist, warum nutzt du die Gelegenheit nicht und nimmst sie genauer unter die Lupe?“, unterbrach ihn Lexie ungeduldig. „Du kannst dich ja in eine Ecke stellen und uns beobachten.“

„Genau das habe ich vor.“

„*Wortlos* beobachten. Kapiert?“

„Kapiert.“

Lexie rauschte davon, und auch Deke stapfte wütend von dannen.

„Bleib du hier und pass auf sie auf“, raunte er Geoff im Vorübergehen zu.

„Heißt das etwa, du befolgst meinen Rat und gehst auf Abstand?“

„Hör schon auf damit.“

„Also nicht?“

„Ich werde ihre Gäste bespitzeln, wenn sie ankommen. Man hat mir strikte Anweisungen gegeben, sie nicht zu verhören oder zu verschrecken. Oder auch nur mit ihnen zu sprechen.“

Geoff grinste. „Ich nehme an, du hast angedeutet, dass einer von ihnen unser Täter sein könnte?“

„Sie denkt mit ihrem Bauch und nicht mit ihrem Kopf.“

„Und mit welchem Körperteil denkst du?“

Deke sah Geoff böse an, ließ ihn dann aber ohne ein weiteres Wort stehen. Er hatte keine Lust, sich mit ihm zu streiten. Immerhin meinte sein Freund es nur gut. Deke hätte dasselbe getan.

Auf halbem Weg zur Eingangshalle begegnete Deke dem Butler, der ihm freundlich zunickte: „Guten Tag, Sir."

„Hallo." Deke deutete mit seinem Daumen in Richtung Eingangstür. „Wenn Miss Murroughs Gäste kommen, würden Sie mir ..."

„Sie sind gerade angekommen, Sir. Ich habe sie in die Bibliothek geführt. Ich bin gerade auf dem Weg, um Miss Murrough Bescheid zu geben."

Deke winkte ab. „Lassen Sie nur. Ich sage es ihr."

„Sehr wohl, Sir."

Na klar würde er ihr Bescheid geben – nur nicht sofort. Das war die Gelegenheit, ein paar Worte mit ihren Mitarbeitern zu wechseln, ohne dass Lexie dazwischenfunken konnte.

Die Flügeltüren zur Bibliothek standen weit offen. Als Deke näher kam, sah er nicht nur alle sechs Besucher, sondern er konnte auch ihre Stimmen hören. Drei von ihnen saßen auf der Ledercouch mit dem Rücken zu ihm. Toni und eine andere Frau standen zusammen am Fenster, ebenfalls mit ihren Rücken zur Tür. Sie unterhielten sich leise. Und noch jemand lief im Raum auf und ab, ein junger Mann. Er war klein und schlank und irgendwie hübsch mit seinem langen Haar, das er zu einem dicken Zopf geflochten trug.

Deke presste sich gegen die Wand neben der Tür und verfolgte die Unterhaltung.

„Ich denke, der Attentäter hat die Zeitungsausschnitte geschickt, weil er wollte, dass wir verstehen, dass Lexies Engagement für Gadi unmittelbar mit ihrer Vergangenheit zusammenhängt", erklärte einer der Männer, die auf dem Sofa saßen. „Es könnte schließlich so aussehen, als sammele sie das ganze Geld für Gadi nur, um ihr schlechtes Gewissen zu beruhigen."

Toni fuhr herum und sprang dem Mann beinahe ins Gesicht. „Und weshalb, meinst du, sollte Lexie ein schlechtes Gewissen haben?"

„Ich sage ja nicht, dass es so ist", versuchte sie der Mann zu beschwichtigen. „Aber vielleicht will er, dass wir das glauben. Vielleicht sollen wir denken, sie sei nicht immer eine so großherzige und selbstlose Frau gewesen, die sie jetzt ist."

„Lexie war mal Journalistin, nicht wahr?", fragte eine andere männliche Stimme. Eindeutig ein Amerikaner. „Sie hat doch nie ein Geheimnis daraus gemacht, dass sie damals in Gadi war, als Präsident Tum erschossen wurde. Wir kennen ihre Vergangenheit schon. Kein Grund, irgendwelche Abgründe zu vermuten."

„Wenn die Polizei denkt, dass der Attentäter etwas mit Gadi zu tun hat, werden wir beide auf jeden Fall verhört werden, Robert", gab der kleine Mann mit dem langen Zopf in seiner erstaunlich tiefen Stimme zu denken. „Und du vielleicht auch, Vega, obwohl du eine Frau bist. Du bist auch aus Gadi." Er wandte sich an die junge Schwarze, die neben Toni stand.

Deke hörte Lexies Mitarbeitern noch eine ganze Weile unbemerkt zu, erfuhr jedoch relativ wenig, was für ihn von Interesse gewesen wäre. Sein Eindruck war, dass sie alle Lexie mochten und respektierten. Doch selbst wenn einer sie hasste, wäre er nicht dumm genug, dies den anderen gegenüber zuzugeben.

Plötzlich hörte er Lexies Stock irgendwo im Hintergrund leicht auf den Boden klopfen. Kurz darauf stand sie schon hinter ihm und tippte ihm auf die Schulter. „Was genau tust du da?", wisperte sie.

Er drehte sich zu ihr um. „Ich warte auf dich", antwortete er sanft.

„Du hast gelauscht."

„Ich habe Informationen gesammelt."

„Warum hast du mir nicht gesagt, dass meine Freunde da sind?"

„Ich wollte dir nur Zeit lassen, damit du in Ruhe duschen

und dich fertig machen kannst.“ Er sah sie an und stellte erneut fest, was für eine verdammt gut aussehende Frau sie doch war. Ihre Haare waren noch feucht, und sie hatte sie zu einem Pferdeschwanz gebunden. Zu einem Paar ausgewaschener Jeans trug sie einen überweiten Kapuzenpulli und kein Make-up. So frisch und natürlich und doch so weiblich.

„Und? Hast du irgendwelche dunklen Geheimnisse aufdecken können?“, fragte sie mit etwas lauterer Stimme.

Bevor er antworten konnte, kam schon Toni Wells an die Tür. „Worüber streitet ihr beide euch denn?“

„Deke kann das Schnüffeln einfach nicht lassen.“ Lexie nahm Toni in den Arm.

„Sie haben uns doch nicht etwa belauscht?“, fragte Toni mit einem amüsierten Lächeln auf ihren perfekten Lippen.

„So ähnlich“ antwortete Deke. „Dafür werde ich schließlich bezahlt. Und damit ich mich als lebendes Schutzschild zwischen Miss Murrough und etwaige Angreifer werfe.“

Toni hob überrascht die Augenbrauen, reagierte jedoch gewohnt schlagfertig: „Wenn ich jemals Schutz benötigen sollte, bestehe ich darauf, dass es Ihr Körper ist, der zwischen mir und der Gefahr steht.“

„Also wirklich, Toni!“ Lexies Tonfall klang, als wolle sie die Freundin in ihrem Übermut bremsen, aber ihr Lächeln feuerte sie eher an.

Kurzerhand hakte Toni sich bei Deke unter und führte ihn in die Bibliothek. „Kommen Sie und setzen Sie sich zu uns. Unsere Geheimnisse sind auch Ihre Geheimnisse.“

Deke mochte Toni. Er konnte sich nicht vorstellen, dass irgendjemand keinen Gefallen an ihrem attraktiven Äußeren und ihrer gewinnenden Persönlichkeit finden sollte. In der Bibliothek machte er sich dann aber von ihr los und begab sich in eine Ecke des Raumes, um das gesamte Zimmer und die Menschen, die sich hier versammelt hatten, im Blick zu haben. Die Atmosphäre in der Bibliothek wurde von einem großen Ölgemälde in einem Goldrahmen dominiert, das über dem Kaminsims hing und eine zierliche Frauengestalt mit herrlichem feuerrotem Haar zeigte. Audrey Bedell, Caras ältere Schwester. Dekes geübter Blick wanderte über das antike Mobiliar, die holzvertäfelten Wände und die hohen Bücherregale, bevor er an den drei Personen hängen blieb, die auf dem Sofa Platz genommen hatten: ein junger Mann, entweder afrikanischer oder afroamerikanischer Herkunft, eine mollige Blondine mittleren Alters und ein Typ im Anzug, der ihn durch seine dicken Brillengläser anblinzelte. Der hübsche junge Mann, der zuvor im Raum auf und ab gelaufen war, hatte sich inzwischen ebenfalls in einen Sessel gesetzt. Deke bemerkte, dass er ständig seine Handflächen aneinander rieb. War das Nervosität oder nur eine schlechte Angewohnheit? Die sechste Person war eine junge Schwarze mit dunklen glänzenden Augen. Sie blieb am Fenster stehen, drehte sich jedoch um, als Lexie den Raum betrat.

„Vielen Dank, dass ihr alle gekommen seid!" Lexie begrüßte jeden von ihnen persönlich, drückte Hände und umarmte ihre Freunde. „Ich habe gute und schlechte Nachrichten für euch." Sie stand vor dem Kamin. Alle Augen waren auf sie gerichtet.

Als sie zu Deke hinübersah, folgten sie ihrem Blick. Plötzlich guckten alle ihn an. „Das hier ist Deke Bronson von Dundee Private Security and Investigation. Er ist mein Bodyguard." Schnell stellte sie ihm die Anwesenden vor. „Deke, das hier ist Vega Sharif." Die junge Schwarze mit den sanften Augen lächelte ihm zu. „Malik Abdel." Lexie deutete auf den hübschen Jungen mit dem langen Zopf. „Und das sind Robert Lufti, Alice Kennedy und Farris Richardson." Jetzt zeigte sie auf die drei Personen auf dem Sofa.

Aus dem Dossier über Helping Hands wusste Deke, dass Robert, Vega und Malik Gadinesen waren; Vega und Malik hatten die amerikanische Staatsbürgerschaft beantragt. Alice war die Pressesprecherin von Helping Hands, Farris Richardson der Finanzchef.

„Die gute Nachricht ist, dass wir ab Montag wieder arbeiten werden." Beifälliges Murmeln erfüllte den Raum. „Ein Bauunternehmen wird die Schäden am Gebäude beseitigen, das wird allerdings ein paar Wochen dauern. Die schlechten Nachrichten sind, dass die Sicherheitsvorkehrungen im Gebäude aufgestockt werden müssen. Ab sofort werden der Hintereingang und das Parkdeck besonders gesichert und der Vordereingang zu jeder Tages- und Nachtzeit bewacht. Am Montag werden Mitarbeiterausweise ausgestellt, die jeden Morgen überprüft werden."

„Kommst du am Montag wieder ins Büro?"

„Natürlich."

„Wäre es nicht klüger, hier zu bleiben, wo du sicher bist?" Vega blickte Lexie mit besorgter Miene an.

„Vielleicht", gab Lexie zu. „Aber ich weigere mich, mir von einem Verrückten vorschreiben zu lassen, wie ich zu leben habe."

„Wird es noch weitere neue Sicherheitsvorkehrungen geben?", wollte Alice wissen. „Und soll ich dazu eine Pressemitteilung rausgeben?"

„Lass uns das zusammen machen", antwortete Lexie. „Und ja, es wird weitere Vorkehrungen geben. Von Montag an bleiben die Hintereingänge geschlossen. Sie dienen dann nur noch als Notausgänge. Außerdem müssen alle Besucher einen Ausweis tragen und einen Termin haben."

„Hat die Polizei denn schon neue Erkenntnisse über den Attentäter?", fragte Malik mit derselben tiefen Stimme, die Deke vorhin bereits überrascht hatte.

„Nein. Bis jetzt noch nicht." Lexie sah Hilfe suchend zu Deke hinüber, als wolle sie ihn bitten, ihre kurze Antwort zu ergänzen.

Deke räusperte sich. „Dundee führt eigene Ermittlungen

durch. Wir lassen gerade alle Mitarbeiter von Helping Hands überprüfen – auch jeden von Ihnen. Wir legen besonderes Augenmerk auf alle, die eine Verbindung zu Gadi haben, einfach deshalb, weil der Täter Gadi in einem Telefonat mit Miss Murrough explizit erwähnt hat."

„Keiner von uns würde Lexie auch nur ein Haar krümmen", entgegnete in Vega Sharif mit einem leichten Zittern in der Stimme.

„Niemandem hier wird irgendetwas unterstellt", erwiderte Deke.

„Ganz bestimmt nicht", mischte sich Lexie bestätigend ein. „Und sobald die Agentur ihre Untersuchungen abgeschlossen hat, werden sie wissen, was ich schon vorher wusste: Nämlich dass ihr über jeden Zweifel erhaben seid."

Deke stöhnte innerlich auf. Wie konnte man nur so vertrauensselig sein – in ihrem Alter, mit ihrer Vergangenheit?

Danach besprach Lexie geschäftliche Angelegenheiten mit ihren Mitarbeitern, bis Aldridge einen Wagen mit Tee und Kaffee, kalten Getränken und Sandwiches brachte. Frisch gestärkt arbeitete man eineinhalb Stunden weiter. Deke beobachtete Lexie dabei, wie sie mit ihren Mitarbeitern sprach. Sie verbreitete eine heitere Arbeitsatmosphäre. Sie lachte oft und ging herzlich auf ihre Mitmenschen zu. Und die Freundlichkeit, die sie ausstrahlte, wurde von allen Seiten erwidert. Zwischen ihr und ihren Mitarbeitern bestand eine beinahe symbiotische Beziehung. Man schien ihre sorgfältige und einfühlsame Art zu schätzen und ihr diese mit Respekt und Loyalität zu danken. Lexie Murrough besaß einfach einen natürlichen Charme, der wohl auch daher kam, dass sie andere Menschen wirklich mochte.

Darin unterschieden Lexie und er sich wie Tag und Nacht. Wenn er überhaupt mal charmant war, war es meist aufgesetzt. Er mochte die meisten Menschen nicht und sah oft nur das Schlechte in ihnen. Vertrauen brachte er den wenigsten entgegen.

Am Abend waren alle Mitarbeiter wieder gegangen bis auf zwei. Toni, Lexies Assistentin, und Finanzchef Farris Richardson beugten sich immer noch zusammen über die Unterlagen, die sie auf dem großen Mahagonischreibtisch ausgebreitet hatten. Als Aldridge im Türrahmen erschien, blickten sie auf.

„Mr. Holston ist da, um Miss Wells abzuholen."

„Bitten Sie Jafari herein, Aldridge", sagte Lexie.

„Nein, nicht nötig." Toni winkte ab. „Heute nicht. Wir haben heute eine ganz besondere Verabredung." Sie zwinkerte Lexie zu. „Ich glaube, er fragt mich heute."

Farris jedoch machte auch, nachdem Toni verschwunden war, keinerlei Anstalten, ebenfalls aufzubrechen. Stattdessen begann er, über Belanglosigkeiten zu sprechen und Lexie dabei wie ein verliebter Schuljunge anzugrinsen. Deke überlegte ernsthaft, ob er einschreiten und sie retten sollte.

„Hast du heute Abend schon was vor, Farris?", fragte Lexie in diesem Moment.

Verdammt. Was sollte denn das? Reines Mitleid, keine Frage. Richardson hatte ihr ja kaum eine andere Möglichkeit gelassen, als ihn einzuladen.

„Nein. Noch nicht."

„Dann musst du unbedingt mit uns zu Abend essen."

Der Finanzchef strahlte. „Wenn es keine Umstände macht, bleibe ich gern."

„Es macht überhaupt keine Umstände. Ich werde Aldridge bitten, ein weiteres Gedeck aufzulegen." Lexie stand auf und fuhr fort: „Du warst noch nie hier, nicht wahr? Soll ich dir vor dem Essen die Villa zeigen?"

Wie ein kleiner Junge, den man gefragt hatte, ob er Lust habe, auf den Spielplatz zu gehen, grinste Farris in freudiger Erwartung von einem Ohr zum nächsten.

Großartig. Genau, was ich jetzt brauche!

Als hätte sie seine Gedanken erraten, wandte sich Lexie

an Deke und sagte: „Wenn du lieber nicht mitkommen möchtest – kein Problem. Hier im Haus sind wir ja auch ohne dich sicher."

„Tut einfach so, als wäre ich nicht da", erwiderte Deke kühl. „Ich werde mucksmäuschenstill sein."

Lexie musterte ihn nachdenklich. Als sie die Bibliothek schließlich verließen, hakte sie sich bei Farris ein.

An diesem Abend fand Lexie keine Ruhe. Sie dachte an Toni und fragte sich, ob Jafari ihr tatsächlich einen Antrag gemacht hatte. Er war Student und würde wohl noch ein paar Jahre bis zu seinem Abschluss brauchen. Das hieß aber nicht, dass er Toni, sollten sie heiraten, nicht doch eines Tages mit sich zurück nach England nehmen würde. Die Vorstellung, dass eine ihrer engsten Freundinnen dann auf der anderen Seite des Atlantiks leben könnte, gefiel der Egoistin in Lexie gar nicht. Vielleicht würde Jafari ja in den USA bleiben, vielleicht sogar in Chattanooga.

„Ich bin total verrückt nach ihm", hatte Toni erst kürzlich zu Lexie gesagt. „Er ist der Richtige, auch wenn er ein paar Jahre jünger ist als ich. Es ist ja nicht so, als könnte ich seine Mutter sein."

Lexie wollte, dass ihre Freundin glücklich war, und Jafari machte sie ganz offensichtlich glücklich. Er war ein ruhiger und ernsthafter junger Mann. Ein wenig schüchtern, aber immer höflich. Wie Deke so einen Menschen verdächtigen konnte, war ihr schleierhaft. Aber Deke war nun mal übervorsichtig. Das machte ihn wahrscheinlich zu einem so guten Bodyguard.

Wie traurig es sein musste, niemandem zu vertrauen!

Was nur hatte Deke zu einem Pessimisten gemacht? Oder war er einfach als Schwarzseher geboren worden?

Ein Mann wie Deke sollte sich am besten nur mit positiv denkenden Menschen umgeben. Falls er jemals heiratete, müsste seine Frau genau das Gegenteil von ihm sein.

Falls er jemals heiratete? Woher wollte sie wissen, dass er nicht schon längst verheiratet war? Vielleicht hatte er irgendwo in Atlanta Frau und Kinder? Nur weil es zwischen ihnen ein wenig sexuelle Anziehungskraft gegeben hatte, musste das nicht bedeuten, dass er Junggeselle war. Einige Männer flirteten völlig unabsichtlich, genau wie einige Frauen. Ihr hatte man das auch schon vorgeworfen. Sie war einfach nur freundlich und kontaktfreudig. Das bedeutete noch gar nichts.

Er ist nicht verheiratet. Ich würde es spüren.

Als sie das leise Klopfen an der Zwischentür vernahm, sprang sie auf.

„Ja?“, rief sie atemlos.

Deke öffnete die Tür und blieb im Türrahmen stehen. „Ich wollte nach dir sehen, bevor ich zu Bett gehe.“

Er war barfuß und trug nur eine Pyjamahose. Lexies Haut begann zu kribbeln. Wie sie diesen Mann begehrte!

„Mir geht es gut“, brachte sie gerade noch hervor.

Er nickte. „Dann gute Nacht.“

„Gute Nacht.“

Er sah sie eindringlich an. Sein Blick fühlte sich so sanft, so schmetterlingsleicht an wie die Berührungen eines Liebhabers. Dann drehte er sich um. Doch bevor er die Tür hinter sich schließen konnte, rief Lexie ihm nach: „Bist du verheiratet?“

Seine breiten Schultern spannten sich merklich an. Er drehte sich nicht um, als er ihr antwortete. „Nein, ich bin nicht verheiratet.“

„Warst du mal verheiratet oder verlobt oder …“

Jetzt drehte er sich um und sah sie direkt an. „Ich war mit Anfang zwanzig verheiratet. Seitdem nichts dergleichen. Keine Verlobung, keine längere Beziehung.“

„Ich war nie verheiratet, aber das weißt du sicher schon längst. Ich nehme an, der Bericht, den du über mich gelesen hast, ist recht detailliert."

„Das ist er." Er trat über die Schwelle.

Lexies Alarmglocken schrillten. Sie war versucht, zurückzuweichen, als er auf sie zukam. Das Verlangen in seinen Augen war nicht zu übersehen.

„Dann weißt du ja auch, dass ich verlobt war, bevor ich nach Gadi ging."

Deke nickte und lief unbeirrt weiter auf sie zu.

Ihr stockte der Atem.

„Als ich verletzt zurückkam, hat er mich verlassen."

„Er war ein Idiot." Deke stand nun direkt vor ihr.

Sie war wie benommen.

„Du hättest nicht den ganzen Abend mit Richardson flirten sollen. Dir ist doch wohl klar, dass er auf dich steht? Du machst ihm nur Hoffnungen."

Lexie protestierte. „Ich habe nicht mit Farris geflirtet! Ich war nur nett zu ihm. Er ist ein guter Mensch mit sehr wenig Selbstwertgefühl und noch weniger Freunden."

„Natürlich hast du mit ihm geflirtet."

„Ich war nur nett."

„Du hättest ihn nicht zum Abendessen einladen sollen."

„Er ist einsam."

„Und heiß auf dich."

Lexie stöhnte auf.

„Du bist dir wirklich nicht bewusst, welche Wirkung du auf Männer hast, oder?"

Sie starrte Deke mit ehrlichem Erstaunen an.

„Ist dir nicht klar, dass jeder Mann, den du anlächelst, dich am liebsten auf der Stelle küssen würde? Und wenn du lachst, will man dich unwillkürlich in den Arm nehmen. Und wenn du jemanden so ansiehst wie mich jetzt gerade, dann würde man dich am liebsten aufs nächste Bett werfen und dich so lange lieben, bis man sich nicht mehr bewegen kann. Ist dir das nicht bewusst?"

„Nein ... ich ... äh ... nein."

„Dann weißt du es jetzt."

Er streckte seinen Arm aus und umfasste ihren Nacken.

Er würde sie küssen. Niemals zuvor in ihrem Leben hatte Lexie irgendetwas mehr gewollt als diesen Kuss.

Sie schmiegte sich an ihn, genoss es, seine steinharten Muskeln zu spüren und seine Erregung. Sie gab sich dem Moment hin.

Doch dann ließ Deke sie plötzlich los. Ihre Knie gaben nach; beinahe wäre sie hingefallen. Wortlos drehte er sich um, stürmte aus ihrem Zimmer und knallte die Zwischentür hinter sich ins Schloss.

9. KAPITEL

Der Samstag verlief ebenso ereignislos wie der Freitag. Keine weiteren Bomben. Keine Drohanrufe. Abgesehen von der Tatsache, dass Lexie nicht zu Hause war und dass sie auf Schritt und Tritt von einem Bodyguard verfolgt wurde, verlief Lexies Tag recht normal. Nach ihrer leidenschaftlichen Begegnung Freitag Nacht in Lexies Zimmer hatte Deke sie am Samstag mehr oder weniger gänzlich Geoffs Obhut übergeben, ohne dass einer der beiden ein Wort der Erklärung darüber verloren hätte.

Warum nur distanzierte Deke sich von ihr? Sie hatten einen intimen Moment miteinander verbracht und hätten sich beinahe geküsst. Natürlich waren sie einander im Grunde egal, und es war verrückt, sich Hals über Kopf in eine körperliche Beziehung zu stürzen. Aber es wäre doch nur ein Kuss gewesen. Es war ja nicht so, als wären sie kurz davor gewesen, übereinander herzufallen und miteinander zu schlafen. Oder hatte ihn ihre Behinderung gestört? Wie ihren Ex-Verlobten damals? Nein. Immerhin hatte sie selbst gespürt, wie erregt er gewesen war, und sie hatte sein Verlangen in seinen Augen gesehen. Aber was war dann los? Professionalität? Es war ganz bestimmt gegen den Verhaltenskodex von Dundee, dass ein Mitarbeiter eine Beziehung mit einer Klientin begann. Das musste es sein.

Lexie hatte Deke seit dem gestrigen Mittagessen nicht gesehen. Beim Abendessen war er nicht aufgetaucht. Geoff hatte ihn entschuldigt; er traf sich wohl mit seinem Kollegen Ty Garrett, dem Mann, der die Dundee-Untersuchungen leitete.

Als Lexie am nächsten Morgen den Frühstücksraum betrat, erwartete sie nicht Deke dort anzutreffen. Doch da stand er und schenkte sich gerade Kaffee aus der silbernen Kanne nach.

Für einen kurzen Moment sah er in ihre Richtung und murmelte: „Guten Morgen."

„Guten Morgen“, antwortete sie und musterte ihn eindringlich. Aber ihre Hoffnung, seine Gedanken erraten zu können, zerschlug sich im gleichen Moment. Keine Chance.

„Das riecht aber gut“, sagte Geoff. Er hatte Lexie die Treppe hinuntergeleitet und ging jetzt direkt zu Deke an die Anrichte, auf der das Frühstücksbuffet aufgebaut war. „Ich liebe die amerikanische Art, zu frühstücken. In diesem Land hält man sich an die alte Weisheit: Morgens wie ein Kaiser!“

Deke stellte seine Tasse auf den Tisch und ging zurück zum Buffet, um einen Teller mit Rührei zu füllen. Lexie stellte sich neben ihn und griff nach einem Porzellanteller.

„Wie war dein Treffen mit Mr. Garrett?“

Ohne sie anzusehen, antwortete er: „Gut. Ty wird morgen hier vorbeikommen.“

„Gibt es was Neues?“

„Nein.“ Deke schüttelte den Kopf. „Noch nicht.“ Er ging zum Tisch, stellte seinen Teller ab, setzte sich jedoch nicht hin.

Mit einem vollkommen überladenen Teller kam auch Geoff zum Tisch und nahm Platz. Lexie begnügte sich mit zwei Scheiben Toast und ein wenig Obstsalat. Als sie sich zu beiden an den Tisch gesellte, rückte Deke ihr den Stuhl zurecht.

Sie dankte ihm mit einem Lächeln, das er nicht erwiderte.

„Setz dich, ich hole dir Kaffee“, sagte er stattdessen.

„Danke.“ Warum fühlte sie sich in seiner Gegenwart nur so merkwürdig? Sie hatten doch gar nicht miteinander geschlafen! Verdammt noch mal, sie hatten sich ja nicht mal geküsst!

Keiner der drei sprach viel. Nachdem Geoff seine riesige Portion Eier und Würstchen verdrückt hatte, begann er darüber zu sinnieren, wie es wohl wäre, so reich zu sein wie Cara Bedell. Anschließend saßen sie wortlos zusammen und tranken eine letzte Tasse Kaffee. Lexie beschloss, dass dies der geeignete Zeitpunkt war, eine Ankündigung zu machen.

„Ich werde heute in die Morgenmesse gehen."

„Wie bitte?" Deke sah sie mit verärgertem Gesichtsausdruck an.

„Ich weiß nicht, ob das eine gute Idee ist", wandte Geoff ein.

„Das wirst du auf keinen Fall tun!", bestimmte Deke.

Lexie hob die Augenbrauen. „Und warum nicht? Ich habe nicht vor, mich hier einsperren zu lassen. Ich gehe heute in die Kirche und morgen wieder ins Büro."

„Wenn es unbedingt sein muss ...", murmelte Deke beherrscht. „Ich begleite dich."

Geoff sah ihn eindringlich an, doch er schwieg.

Lexie dagegen erhob sich. „Danke. In einer Stunde kann es losgehen. Meine Gemeinde liegt mit dem Auto etwa fünfundzwanzig Minuten entfernt."

„Ich werde bereit sein."

Auch Deke und Geoff standen auf, aber nur Deke verließ den Raum mit ihr. Sie lief voraus und ließ sich dabei Zeit. Am Ende des langen Gangs, direkt neben der Küche, hielt sie zu Dekes Überraschung vor einem versteckten Aufzug an.

„Ich kann mir nicht vorstellen, in einem Haus zu wohnen, das so groß ist, dass man seinen eigenen Aufzug braucht", sagte er.

„Ich steige eigentlich lieber Treppen", erklärte Lexie. „Aber heute Morgen möchte ich Zeit sparen."

„Nimmst du normalerweise die Treppe, um dir und der Welt etwas zu beweisen?"

In diesem Moment öffnete sich die Fahrstuhltür und Le xie, dicht gefolgt von Deke, stieg ein. Der Innenraum war klein. Hier würden keinesfalls mehr als drei oder vier Personen hineinpassen.

„Denkst du das wirklich? Dass ich Treppen steige, nur um mir zu beweisen, dass ich es kann?"

„Vielleicht. Oder du tust es, um anderen Leuten zu beweisen, wie selbstständig du bist. Dass du keine Spezialbehandlung brauchst."

Deke griff um sie herum, um den Aufzugknopf zu betätigen. Dabei berührte sein Arm den ihren. Ein starkes Kribbeln in ihrem Magen war die Antwort. Niemals zuvor hatte sie sich körperlich so zu einem Mann hingezogen gefühlt wie zu Deke.

Denk an etwas anderes, beschwor sie sich selbst. *Lass ihn bloß nicht spüren, dass er dich durcheinanderbringt. Verdammt noch mal, denk an was anderes. Irgendetwas.* Caras Haus. Der Lift.

Als sie das Obergeschoss erreichten, wartete Deke, während Lexie ausstieg. Dann schritt er neben ihr durch den langen Korridor, der zu ihren Zimmern führte.

Bevor sie ihr Zimmer betrat, hielt sie kurz inne und sagte zu ihm: „Vielen Dank, dass du mich in die Kirche begleitest. Das bedeutet mir sehr viel."

„Das dachte ich mir. Sonst hätte ich auch nicht zugestimmt."

„Aber es ist dir nicht recht. Dir wäre es lieber, ich bliebe hier, nicht wahr?"

„Mir wäre es auch lieber, du würdest morgen nicht zur Arbeit gehen. Wenn es nach mir ginge, würde ich dich hier unter Verschluss halten."

Ihr war, als führten die Schmetterlinge in ihrem Bauch einen Tanz auf. Sie zitterte am ganzen Körper. Natürlich hatte aus ihm der Bodyguard gesprochen, aber der besitzergreifende Unterton in seiner Stimme war nicht zu überhören gewesen.

„So könnte ich aber nicht leben", sagte sie.

„Ich weiß."

Und er drehte sich um und lief weg.

Deke war nicht mehr in einer Kirche gewesen, seit sein Großvater vor zwölf Jahren beerdigt worden war. Wenn er jemals irgendjemanden in seinem Leben wirklich geliebt hatte, war es wohl dieser schweigsame alte Mann gewesen. Jim Mason war Fabrikarbeiter gewesen. Er hatte sein Leben lang schwer gearbeitet und verstand sich genauso wenig darauf, mit seinem Enkel zu sprechen wie mit seiner Frau oder seinem einzigen Kind, Dekes Mutter. Aber Big Jim, so wurde er in seinem texanischen Heimatort genannt, hatte Deke aufgenommen, nachdem dessen Mutter gestorben war und sein Taugenichts von einem Vater das Weite gesucht hatte. Deke und sein Großvater hatten zusammen in ein- und demselben Haus gelebt, bis Deke zur Universität gegangen war. Niemals in all der Zeit hatte sein Großvater ihm gesagt, was er ihm bedeutete. Aber er hatte es ihm auf hundert verschiedene Arten gezeigt. Jeden Morgen bereitete er seinem Enkel das Frühstück zu, bevor er zur Schule ging. Er ermutigte ihn, Sport zu treiben, ermahnte ihn aber gleichzeitig, gute Noten zu schreiben. Als Deke sechzehn gewesen war, hatte er ihm geholfen, sein erstes Auto – einen schrottreifen alten Pickup – auf Vordermann zu bringen. Und als Deke auf der Universität und später bei der U.S. Army gewesen war, hatte ihm sein Großvater einmal pro Woche geschrieben.

Die Kirche war bereits zur Hälfte gefüllt, als Deke und Lexie ankamen. In den folgenden fünfzehn Minuten füllte sie sich komplett, Deke schätzte, mit an die fünfhundert Personen. So groß die Gemeinde auch war: Lexie schien zwei Drittel der Menschen hier persönlich zu kennen. Sie war jemand, zu der sich andere Menschen unmittelbar hingezogen fühlten. Sie war nicht nur hübsch, sondern strahlte auch Wärme und Mitgefühl aus. Das hatte sie früher zu einer guten Reporterin gemacht und machte sie heute zu einer erfolgreichen Spendensammlerin.

Jedes Mal, wenn sie jemandem die Hand schüttelte oder ein anderes Gemeindemitglied umarmte, hätte Deke sie am liebsten weggezogen. Denn wenn er jemanden nicht kannte, misstraute er ihm. Lexie hingegen schien jedem erst einmal zu vertrauen. Wie nur hatte sich eine Frau, die einst im Feuergefecht verletzt worden war, eine solch positive Haltung dem Leben gegenüber bewahrt?

„Da drüben ist Farris." Lexie bahnte sich ihren Weg durch die Trauben von Gläubigen, die sich noch ein wenig unterhielten, bevor die Messe begann.

Deke stöhnte innerlich auf, als er Richardson erblickte. Der Finanzchef stand mit einem dümmlichen Lächeln auf den Lippen auf der anderen Seite und winkte Lexie zu.

Auch Deke wurde immer wieder begrüßt. Man sagte „Hallo!", „Willkommen!" oder „Schön, Sie zu sehen!" und zwang ihn dadurch, höflich zu bleiben. Dabei war ihm überhaupt nicht danach zumute. Er nickte freundlich in alle Richtungen und bemühte sich, niemanden anzurempeln, während er Lexie so dicht wie möglich auf den Fersen blieb.

Ein Ort wie dieser war für jeden Personenschützer ein Albtraum. Ganz besonders, wenn man zuvor keine Gelegenheit gehabt hatte, die Umgebung gründlich zu untersuchen. Zudem war seine Klientin hier von einer Horde fremder Menschen umgeben. Deke musste jeden Einzelnen hier als mögliche Bedrohung betrachten, auch wenn es eher unwahrscheinlich war, dass hier jemand Lexie etwas tun wollte. Immerhin war dies ein Ort des Gebets.

Wahrscheinlich hatte Deke einfach zu lange jenseits der Zivilisation gelebt.

Als Lexie zu Farris durchgekommen war, umarmte sie ihn und gab ihm einen flüchtigen Kuss auf die Wange.

Er griff nach ihrer Hand. „Ich war nicht sicher, ob du heute kommen würdest. Ich freu mich, dich zu sehen." Und ohne Deke auch nur zu beachten, fragte er: „Möchtest du dich zu mir setzen?" In der Reihe, neben der sie standen, war noch Platz für zwei.

Lexie drückte Farris' Hand, befreite sich dann aber aus

seinem Griff. „Mr. Bronson wird sicher darauf bestehen, bei mir zu sitzen."

Und ob er würde! Aber warum sprach sie plötzlich von ihm als Mr. Bronson? Waren sie nicht übereingekommen, sich zu duzen?

„Verstehe." Als Farris zu Deke hinübersah, verschwand sein Lächeln mit einem Mal. „Und wenn Sie sich hinter uns setzen?"

Lexie wandte sich Deke zu und legte die Hand auf seinen Arm. „Bitte."

Deke riss sich zusammen und murmelte: „Wenn du darauf bestehst."

Die folgende Stunde über zählte Deke die Minuten bis zum Ende des Gottesdienstes. Er fühlte sich definitiv fehl am Platz, und die hölzerne Bank, die ihn von seiner Klientin trennte, bereitete ihm zusätzlich ein mulmiges Gefühl. Na ja, im Notfall würde er einfach drüberspringen.

Endlich war das letzte Lied gesungen. Deke gelang es gerade noch, Lexie abzufangen, bevor die Gemeinde sich auflöste und sie in der Menge untertauchen konnte. Als er sie vorsichtig am Arm ergriff, sah sie ihn über ihre Schulter hinweg an und lächelte.

Ob sie wohl wusste, welche Wirkung dieses Lächeln auf ihn hatte?

Er lehnte sich zu ihr hinunter und flüsterte ihr ins Ohr: „Lass uns von hier verschwinden."

Sie nickte, dann strich sie Farris über den Arm und raunte ihm etwas zu, das Deke nicht verstand. Doch dem unglücklichen Gesichtsausdruck des Buchhalters zufolge hatte sie sich verabschiedet.

Fünfzehn Minuten und unzählige Umarmungen von Gemeindemitgliedern später verließen sie schließlich die Kirche und steuerten auf Caras Rolls Royce zu. Eddie, der Chauffeur, wartete bereits auf sie. Lexie hatte ihn heute Morgen nach seiner Frau gefragt, was Deke nur wenig verwundert hatte. Sie schien sich tatsächlich für jeden zu interessieren, der in ihr Leben trat. Wie sollte er ihr verübeln, dass sie so war, wie sie war – selbst wenn das seine Aufgabe, sie zu beschützen, um einiges erschwerte?

Nachdem sie auf dem Rücksitz des Wagens Platz genommen hatten, fragte Lexie: „Wann warst du das letzte Mal in der Kirche?"

„Ist ziemlich lange her."

„Danke, dass du mich heute begleitet hast."

Deke räusperte sich. „Was läuft eigentlich zwischen dir und Richardson?" Er wandte seinen Blick nicht vom Nacken des Chauffeurs ab. „Du denkst vielleicht, du bist nur nett zu ihm, aber er versteht dein Verhalten sicher anders. Er steht auf dich, und du ermutigst ihn."

„Das tue ich überhaupt nicht", protestierte sie mit Nachdruck.

„Du umarmst ihn, du küsst ihn, du sitzt neben ihm während der Messe und du sprichst mit ihm mit dieser zärtlichen Stimme ..."

Lexie bekam große Augen. Zunächst sprachlos vor Erstaunen, antwortete sie schließlich entrüstet: „Ich tue nichts dergleichen! Ich habe ihn nur auf die Wange geküsst. Meine Stimme war ganz normal. Ich spreche mit ihm wie mit jedem anderen auch."

„Wenn du meinst."

Lexie schnaubte wütend. „Ja, das meine ich."

Den Rest der Fahrt über saßen sie schweigend nebeneinander. Lexie kochte. Sie klopfte ungeduldig auf ihrer Handtasche herum und stampfte leicht mit dem Fuß auf. Schließlich verschränkte sie die Arme vor der Brust und starrte stur geradeaus.

Eddie hielt direkt vor dem Haupteingang der Villa, sprang aus dem Wagen und öffnete zuvorkommend die Tür für seine

Fahrgäste. Deke stieg als Erster aus und half Lexie. Sie dankte es ihm, indem sie sich wortlos den Stock schnappte und mit lautem Geklapper davonmarschierte, ohne sich noch einmal umzublicken.

„Sie sollten sich wohl entschuldigen“, riet Eddie.

Deke nickte. „Sie haben recht, das sollte ich. Vielen Dank!“

„Jederzeit, Sir.“

Deke eilte Lexie hinterher und holte sie schließlich an der Veranda ein.

Bang, bang, bang, bang!

Das Geräusch kam aus der Nähe des Tors. Man hörte Reifen quietschen und ein Auto beschleunigen.

Deke ging mit Lexie zu Boden und bedeckte sie schützend mit seinem Körper, während er seine Waffe zog.

„Deke?“

„Schhh.“

Stille.

Deke rief sich die Geräusche in Erinnerung. Das waren keine Schüsse gewesen, obwohl er das zunächst angenommen hatte.

„Geht es dir gut?“, fragte er Lexie, als er sich von ihr löste und aufstand.

Sie nickte. „Ich habe mich nur zu Tode erschreckt.“

Er streckte seine Hand aus, fasste sie am Arm und zog sie auf die Beine. Lexie hielt sich dabei auf ihren Stock gestützt, den sie vorher mit ihrem Körper begraben hatte.

Die Eingangstür flog auf, und Geoff erschien mit gezogener Waffe auf der Veranda. „Was zum Teufel war dieser Krach?“

„Ich weiß es nicht.“, antwortete Deke. „Nimm Lexie mit rein. Ich seh mich mal um.“

Sie griff nach Dekes Arm. „Sei vorsichtig!“

„Ja, ja natürlich.“ Er sah Geoff an. „Bring sie bitte ins Haus. Jetzt. Sofort.“

Eine Viertelstunde später stieß Deke im Wohnzimmer wieder zu den beiden. Lexie war minutenlang im Raum auf und ab gelaufen, bevor sie sich kurz hingesetzt hatte, um wenig später erneut aufzuspringen und weiter durch den Raum zu tigern. Geoff versuchte, sie zu beruhigen, aber sie hatte ihn kaum gehört, so laut klopfte ihr Herz. Weder Deke noch sie waren verletzt worden, und dennoch schien sie sich nicht beruhigen zu können. Hatte man auf sie geschossen? War dieses fürchterliche Geräusch ein Gewehrfeuer gewesen?

Geoff hatte Lexie ein paar Mal etwas zu trinken angeboten. Vielleicht etwas Alkoholisches, um ihre Nerven zu beruhigen. Sie hatte jedes Mal abgelehnt, überlegte sich mittlerweile jedoch, dass sie vielleicht hätte annehmen sollen.

Sie hatte sich gerade wieder hingesetzt, als Deke zur Tür hiereinkam. Sie sprang sofort wieder auf und eilte zu ihm, stoppte sich aber gerade noch, bevor sie ihm um den Hals fiel.

„Ich habe Lieutenant Desmond angerufen", sagte Deke. „Er ist auf dem Weg hierher."

„Hast du irgendwas gefunden?", fragte Geoff.

Deke sah Lexie direkt in die Augen. „Feuerwerkskörper. Jemand scheint sie im Vorbeifahren über das Tor geworfen und sich dann aus dem Staub gemacht zu haben."

„Beide Tore werden videoüberwacht", erinnerte Geoff. „Vielleicht haben wir den Mistkerl auf Band."

„Meint ihr denn, dass es sich um dieselbe Person handelt wie ... Denkt ihr, es war der Bombenleger?"

„Möglicherweise", sagte Deke. „Wahrscheinlich sogar."

Im gleichen Moment klingelte Lexies Handy.

„Wo hast du dein Telefon?", fragte Deke.

„In meiner Handtasche, da drüben auf dem ..."

„Ich hole es schon." Geoff eilte zum Sofa, öffnete ihre Tasche und kramte das Telefon hervor. „Unbekannt."

Als Lexie nach dem Handy griff, schnappte Deke es ihr vor der Nase weg und nahm das Gespräch an. „Miss Murrough kann momentan nicht ans Telefon kommen. Möchten Sie eine Nachricht hinterlassen?“

Lexie beobachtete Dekes Gesichtsausdruck. Er blieb unverändert. Was sagte der Anrufer? Drohte er ihr erneut? Oder hatte sich da nur jemand verwählt? Sie wussten ja gar nicht, ob der Vorfall irgendetwas mit den Attentaten zu tun hatte.

Deke beendete das Gespräch wortlos und ließ das Telefon in seiner Hand sinken.

„Wer war das? Was hat er gesagt?“ Lexie konnte kaum atmen, so sehr fürchtete sie sich vor seiner Antwort.

Deke zögerte erst kurz. „Er sagte: ‚Was auch immer ihr tut, ihr könnt sie nicht retten. Ihre Zeit zu sterben ist nah.‘“ Deke schluckte schwer. „Und dann fing dieser kranke Schweinehund an zu lachen.“

Lexie konnte sich im Nachhinein nicht erinnern, ob sie den ersten Schritt gemacht hatte oder er. Aber auf einmal lag sie in Dekes Armen, umschlang seine Taille und bettete ihren Kopf an seiner Brust.

„Ich werde Aldridge nach den Aufzeichnungen der Überwachungskamera fragen“, murmelte Geoff. „Wenn er nicht weiß, wie wir da rankommen, rufe ich den Sicherheitsdienst der Firma an.“

„Sag mir Bescheid, wenn Lieutenant Desmond da ist“, sagte Deke leise, während er Lexie sanft über den Rücken strich.

„Mache ich“, versicherte Geoff und ging hinaus.

Deke zwang sie, ihn anzusehen. „Ich will, dass du weißt, dass er unrecht hat. Ich werde dich beschützen.“

„Ich weiß, dass du es versuchst.“

„Ich werde nicht zulassen, dass er dir etwas antut. Ich verspreche dir, dass ich auf dich aufpassen werde, egal, was es kostet.“

Ihre Blicke trafen sich, und für einen kurzen Moment glaubte sie, seine Augen schon einmal gesehen zu haben.

Stahlgraue Augen, die sie voller Sorge anblickten. Kopfschüttelnd löste sie sich aus seiner Umarmung.

„Was ist denn?“, fragte er.

Sie sah ihn genau an. Das hier war Deke Bronson, kein Geist aus ihrer Vergangenheit. „Tut mir leid. Für einen kurzen Moment ... ach nichts. Meine Nerven sind angeschlagen. Die Feuerwerkskörper klangen wie Gewehrfeuer und ...“

„Und plötzlich hast du dich zehn Jahre zurückversetzt gefühlt“, ergänzte er.

Sie nickte.

„Das ist ganz normal“, beruhigte er sie. „Bestimmte Reize können derartige Erinnerungen wachrufen.“

„Ich wäre damals beinahe gestorben, wenn da nicht dieser Soldat gewesen wäre ... Er war einer von den Killern ... Ich wäre bestimmt verblutet. Als ich dir gerade in die Augen geschaut habe, habe ich mich an seinen Blick erinnert. Wahrscheinlich, weil er damals mein Beschützer war und du es heute bist.“

10. KAPITEL

Larry Nesmith, der Chef von Bedell, Inc. Security, hatte die Sicherstellung des Überwachungsvideos durch das Chattanooga Police Department höchstpersönlich überwacht. Der stämmige Vietnamveteran mit dem Silberhaar war ein ehemaliger Kollege von Bain Desmond und Mike Swain, und dem kameradschaftlichen Geplänkel der drei Männer nach zu urteilen, waren sie gute Freunde.

Ty Garrett war fast zeitgleich mit Bain und Mike an der Villa Bedell angekommen. Geoff hatte ihn wohl angerufen, kurz bevor oder kurz nachdem er die Polizei informiert hatte. Außerdem waren inzwischen ein paar Leute von der Spurensicherung erschienen, die das Gelände weiträumig absuchten.

„Setz dich am besten hier hin", sagte Bain zu Lexie. Er legte ihr den Arm um die Schulter und führte sie zur Couch. Kam da etwa ein leises Knurren aus Dekes Richtung? Lexie war sich nicht sicher. Wahrscheinlich hatte sie es sich nur eingebildet.

„Das Band ist eingelegt", rief Nesmith ihnen zu. „Sind Sie so weit?"

„Alles in Ordnung?", wandte sich Bain an Lexie.

Sie nickte. Bain nahm links neben ihr Platz, während sich rechts jemand anderes neben sie setzte. Sie musste nicht einmal hinsehen, um zu wissen, dass es Deke war. Sosehr sie Bain auch vertraute – erst mit Deke in ihrer Nähe fühlte sie sich wirklich sicher. Sie hätte dieses Gefühl nicht begründen können; sie verstand es ja selbst nicht ganz. Aber irgendetwas sagte ihr, dass Deke wirklich alles tun würde, um sie zu schützen. Wenn es sein müsste, würde er sogar sein Leben für sie opfern.

Nesmith spulte das Band vor, bis ein kleiner roter Sportwagen im Bild erschien. Er hielt direkt vor dem Eingangstor. Das Fenster wurde heruntergelassen, und eine Hand im schwarzen Lederhandschuh warf etwas auf die Straße. Dann, ebenso schnell, wie der Wagen gekommen war, verschwand er auch wieder.

„Halt das Band an!“, rief Bain.

„So ein Dreckskerl!“, fluchte Nesmith. „Das Nummernschild ist ganz klar zu erkennen.“

„Ich lass es überprüfen.“ Mike Swain sprang auf, zog sein Handy aus der Tasche und verließ den Raum.

„Wir nehmen das Band mit und lassen unser Team noch mal drübergehen.“

Nesmith nickte zustimmend. „Ich habe mit Miss Bedell gesprochen. Sie hat mich angewiesen, mit euch zusammenzuarbeiten.“

Bain sah Lexie an. Erst als sein Blick zu ihrer Hand wanderte, bemerkte sie selbst, dass Deke sie festhielt. Sie bewegte ihre Finger, und er ließ sie augenblicklich los.

„Dir ist klar, dass wir nicht sicher sein können, dass dieser Vorfall in Verbindung zu den Anschlägen steht“, sagte Bain. „Es könnte alles nur ein Zufall sein. Vielleicht haben wir es hier mit einem Dummejungenstreich zu tun.“

„Glauben Sie das wirklich?“, fragte Deke.

„Nein. Ich glaube, wer auch immer hinter dem Steuer dieses Wagens saß, ist auch unser Attentäter.“ Bain tätschelte Lexies Schulter. „Ich sehe mal nach, ob Mike schon irgendwas herausgefunden hat.“

Lexie wagte einen kurzen Blick auf Deke. „Was hältst du davon? Warum sollte er heute am Tor Feuerwerkskörper zünden? Warum sollte er etwas so Harmloses tun, nachdem er zwei Tage in Folge Bomben hat hochgehen lassen? Will er mich verunsichern?“

„Du warst ein wenig mehr als verunsichert, du warst zu Tode erschreckt. Das Geräusch hat dich sofort nach Gadi zurückversetzt. Ich vermute, dass der Typ wusste, dass das passieren würde. Oder er hat es zumindest gehofft.“

Eine Bassstimme mit eindeutiger Südstaatenfärbung sagte: „Bis morgen sollte ich endlich die Berichte über die drei Gadinesen vorliegen haben, die für Helping Hands arbeiten. Nächste Woche haben wir dann Informationen über jeden, der eine Verbindung mit Gadi und mit Miss Murrough hat."

Lexie sah über ihre Schulter und sah Ty Garrett auf sie zukommen. Er maß sie mit einem bewundernden Blick. Männer schienen sie nach wie vor attraktiv zu finden – trotz ihrer körperlichen Behinderung. Aber natürlich waren es zwei völlig verschiedene Dinge, den Anblick einer hübschen Frau zu schätzen zu wissen und mit jemandem, der behindert war, eine Beziehung einzugehen. Lexie schüttelte unmerklich den Kopf. Ja, ihr war bewusst, dass sie dazu neigte, alle Männer mit ihrem Exverlobten über einen Kamm zu scheren. Aber nicht einmal der Mann, der sie gebeten hatte, seine Frau zu werden und den Rest ihres Lebens mit ihm zu verbringen, war in der Lage gewesen, über „ihren Fehler" hinwegzusehen. So hatte er es genannt – „ihren Fehler". Wie sollte sie da nur glauben, dass irgendein anderer sie trotzdem lieben konnte?

„Ich habe vollstes Vertrauen in meine Angestellten, Mr. Garrett", erwiderte Lexie. „Und ich bin überzeugt, wenn Sie Ihre Untersuchungen abgeschlossen haben, werden Sie mir zustimmen müssen."

„Ich kann verstehen, dass Sie so denken, Miss Murrough. Es ist immer einfacher zu glauben, ein Fremder wolle einen töten als ein Freund oder langjähriger Mitarbeiter."

Bevor Lexie ihm antworten konnte, kam Bain durch die Tür geschossen, dicht gefolgt von seinem Partner. „Der Wagen wurde heute Morgen gestohlen gemeldet. Der Besitzer hatte den Schlüssel stecken lassen, als er in einer Tankstelle bezahlt hat. Als er wiederkam, war sein Auto weg."

„Hat jemand den Autodieb beobachtet?", fragte Ty.

„Niemand", antwortete Bain.

„Dann wissen wir auch nicht mehr", warf Geoff ein.

„Sieht so aus", räumte Bain ein. „Aber wir werden das noch genauer überprüfen. Ich werde mit dem Besitzer des Wagens und dem Tankwart sprechen."

„Danke." Lexie lächelte ihn dankbar an.

Bain zuckte nur mit den Schultern und blickte dann zu Larry Nesmith, der gerade die Videokassette aus dem Rekorder nahm.

„Wartet auf mich, ich komme mit euch." Als Nesmith an Lexie vorüberging, sagte er bedauernd: „Tut mir leid, dass wir ihn nicht identifizieren konnten. Aber wir kriegen den Mistkerl!" Dann sah er zu Deke. „Wenn ihr Jungs von Dundee irgendwas braucht, sagt einfach Bescheid. Bedell, Inc. Security steht euch jederzeit zur Verfügung!"

Er zog eine Visitenkarte aus der Innentasche seines Jacketts und reichte sie Deke.

Deke nahm die Karte und steckte sie in seine Brusttasche. „Alles klar. Danke, Larry."

Als schließlich alle weg waren, warf er einen Blick auf seine Armbanduhr. „Wie wäre es mit einem späten Lunch? Es ist schon nach drei und du hast seit dem Frühstück nichts mehr gegessen."

„Ich glaube wirklich nicht, dass ich etwas essen kann. Wenn ich zu Hause wäre, würde ich mir eine Tasse Tee machen und …" Sie schluckte. „Ich hasse es so sehr, nicht in meiner Wohnung zu sein! Ich hasse es, mich von Feuerwerkskörpern zu Tode erschrecken zu lassen! Und ich hasse es, rund um die Uhr bewacht werden zu müssen."

„Ich wünschte, ich könnte dich nach Hause bringen. Aber hier ist es sicherer für dich."

„Das mag sein, aber ich weiß nicht, wie lange ich es hier noch aushalte, bevor ich den Verstand verliere."

„Halte durch. Das hier wird nicht ewig andauern."

Sie seufzte resigniert. „Etwas anderes bleibt mir wohl gar nicht übrig."

Alice Kennedy war seit sechs Jahren Witwe. Ihre zwanzig Jahre alten Zwillingstöchter gingen auf die Universität in einer anderen Stadt. Ihre Eltern waren bereits verstorben und ihr einziger Bruder lebte weit weg in Kalifornien. Sie hatten ihn seit der Beerdigung ihrer Mutter vor drei Jahren nicht mehr gesehen. Abgesehen von ein paar Freundinnen, mit denen sie ab und an bummeln oder ins Theater ging, war Alice allein auf dieser Welt. Wenn sie nicht ihren Beruf gehabt hätte – sie war Pressesprecherin von Helping Hands –, wäre ihr Leben wohl unerträglich gewesen.

Keine Frage: Alice war einsam.

Ihre Freundinnen schüttelten den Kopf über ihre Beziehung zu Robert Lufti. Sie verstanden nicht, wie Alice mit jemandem zusammen sein konnte, der nicht nur fünfzehn Jahre jünger war als sie. Sondern der auch eine andere Hautfarbe hatte, an einen anderen Gott glaubte und aus einem anderen Land kam.

„Was in aller Welt hast du mit diesem Mann gemeinsam?", fragten ihre Freundinnen.

Alice wusste nicht, was sie antworten sollte. Wie hätte sie ihren Freundinnen erklären sollen, dass dieser junge Mann, der so gar nicht zu ihr zu passen schien, sie unglaublich glücklich machte? Robert war ein stiller und entspannter Charakter, mit einem schüchternen Lächeln und einem klaren Verstand. Er hatte ihr eine Welt eröffnet, die sie bisher nicht kannte: andere Musik, anderes Essen und andere Perspektiven. Und er hatte Leidenschaft zurück in ihr Leben gebracht – eine Leidenschaft, wie sie sie nicht mehr gekannt hatte, seit sie zwanzig gewesen war. Jetzt, mit dreiundvierzig, war sie hoffnungslos in einen Mann verliebt, der ihr eines Tages das Herz brechen würde.

„Warum bist du so still?", fragte Robert. Er war hinter sie an den Schminktisch getreten, an dem sie gerade saß.

Er legte seine Hände auf ihre Schultern, und Alice schmiegte ihre Wange gegen seine Linke. „Ich habe mich gerade gefragt, wie lange das wohl anhält – du und ich."

Er senkte seinen Kopf und küsste ihren Hals, bevor er den Gürtel ihres Morgenmantels öffnete. Als seine Hände ihre Brüste umfingen, zog sich in ihr alles zusammen. Ihr Körper verlangte schon wieder nach ihm, obwohl sie gerade erst miteinander geschlafen hatten.

„Es wird so lange dauern, wie es dauern soll", flüsterte er ihr ins Ohr.

Das war nicht die Antwort, die sie sich gewünscht hatte. Die Träumerin in ihr wollte, dass er ihr seine ewige Liebe gestand, dass er schwor, sie niemals zu verlassen.

„Nichts hält ewig, nicht wahr?", erwiderte sie seufzend.

„Bist du immer noch enttäuscht, weil ich letzte Nacht nicht geblieben bin?", fragte er. „Denkst du immer noch, es gibt eine andere? Es gibt niemanden."

„Das beteuerst du mir immerfort, aber dann verlässt du mich mitten in der Nacht, wie gestern, oder kommst zwei Stunden zu spät zu unserem Rendezvous, wie heute Nachmittag ..."

Er küsste ihren Nacken.

„Es gibt nur dich", versicherte er.

Sie griff nach seinen Händen und führte sie zwischen ihre Schenkel. Ohne ein weiteres Wort strichen seine Finger über ihre zarte Haut, wanderten ihren Venushügel entlang und glitten in ihre feuchte Mitte. Während er sie mit geübter Leichtigkeit liebkoste, lehnte sie ihren Kopf seufzend gegen seinen nackten Oberkörper und gab sich ganz dem Moment hin.

Vega Sharif beendete den Brief an ihre Schwester, ließ ihn jedoch noch unversiegelt. Sie würde dem Umschlag noch einen Scheck beilegen, bevor sie ihn per Luftpost nach Gadi schickte. Vega lebte sehr bescheiden in Amerika. Sie teilte sich ein kleines Apartment mit einer Studentin, die sie als Jugendliche in Gadi kennengelernt hatte. Casey Prescott war damals zusammen mit einer Jugendgruppe aus ihrer Kirchengemeinde nach Gadi gereist und hatte Vegas Dorf besucht. Casey und Vega waren sofort Freundinnen geworden. Diese Freundschaft war mit ein Grund für Vega gewesen, Christin zu werden. Ihr Übertritt hatte zu einem Zerwürfnis mit ihrer Familie geführt. Nur eine ihrer Schwestern, Nahid, eine Krankenschwester, die in ihrem Heimatdorf inzwischen ein kleines Krankenhaus führte, sprach noch mit ihr. Von Zeit zu Zeit schickte Vega ihrer Schwester ein wenig Geld, damit sie Medikamente für das Krankenhaus kaufen konnte. Doch trotz der Spenden aus dem Ausland fehlte es dort oft am Nötigsten. Es gab einfach zu viele Dorfbewohner, die an AIDS erkrankt waren, zu viele junge Frauen, die im Wochenbett starben, und zu viele bedürftige Kinder.

Obwohl man Vega in ihrer Kirchengemeinde und bei Helping Hands freundschaftlich aufgenommen hatte, fühlte sie sich in den USA doch oft wie eine Außenseiterin. Sosehr sie Amerika auch liebte, so gern sie auch amerikanische Staatsbürgerin geworden wäre – sie fragte sich doch ab und an, ob sie nicht besser nach Gadi zurückkehren und ihrer Schwester in der Klinik helfen sollte. Doch dann hatte sie Hamal Gazsi kennengelernt, und alles hatte sich schlagartig geändert. Hamal war Assistenzarzt im Erlanger Hospital. Wie Vega war er islamisch erzogen worden, inzwischen aber zum Christentum konvertiert. Auch er bemühte sich um die amerikanische Staatsbürgerschaft. Und auch er war hin- und hergerissen zwischen seinem Wunsch, in den USA ein neues und besseres Leben zu beginnen, und seinen Gewissensbissen, weil er nicht nach Hause zurückkehrte, um seinen Landsleuten zu helfen. Sie lebten in Bahram, einem Nachbarstaat von Gadi.

Hamal hatte Vega heute Morgen angerufen und ihr gesagt, dass er sie nicht in die Kirche begleiten konnte; er musste für einen anderen Assistenzarzt in der Klinik einspringen.

„Sehen wir uns morgen?“, hatte er gefragt. „Ich könnte bei Helping Hands vorbeikommen und dich zum Mittagessen abholen.“

Vega war nicht in Hamal verliebt – noch nicht. Aber sie mochte ihn. Sehr. Er sprach nur sehr selten über seine Familie in Bahram, sondern zog es vor, ihr zuzuhören, wenn sie von Gadi erzählte. Immer wieder sagte er ihr, wie faszinierend er sie fand. Vega vermutete, das Hamal eines Tages um ihre Hand anhalten würde. Und sie würde wahrscheinlich einwilligen.

Gegen vier Uhr Nachmittag fuhr ein nagelneuer schwarzer Mercedes SLK vor den Toren der Villa Bedell vor. Er wurde gefolgt von einem zweiten Wagen. Nachdem beide Wagen vor der Eingangstür geparkt waren, übergab der Autohändler den Cabrio-Schlüssel an Lexie.

Lexie sah den Mann fragend an. „Das ist ihr neues Auto, Miss Murrough. Ein Geschenk von Miss Bedell. Das Schätzchen ist vollgetankt und startklar. Wenn Sie allerdings lieber ein anderes Modell oder eine andere Farbe hätten, lassen Sie es mich einfach wissen. Miss Bedell hat uns freie Hand gelassen.“

„Ich bin mir sicher, der Wagen gefällt Miss Murrough“, entgegnete Deke an Lexies Stelle, als er bemerkte, wie überrumpelt sie war.

Endlich fand auch Lexie ihre Stimme wieder. Sie nahm den Schlüssel entgegen und lächelte den Autohändler an. „Vielen Dank, dass Sie den Wagen extra am Sonntag Nachmittag vorbeibringen.“

„Gern geschehen.“ Der Verkäufer verneigte sich leicht und dachte an seine Provision. Der Mann war kein Dummkopf. Er wusste, dass eine zufriedene Lexie Murrough auch eine zufriedene Cara Bedell bedeutete. Und da Miss Bedell weit und breit die reichste Autokäuferin war, würde das wiederum ihm und seinem Geschäft viel Geld bescheren.

Während Geoff den Händler zum Tor begleitete, inspizierte Lexie ihr neues Auto.

„Du kannst es morgen immer noch zurückgeben", sagte Deke.

„Nein. Cara würde das falsch verstehen und stattdessen einen anderen Wagen bringen lassen, einen Jaguar oder einen BMW. Sie hat keine Ahnung, was das für ein überteuertes Geschenk ist. Einen neuen Mercedes zahlt sie aus der Portokasse."

„Ich bin nicht sicher, dass ich gerne so reich wäre."

„Cara ist unglaublich großzügig. Sie wusste, dass ich einen neuen Wagen brauchen würde, also hat sie mir einen gekauft. Sie wäre nie auf die Idee gekommen, dass ich mir selbst ein Auto leisten könnte oder dass ich mir den Wagen lieber selbst ausgesucht hätte."

Deke strich bedächtig über den frischen Lack. „Es gab einmal eine Zeit, da dachte ich, dass man automatisch jemand ist, wenn man einen solchen Wagen fährt. Ich hätte damals alles gegeben, um einen zu besitzen."

Lexie bemerkte den selbstkritischen Unterton in seiner Stimme. „Ich nehme an, du hast deine Meinung inzwischen geändert."

„Ja. Nachdem ich einen besessen habe."

„Du hast dir einen Mercedes gekauft und dich auch nicht besser gefühlt?"

„Nein. Zum Glück hatte ich damals schon begriffen, dass einen Mann nicht sein Besitz ausmacht, sondern seine Taten."

Sie legte ihre Hand auf seinen Arm. Dann hörte sie Geoff näher kommen und zog sie schnell weg.

„Wenn Sie möchten, parke ich dieses Schmuckstück vor der Garage", schlug Geoff vor.

Lexie warf ihm den Schlüssel zu. „Vielen Dank! Das wäre toll."

„Bronson hatte vor einigen Jahren auch einen schwarzen

Mercedes", betonte Geoff. „Aber er hat ihn nicht lange behalten."

Deke warf seinem Freund einen warnenden Blick zu, den Geoff mit einem entschuldigenden Schulterzucken beantwortete. Dann stieg er ins Auto, ließ den Motor an und fuhr um die Ecke.

„Hast du deinen Mercedes damals verkauft?", wollte Lexie wissen.

„Nein." Deke fasste sie am Ellbogen. „Es wird langsam kalt hier draußen."

Er führte sie zum Hauseingang, während Lexie über seine ausweichende Antwort nachdachte. Sie hatte sie neugierig gemacht, also fragte sie interessiert nach: „Wenn du deinen Mercedes nicht verkauft hast, was hast du dann damit gemacht?"

Während er ihr die Tür aufhielt, antwortete er: „Ich habe ihn zu Schrott gefahren."

„Ein Totalschaden?"

„Ja."

„Warst du verletzt?"

„Im Vergleich zum Wagen kaum."

„Was ist passiert?"

„Ich bin zu schnell gefahren und habe die Kontrolle verloren."

„Oh." Lexie musste einsehen, dass sie von Deke keine weiteren Einzelheiten erfahren würde. „Ich werde für eine Weile auf mein Zimmer gehen. Du musst mich nicht begleiten. Für den Moment fühle ich mich auch alleine ganz sicher."

„Hast du es satt, ständig beschattet zu werden?"

„Ein wenig."

„Dann lass mich dich wenigstens zum Aufzug bringen."

Sie nickte zustimmend, und Deke begleitete sie durch den Korridor. Am Aufzug wartete er, bis die Türen sich geöffnete, hatten und Lexie eingestiegen war, dann sagte er: „In dreißig Minuten sehe ich nach dir."

„In Ordnung. Vielen Dank."

Es hatte einmal eine Zeit gegeben, in der sie es gehasst hatte, alleine zu sein. Aber das war die alte Lexie gewesen – das junge Mädchen, das gerne feierte, durch die Welt reiste und die Gesellschaft von vermeintlich wichtigen Leuten suchte. Heute liebte sie es viel ruhiger, ohne Trubel und zu viele Menschen. Inzwischen hatte sie allerdings vielleicht ein wenig zu viel Zeit alleine verbracht. Ab und an alleine zu sein, war gut, aber einsam zu sein, das war gar nicht gut. Erst unlängst hatte sie sich eingestehen müssen, wie sehr sie sich einen Mann an ihrer Seite wünschte.

Das wird aber nicht Deke Bronson sein. Er ist dein Bodyguard, nicht dein Liebhaber, und er ist auch nicht ein Geschenk des Himmels.

Sobald der verrückte Attentäter gefasst wäre, würde Deke sie verlassen, und sie würde ihn nie wiedersehen.

Wenn es etwas gab, was Toni nicht mochte, dann, versetzt zu werden. In letzter Zeit hatte Jafari es zur Gewohnheit werden lassen, ihre Verabredungen entweder in letzter Minute abzusagen oder zu spät zu kommen. Oder auch gar nicht zu erscheinen und nicht einmal anzurufen. Wenn sie nicht so verrückt nach diesem Typen wäre, würde sie diese Achterbahnfahrt, zu der ihre Beziehung geworden war, keine Sekunde länger mehr mitmachen. Als sie sich kennengelernt hatten, war er der perfekte Gentleman gewesen. Aufmerksam und rücksichtsvoll, hatte er ihr jeden Wunsch von den Augen abgelesen.

Dann, etwa vor zehn Tagen, war eine Veränderung in ihm vorgegangen. Er schien oft abgelenkt, so als ob irgendjemand oder irgendetwas anderes ihm wichtiger war als sie. Sie hatte ihn schließlich darauf angesprochen, und er hatte sich für seine Gedankenlosigkeit entschuldigt und sie angefleht, ihm zu verzeihen.

„Ich mache mir Sorgen wegen meines Studiums", hatte er

erklärt. „Ich habe meine Bücher ein wenig vernachlässigt und zahle jetzt den Preis dafür."

Toni hatte diese Entschuldigung ohne Weiteres akzeptiert, besonders, da er sich anschließend alle Mühe gab, besonders liebevoll zu sein. Und zwar so sehr, dass sie eigentlich damit gerechnet hatte, dass er um ihre Hand anhalten würde. Bisher aber hatte er das Thema mit keiner Silbe angesprochen.

Heute aber hatte er sich etwas geleistet, das das Fass zum Überlaufen brachte: Tonis Mutter war nach Chattanooga gekommen, eigens um Jafari endlich kennenzulernen und mit ihnen zu Mittag zu essen. Tonis Freund jedoch war zu spät gekommen. Angeblich hatte sein Wagen einen Platten gehabt – aber wie lange konnte es schon dauern, einen Reifen zu wechseln? Als Jafari endlich im Restaurant erschien, saßen Toni und ihre Mutter bereits beim Nachtisch.

Den Rest des Nachmittags hatte Jafari sich größte Mühe gegeben, Tonis Mutter mit seinem Charme um den Finger zu wickeln. Aber diesmal würde es mehr brauchen als ein paar Komplimente, um Toni zu besänftigen. Nachdem ihre Mutter sich wieder auf die Rückfahrt nach Atlanta gemacht hatte, bat Toni Jafari, sie allein zu lassen.

„Bitte sei nicht ärgerlich auf mich", sagte er.

„Ich bin nicht ärgerlich. Ich bin verletzt und enttäuscht."

„Verzeih mir bitte."

„Ich brauche etwas Zeit zum Nachdenken, Jafari. Ich liebe dich, aber so geht das einfach nicht weiter."

„Gut, ich lasse dich erst mal in Ruhe, damit du etwas Zeit hast, mir zu verzeihen. Dann aber …"

Sie hatte ihn beinahe aus der Tür geschubst. „Ich rufe dich an, wenn ich so weit bin."

Seitdem saß sie grübelnd herum und trank ihren Lieblingschardonnay.

Männer! Zum Teufel mit ihnen.

Deke ging in die Küche und traf dort wie gehofft auf Cara Bedells Köchin.

„Das haben wir gleich." Mrs. Eddins schmunzelte, nachdem er ihr sein Anliegen erklärt hatte. „Geben sie mir zehn Minuten. Wollen Sie warten, oder soll ich Aldridge bitten, es Ihnen zu bringen?"

„Ich komme in zehn Minuten wieder."

Deke trat in den Innenhof, der an die Küche angrenzte. In seiner momentanen Verfassung könnte er wirklich einen Drink gebrauchen. Allerdings würde es dann wahrscheinlich nicht bei dem einen bleiben, und er hatte schon lange aufgehört, sich zu betrinken. Seit ...

Vor sieben Jahren hatte er sich an Andrews Todestag volllaufen lassen. Dann war er in seinen glänzenden neuen Mercedes gestiegen, um von einem Wochenende, das er mit irgendeiner Frau auf dem Land verbracht hatte, nach Hause zu fahren. Er hatte kräftig aufs Gas gedrückt. Die Radarkontrolle, in die er auf der Bundesstraße geraten war, hatte ihn mit fast 220 Stundenkilometern erwischt. Wenige Minuten später hatte er die Kontrolle über seinen Wagen verloren und war von der Straße abgekommen. Er war durch eine Böschung geschossen, einen kleinen Abhang hinuntergerutscht und schließlich in einen alten Heuschober gekracht. Wenn er nicht angeschnallt gewesen wäre, hätte er den Unfall wahrscheinlich nicht überlebt. So aber kam er mit einem zweiwöchigen Krankenhausaufenthalt und ein paar Monaten Krankengymnastik davon.

Andrew war inzwischen seit über achtzehn Jahren tot; er wäre inzwischen ein junger Mann. Meistens gelang es Deke, seine Trauer um seinen Sohn zu unterdrücken. Nur an zwei Tagen im Jahr – an Andrews Geburtstag, dem 21. Januar, und an seinem Todestag, dem 4. April – vermochte er nach wie vor, an nichts anderes zu denken.

Merkwürdig, wie sehr er doch um dieses Kind trauerte,

das er anfänglich überhaupt nicht hatte haben wollen. Wenn es nach ihm gegangen wäre, hätte Abby damals abgetrieben. Er hatte sie nicht geliebt und empfand auch nichts für das Kind, das sie erwarteten. Und trotzdem hatte er versucht, das Richtige zu tun. Sie heirateten. Als Andrew dann geboren wurde, hatte Deke schnell gelernt, ihn zu lieben. Als sein Sohn wenig später starb, wusste Deke nicht, wie er damit umgehen sollte. Lange Zeit konnte er sich seine Schuldgefühle nicht eingestehen. Insgeheim aber haderte er mit seinem Schicksal und fragte sich, ob Gott ihn dafür bestrafte, dass er Andrew zunächst nicht gewollt hatte.

Wenn er nur noch einmal von vorne beginnen könnte …

Es gibt keine zweite Chance, Bronson. Das müsstest du inzwischen wissen.

Jedenfalls würde er niemals die Chance erhalten, seinem Sohn ein guter Vater zu sein. Dieser Fehler würde sich nicht wiedergutmachen lassen. Und auch, was er Lexie Murrough angetan hatte, würde er nicht mehr ändern können. Aber er konnte sich nun um sie kümmern, konnte auf sie achtgeben. Das zumindest schuldete er ihr.

Nachdem er das letzte Gebet des Tages gesprochen hatte, erhob er sich und dehnte seine Arme und Beine. Wenn es nach Sonnenuntergang nicht so kalt wäre, würde er noch eine Runde spazieren gehen. Um nachzudenken. Um einen Weg zu finden, sie davon zu überzeugen, dass sie wichtig für ihn war. Das war sie ja auch. Er brauchte sie – zumindest noch eine Weile. Sie liebte ihn oder machte zumindest den Eindruck, ihm inniglich zugetan zu sein, aber er hatte sie in letzter Zeit einige Male enttäuscht. Er hatte ihr nicht all die Aufmerksamkeit gewidmet, die sie brauchte. Er würde es sich nicht erlauben können, sie erneut zu verärgern. Gleich morgen würde er ihr Blumen kaufen. Frauen schienen Blumen zu lieben, besonders wenn sie sie für ein Zeichen von Liebe hielten. Oder für die Bitte um Vergebung.

Er setzte sich auf einen Barhocker an die Theke, die seine Küchenzeile von seinem Wohnzimmer trennte, und klappte seinen Laptop auf.

Er wartete auf Nachricht von Kalil, dem Mann, den er mehr schätzte als jeden anderen. Wie viele andere war er vor allem wegen Kalil zum Islam übergetreten. Und weil er von den anderen Mitgliedern des Majeed als Bruder aufgenommen werden wollte. Er war streng genommen kein besonders guter Muslim, aber niemand stellte seine Loyalität infrage. Weder dem Majeed gegenüber noch Kalil Ben Riyad, seinem Vaterersatz. Schon bald würde er das größte Opfer von allen für Kalil bringen. Dieser hatte ihn selbst ausgewählt. Er war einer von nur vier Kriegern Gottes, die die großen Taten durchführen sollten, die so kurz bevorstanden. Wie schon sein Vater vor ihm würde er im Namen einer Sache sterben, die größer war als ein einzelnes Menschenleben. Der einzige Unterschied war, dass er selbst sich für seinen Opfertod entschieden hatte, während sein Vater als Märtyrer gestorben war – ermordet von bösen Männern, die seine Stellung missachtet und ihn vor aller Welt und vor den Augen dieses amerikanischen Flittchens Lexie Murrough erniedrigt hatten.

Sein Blick fiel auf den Computerbildschirm. Seine Hand zitterte, als er die Tastatur betätigte. Beim Aufrufen seiner Nachrichten entfuhr ihm ein tiefer Seufzer der Erleichterung. Kalil hatte ihm endlich geschrieben. Er hatte nun seit beinahe zwei Wochen ungeduldig auf Nachricht von seinem Meister gewartet, der ihm mitteilen sollte, wann schließlich der große Anschlag auf das Herz der Vereinigten Staaten stattfinden sollte. Seine Sicht verschwamm für einen kurzen Augenblick, so aufgeregt war er. Doch dann öffnete er die Nachricht, blinzelte ein paar Mal, um wieder klar sehen zu können, und las.

Mein lieber Sohn, das Weihnachtsgeschenk soll am 21. Dezember ausgeliefert werden. Man wird dich über die genaue Zeit unterrichten. Vater.

Sein Herz begann zu rasen. Seine Hände zitterten. Schweißperlen perlten auf seiner Stirn. Er hatte weniger als sechs Wochen, um sich auf den Anschlag vorzubereiten. Weniger als sechs Wochen, um Lexie Murrough zu bestrafen, bevor er sie mitnehmen würde auf seine letzte Reise. Doch während sie in der Hölle verrotten würde, würde er im Himmel dafür belohnt werden, dass er Allah bis in den Tod treu gedient hatte.

Das Meditieren hatte Lexie von ihrer Physiotherapeutin gelernt, die selbst an die heilende Wirkung von stiller Reflexion glaubte. Vor ein paar Jahren noch hatte Lexie fast täglich meditiert, doch heute, wo ihr Alltag stressiger war, fand sie kaum noch die Zeit dazu – obwohl sie die Ruhe jetzt eigentlich viel nötiger gehabt hätte. Aber der heutige Abend schien ihr der perfekte Zeitpunkt, um die lang vergessenen Entspannungsübungen wieder anzuwenden und so ein wenig Kontrolle über sich und ihre Gedanken zurückzuerlangen. Immerhin hatte das schon in der Vergangenheit funktioniert. Entweder, sie ergab sich ihrer Angst und Unsicherheit – oder sie fand einen Weg, mit diesen Gefühlen umzugehen. Eine andere Wahl blieb ihr nicht.

Doch gerade als sie die Augen geschlossen hatte und begann, sich auf ihre Atmung zu konzentrieren, hörte sie ein leichtes Klopfen an ihrer Tür. Sie rollte mit den Augen, erhob sich vom Sofa und humpelte zur Tür.

„Lexie?“, hörte sie Deke leise von draußen rufen.

Sie öffnete die Tür. Er stand mit einem Silbertablett in der Hand vor ihr.

„Ich habe hier etwas Tee und einen kleinen Imbiss für dich vorbereitet.“

Sie ging einen Schritt zurück und ließ ihn eintreten. Er ging direkt auf die Sitzecke zu und stellte das zugedeckte Tablett auf das kleine Tischchen zwischen den beiden Ohrensesseln. Dann winkte er sie zu sich herüber.

Obwohl sie überhaupt keinen Hunger verspürte, hatte sie durchaus Lust auf eine Tasse Tee.

„Danke. Das ist sehr nett von dir."

Als sie sich gesetzt hatte, zog er das Leinentuch vom Tablett und enthüllte eine silberne Teekanne, eine Porzellantasse mit Untersetzer und einen Teller mit allerhand Köstlichkeiten: Käse, Brot, Äpfel, Rosinen und Haferkekse.

Ihr Magen knurrte. „Ein wenig Hunger scheine ich ja doch zu haben." Sie lächelte ihn an.

„Mrs. Eddins und ich wussten nicht, wie du deinen Tee trinkst. Darum sind hier noch Zitrone, Milch und Zucker", erklärte Deke.

„Ich trinke ihn ohne alles."

Er füllte ihre Tasse bis zum Rand und reichte sie ihr. Der erste Schluck schon war köstlich, und das sagte sie ihm auch.

„Dann guten Appetit", wollte er sich verabschieden. „Wenn du etwas brauchst, dann …"

„Geh nicht. Bleib. Bitte."

„Bist du sicher, dass du nicht lieber allein sein willst?"

„Ja, ganz sicher."

Er setzte sich ihr genau gegenüber, aber führte ihre Unterhaltung nicht weiter. Vielmehr sah er ihr dabei zu, wie sie ihren Tee genoss, und dennoch hatte die Stille zwischen ihnen nichts Unangenehmes an sich. Es fühlte sich eher an, als seien sie alte Freunde.

Nachdem Lexie sich eine zweite Tasse Tee eingeschenkt und an einem der Kekse geknabbert hatte, wandte sie sich an Deke und fragte: „Warst du immer schon gut darin, auf andere Leute aufzupassen?"

Er sah sie überrascht an.

„Du bist wirklich mehr als aufmerksam. Es wäre nicht nötig gewesen, dass du mir Tee vorbeibringst. Ich habe mich nur gefragt, ob das zu deinem Job als Bodyguard gehört … oder vielleicht darüber hinausgeht."

Er antwortete nicht sofort. „Ich war noch nie gut darin, mich um Leute zu kümmern", sagte er schließlich nachdenklich. „Und ich gelte weder als besonders freundlich noch als besonders hilfsbereit, und das bin ich auch nicht. Geh also bitte nicht davon aus, dass ich hier irgendetwas anderes tue, als mich um eine Klientin zu kümmern."

Es fühlte sich an, als hätte er sie geohrfeigt. Selbst schuld. Immerhin hatte sie ihn in die Enge getrieben und angedeutet, er würde sie anders behandeln als andere Klientinnen.

Den Zahn hat er dir aber schnell gezogen, nicht wahr?

Jetzt war ihr Schweigen mit einem Mal unangenehm, als stünde eine Wand zwischen ihnen. Lexie fühlte sich auf einmal unwohl in seiner Gegenwart. Seine angespannte Haltung sagte ihr, dass es ihm nicht anders erging.

Deke schwieg immer noch, als sie schließlich nach der Teekanne griff und sich eine dritte Tasse einschenkte. Sie trank langsam, ohne den Genuss, den sie bei den ersten beiden Tassen empfunden hatte.

„Ich habe zehn Jahre lang in der U.S. Army gedient, bevor ich Söldner wurde. Vor ein paar Jahren hat mich dann schließlich Dundee engagiert", unterbrach er schließlich die Stille. „Ich habe immer auf mich und meine Männer achtgegeben … so wie ich jetzt auf meine Klienten achtgebe."

„Ich bin sicher, dass du zu den Besten in deinem Beruf zählst", erwiderte Lexie sanft. „Ich habe großes Glück, dass du dich so gut um deine Klienten kümmerst."

Deke erhob sich, blickte auf sie hinab und sagte mit fester Stimme: „Ich werde mich gut um dich kümmern. Ich werde mich zwischen dich und jede Gefahr stellen. Aber das ist alles. Zu mehr werde ich es nicht kommen lassen."

Hitze stieg ihr in die Wangen. „Tut mir leid, wenn ich dir zu nahe getreten bin. Das war nicht meine Absicht. Glaub mir, wir müssen nie wieder darüber sprechen. Hak es einfach ab als mein Bedürfnis nach Fürsorge und menschlicher Nähe.“

Er nickte.

„Bis morgen früh dann.“ Sie versuchte, ihn mit einem gezwungenen Lächeln zu verabschieden, versagte jedoch kläglich.

„Gute Nacht.“

Sie blieb regungslos sitzen, bis Deke die Zwischentür hinter sich geschlossen hatte. Dann setzte sie vorsichtig ihren Stock auf und erhob sich. Tränen liefen ihre Wangen hinunter. Ihr Hals war wie zugeschnürt. Wenn sie weinte, würde er sie hören. Mit zusammengebissenen Zähnen eilte sie ins Badezimmer und schloss die Tür hinter sich. Bevor ihr jedoch ein Laut über die Lippen kommen konnte, presste sie ihre Faust davor und schluchzte heftig los.

11. KAPITEL

Es gab nur eine Beschreibung für das, was am Montag Vormittag bei Helping Hands vor sich ging: absolutes Chaos. Geoff arbeitete zwar eng mit dem Sicherheitsteam von Bedell, Inc. zusammen – Larry Nesmith hatte es persönlich aus seinen Leuten ausgewählt –, aber die Angestellten der Hilfsorganisation waren es nicht gewöhnt, auf Waffen durchsucht zu werden. Allein das Durchsuchen der Aktenkoffer und Handtaschen dauerte ewig. Dann bekam jeder Mitarbeiter einen Sicherheitsausweis ausgehändigt, mit dem er sich von nun an beim Betreten und Verlassen des Gebäudes ausweisen musste. Bis allein diese Schritte bewältigt waren, vergingen allerdings mehrere Stunden.

Das Chaos wurde noch dadurch verstärkt, dass nahezu ohne Pause Blumen, Obstkörbe und andere Sympathiebekundungen geliefert wurden, die ebenfalls alle überprüft werden mussten. Dennoch zierten sie mittlerweile die Schreibtische fast aller weiblichen Mitarbeiterinnen. Allein auf Lexies Büro standen sieben Sträuße – von roten Rosen, die Farris geschickt hatte, bis hin zu einer Topfpflanze vom Bürgermeister.

Und dann war da noch die achtköpfige Bauarbeitertruppe, die die Schäden reparierte, die die Bombe am Gebäude angerichtet hatte. Das ununterbrochene Hämmern, Sägen und Klopfen trug nicht gerade zur Entspannung der ohnehin schon bedenklichen Stimmung bei.

Lexie war seit zwei Stunden damit beschäftigt, die aufgeregten Mitarbeiter zu beruhigen, die in ihrem Büro umherwuselten, und endlose Telefonate zu führen. Jetzt gerade sprach sie mit Cara.

„Sieht aus, als hinge ich noch eine ganze Weile in Mexiko fest“, berichtete die Freundin. „Die Verhandlungen laufen nicht gut. Ich bin auf keinen Fall vor Ende der Woche zurück.“

Lexie versicherte Cara, dass sie alles unter Kontrolle hätte und dass sie sich dank der Sicherheitsleute von Bedell, Inc. und der drei Dundee-Agenten vollkommen sicher in ihrem Büro fühlte.

Kaum hatte Lexie das Gespräch mit Cara beendet, klingelte ihr Telefon erneut. Doch diesmal war Toni schneller als sie.

„Es tut mir leid, aber Miss Murrough ist gerade zu Tisch", sagte sie freundlich. „Kann ich ihr etwas ausrichten?" Sie hörte aufmerksam zu, verabschiedete sich und legte den Hörer auf. „Es ist schon halb zwei. Du brauchst jetzt eine Pause." Sie klopfte mit dem Zeigefinger auf ihre Armbanduhr und sah Deke an, der mit verschränkten Armen in der Ecke stand. „Bringen Sie sie hier raus. Irgendwohin, wo es ruhig und friedlich ist."

„Ich kann jetzt keine Mittagspause machen. Es gibt viel zu viel zu tun", widersprach Lexie.

„Ja, aber das muss nicht alles jetzt sofort erledigt werden und schon gar nicht von dir alleine." Toni griff nach Lexies Handtasche und drückte sie ihr in die Hand. „Nimm dir ein, zwei Stunden frei von diesem Tollhaus. Ich halte die Stellung."

„Du bist nicht zum Mittagessen verabredet?" Dass es keine Verlobung mit Jafari gegeben hatte, wusste Lexie bereits.

Toni schnaubte wütend. „Heute nicht. Wir hatten gestern einen kleinen Streit, und ich spreche erst wieder mit ihm, wenn es ihm leidtut."

„Was um Himmels willen hat er getan?"

„Jetzt wechsle nicht das Thema. Ich erzähle dir die Abgründe meines Liebeslebens später – *nachdem* du eine Pause gemacht hast. Nun geh schon!"

„Ich bin ja schon weg." Lexie stützte sich auf ihren Stock und stand auf. Zu Deke gewandt sagte sie: „Ich kenne hier in der Nähe kein ruhiges Restaurant. Vielleicht sollten wir uns einfach etwas zu essen holen und …"

„Ich weiß, wo wir hingehen können", sagte er schnell,

ohne ihr in die Augen zu sehen.

„Ach ja?"

„Toni hat schon reserviert."

Lexie sah ihn fragend an, widersprach aber nicht. Nach diesem verrückten und anstrengenden Vormittag hatte sie einfach keine Kraft mehr, zu protestieren. Sie konnte ein paar Minuten Ruhe weiß Gott gut gebrauchen.

Als sie aus dem Aufzug stiegen, sahen sie Jafari in der Lobby. Er unterhielt sich mit zwei Sicherheitsleuten. Obwohl er mit leiser Stimme sprach, merkte man ihm an, dass er sich darüber ärgerte, aufgehalten zu werden.

Lexie ging zu den Wachen und sagte: „Mr. Holston ist der Freund meiner Assistentin Toni Wells. Bitte stellen Sie ihm einen Besucherpass aus."

„Sehr wohl", erwiderte der Sicherheitsbeamte. „Wir wollten Miss Wells gerade anrufen und uns vergewissern, dass Mr. Holston zu ihr gehört."

„Das wird nicht nötig sein", sagte Lexie.

„Danke, Miss Murrough." Jafari senkte seinen Kopf zu einer leichten Verbeugung.

Lexie nickte in Richtung des Aufzugs. „Nun fahren Sie schon hoch und ertragen Sie Ihre Strafe wie ein Mann."

Als Jafari sie verwirrt anstarrte, setzte sie erklärend hinzu: „Was auch immer Sie falsch gemacht haben: Sagen Sie Toni einfach, dass es Ihnen leidtut. Und dass Sie alles tun werden, um es wiedergutzumachen."

„Natürlich." Jafari lächelte. „Das mache ich. Vielen Dank."

Nachdem Tonis Freund im Aufzug verschwunden war, packte Deke Lexie am Ellbogen und fragte: „Bist du jetzt fertig mit deiner Beratungsstunde für Verliebte?"

Sie machte sich von ihm los, warf ihm einen strafenden Blick zu und marschierte zur Tür. Deke folgte ihr hinaus auf den Gehweg, wo sie Hamal Gazsi begegneten – dem jungen Assistenzarzt, der Vega den Hof machte. Hamal hielt einen

Blumenstrauß in der Hand. Er grüßte Lexie im Vorübergehen.

„Und wer war das?“, fragte Deke.

„Dr. Gazsi. Vegas Freund.“

„Was genau leitest du hier? Eine Wohltätigkeitsorganisation oder eine Partnervermittlung?“

Lexie lächelte, aber sie sah Deke nicht an. „Ich leite eine Wohltätigkeitsorganisation mit Mitarbeitern, die ein Privatleben haben – falls du weißt, was das ist.“

Im gleichen Moment, in dem ihr der letzte Kommentar herausgerutscht war, wünschte sie schon, sie könnte ihn zurücknehmen.

Sie bogen um die Ecke und liefen in Richtung der kleinen Seitengasse, in der Deke Lexies neuen Mercedes geparkt hatte. Ein Sicherheitsmann von Bedell, Inc. kam ihnen entgegen und sagte lächelnd: „Guten Tag, Miss Murrough, Mr. Bronson.“

Deke nickte ihm zu und öffnete die Autotür. Er hielt sich jedoch zurück und bot ihr nicht seine Hilfe beim Einsteigen an. Während sie Platz nahm, nahm er den Wagen gründlich unter die Lupe. Dann öffnete er die Fahrertür, stieg selbst ein und fuhr los, nachdem er sich vergewissert hatte, dass bei Lexie alles in Ordnung war.

Deke lenkte den Mercedes sicher durch den regen Verkehr und hielt schon ein paar Minuten später vor dem Sheraton Read House Hotel. Die historische Stadtvilla im King-George-Stil strahlte gleichermaßen Eleganz und Charme aus.

Lexie nahm an, dass für sie ein Tisch im hoteleigenen Restaurant reserviert war. Doch stattdessen ging Deke schnurstracks zur Rezeption und ließ sich einen Schlüssel geben. Dann lenkte er sie in Richtung des Aufzugs.

„Wohin gehen wir?“, fragte sie.

„Es ist alles vorbereitet. Ich habe Tys Zimmer für einige Stunden beschlagnahmt, und Toni hat uns Essen bestellt.“

„Wir belagern Mr. Garretts Hotelzimmer?

„Genau.“

Die Aufzugtür öffnete sich. Deke stieg aus und wartete auf sie. Als er ihr seinen Arm anbot, nahm sie ihn dankbar an und ließ sich den Gang hinunterführen.

„Das ist wirklich sehr aufmerksam.“, sagte Lexie. „Toni und du, ihr hättet nicht so viel Aufwand betreiben müssen. Ich hätte auch so einfach eine Pause machen können.“

„Mein Auftrag ist, dich für mindestens zwei Stunden vom Büro fernzuhalten.“ Deke öffnete die Zimmertür und ließ sie vorangehen.

Das Zimmer war klassisch elegant eingerichtet. Die weit geöffneten Vorhänge ließen die Mittagssonne herein und gaben gleichzeitig den Blick über die Innenstadt von Chattanooga frei.

In der Mitte des Raums war ein Tisch für zwei Personen gedeckt.

Lexie näherte sich dem üppig beladenen Esstisch und entdeckte neben Shrimpcocktails verschiedene Salate und Sandwiches. Auch ein Obstkorb und eine Kanne Eistee standen für sie bereit.

Deke rückte ihr den Stuhl zurecht. Sie sah ihn über die Schulter hinweg an und sagte: „Das sieht köstlich aus, nicht wahr?“

Er nickte und setzte sich ihr wortlos gegenüber. Er breitete die Serviette auf seinem Schoß aus und begann, sich mit den Speisen zu bedienen. Lexie nahm einen kleinen Schluck von ihrem Eistee.

Offensichtlich war ihr Bodyguard nicht in der Stimmung für Konversation. Aber was hatte sie auch erwartet? Er war von Natur aus schon kein Mann großer Worte. Aber nach ihrer Unterhaltung gestern Abend war es wirklich zu viel von ihr erwartet, dass Deke Bronson Small Talk mit seiner Klientin betrieb.

Sie aßen schweigend, bis Lexie schließlich sagte: „Das hier war eine wirklich reizende Idee, aber völlig unnötig. Lass uns schnell fertig essen und ins Büro zurückfahren."

„Ich werde dich in den nächsten zwei Stunden unter keinen Umständen ins Büro zurückbringen", erklärte er trocken und biss in ein Sandwich.

„Und was soll ich hier? Herumsitzen und Däumchen drehen?"

Deke nahm einen großen Schluck Eistee und antwortete: „Fernsehen, schlafen, entspannen ..."

„Wenn wir schon hierbleiben, dann möchte ich mich unterhalten." Sie sah ihn herausfordernd an.

„Unterhalten?"

„Du weißt schon – reden. Du sagst etwas und ich antworte. Ich sage etwas und du antwortest."

Er sah so aus, als fühle er sich mit einem Mal sehr unwohl in seiner Haut. „Und worüber möchtest du reden?"

„Nichts Besonderes. Über alles. Über unsere Lebensgeschichten. Über Hochzeiten, Verlobungen, die Universitätszeit, Schule, Kindergarten. Eltern, Geschwister. Alles, über was man so redet, wenn man sich kennenlernt."

„Ich bin dein Bodyguard", erinnerte er sie kühl. „Nicht dein neuer Freund."

Warum sagte er nur immer wieder Dinge, die sie verletzten? Es schien beinahe, als wolle er sie davon abschrecken, ihm zu nahe zu kommen.

„Du benimmst dich unmöglich, weißt du das?", erwiderte sie in verärgertem Tonfall. Es gab überhaupt keinen Grund, sie immer wieder daran zu erinnern, dass sie für ihn nur eine Klientin war.

Er sah sie mit schmalen Augen an. „Tut mir leid."

„Wenn es dir tatsächlich leidtut, dann lenk mich ab. Unterhalte dich mit mir! Tu doch einfach so, als sei ich ein anderer Mann."

„Meine Vorstellungskraft reicht nicht aus, um mir dich als Mann vorzustellen."

In Anbetracht seiner Offenheit verflog ihr Ärger sofort. „Ich bin ein Einzelkind", begann sie. „Meine Eltern haben mich immer verwöhnt. Ich war ihre Prinzessin, gut in der Schule, sportlicher Freund, beliebt bei allen Gleichaltrigen. Mein Vater starb, als ich gerade auf die Uni ging. Zwei Jahre später heiratete meine Mutter erneut. Mein Stiefvater ist ein netter Kerl. Er hat einen verheirateten Sohn und zwei Töchter. Was ist mit deiner Familie?"

„Was soll sein?" Er trank den letzten Schluck aus seinem Glas.

„Eltern? Geschwister?"

„Meine Eltern sind tot. Geschwister habe ich keine."

„Universität?"

„Ich war auf der University of Texas in San Antonio. Direkt danach bin ich zur U.S. Army gegangen."

„Kommst du ursprünglich aus Texas?"

„Ja."

Lexie sah Deke nachdenklich an. „Du machst es mir wirklich nicht leicht."

„Ich tue, was ich kann. Ich beantworte deine Fragen."

„Mit so wenig Worten wie möglich." Sie legte ihre Gabel beiseite.

„Ich bin eben kein großer Redner."

„Das ist mir schon aufgefallen."

Lexie schob ihren Stuhl zurück, stand auf und ging durch den Raum. Irgendwie hatte sie erwartet er würde ihr folgen, aber das tat er nicht.

Am Fenster blieb sie stehen. Sie blickte auf die Stadt hinunter und wartete ab, ob er zu ihr kommen würde.

Er kam nicht.

„Wie lange warst du verheiratet?", fragte sie schließlich.

„Ein Jahr."

„Hast du ihr das Herz gebrochen oder war es umgekehrt?"

Stille.

Lexie blickte über ihre Schulter. Er sah sie nicht an, und sie lenkte ihren Blick wieder aus dem Fenster.

„Weder noch. Es gab kein gebrochenes Herz", sagte er schließlich.

„Es fällt mir schwer, das zu glauben."

„Warum?"

„Wenn zwei Menschen ineinander verliebt sind ..."

„Wir waren nicht verliebt."

„Oh."

Stille.

Obwohl sie mit dem Rücken zu ihm stand, spürte sie, dass er auf sie zukam und hinter ihr stehen blieb. Obgleich er sie gar nicht berührte, fühlte sie seine Hitze, seine Kraft und seine Männlichkeit am ganzen Körper.

„Ich war bisher erst zwei Mal verliebt", sagte sie, ohne sich umzudrehen. „Einmal auf der Uni und dann später in meinen Verlobten. Vielleicht war es beim ersten Mal auch keine richtige Liebe. Wir waren jung, und ich war wahrscheinlich ebenso sehr in die Liebe verliebt wie in Jamie Fowler. Ich hatte schon ein wenig Liebeskummer, als er mich verließ, aber das war nichts im Vergleich dazu, als meine Verlobung mit Wes Harris zerbrach." Sie holte ein paar Mal tief Luft und fuhr fort: „Aber das war meine eigene Schuld. Wer verliebt sich auch in so einen oberflächlichen Arsch? Ich hätte es wissen müssen. Er war viel zu ichbezogen. Er wollte keine Frau mit einem Makel. Als Wes mich verließ, dachte ich, ich müsste sterben."

Deke legte vorsichtig seine Hände auf ihre Schultern. Es war eine behutsame, beschützende Geste. Ehe Lexie sich klar darüber wurde, was sie da taten, schmiegte sie sich an ihn, während er seine starken Arme um ihre Hüfte schlang. Sie lehnte ihren Kopf an seine Brust, schloss die Augen und seufzte leise. So könnte es bleiben. Sie wusste, in seinen Armen wäre sie auf ewig sicher.

„Bitte hab kein Mitleid mit mir“, sagte sie.

Sein Körper war ihrem so nah, dass sie jede Regung seiner Muskeln spürte. Gerade verspannte er sich. Dann neigte er den Kopf nach unten und verstärkte seine Umarmung. Dabei sagte er kein Wort. Er hielt sie einfach fest.

Wie sie so am Fenster stand, geborgen in seinen starken, schützenden Armen, wurde alles andere auf einmal nebensächlich. Hier und jetzt waren sie die einzigen Menschen auf der Welt. Sie hatten keine Vergangenheit und keine Zukunft, nur diesen kurzen Augenblick.

Als sie zu ihm aufblickte, in seine aufgewühlten grauen Augen sah, stockte ihr der Atem. Seine ungebremste Lust überwältigte sie.

„Deke …?“

Ohne jegliche Vorwarnung neigte er sich zu ihr hinunter und nahm Besitz von ihren Lippen. Sein Kuss war stürmisch und doch gleichzeitig so unendlich zärtlich. Irgendetwas Unbekanntes, Schönes explodierte in ihr. Ein Gefühl, das sie bisher noch nie verspürt hatte: eine Mischung aus Leidenschaft, Verlangen und Lust. Und der gleichzeitigen Gewissheit, dass das, was zwischen ihnen geschah, Schicksal war.

Lexies Stock fiel zu Boden. Sie schlang die Arme um seinen Hals, während seine Hand an ihren Hüften hinabglitt. Er zog sie noch näher an sich heran; sie konnte seine Erregung deutlich spüren. Ihr Körper vibrierte, während seine Hand unter ihren Pulli wanderte.

Lexie protestierte nicht, als er ihren BH öffnete. Ihre Hingabe war wie ein Rausch, der sie gefangen hielt. Deke neigte seinen Kopf und küsste zärtlich ihren Hals. Von ihrem lustvollen Stöhnen ermutigt, ließ er eine Hand nach oben gleiten und tastete sich vorsichtig über ihre Haut. Als er mit dem Daumen über ihre Brustwarze strich, stockte ihr der Atem.

Sie war bereit, sich ihm völlig hinzugeben. Ihr Verlangen war grenzenlos. Sie begehrte ihn so sehr, wie sie noch nie zuvor jemanden begehrt hatte.

Er liebkoste ihre Brüste, eroberte jeden Millimeter ihrer zarten Haut, und Lexie explodierte fast vor Erregung. Sie wollte seinen Mund auf ihrem Körper spüren, wollte seine Zunge dort fühlen, wo jetzt noch seine Hände waren.

Plötzlich übertönte ein unwirkliches Klingelgeräusch das laute Klopfen ihres Herzens. Erst einen Moment später wurde Lexie klar, was es war. Sein verdammtes Handy. Wer zum Teufel rief ihn ausgerechnet jetzt an?

Langsam und offensichtlich widerwillig zog Deke seine Hand unter ihrem Pulli hervor. Mit tiefen Bedauern in der Stimme sagte er: „Ich muss rangehen."

Sie seufzte: „Ich weiß."

Er ließ sie los, griff nach seinem Telefon und sagte: „Bronson."

Während Deke telefonierte, gelang es Lexie irgendwie, ihren BH wieder zu schließen. Ihre Hände zitterten so sehr, dass sie mehrere Anläufe benötigte.

Dekes Telefongespräch war auffällig einseitig. Der Anrufer sprach fast ausschließlich, während Deke nur einsilbige Antworten wie „verdammt", „ja", „sicher" und „sofort" gab. Er beendete das Gespräch schließlich mit den Worten: „Wir sind schon unterwegs."

„Was ist los?", fragte Lexie sofort.

Er umfasste ihre Schultern, schien ihr Halt geben zu wollen. „Es hat einen Unfall gegeben."

„Was für einen Unfall?" Ihr Herz begann, schneller zu schlagen. Angst breitete sich in ihrer Magengrube aus.

„Auf Malik Abdel ist geschossen worden."

„Ist er tot?"

„Ich weiß es nicht.“ Deke atmete tief durch. „Lieutenant Desmond hat Geoff nur gesagt, dass Malik ins Krankenhaus gebracht wurde. Ich gehe also davon aus, dass er noch lebt.“

„Aber wer sollte Malik erschießen wollen? Und warum?“

„Ich habe keine Ahnung, Liebling. Aber wir werden es herausfinden.“

12. KAPITEL

Als sie am Krankenhaus ankamen, wartete Geoff Monday schon vor der Notaufnahme auf sie. „Kein Wort über seinen Zustand. Sie haben ihn nur auf schnellstem Wege in den OP gebracht."

„Was ist denn passiert?", wollte Lexie wissen. „Kennen Sie die Einzelheiten?"

„Nicht wirklich", antwortete Geoff. „Lieutenant Desmond ist noch am Tatort. Er bat mich aber, Ihnen auszurichten, dass er Sie so bald wie möglich anruft."

„Ist sonst noch jemand hier?" Lexie warf einen flüchtigen Blick durch die Glastüren der Notaufnahme.

„Toni und Vega sind da. Und dieser Richardson", antwortete Geoff. „Alice Kennedy und Robert Lufti sind im Büro geblieben."

Die Schiebetür öffnete sich, und ihre Assistentin kam direkt auf Lexie zugerannt. Nach einigen tränenreichen Umarmungen trat Toni einen Schritt zurück und wischte sich über die feuchten Wangen.

„Er ist so ein toller Kerl", sagte Toni. „Und er hatte so große Zukunftspläne. Wie konnte ihm nur so etwas zustoßen?"

„Schlimme Dinge können auch guten Menschen passieren", erwiderte Lexie leise. „Das weißt du genauso gut wie ich."

„Er war beim Mittagessen." Toni schüttelte traurig den Kopf. „Du weißt ja, wie gerne er mittags neue Restaurants ausprobiert."

„Er war auf der Rückfahrt von einem Restaurant", warf Geoff ein. „Offensichtlich wurde er während der Fahrt angeschossen. Er hat sein Auto gegen eine Mauer gesetzt. Zunächst dachten alle, es handele sich um einen Verkehrsunfall, bis die Notärzte die Schussverletzung entdeckten."

Toni fasste Lexie an der Hand. „Komm mit rein. Ich habe die arme Vega mit Farris alleine gelassen, aber er ist in einer

Krisensituation zu nichts zu gebrauchen. Er braucht mehr Aufmerksamkeit als ein Fünfjähriger."

Sobald sie die Notaufnahme betreten hatten, eilte Farris auf Lexie zu. Tränenüberströmt und zitternd warf er sich ihr um den Hals. „Es ist so furchtbar! Einfach schrecklich!" Er machte keine Anstalten, sie loszulassen. „Wer weiß, wer als Nächster dran ist."

Lexies Magen zog sich zusammen. Ob Malik tatsächlich von dem Attentäter angeschossen worden war? Vielleicht war er ja das Opfer einer Autoräuberbande geworden. Oder der Schütze hatte persönliche Gründe. Obwohl das natürlich schwer vorstellbar war. Malik hatte ein so einnehmendes Wesen. Jeder mochte ihn.

Deke tippte Farris auf die Schulter. Zunächst drehte der kleinere Mann nur überrascht den Kopf und starrte den Bodyguard verständnislos an, doch als Deke ihm einen aufmunternden Klaps auf den Rücken verpasste, verstand Farris endlich und ließ Lexie los.

„Der arme, arme Malik." Farris senkte seinen Kopf und schloss die Augen. Seine Lippen bewegten sich geräuschlos, aber Lexie wusste, dass er betete. Was sie nicht wusste, war, ob er tatsächlich betete oder nur eine Show abzog. Farris hatte die unangenehme Angewohnheit, seine Frömmigkeit immer und überall zur Schau zu stellen.

Deke gab Geoff ein Zeichen, das wohl besagte, er solle sich um Farris kümmern. Dann umfasste er Lexies Ellbogen und lenkte sie zu einigen freien Stühlen. Als Deke ihr den Stock abnahm, um ihn über die Rückenlehne des Stuhls zu hängen, wehrte sie sich nicht. Um genau zu sein, war sie sogar dankbar. Im Moment konnte sie alle Unterstützung gebrauchen.

Sie nahm ihre Handtasche von ihrer Schulter, legte sie auf den Schoß und hielt sie mit beiden Händen fest. Zwar zitterte sie nicht, aber sie fühlte sich ziemlich verunsichert. Sie sehnte sich nach einem rettenden Anker.

„Farris ist ein Trottel“, flüsterte Toni ihr zu, als sie sich neben Lexie setzte. „Ein sehr gebildeter Trottel, aber immer noch ein Trottel. Das war ja wirklich das Letzte, anzudeuten, dass …“

„Ist schon in Ordnung“, fiel Lexie ihr ins Wort. „Farris ist eben Farris. Er hat Angst, und das zu Recht.“

In diesem Moment klingelte Lexies Handy. „Ich hätte es ausschalten sollen“, murmelte sie. Als sie ihre Tasche schließlich öffnete und ihr Telefon hervorzog, stand Deke bereits mit ausgestreckter Hand vor ihr. Bereitwillig reichte sie ihm ihr Telefon.

Im Hinausgehen gab er Geoff ein Zeichen. Bis jetzt hatte der Farris von den Frauen ferngehalten, bezog jetzt aber sofort hinter Lexie Stellung, während Deke mit dem Telefon am Ohr nach draußen verschwand.

Toni tätschelte Lexies Hand, die immer noch den Reißverschluss der Tasche festhielt. „Zieh bloß keine voreiligen Schlüsse. Das könnte jeder sein. Vielleicht rufen Alice oder Robert aus dem Büro an oder Cara oder deine Mutter …“

„Nein. Das war er. Er ruft an, um mir zu sagen, dass er auf Malik geschossen hat.“

„Das wissen wir nicht.“

Lexie benetzte sich nervös die Lippen und versuchte, die aufsteigenden Tränen zu unterdrücken. Was hatte sie diesem Menschen getan? Warum machte sein Hass nicht einmal vor ihren Freunden und Mitarbeitern halt?

Sie ließ den Eingang der Notaufnahme nicht aus den Augen, während sie darauf wartete, dass Deke zurückkam. Vielleicht hatte sie sich ja geirrt! Vielleicht hatte Toni recht. Es könnte auch jemand anderes sein. Aber ihre Mutter würde sie nur auf dem Handy anrufen, wenn es sich um einen Notfall handelte. Und Robert und Alice würden wahrscheinlich zunächst Toni anrufen.

Es könnte Cara gewesen sein.

Als Deke durch die Schiebetür trat, konnte sie von seinem Gesichtsausdruck nichts ablesen. Jeder Muskel ihres Körpers war angespannt. Ihr Puls raste. Deke kam auf sie zu, ging vor ihr in die Hocke und nahm ihre Hände in seine. Das war kein gutes Zeichen.

Toni legte den Arm um Lexies Schultern.

Lexie sah Deke direkt in die Augen.

„Möchtest du die ganze Wahrheit wissen, oder soll ich dich schonen?“, fragte er schließlich leise.

Oh Gott, oh Gott!

„Die Wahrheit!“, brachte sie hervor.

Er drückte ihre Hände. „Er sagte, ich solle dich fragen, wie es sich anfühlt, für den Tod eines Freundes verantwortlich zu sein.“

Das Gefühl von Hilflosigkeit und Wut verschlug ihr für einen Moment die Sprache. Mit geschlossenen Augen und zusammengebissenen Zähnen überließ Lexie sich ihrer Ohnmacht. Erst nach einer Weile stöhnte sie voller Schmerz auf und blickte Deke verzweifelt an.

„Verdammt.“ Toni drückte ihre Hand.

Lexie wusste nicht, was sie sagen sollte. Spielte der Anrufer auf Marty Bearn an, ihren Kameramann, der vor zehn Jahren in einer anderen Welt gestorben war? Oder hatte er von Malik gesprochen? Glaubte er, ihn heute getötet zu haben?

Deke erhob sich. Er hatte ihr das Telefon noch nicht zurückgegeben. Fürchtete er, dass der Attentäter erneut anrufen könnte?

Lexie hatte jegliches Zeitgefühl verloren. Wie lange warteten sie hier schon? Ein paar Stunden? Oder erst eine halbe? Farris hatte sich in die Krankenhauskapelle zurückgezogen, und Geoff holte sich gerade einen Kaffee. In diesem Moment kam eine der Schwestern aus dem OP und fragte nach einem Verwandten von Malik Abdel.

Während Lexie noch versuchte, aufzustehen, und dabei ihre Handtasche auf den Boden fallen ließ, war Deke bereits auf die Schwester zugeeilt. Und noch bevor es Lexie gelang, sich zu erheben, war die Schwester schon wieder verschwunden. Deke drehte sich langsam zu ihr und Toni um, während die langsam auf ihn zukamen.

Und dieses Mal konnte Lexie seinen Gesichtsausdruck deuten. Selbst ein beinharter Typ wie er konnte das Gefühl von Bedauern, das er empfand, nicht verstecken.

Sie hielt so plötzlich an, dass Toni sie beinahe angerempelt hätte.

„Er ist tot."

„Sag doch so was nicht." Toni hakte sich bei Lexie unter.

Während Deke direkt auf sie zukam, stieß auch Geoff wieder zu ihnen. Lexie konnte ihm ansehen, wie schwer es ihm fiel, die schlechten Nachrichten zu überbringen. Er zögerte lange.

„Ist er tot?", platzte Toni schließlich heraus.

„Ja." Deke nickte. „Er ist vor ein paar Minuten gestorben."

Lexie hatte das Gefühl, als sei eine Mauer über ihr zusammengebrochen. Sie schwankte leicht.

Deke griff nach ihrem Oberarm. „Ich bring dich jetzt nach Hause."

„Ich kann nicht! Es gibt tausend Dinge, um die ich mich jetzt kümmern muss. Ich bin sicher, Malik hätte sich gewünscht, zu Hause in Gadi beerdigt zu werden. Aber wir sollten hier auch einen Gedenkgottesdienst abhalten. Und Alice muss eine Pressemitteilung schreiben, und ..."

„Um all diese Dinge kann ich mich auch kümmern", unterbrach Toni sie.

Lexie schüttelte den Kopf. „Nein, das ist meine Aufgabe. Das sollte ich ..."

„Lass Toni das übernehmen", beschwor Deke sie und begann bereits, sie vorsichtig in Richtung Ausgang zu lenken.

„Was ist mit Farris?“, fragte Lexie.

„Gehen Sie nur“, mischte sich nun auch Geoff ein. „Ich werde Richardson zusammen mit Miss Wells suchen und informieren. Und dann bringe ich beide zurück zu Helping Hands.“

Lexie nickte zustimmend und protestierte nicht weiter, als Deke sie vorsichtig nach draußen und auf direktem Weg zu ihrem Mercedes bugsierte, wo er sie vorsichtig auf dem Beifahrersitz anschnallte.

Als sie gerade den Parkplatz verließen, sagte Lexie: „Ich möchte in meine Wohnung.“

„Das ist keine gute Idee.“

„Das ist mir egal. Ich will nach Hause.“ Sie rang um Atem, während ihr Tränen übers Gesicht strömten. „Ich muss nach Hause. Bitte.“

Mit angespanntem Gesichtsausdruck lenkte Deke den Wagen durch den starken Verkehr. „Es war nicht deine Schuld.“

Die Tränen liefen weiter über ihre Wangen. Sie versuchte, sie hinunterzuschlucken, doch es gelang ihr nicht. Ihre Gefühle hatten sie derart übermannt, dass sie mehrere Minuten lang nicht sprechen konnte.

„Dass du in deine Wohnung zurückkehrst und dich dort für ihn angreifbar machst, wird ihn nicht davon abhalten, auch weiterhin deine Freunde zu attackieren, falls du das denkst“, sagte Deke.

„Wir können niemals alle meine Freunde und Mitarbeiter bewachen“, schluchzte Lexie. „Aber warum greift er überhaupt andere an, wenn er es auf mich abgesehen hat?“

„Um dich leiden zu sehen“, antwortete Deke.

Malik Abdel war also tot. Ein verfrühtes Ende, das dieser Vaterlandsverräter sich selbst zuzuschreiben hatte. Als Lexie

Murroughs Freund und Angestellter hatte er sich einfach auf die falsche Seite gestellt. Sein Tod war, wenn auch bedauerlich, notwendig gewesen.

Er wollte Lexie leiden sehen, genau wie er und seine Mutter gelitten hatten, nachdem sein Vater ermordet worden war. Er wollte ihr Qualen zufügen, bevor er sie tötete. Er wollte, dass sie darum wusste, dass sie selbst am Tod ihrer Freunde, ihrer Lieben schuld war. Sie würde sie ebenso betrauern, wie er und seine Mutter seinen Vater betrauert hatten.

Er würde noch ein weiteres Leben auslöschen. Schon bald. Er würde dieser Hure keine Zeit lassen, sich von ihrem Schock zu erholen, bevor er erneut zuschlug. Das nächste Opfer hatte er mit größter Sorgfalt ausgewählt. Die Amerikanerin würde mit jedem Tod mehr und mehr leiden.

Innerlich lächelnd dachte er an den 21. Dezember. Den Tag, an dem er das größte aller Opfer bringen würde. Er würde für eine Sache in den Tod gehen, die viel wichtiger war als sein eigenes Leben, und dafür würde er im Himmel reich entlohnt werden.

Aber für den Augenblick musste er zumindest so tun, als ob auch er den Tod von Malik Abdel bedauerte. Das würden sie von ihm erwarten. Er würde seiner Frau Trost spenden und Verständnis heucheln müssen. Immerhin war Malik ihr Freund gewesen, und sein Tod würde ihr sehr nahegehen.

Er musste sich auch darauf einstellen, von der Polizei befragt zu werden. Er war sich nicht sicher, ob er in Verdacht geraten würde, aber er war ein Fremder, und er hatte kein Alibi für den Tatzeitpunkt. Es gab niemanden, der beschwören konnte, ihn zur fraglichen Zeit am anderen Ende der Stadt gesehen zu haben.

Er war immer sehr vorsichtig. Sein Handeln durfte in keinem Fall die Pläne des Majeed gefährden. Sein persönlicher Rachefeldzug wurde nur so lange geduldet, wie er seine anderen Pflichten nicht vernachlässigte.

An der Tür zu Lexies Wohnung trafen Deke und Lieutenant Desmond aufeinander. Der Dundee-Agent trat in den Flur und zog die Tür hinter sich zu.

Desmond musterte ihn kritisch. „Warum zum Teufel haben Sie sie ausgerechnet hierher gebracht?"

„Weil sie unbedingt nach Hause wollte, wenigstens für heute Nacht."

„Wie geht es ihr?"

„Können Sie sich das nicht denken?"

Desmond nickte. „So etwas sollte einfach nicht passieren. Besonders nicht jemandem wie Lexie, die ihr ganzes Leven der Hilfe und Unterstützung anderer gewidmet hat."

„Ja. Aber es passiert nun einmal doch."

Desmond starrte Deke an und fragte: „Also, was haben Sie ihr alles erzählt?"

„Alles, was ich weiß."

„War das klug?"

„Ich denke schon. Und ich würde auch Ihnen raten, sie nicht zu belügen oder die Tatsachen zu beschönigen. Sie verdient es, die Wahrheit zu erfahren."

„Und Sie glauben, sie kann damit umgehen?"

Deke neigte den Kopf in Richtung der geschlossenen Wohnungstür und sagte: „Lexie Murrough ist die stärkste Frau, die ich jemals getroffen habe."

Desmond sah ihn fragend an. „Sie bewundern sie?"

Ob er sie bewunderte? Ja, verdammt noch Mal, das tat er. Er bewunderte Lexie, er respektierte sie, er wollte sie. Und ob es ihm nun gefiel oder nicht – er war verrückt nach ihr. Vielleicht war er auch einfach nur verrückt, wenn er auch nur eine Sekunde lang dachte, dass er sie jemals haben könnte …

„Hören Sie zu. Ich habe sie gerade erst dazu gebracht, sich ein wenig hinzulegen. Sie war total erschöpft von all den Anrufen und den vielen Tränen. Toni wollte zwar alles organisieren, aber Lexie hat darauf bestanden, selbst bei Maliks Familie in Gadi anzurufen und ihnen die schlimme Nachricht zu überbringen."

„Mein Gott", murmelte Desmond.

„Sie hat es mit Fassung getragen, bis sie aufgelegt hat. Dann ist sie völlig zusammengebrochen und hat eine Viertelstunde lang ohne Unterlass geweint."

„Sie wollen mir also mit anderen Worten sagen, ich soll später wiederkommen."

Deke spürte ihre Gegenwart, bevor die Tür sich öffnete.

„Das wird nicht nötig sein", sagte Lexie zu Bain. „Komm rein."

Deke und Desmond drehten sich zu der Frau mit den verweinten Augen um, die in der Wohnungstür stand.

Als der Lieutenant auf Lexie zuging und ihr einen Kuss auf die Wange drückte, wurde Deke eifersüchtig. Wie albern von ihm. Er konnte sich nicht daran erinnern, jemals wirklich eifersüchtig gewesen zu sein. Andererseits aber konnte er sich auch nicht daran erinnern, jemals jemanden so sehr gewollt zu haben, wie er Lexie wollte.

„Möchtest du Tee oder Kaffee?", fragte sie Bain, als sie ihn in die Wohnung führte. Wollte sie den beiden Männern beweisen, wie gefasst sie war?

„Danke, für mich nichts", sagte Bain und legte den Arm um Lexie, um sie bis ins Wohnzimmer zu geleiten.

Deke hätte am liebsten laut losgebrüllt. *Nimm deine Finger von ihr!* Doch er hielt sich zurück, schloss die Wohnungstür und folgte den beiden.

Als sie alle saßen, Lexie und Bain Desmond auf dem Sofa, Deke ihnen gegenüber im Sessel, zögerte der Lieutenant merklich. Wusste er nicht, wie er beginnen sollte? Deke verstand ihn. Das Letzte, was einer von ihnen wollte, war, Lexie weiteren Kummer zu bereiten.

Schließlich wandte Desmond sich direkt an sie. „Malik

wurde in den Kopf geschossen. Nach ersten Gesprächen mit den Ärzten in der Notaufnahme gehen wir davon aus, dass er seinen Mörder gesehen hat. Es wurde aus der Nähe auf ihn gezielt, was bedeutet, dass der Killer höchstens einen Steinwurf von ihm entfernt war. Es ist passiert, als er mit seinem Wagen gerade den Parkplatz des Restaurants verließ und in eine Seitenstraße einbog."

„Dann müsste ja jemand anderes den Mörder auch gesehen haben, oder?" Lexie sah den Lieutenant hoffnungsvoll an.

„Das sollte man meinen", stimmte der ihr zu. „Aber bisher haben wir keine Zeugen gefunden."

„Und niemand hat den Schuss gehört?", fragte sie weiter.

Bain schüttelte den Kopf. „Einige Leute dachten wohl, das sei der Auspuff eines Autos."

„Ich nehme an, Sie untersuchen gerade, ob einer der Mitarbeiter von Helping Hands eine Waffe besitzt?", warf Deke ein.

Bain nickte. „Ja. Wir überprüfen auch die Freunde und Verwandten."

„Auch die Freunde von Vega und Toni?"

„Aber sicher."

„Haltet ihr Jafari oder Hamal oder sonst irgendjemanden, der mit Helping Hands zu tun hat, tatsächlich für verdächtig?", fragte Lexie ungläubig.

„Leider muss ich das", antwortete Bain.

Ohne es zu bemerken, rieb Lexie nervös ihre Hände aneinander. „Ich kann einfach nicht glauben, dass es jemand sein soll, den ich kenne. Das würde schließlich bedeuten, dass derjenige nur so tut, als würde er mich mögen – dass er mich dabei aber so sehr hasst, dass er nicht nur mich umbringen möchte. Sondern auch Menschen, die mir nahestehen."

„Wer auch immer es ist, eins wissen wir sicher", bestätigte Bain. „Wir haben es ohne Zweifel mit einem Verrücktem zu tun. Erwarte nicht, dass er logisch handelt."

„Und glaub bloß nicht, du könntest dahinterkommen oder gar verstehen, warum er dich so hasst", fügte Deke hinzu. „In seinem kleinen kranken Hirn hat er sich ein Konstrukt zurechtgezimmert, das jedem vernünftigen Menschen nichts als wahnsinnig erscheint."

Bain griff nach Lexies Hand. „Tust du mir einen Gefallen?"

„Was?"

„Bitte zieh zurück in die Villa. Dort bist du sicherer."

„Versprochen", sagte sie. „Nur heute Nacht. Ich muss nur eine Nacht in meinem eigenen Zuhause sein, in meinem eigenen Bett schlafen." Sie sah Bain bittend an. „Versuch bitte, das zu verstehen."

Er hob ihr Kinn sanft an und sah ihr in die Augen, bevor er liebevoll sagte: „Ich ruf dich morgen früh an."

Lexie brachte ein kleines Lächeln zustande. Sie war unglaublich erschöpft.

Als Bain sich anschickte, zu gehen, begleitete Deke ihn zur Tür.

„Passen Sie gut auf sie auf", bat der Lieutenant, als er bereits im Hausflur stand.

Deke trat ebenfalls aus der Wohnung und zog die Tür halb hinter sich zu. „Das ist mein Job."

Bain stöhnte ungehalten auf. „Ja. Aber irgendetwas sagt mir, dass Lexie für Sie mehr ist als nur ein Job."

„Soll heißen?"

„Wenn Sie ihre Lage ausnutzen, werden Sie sich mir gegenüber verantworten müssen."

„Sie braucht Sie nicht als Beschützer", entgegnete Deke unwirsch.

„Ist das so? Sie sind vielleicht in der Lage, sie vor allen anderen zu beschützen. Aber wer wird Lexie vor Ihnen beschützen?"

„Was auch immer zwischen Lexie und mir passiert oder

nicht passiert, geht Sie überhaupt nichts an", wies Deke den anderen Mann scharf zurecht. Er platzte fast vor Ärger – und vor Eifersucht.

„Es geht mich sehr wohl etwas an, wenn …"

„Das ist doch kein Wettbewerb", unterbrach ihn Deke. „Lassen Sie uns keinen daraus machen. Sie gehört schließlich keinem von uns beiden."

Bain antwortete nicht, sondern nickte nur, knurrte etwas Unverständliches und verschwand.

Als Deke zurück in die Wohnung kam, goss Lexie gerade Tee auf.

„Ich habe dir auch eine Tasse gemacht", sagte sie, als Deke näher kam, und drehte sich zu ihm um.

„Bain und du, ihr habt euch in die Haare gekriegt, oder?", fragte sie mit dem Ansatz eines Lächelns im Gesicht.

„Hast du gelauscht?"

„Das war nicht nötig. Ich kenne Bain, und ich fange an, dich langsam besser kennenzulernen. Ihr seid beide große starke Männer, die mich beschützen wollen, und Machos dazu." Sie hielt ihm eine Tasse entgegen. „Und obwohl ich mit keinem von euch liiert bin, habt ihr beide Anspruch auf mich erhoben. Stimmt's? Bain ist ein sehr guter Freund. Wahrscheinlich hat er gespürt, dass es da eine gewisse Chemie zwischen uns gibt, und macht sich nun Sorgen. Hab ich recht?"

Deke nahm ihr die Tasse ab und nippte, ohne ihr zu antworten.

„Und auch wenn du versucht hast, die Dinge zwischen uns streng beruflich zu halten – spätestens seit heute Nachmittag kannst du ja wohl nicht mehr leugnen, dass es zwischen uns so etwas wie Anziehungskraft gibt. Heute im Hotel …"

„Ich hätte nicht zulassen dürfen, dass die Dinge derart außer Kontrolle geraten", unterbrach Deke sie. „Es war ganz allein mein Fehler. Es tut mir leid. Es wird nicht wieder vorkommen."

Lexie stellte ihre Tasse auf der Theke ab und ging geradewegs auf Deke zu, ohne den Blick von ihm abzuwenden. „Dann kann ich dich also auch nicht dazu überreden, mich heute Nacht in deinen Armen zu halten?"

„So etwas solltest du nicht zu einem Mann sagen, der sein Möglichstes versucht, seine Finger von dir zu lassen.“ Deke hielt sich an seiner Tasse Tee fest.

„Dann lässt dich mein Angebot also nicht völlig kalt?“

Lexies verletzliches Lächeln brach ihm beinahe das Herz. Es gab wohl irgendetwas, das sie von ihm brauchte, aber er war nicht sicher, ob sie selbst so genau wusste, was das war. Ein warmer Körper, der neben ihr im Dunkeln lag. Ein paar starke Arme, die sie festhielten. Eine Schulter zum Anlehnen. Oder wollte sie etwa einen Mann fürs Leben?

„Ich bin mehr als interessiert“, antwortete er schließlich. „Aber du musst mir schon sagen, was genau du damit meinst.“

„Wenn es für dich Sex sein muss, dann denke ich meinetwegen an Sex. Aber ... ich brauche einfach jemanden, der mich im Arm hält, der mir hilft, heute Nacht zu überstehen, ohne dass ich zusammenbreche. Verstehst du das?“

Er stellte seine Tasse ab und streckte ihr eine Hand entgegen. Sie starrte sie einen Moment lang unentschlossen an, legte dann aber die ihre hinein. Seine Finger umschlossen sie sicher und fest.

So standen sie sich gegenüber und blickten sich in die Augen.

Deke hätte Lexie am liebsten in seine Arme gerissen, zum Bett getragen und sie bis zum Morgen geliebt. Aber das war nicht das, was sie gerade brauchte.

Sanft zog er sie in seine Arme. Sie sah ihn eindringlich an. Was für wunderschöne blaue Augen sie doch hatte!

„Ich weiß, wie es sich anfühlt, nicht allein sein zu wollen“, murmelte Deke. „Und du bist nicht allein, Lexie. Ich bin bei dir. Ich werde dich die ganze Nacht lang festhalten. Kein Sex. Nur Trost und Nähe.“

Sie warf ihre Arme um seinen Hals, legte ihren Kopf an seine Brust und begann, leise zu schluchzen, so leise, dass es eine Weile dauerte, bis er überhaupt bemerkte, dass sie weinte. Als es ihm klar wurde, versuchte er, sie zu beruhigen, indem er ihren Rücken zärtlich streichelte. Gott, wie er sie begehrte! Er sehnte sich so sehr danach, in ihr zu sein, dass es wehtat. Sie einfach so im Arm zu halten, war die reine Folter für ihn. Aber er würde dies und ganz anderes durchstehen, wenn es ihr half.

Für Lexie würde er alles tun.

Sie drückte ihn an sich, bevor sie sich ein wenig von ihm löste und zu ihm aufblickte. „Könntest du deine Waffe ablegen?“

Er nickte, und sie ließ ihn für einen Moment los, um ihm dabei zuzusehen, wie er ohne zu zögern aus seinem Jackett schlüpfte. Dann zog er mit raschen Bewegungen das Holster aus und legte es samt Waffe obenauf.

Kaum war er fertig, kehrte sie mit einer solchen Ungeduld zurück in seine Arme, dass man meinen konnte, es gäbe keinen Platz auf Erden, an dem sie lieber wäre. „Wirst du auch wirklich bei mir bleiben heute Nacht? Ich will nicht alleine sein.“

Worte schienen unnötig. Deke hob sie hoch und trug sie zum Sofa. Sie ließ es gerne geschehen, schlang die Arme um seinen Hals und legte den Kopf an seine Schulter. Als er sich setzte, zog er sie auf seinen Schoß, und sie kuschelte ihren warmen, weichen Körper an seinen.

„Danke“, flüsterte sie ihm zu.

„Alles, was du willst“, antwortete er.

Sie blieben auf dem Sofa liegen, bis Lexie eingeschlafen war. Ihr Atem ging gleichmäßig und ruhig. Deke streichelte Lexie sanft wie eine Feder, während er den Duft ihres Haars einsog.

„Lexie?“, fragte er nach einer Weile leise.

Sie bewegte sich nicht.

„Ich bringe dich jetzt ins Bett“, flüsterte er. Er erhob sich langsam, trug sie vorsichtig ins Schlafzimmer und legte sich sanft auf ihr Bett. Dann beugte er sich zu ihr hinüber, griff nacheinander nach ihren Füßen und zog ihr die Schuhe aus. Sie trug einen blauen Hosenanzug mit einer strahlend weißen Bluse darunter. Deke gelang es, ihr das Jackett des Ensembles auszuziehen, von allem anderen aber ließ er lieber die Finger. Zwar schlief sie so fest, dass seine Berührungen sie wohl kaum geweckt hätten, doch wusste er nicht, ob er sich dann noch würde beherrschen können.

Deke konzentrierte sich lieber darauf, sich selbst zu entkleiden. Er knöpfte sein Hemd auf, zog es aus der Hose und entledigte sich seines Gürtels und seiner Schuhe. So kroch er zu Lexie ins Bett, schob einen Arm unter ihren Körper und zog die Bettdecke hoch, sodass sie es beide warm hatten. Als hätte sie nur auf ihn gewartet, kuschelte sie sich an ihn.

Er küsste sie sanft auf die Schläfe und legte seinen anderen Arm schützend um sie. Als sie daraufhin im Schlaf aufseufzte, küsste er unwillkürlich ihre Wange. Sie seufzte erneut.

Deke stöhnte innerlich auf.

Er war so erregt, dass es beinahe schmerzte.

Und Lexie schlief.

Deke hingegen lag stundenlang wach, hielt sie fest, verzehrte sich nach ihr und war doch dankbar und glücklich, dass er ihr wenigstens Sicherheit und Trost spenden durfte.

Viel später erst fiel er in einen leichten Schlaf, aus dem er schon kurz vor Morgengrauen wieder erwachte. Lexie lag nun beinahe auf ihm. Sie hatte einen Arm um seine Hüfte geschlungen, die andere Hand ruhte auf seiner Brust. So würde er nicht mehr lange liegen bleiben können. Jeder Muskel in seinem Körper tat weh. Als er sich streckte und dann langsam zu ihr drehte, schmiegte Lexie ihren Kopf an seine Schulter.

Lieber Gott, hilf mir. Auch ein Mann kam irgendwann an

die Grenze dessen, was er ertragen konnte.

Tu es nicht! Gib der Versuchung nicht nach. Du musst jetzt stark sein. Für sie.

Wenn die Vergangenheit nicht zwischen ihnen stünde, würde er wohl nicht länger zögern. Aber im Gegensatz zu ihr kannte er das unverzeihliche Geheimnis, das zwischen ihnen stand. Was würde sie wohl für ihn empfinden, wenn sie wüsste, dass er der Mann war, der sie angeschossen hatte? Der für ihre Behinderung verantwortlich war?

Er konnte sie in den Armen halten und trösten, sie schützen und, wenn nötig, sein Leben für sie aufs Spiel setzen. Aber er konnte niemals ihr Liebhaber werden.

Deke schlief nicht wieder ein. Als der Morgen dämmerte, befreite er sich sanft aus ihrer Umarmung und erhob sich. Er zog die Decke über die friedlich schlafende Lexie und küsste sie auf die warmen, geöffneten Lippen. Dann griff er rasch nach seinen Schuhen und seinem Gürtel und ging ins Bad, um kalt zu duschen.

Von den Bäumen hingen riesige Eiszapfen. Um sie herum war alles weiß. Sie lag allein inmitten eines Schneesturms. Nackt. Allein. Kurz davor, zu erfrieren. Zitternd versuchte sie, sich zu bewegen, aber sie konnte nicht. Hilflos lag sie da. Sie wusste, dass sie ohne ihn sterben würde.

Lexie schlug die Augen auf.

Sie hatte geträumt. Schon wieder ein Albtraum.

Aber es war ihr tatsächlich kalt. Sehr kalt sogar.

Kein Wunder – sie hatte die Bettdecke weggestrampelt.

Deke! Wo war er? Das Letzte, an das sie sich erinnern konnte, war, dass er sie vorsichtig in seinen Armen gewiegt hatte.

Lexie rückte an den Rand des Betts und setzte sich auf. Ihr Blick schweifte umher. Ihre Augen wollten sich nur langsam an das Halbdunkel gewöhnten. Sie entdeckte ihren Gehstock, der am Nachttisch lehnte. Deke hatte ihn dort wohl für sie bereitgestellt.

Aber wo war er nur? Sie sah zum Bett und bemerkte die Kuhle im zweiten Kissen. Hatte er bei ihr geschlafen?

Gestern Abend hatte sie ihn beinahe angefleht, sie festzuhalten und bei ihr zu bleiben. Sie hatte ihm sogar Sex angeboten, damit er sie nur nicht allein ließ.

Oh Gott!

Beruhig dich! Ihr hattet keinen Sex. Du bist immer noch angezogen. Du hast deinen BH und deinen Slip noch an und sogar deine Hose und deine Bluse.

Früher oder später würde sie ihm unter die Augen treten müssen. Aber nicht, bevor sie geduscht und sich umgezogen hatte. Und nicht, bevor sie sich überlegt hatte, wie sie ihm dafür danken sollte, dass er sich wie ein Gentleman verhalten hatte.

Eine gute halbe Stunde später verließ Lexie ihr Schlafzimmer. Ihre Haare hingen noch nass über ihre Schultern und begannen, sich an den Enden langsam zu kringeln. Sie trug enge schwarze Jeans und einen roten weiten Pullover, der ihr beinahe bis in die Kniekehlen reichte. Insgeheim wappnete sie sich dafür, sich bei Deke für ihre Anhänglichkeit gestern Abend zu entschuldigen und sich bei ihm zu bedanken, dass er sich so rührend um sie gekümmert hatte.

Ihr nobler Ritter stand gerade am Herd und wendete Pfannkuchen. Als sie sich ihm näherte, drehte er sich um und lächelte sie breit an.

„Guten Morgen, Murmeltier! Ich hab schon gedacht, du willst den ganzen Tag verschlafen."

„Du lächelst ja." Die Worte waren ihr einfach so rausgerutscht.

Deke schmunzelte. „Das tue ich wohl nicht besonders oft, was?" Dann winkte er sie näher heran. „Setz dich und frühstücke mit mir. Die Pfannkuchen sind gleich so weit und da –“, er nickte in Richtung der Kaffeemaschine „ – steht frischer Kaffee.“

„Wie lange bist du denn schon wach?“

„Schon seit ein paar Stunden.“ Er goss ihr eine Tasse Kaffee ein und stellte sie auf den Tresen.

Sie hievte sich auf einen der Barhocker. „Du hast gestern Nacht bei mir geschlafen.“

„Du hast mich darum gebeten, dich nicht allein zu lassen und dich festzuhalten. Und genau das habe ich getan.“

„Danke.“

„Es war mir ein Vergnügen.“ Er wandte seine Aufmerksamkeit wieder den Pfannkuchen zu.

„Deke …?“

Er stellte einen der Teller vor sie, nahm den zweiten und kam zu ihr herum auf die andere Seite der Theke. „Keine Sorge, Lexie, es ist nichts passiert. Ich habe dich nur festgehalten.“

„Ich weiß, und ich bin dir auch dafür sehr dankbar.“

„Das solltest du auch sein“, sagte er grinsend. „Ich glaube, nicht viele Männer besäßen die Willensstärke, eine so schöne Frau die ganze Nacht in den Armen zu halten, ohne ihr an die Wäsche zu gehen.“

Lexie grinste ebenfalls. „Ich hätte mich wahrscheinlich nicht einmal gewehrt, wenn du es versucht hättest.“

„Aber du hättest es heute Morgen bereut.“ Er zuckte mit den Schultern. „Außerdem nutze ich keine Frauen aus, die verletzlich sind.“

„Du bist ein sehr ehrenhafter Mann.“

Er sah in die andere Richtung. „Das war nicht immer so.“

„Wir haben alle schon Fehler gemacht und Dinge getan, die wir am liebsten rückgängig machen würden.“ Sie streckte ihre Hand aus und strich ihm sanft über den Arm. „Ich bin eine gute Zuhörerin – nur für den Fall, dass du vielleicht jemanden zum Reden …“

„Wolltest du vor der Beerdigung noch bei Helping Hands vorbeischauen?“, unterbrach Deke sie schnell.

„Um Himmels willen! Das habe ich ja völlig vergessen!“ Heute wurde Peter Adderly beigesetzt, und Lexie wollte ihm selbstverständlich die letzte Ehre erweisen. Es war schlimm genug, dass sie an Eugene Newburrys Beerdigung nicht hatte teilnehmen können. Auf Wunsch seiner Geschwister waren Eugenes sterbliche Überreste nach Mississippi überführt und dort begraben worden. Im Namen von Helping Hands hatte Lexie einen großen Kranz geschickt und Cara, sie selbst und einige andere, die Eugene gut gekannt hatten, hatten zusätzlich noch kleinere Gestecke in Auftrag gegeben. Der junge Mann war erst zwei Monate bei ihnen gewesen.

„Keine Eile. Es ist erst Viertel vor neun“, beruhigte sie Deke.

„Peter war schon Großvater“, erzählte Lexie. „Er hatte fünf Enkelkinder, drei Mädchen und zwei Jungs. Er hatte immer Fotos von ihnen bei sich. Er war so stolz.“

„Es ist nicht deine Schuld, dass diese beiden Männer getötet wurden. Du bist auch nicht für den Tod von Malik verantwortlich. Du kannst nichts dafür, dass ein Verrückter dich verfolgt.“

„Ich weiß, aber …“

„Kein Aber.“ Deke zeigte auf ihren Teller. „Iss deine Pfannkuchen, bevor sie kalt werden.“ Er bedeckte seine Pfannkuchen mit köstlichem Ahornsirup und reichte die Flasche dann an Lexie weiter.

„Ich nehme an, heute Abend geht es für mich zurück in die Villa Bedell?“ Sie träufelte reichlich Sirup auf ihren Teller. Heute waren ihr Kalorien herzlich egal.

„Dort ist es für dich viel sicherer, und das macht es mir viel leichter, dich zu beschützen.“

„Er wird nicht sofort versuchen, mich umzubringen, oder? Er will mich verletzen, indem er weiterhin Menschen tötet, die mir nahestehen, nicht wahr?“ Sie trank einen Schluck Kaffee.

„Wir wissen nicht, was er als Nächstes vorhat. Oder wann.“

Nach Peter Adderlys Beerdingung hatte Lexie starke Kopfschmerzen. Sie hatte einfach zu viel geweint. Der Schmerz hämmerte in ihrem Kopf und benebelte ihre Sinne. Keine Tablette der Welt würde das so einfach beheben können. Während der Trauerfeier war Helping Hands geschlossen geblieben, und anschließend gingen auch nur Lexie und Toni kurz ins Büro. Sie wollten die Überführung von Maliks sterblichen Überresten nach Gadi organisieren und seine Trauerfeier planen. Gegen sechs Uhr kam Jafari vorbei, um Toni abzuholen.

Er schien sich sehr um Toni zu bemühen, obgleich sie ihm noch nicht vergeben hatte. Lexie war sich allerdings sicher, dass es nur eine Frage der Zeit war, bis die beiden Turteltäubchen sich wieder vertragen würden. In den zwei Jahren, die sie Toni nun kannte, hatte sie weiß Gott schon einige Männer kommen und gehen sehen. Aber noch nie war Toni so verliebt gewesen wie jetzt.

Ty Garrett hatte kurz zuvor angerufen und Lexie um ein Gespräch gebeten. Die Berichte über ihre Mitarbeiter waren fertig. Nun saßen sie zu viert am ovalen Besprechungstisch von Helping Hands: Lexie, Deke, Geoff und Ty. Lexie ertappte sich selbst dabei, wie sie die drei Männer insgeheim miteinander verglich.

Deke war der Größte und Kräftigste der drei. Es gab nicht viele Männer, die wie er ein Meter fünfundneunzig groß und so muskulös waren – und wenn sie es waren, spielten sie meist Football. Sein dunkles Haar und sein gebräunter Teint bildeten einen atemberaubenden Kontrast zu seinen stahlgrauen Augen.

Mit dem kurz geschorenen blonden Haar, den blauen Augen und der sonnengebräunten Haut war Geoff umwerfend attraktiv dafür, dass er keine im klassischen Sinne schönen Gesichtszüge besaß. Seine ein Meter zweiundachtzig, seine breiten Schultern und muskulösen Oberarme strahlten kompromisslose Männlichkeit aus.

Ty Garrett hingegen war ein dunkelhaariger Südstaatenjunge aus Arkansas. Er war der jüngste der drei Männer, wahrscheinlich Mitte dreißig. Er war schlank und sehnig gebaut, ohne dass ihm dadurch an körperlicher Präsenz gefehlt hätte.

Ty hatte seinen Aktenkoffer auf den Tisch gelegt und geöffnet. Von einem Stapel einzelner Mappen, die in dem Koffer zum Vorschein kamen, nahm er einige herunter. „Das hier solltet ihr euch genauer ansehen."

Er gab jedem von ihnen eine Mappe. „Malik Abdel habe ich natürlich gestrichen."

Lexie überflog die Namen. Robert Lufti. Alice Kennedy. Farris Richardson. Toni Wells. Jafari Holston. Vega Sharif. Hamal Gazsi.

„Ich verstehe nicht, warum Alice und Toni auf dieser Liste stehen", bemerkte sie. „Sie sind beide in den USA geboren und aufgewachsen. Ich kenne sie seit über zwei Jahren. Außerdem sind sie Frauen – genau wie Vega."

Ty nickte. „Das ist ganz richtig. Aber alle drei sind mit einem möglichen Verdächtigen liiert."

„Das heißt, Sie halten Jafari, Hamal und Robert für verdächtig?" Sie sah Ty ungläubig an. „Und Farris? Das können Sie doch wohl nicht ernst meinen."

„Im Moment sind das unsere Hauptverdächtigen", erwiderte Ty.

Deke, der die Unterlagen rasch überflogen hatte, fasste zusammen: „Drei von ihnen wurden in Afrika geboren und haben entweder direkt oder indirekt eine Verbindung zu Helping Hands. Das ist der Hauptgrund, weshalb sie als verdächtig gelten."

„Genau. Das und ein paar Ungereimtheiten, auf die wir bei der Überprüfung ihrer Vergangenheit gestoßen sind", erläuterte Ty. „In jedem einzelnen Fall klingelten bei uns früher oder später die Alarmglocken."

Lexie war niedergeschlagen, und das nicht nur, weil sie alle vier Männer kannte und mochte, sondern weil ihre Freundinnen diese Männer liebten. Was, wenn es Jafari …? Nein. Das durfte nicht sein. Toni würde es nicht verkraften. Aber es war bestimmt nicht Robert. Er war eine Seele von Mensch. Und er machte Alice sehr glücklich, auch wenn alle davon überzeugt waren, dass ihre Affäre nicht ewig dauern würde. Am wenigsten wusste Lexie über Hamal. Aber er war schon seit sechs Jahren in den USA, hatte einen Abschluss in Medizin und bewarb sich um die Einbürgerung.

Schweigend studierten Lexie, Deke und Geoff die Unterlagen. Obwohl auch Lexie die erwähnten Ungereimtheiten im Leben der Männer erkannte, war sie sich trotzdem nicht sicher, ob sie für einen Generalverdacht ausreichten. Deke und Geoff schien es nicht anders zu gehen.

„Robert Lufti hat also einen Onkel und einen Cousin, die einer revolutionären Gruppierung in Gadi angehören", begann Geoff. „Ich kann verstehen, dass er diese Information nicht in seinen Lebenslauf geschrieben hat. Sicher hat ein Großteil der Gadinesen Verwandte, die im Bürgerkrieg nicht immer auf der richtigen Seite standen. Also warum …"

„Das ist richtig, aber Roberts Verwandte sind in einer antiamerikanischen Untergrundbewegung aktiv, die enge Beziehungen zu Terrorgruppen in anderen afrikanischen Ländern und im Nahen Osten pflegt", erklärte Ty.

„Der gute Dr. Gazsi hat vergessen, zu erwähnen, dass er adoptiert wurde. Es gibt keine Spur zu seinen biologischen Eltern oder einen Hinweis darauf, wo sie herkamen." Deke tippte auf den geöffneten Bericht. „Er könnte natürlich in Gadi geboren worden sein und dort bis zur Adoption gelebt haben.“

„Wir untersuchen das gerade“, sagte Ty. „Aber die Informationen, die wir aus Gadi bekommen, sind lückenhaft und unzuverlässig. Und es ist durchaus möglich, dass Gazsi selbst nicht weiß, wer seine leiblichen Eltern waren.“

„Und was ist mit Jafari?“, fragte Lexie. „Ich kann in diesem Bericht nichts finden, was ihn verdächtig machen würde. Er ist britischer Staatsbürger, und alles, was hier zu seinen Eltern und seiner Vergangenheit steht, stimmt überein mit dem, was er Toni erzählt hat.“

„Auch das ist richtig. Aber Jafari wurde nicht in England geboren und wir haben keine Informationen, die weiter als zehn Jahre zurückgehen.“

„Ich glaube trotzdem, dass es für all diese Ungereimtheiten vernünftige Erklärungen gibt.“ Die drei Personenschützer schienen davon nicht überzeugt zu sein und blickten skeptisch drein. „Es ist doch ebenso gut möglich, dass der Mörder überhaupt nicht mit Helping Hands zu tun hat und mich vielleicht gar nichts persönlich kennt.“

„Alles ist möglich“, stimmte Geoff ihr wenig überzeugt zu.

„Dir ist es gestattet, auf deine Gefühle zu hören und diese Hinweise außer Acht zu lassen“, sagte Deke. „Wir aber müssen uns möglichst objektiv mit allen Verdachtsmomenten beschäftigen. Die Erfahrung zeigt, dass die schlimmsten Verbrecher oft sanft und freundlich – ja sogar charmant – wirken können.“

„Ich verstehe aber immer noch nicht, warum Farris auf der Liste der Verdächtigen steht. Der Mann könnte keiner Fliege …“

„Dein Finanzchef hat sechs Monate in der Psychiatrie verbracht, nachdem er seine Exfrau über Monate hinweg verfolgt und bedroht hat“, merkte Deke an.

„Das weiß ich. Er ist sehr offen mit diesem Teil seiner Vergangenheit umgegangen, als ich ihn damals eingestellt habe.“

„Aber er hat Ihnen bestimmt nicht gesagt, dass er immer noch in Behandlung ist, oder?“ Ty sah sie eindringlich an. „Er geht immer noch ein Mal pro Woche zum Therapeuten, obwohl sein Klinikaufenthalt inzwischen sieben Jahre zurückliegt. Wussten Sie das?“

„Nein“, gestand Lexie ein.

„Aber so ist es nun. Wir können ihn nicht von der Liste unserer Verdächtigen streichen.“

„Das verstehe ich.“ Dies alles war Lexie wirklich zuwider. Sie wollte nicht im Privatleben anderer herumwühlen und Sachen herausfinden, die niemanden etwas angingen, außer die Betroffenen selbst. Hatte nicht jeder von ihnen schon mal etwas getan, das er bereute, das er am liebsten ungeschehen machen würde, für das er sich schämte? Und die einfache Tatsache, dass jemand Ausländer war, dass er einer anderen Nationalität, Rasse oder Religion angehörte, sollte niemanden verdächtig machen. Aber ihr war auch klar, dass es die Aufgabe der drei Dundee-Agenten war, alles und jeden zu verdächtigen.

Ein lautes Klopfen an der Tür kündigte das Chattanooga Police Department an. Sie hatten Bain eigentlich früher erwartet, doch er hatte irgendwann angerufen, um zu sagen, dass er sich verspäten würde. Er wollte noch auf einen Bericht warten, der ein wenig Licht in einige Aspekte des Falls bringen könnte.

Als Bain den Raum betrat, sah er zunächst Lexie an und lächelte. Die drei Männer erhoben sich und schüttelten dem Lieutenant die Hand. Dann ging Bain zu Lexie hinüber, beugte sich zu ihr hinab und fragte: „Wie geht es dir?“

„Es geht mir gut.“ Als er sie skeptisch musterte, bekräftigte sie: „Wirklich. Es geht mir gut. Deke hat sich großartig um mich gekümmert."

Bain blickte kurz zu Deke und sagte dann: „Ich bin froh, das zu hören."

„Was ist denn nun die neue Erkenntnis, die Sie mit uns teilen wollten?", fragte Ty Garrett.

„Wir wissen jetzt, welche Mitarbeiter von Helping Hands eine Waffe besitzen." Bain ging zur Kaffeemaschine, goss sich einen Becher ein und setzte sich neben Lexie. „Außerdem haben sich die Ballistiker die Kugel vorgenommen, die die Ärzte in Maliks Körper gefunden haben."

„Haben Sie die Kugel schon durch die Datenbank gejagt?", fragte Ty.

„Ja, aber leider ohne Ergebnis."

„Welche Waffe?", hakte Geoff nach.

„Eine neun Millimeter", erwiderte Bain. „Wahrscheinlich eine Smith & Wesson."

„Und hat irgendjemand auf der Liste eine solche Waffe?", fragte Deke.

„Alice Kennedy hat vor ein paar Monaten eine Smith & Wesson als gestohlen gemeldet", antwortete Bain. „Und eine der Assistentinnen, Lynette Seales, hat so eine Pistole. Es gibt noch ein paar andere Mitarbeiter, die Waffen besitzen, aber keine neun Millimeter."

Lexie sah sich im Raum um. „Ich weiß schon, was ihr alle denkt – weil Robert und Alice zusammen sind, geht ihr davon aus, dass er ihre Pistole gestohlen hat. Ich weigere mich, zu glauben …"

„Lexie, Süße, niemand beschuldigt Robert." Bain strich ihr mitfühlend über den Arm. „Wer auch immer Malik erschossen hat, war wahrscheinlich schlau genug, eine Waffe zu benutzen, die nicht auf direktem Wege zu ihm als Täter führte."

„Aber ihr werdet Alice und Robert verhören müssen, oder?" Lexie seufzte unglücklich auf.

„Tut mir leid." Bain nickte. „Aber ja, das müssen wir. Und wir werden auch Lynette Seales' Waffe sicherstellen und untersuchen müssen."

„Haben Sie bereits die Alibis überprüft?"

„Bei den beiden Damen sind wir noch dabei. Aber mit Robert, Jafari und Hamal haben wir bereits gesprochen. Bedauerlicherweise hat keiner der drei für den fraglichen Zeitraum ein überzeugendes Alibi."

Deke blickte auf. „Interessant. Wie sahen ihre Alibis denn aus?"

„Alle drei waren alleine. Jafari behauptet, er sei in seiner Wohnung gewesen und hätte für eine Prüfung gelernt. Aber das kann er nicht beweisen. Hamal sagt, er habe Vega nach einem gemeinsamen Mittagessen zurück ins Büro gebracht und sei dann nach Hause gefahren, um sich vor seiner Nachtschicht noch ein wenig aufs Ohr zu legen. Und Robert hat in einem Restaurant gleich um die Ecke vom Tatort etwas zu essen für sich und Alice geholt."

Lexie wollte sich auf keinen Fall mit der Möglichkeit abfinden, dass einer dieser drei Männer sie so sehr hassen konnte, dass er versuchte, sie umzubringen. Oder dass einer der drei Malik kaltblütig hätte erschießen können. „Sie gelten also alle drei nach wie vor als verdächtig?"

„Ja, das tun sie. Wir ziehen allerdings auch die Möglichkeit in Betracht, dass sie alle drei völlig unschuldig sind und es sich bei unserem Täter um jemand ganz anderen handelt."

Deke schob seinen Stuhl zurück, erhob sich und blickte in die Runde. „Wenn wir hier nicht mehr gebraucht werden, würde ich Lexie jetzt gerne in die Villa bringen, damit sie sich ein wenig ausruhen kann. Es war ein langer Tag."

Bain tätschelte liebevoll Lexies Arm. Sie lächelte ihn an. „Geh nur. Es gibt hier nichts, was du tun könntest. Ich werde die Berichte mit Monday und Garrett durchgehen, und sie werden Bronson über alles informieren."

Deke und Bain drückten sich nun beide um ihren Stuhl herum. Ihr Gesichtsausdruck verriet eindeutig, dass sie Lexie behilflich sein wollten, sich aber nicht trauten. Rasch stand sie allcine auf, griff nach ihrem Stock und hakte sich bei Deke unter. „Von mir aus kann's losgehen."

Deke führte sie aus dem Konferenzraum, den Korridor hinunter zu den Aufzügen. Auf dem Weg zur Tür plauderten sie kurz mit dem Wachmann. Kaum dass sie das Gebäude verlassen hatten und auf dem Gehweg standen, spürte sie, wie Dekes Körper sich anspannte. Er wappnete sich, falls jemand sie angreifen sollte.

Der Himmel über Chattanooga war sternenklar, und der Feierabendverkehr wälzte sich gleichmäßig rauschend durch die Straßen. Ein Wagen voller Halbstarker fuhr an Lexie und Deke vorbei, als sie um die Ecke zum Parkplatz bogen. Die Teenager pfiffen ihnen hinterher. Einer warf Lexie Kusshände zu.

Deke hielt augenblicklich inne und zog Lexie hinter sich, um sie mit seinem Körper zu schützen. Er öffnete sein Jackett, zeigte seine Waffe. Die jungen Leute erschraken und rasten davon.

Dann erst drehte Deke sich wieder zu Lexie um. Sie zitterte von Kopf bis Fuß.

„Alles o.k.? Geht es dir gut?"

„Ja, es geht mir gut. Ich habe mich nur erschreckt. Ich bin nur nicht sicher, ob vor diesen Jungs oder deiner Reaktion."

Er strich mit seinen Händen über ihre Arme. „Komm. Lass uns von hier verschwinden."

Sie hakte sich erneut bei ihm unter, und sie betraten den Parkplatz. Das Areal war hell erleuchtet; nach dem Anschlag waren hier mehrere Scheinwerfern installiert worden. Lexies Mercedes war eines der letzten Autos, die noch hier parkten. Als sie auf den Wagen zugingen, hielt Deke plötzlich inne, griff in sein Jackett und zog seine Waffe.

„Was ist denn los?“

„Ich kann den Wachmann nirgends entdecken. Bleib dicht bei mir.“ Vorsichtig näherte er sich dem Mercedes.

Lexie tat, wie ihr befohlen. Plötzlich bemerkte sie, dass über ihre gesamte Windschutzscheibe etwas Dunkelrotes verschmiert war. Und was auch immer es war – es klebte auch an allen anderen Fenstern.

„Was ist denn das?“

„Weg hier! Sofort! Keine Widerrede.“ Er schob sie eilig zurück, immer weiter weg von ihrem Wagen, und hielt erst an, als sie mit dem Rücken am Gebäude lehnte und er sie von vorne mit seinem Körper schützte.

„Nimm mein Handy und ruf Geoff an“, befahl Deke. „Er soll sofort runterkommen. Und er soll Ty und Lieutenant Desmond mitbringen. Sag ihm, er soll eine der Hintertüren benutzen.“

Ohne zu zögern, tat sie, was er verlangte, auch wenn sie nicht wusste, vor wem oder was er sie beschützte.

Wenige Minuten später stürmten Geoff, Ty und Bain mit gezückten Waffen auf den Parkplatz.

„Was ist hier los?“, fragte Bain, als die drei Deke und Lexie erreicht hatten.

„Lexies Wagen ist über und über mit Blut verschmiert. Jedenfalls denke ich, es ist Blut“, erklärte Deke.

„Wo ist der Wachmann?“, fragte Ty.

Bain ging vorsichtig auf Lexies Auto zu und untersuchte die Flüssigkeit an den Fenstern. Die beiden Dundee-Agenten suchten den Parkplatz ab, während Deke bei Lexie blieb.

„Es ist auf jeden Fall Blut“, rief der Lieutenant schließlich. „Ich weiß nur nicht, ob es von einem Menschen stammt oder von einem Tier.“

„Es ist menschlich“, antwortete Ty vom anderen Ende des Areals. „Ich habe den Wachmann gefunden. Er ist schlimm zugerichtet.“

14. KAPITEL

Bain Desmond, Geoff Monday und Larry Nesmith saßen zusammen in einem kleinen Pub im Herzen Chattanoogas und tranken Bier. Das Hair of The Dog war eines von Bains Lieblingskneipen. Es hatte bis drei Uhr morgens geöffnet.

Als er das erste Mal dort gewesen war, war er Cara Bedell und ihrem nichtsnutzigen Schwager Grayson Perkins begegnet. Danach war er ab und an hier eingekehrt – immer in der Hoffnung, die zufällige Begegnung könne sich wiederholen. Aber sie waren sich danach nur noch ein weiteres Mal hier über den Weg gelaufen. Eines Abends war Cara alleine in die Kneipe gekommen. Sie hatten Burger gegessen, Billard gespielt und die Jukebox laufen lassen.

In dieser Nacht hatte er sie geküsst.

„Wo sind die Toiletten?", fragte Geoff.

Bain wies ihm gerade den Weg, als die Kellnerin sein zweites Guinness servierte. Er nahm einen kräftigen Schluck davon, und Larry sagte: „Blake Ritchey war erst siebenundzwanzig. Seine Frau erwartet das erste Kind."

„Wie lange war er schon bei Bedell, Inc. Security?", fragte Bain.

„Zwei Jahre. Ehemaliger Soldat. Guter Mann."

„Wir kriegen den Kerl", schwor Bain. „Er ist kein Anfänger, so viel war schon vorher sicher. Die Sprengsätze waren nicht von schlechten Eltern, und einen Mann in einem fahrenden Auto zu erschießen, bedarf auch einiger Fingerfertigkeit. Aber der Angriff auf Ritchey ist eindeutig auf einen Profi zurückzuführen, so wie der arme Junge zugerichtet war."

„Er ist wahrscheinlich ausgebildet." Larry stürzte den Rest seines Biers hinunter. „Eine von diesen Terroristengruppen, würde ich vermuten."

„Die Untersuchungen von Dundee haben keinerlei Hinweise darauf ergeben, dass einer unserer Verdächtigen jemals

Mitglied einer terroristischen Vereinigung war."

„Vielleicht muss man einfach noch ein wenig tiefer graben."

„Oder jemand sollte in Washington nachfragen."

„Beim Geheimdienst?"

„Genau. Haben Sie Verbindungen? Kennen Sie dort jemanden?"

„Jeder, den ich kannte, ist entweder tot oder im Ruhestand. Wir sollten Sawyer McNamara kontaktieren", schlug Larry vor. „Und wenn er die Infos nicht bekommt, dann wette ich, Sam Dundee kriegt sie."

„Kennen Sie Dundee?", fragte Geoff.

Larry nickte. „Ich habe ihn vor Jahren mal getroffen. Wenn irgendjemand an Geheimdienstinformationen kommen kann, dann Dundee."

Bains Telefon klingelte. Er warf einen Blick aufs Display und entschuldigte sich: „Ich muss drangehen." Als er seinen Stuhl zurückschob und aufstand, fügte er erklärend hinzu: „Hier drinnen kann ich mich nicht einmal denken hören, so laut ist es."

Er machte sich auf den Weg zu den Waschräumen und nahm den Anruf entgegen. „Sie rufen aber spät an."

„Wollen Sie mir etwa weismachen, dass Sie schon geschlafen haben?", sagte Cara Bedell am anderen Ende lachend. „Geben Sie sich keine Mühe. Ich glaube Ihnen sowieso nicht. Ich kann die Musik im Hintergrund hören. Wo sind Sie? Im Hair of The Dog?"

„Sie kennen mich einfach zu gut."

„Ich habe gerade mit Lexie gesprochen. Sie hat mir erzählt, was passiert ist."

„Ja, sie hatte wirklich ein paar schlimme Tage. Was sage ich – sie hatte eine schlimme Woche."

„Sie gibt sich die Schuld an allem."

„Ich weiß."

„Wie läuft es denn so unter der Sonne Mexikos?“, fragte er.

„Etwas besser, aber die Dinge sind nach wie vor sehr kompliziert. Und einige der Leute, mit denen ich es hier zu tun habe, sind richtige Nervensägen.“

„Wann kommen Sie zurück?“

„Vermissen Sie mich?“

Ja, verdammt noch mal! Er vermisste sie jeden Tag, sogar wenn sie nur ein paar Kilometer von ihm entfernt war, in ihrem Büro oder in ihrer Villa. Er begehrte sie jeden Tag.

„In Mexiko sind Sie auf jeden Fall sicherer als hier. Am besten bleiben Sie dort, bis wir den Kerl geschnappt haben.“

„Sie wissen ganz genau, dass das nicht geht. Ich muss mich um die Geschäfte kümmern. Außerdem hätte ich Lexie niemals alleine gelassen, wenn es eine andere Lösung gegeben hätte. Aber wenn ich nicht geflogen wäre, hätten wir einen Millionenverlust eingefahren, und Hunderte von Menschen hätten ihren Arbeitsplatz verloren.“

„Also – wann kommen Sie nun zurück?“

„Wahrscheinlich noch dieses Wochenende. Soll ich Sie anrufen und Ihnen Bescheid geben, wenn ich es genauer weiß?“

„Ich könnte Sie vom Flughafen abholen und nach Hause eskortieren.“

„Das würde mir gefallen.“

Grundgütiger! Er bewegte sich auf verdammt dünnem Eis. Sich mit Cara Bedell unter irgendwelchen fadenscheinigen Vorwänden zu einem heimlichen Treffen zu verabreden … Er müsste es eigentlich besser wissen. Aber manchmal konnte ein Mann einfach nicht der Stimme seiner Vernunft folgen. Bevor er sich noch vor ihr blamierte, wechselte er schnell das Thema: „Wie klang Lexie vorhin?“

„Nicht sehr gut, obwohl sie versucht hat, mir vorzumachen, alles sei in Ordnung. Sie kennen Lexie ja. Sie würde es sich nie erlauben, Schwäche zu zeigen.“

„Ihr Bodyguard scheint sich übrigens für sie zu interessieren."

„Und inwiefern soll das schlimm sein?", fragte Cara lachend. „Ich kann mir nicht vorstellen, welche Frau etwas dagegen haben könnte, dass Deke Bronson Interesse an ihr bekundet."

„Ich habe ihn gewarnt. Sie ist im Moment sehr verletzlich. Ich werde nicht zulassen, dass er das ausnutzt."

„Bain Desmond! Halten Sie sich gefälligst aus Lexies Liebesleben raus!", erwiderte Cara streng. „Hören Sie endlich auf, ihren großen Bruder zu spielen! Sie hat jedes Recht, sich einzulassen, mit wem auch immer sie will. Auch mit Deke Bronson."

Bevor er noch darüber nachdenken konnte, hörte er sich selbst fragen: „Und Sie? Haben Sie sich da unten in Mexiko mit irgendjemandem eingelassen?"

Mist! Selbst wenn seine Stimme scherzhaft geklungen hatte – Cara war nicht blöd. Sie musste seine Eifersucht herausgehört haben.

Stille.

„Da hat wohl jemand einen feurigen neuen Liebhaber?" *Mach nur weiter so, du Idiot! Du schaufelst dir gerade dein eigenes Grab.*

„Nein, ich habe keine feurige Liebesaffaire. Weder hier noch sonst wo."

„Ich auch nicht."

„Holen Sie mich am Flughafen ab?"

„Sagen Sie mir nur, wann."

„Bain?"

„Ja?"

„Geben Sie auf sich acht! O.k.? Lassen Sie sich nicht erschießen oder irgendsowas Dummes."

„Wird gemacht."

„Bis bald."

„Bis bald.“

Nachdem er sein Telefon wieder eingesteckt hatte, verließ Bain die Toilette. Er ging zurück an den Tisch und leerte sein Bier in einem Zug.

Alice erwachte aus einem unangenehmen Traum, sah auf ihren Weckers und stöhnte. Zwanzig nach zwei. Sie blickte sich um und sah, dass die andere Seite des Betts leer war. Wo war Robert? Er würde sie doch nicht schon wieder mitten in der Nacht verlassen haben? Sie wusste nicht, welche schlimmen Erinnerungen aus seiner Kindheit in Gadi ihn im Schlaf verfolgten und dafür sorgten, dass er nächtelang wach lag. Manchmal fand sie ihn im Garten, wo er auf und ab marschierte. Oder im Wohnzimmer, wo er auf der Couch saß und vor sich hinstarrte. Und einige Male hatte er sie eben auch schon nachts alleine gelassen und war zurück in seine Wohnung gefahren.

Alice stand auf und zog sich den Morgenmantel über. Sie hatte früher nie nackt geschlafen – nicht, bis Robert ihr Liebhaber geworden war. Er schlief immer unbekleidet und fand es merkwürdig, dass sie im Bett etwas überziehen wollte.

Nachdem sie im Badezimmer und im Gästezimmer nachgesehen hatte, ging Alice die Treppe nach unten. Sie suchte das gesamte Haus ab, aber es war leer. Schließlich ging sie in die Küche, und dann sah sie durch die Verandatür in den Garten. Dort stand Robert, wie Gott ihn geschaffen hatte, und starrte in den dunklen Nachthimmel.

Zum Glück war ihr Garten von einer einigermaßen hohen Hecke umgeben. Sonst hätten sich ihre prüden Nachbarn bestimmt beschwert.

Alice öffnete die Schiebetür und ging nach draußen. Die nächtliche Kälte umfing sie.

„Robert?“, rief sie ihn sanft.

Er antwortete nicht.

„Dir muss doch kalt sein“, sagte sie. „Komm bitte mit rein.“

Als sie ihre Hand nach ihm ausstreckte und ihn vorsichtig am Arm berührte, erzitterte er. Dann drehte er sich zu ihr um und sah ihr in die Augen. Sie nahm seine Hand in ihre und führte ihn wie ein Kind zurück ins Haus. Er folgte ihr – gehorsam und vertrauensvoll.

In der Küche nahm sie seine Hände in ihre und fragte: „Geht es dir gut?“

Er nickte.

„Kannst du nicht mit mir darüber sprechen? Willst du mir nicht erzählen, was dich bedrückt?“ Sie küsste seine schönen, starken Hände.

Sein Gesichtsausdruck versteinerte sich. Urplötzlich griff er nach ihr und zog sie an sich. Seinen Mund an ihre Schläfe gepresst, flüsterte er: „Ich werde dich vermissen, wenn ich wieder in Gadi bin.“

Alice spürte, wie ihr Herzschlag schneller wurde. Allein der Gedanke daran, Robert eines Tages zu verlieren, schmerzte sie. Sie hatte zugelassen, dass er viel zu wichtig für sie geworden war. Und das, obwohl sie immer gewusst hatte, dass er sie eines Tages verlassen würde.

„Ich werde dich auch vermissen“, brachte sie mit viel Mühe hervor.

„Aber ich muss zurückkehren. Meine Familie braucht mich. Ich wäre nicht glücklich, wenn ich den Rest meines Lebens in den USA bliebe.“

„Ich … das verstehe ich.“

Er nahm ihr Gesicht in seine Hände und sah ihr tief in die Augen. „Du würdest Gadi verabscheuen. In vielerlei Hinsicht ist es immer noch ein unterentwickeltes Land. Du gehörst hierher.“

Was sollte das heißen? „Robert?“

Er küsste sie. Unendlich sanft.

„Ich will mit dir schlafen, Alice." Er nahm sie an der Hand. „Komm mit mir ins Bett."

Sie folgte ihm ins Schlafzimmer und gab sich ihm hin, ohne noch daran zu denken, dass sie keine gemeinsame Zukunft haben würden.

Als Lexie mitten in der Nacht in einem halbdunklen Raum erwachte, brauchte sie ein paar Minuten, bevor sie wieder wusste, wo sie war. Warum sie sich nicht in ihrem eigenen Bett befand. Deke hatte sie gestern Abend wieder in Caras Haus gebracht, nachdem ... Oh Gott, dieser arme, arme Mann! Deke hatte versucht, sie von dem Anblick des toten Wachmanns fernzuhalten, aber alleine durch die Kommentare der anderen stiegen nur allzu deutliche Bilder seines geschändeten Körpers in ihr auf.

Blake Ritchey. So hieß er.

Sie hatte nicht die Nerven verloren. Sie hatte all ihre Kraft zusammengenommen und war stark geblieben. Bain hatte sie schließlich mit Deke nach Hause geschickt. Er hatte versprochen, am nächsten Tag vorbeizukommen und ihre Zeugenaussagen aufzunehmen.

Bei dem Gedanken an Deke richtete Lexie sich auf und sah sich suchend nach ihm um. Er saß auf dem Sofa und hatte sich ein paar Kissen unter den Kopf gelegt. So konnte er sich ausruhen, ohne sich hinzulegen und einzuschlafen. Als er bemerkte, dass sie wach war, erhob er sich und sah sie an. Ihre Blicke trafen sich.

„Lexie?" Er sagte ihren Namen so leise, dass sie ihn fast kaum gehört hätte.

„Wie viel Uhr ist es?", fragte sie, doch bevor er antworten konnte, sah sie auf den Wecker neben dem Bett. „Schon fast fünf! Ich dachte, es sei noch viel früher."

„Schlaf noch ein wenig, wenn du kannst. Es war schon beinahe Mitternacht, als du eingeschlafen bist."

„Hast du denn geschlafen?“

„Ein wenig.“

„Ich hätte nicht gedacht, dass ich überhaupt schlafen kann.“ Sie rutschte an die Bettkante und setzte sich auf. „Hast du etwas in die heiße Schokolade getan, die du mir gestern Abend gemacht hast?“

„Schuldig im Sinne der Anklage“, gab er zu. „Nichts Starkes. Nur ein rezeptfreies Schlafmittel, damit du ein bisschen Ruhe findest. Ich weiß, ich hätte dich vorher fragen sollen, aber ...“

„Ist schon in Ordnung. Ich vertraue dir.“ Sie sah sich um. „Aber das nächste Mal sagst du es mir, einverstanden?“

„O.k.“ Er stand auf, holte ihren Stock, den er über die Rückenlehne eines Stuhls gehängt hatte, und reichte ihn ihr.

Lexie wusste selbst nicht so genau, warum sie Deke so rückhaltlos vertraute. Warum sie nie daran zweifelte, dass alles, was er tat, zu ihrem Besten war. Trotz allem, was vor zehn Jahren in Gadi passiert war, hatte sie sich ihre positive Einstellung zum Leben immer bewahrt. Aber nachdem Wes sie so schändlich verlassen hatte, hätte sie nicht gedacht, dass sie ihr Leben jemals wieder einem anderen Mann anvertrauen würde. Geschweige denn ihr Herz.

Lexie sah hinauf zu Deke und streckte ihm ihre Hände entgegen. Deke nahm sie behutsam in seine und zog sie hoch. Als sie so dicht vor ihm stand, ihre Körper sich leicht berührten, legte sie den Kopf zurück und sah ihn direkt an.

„Danke, dass du dich so um mich kümmerst.“

„Das ist ...“

„Sag jetzt bitte nicht, dass es dein Job ist.“

„Was soll ich dann sagen?“

Sie entzog ihm ihre Hände und griff nach ihrem Stock. Deke trat einen Schritt zur Seite.

„Ich weiß auch nicht, was ich hören will“, sagte sie, als sie an ihm vorbei zum Fenster ging. Das Mondlicht tauchte den

Raum in ein weiches Halbdunkel.

Deke trat hinter sie, berührte sie jedoch nicht. Er sagte kein Wort.

„Erzähl mir von deiner Frau“, bat Lexie. „Warum hast du sie geheiratet, wenn du sie nicht geliebt hast?“

Er antwortete nicht sofort, und Lexie fürchtete schon, ihm zu nahe getreten zu sein. Sie hatte kein Recht, ihn nach so persönlichen Dingen zu fragen. Aber sie wollte einfach mehr über diesen Mann wissen, der bereit zu sein schien, sein eigenes Leben aufs Spiel zu setzen, um das ihre zu retten. Welche Erfahrungen hatten ihn zu dem Menschen werden lassen, der er heute war?

„Abby war ein nettes Mädchen. Ein bisschen ausgeflippt, aber mit dem Herz am richtigen Fleck“, sagte Deke schließlich. „Ich habe sie geschwängert. Also tat ich das einzig Ehrenhafte und habe sie geheiratet. Wir waren beide unglücklich. Die Ehe hielt nur ein Jahr, dann haben wir uns scheiden lassen.“

„Du hast ein Kind?“ Der Gedanke an eine Exfrau hatte sie nicht gestört, vor allem, da Deke sie anscheinend nicht geliebt hatte. Aber ein Kind ... Irgendetwas sagte ihr, dass Deke seinen Sohn oder seine Tochter nie im Stich lassen würde.

„Ich *hatte* ein Kind. Mein Sohn starb, als er ein paar Monate alt war.“

Lexie flog herum und sah Deke an. Der aber starrte auf den Boden. Als sie ihm tröstend über den Arm streichen wollte, wich er zurück.

„Deke ... Es tut mir so leid. Ich ... ich hatte ja keine Ahnung.“

„Ist schon in Ordnung“, murmelte er. „Es ist lange her. Fast zwanzig Jahre.“

„Selbst wenn ... Ein Kind zu verlieren ist nichts, was man jemals ...“

„Du solltest das nicht überbewerten“, unterbrach er sie und sah sie eindringlich an. „Du hast mich gefragt, warum ich eine Frau geheiratet habe, ohne sie zu lieben, und ich habe es dir gesagt. Das ist alles. Es liegt in der Vergangenheit. Abby ebenso wie Andrew."

„Ich wollte nicht neugierig sein."

„Wolltest du sehr wohl. Du interessierst dich für mich. Du willst wissen, wie ich ticke." Er zog sie an sich heran. „Aber glaub mir, Darling, du willst nicht wissen, wer Deke Bronson wirklich ist. Ich bin nicht der Mann, für den du mich hältst. Ich habe ein paar unverzeihliche Dinge in meinem Leben getan. Dinge, die du nie verstehen würdest."

Sein Schmerz und seine innere Zerrissenheit raubten ihr der Atem. Sie sah tiefes Bedauern in seinen Augen – und den Wunsch nach Vergebung.

„Und wenn ich dir sage, dass deine Vergangenheit mir egal ist? Dass ich nicht wissen will, was du getan hast? Dass für mich nur zählt, wer du heute bist? Ein starker und mutiger Mann, intelligent und mitfühlend. Ein Mann, der das Wohl anderer über sein eigenes stellt ..."

„Verdammt noch mal, Lexie, du willst mich nicht verstehen." Für einen Moment packte er härter zu, seine Finger gruben sich in ihren Arm. Als er merkte, dass er ihr wehtat, lockerte er seinen Griff sofort, ließ sie jedoch nicht los.

Mit ihrer freien Hand strich sie ihm sanft über die Wange. Er zog sie an seine Brust. Mit geschlossenen Augen senkte er den Kopf.

„Auch ich habe schlimme Dinge getan", murmelte Lexie. „Wenn man es genau nimmt, ist es meine Schuld, dass mein Kameramann damals in Gadi umkam. Ich ... ich habe ihm damals gesagt, dass er weiterfilmen soll, als der Präsident angegriffen wurde. Hätte ich das nicht getan ..."

Deke führte ihre Hand an seinen Mund und presste die Lippen auf ihre Handfläche. „Nichts von dem, was in Gadi passiert ist, war deine Schuld. Du warst einfach zur falschen Zeit am falschen Ort. Genau wie dein Kameramann. Und die

Männer, die den Präsidenten getötet haben, haben nur einen Befehl ausgeführt. Der Mann, der auf dich geschossen hat …"

„Wollte nicht auf mich schießen. Ich weiß", führte sie den Satz zu Ende.

Deke musste schlucken. „Glaubst du, du könntest ihm jemals vergeben?"

„Ich habe keine Ahnung, wer er war – ob es einer der Männer war, die den Präsidenten erschossen haben, oder einer von Tums Leibwächtern. Es ist auch egal. Von dem Moment an, als ich angeschossen wurde, bis zu dem Moment, als ich im Krankenhaus wieder aufgewacht bin, ist meine Erinnerung ein einziges Durcheinander. Das Einzige, woran ich mich erinnere, ist der Soldat, der mir das Leben gerettet hat."

Deke räusperte sich. „Ich … ich denke, ich werde duschen und mich umziehen, wenn du mich im Moment nicht brauchst."

Und ob ich dich brauche. Ich will, dass du mich in deine Arme nimmst und mich küsst. Ich will, dass du mich liebst, langsam und sanft. Ich will, dass du mir sagst, dass du dabei bist, dich in mich zu verlieben. Genau wie ich mich in dich verliebt habe.

„Geh nur", sagte Lexie. „Geh duschen. Ich komme schon zurecht. Vielleicht gehe ich auch ins Bad."

„Wenn du in der Küche anrufst und Kaffee bestellst, lass mir auch welchen hochbringen", bat er sie noch, als er auf die Zwischentür zusteuerte.

„Ich glaube, Mrs. Eddins tritt ihren Dienst um halb sechs an. Ich rufe dann an und bestelle Kaffee."

Lexie sah zu, wie Deke ins Nebenzimmer verschwand und die Tür hinter sich schloss.

Was nur hatte er getan, was er für so unverzeihlich hielt? Und warum war er überzeugt davon, dass sie es niemals verstehen würde? Dass sie nicht akzeptieren könnte, wer er einmal gewesen war?

15. KAPITEL

Die folgenden Tage verstrichen ereignislos. Keine weiteren Drohungen. Keine Bomben. Keine Schüsse. Kein Mord. Lexie fing an, sich zu fragen, ob ihr Peiniger sie quälen wollte, indem er sie auf seine nächste Tat warten ließ. Und indem er sie darüber im Unklaren ließ, worin diese bestehen könnte. Wann würde er wieder zuschlagen? Was würde er tun? Und wer nur könnte sein nächstes Opfer sein? Aber heute ging es nicht darum, Angst zu haben. Und auch nicht darum, den Mörder zu fangen und hinter Gitter zu bringen. Heute – an diesem wunderschönen und ungewöhnlich warmen Novembertag – sollte Maliks Trauergottesdienst stattfinden. Ein einfacher und würdiger Abschied für einen jungen Mann, der viel zu früh und ohne Grund gestorben war. Nächsten Montag würden seine sterblichen Überreste nach Gadi überführt werden, wo seine Familie ihn begraben wollte. Maliks Traum von einer Zukunft in den USA war abrupt beendet worden. Er hatte versprochen, eines Tages seinen Bruder und seine Schwester hierherzuholen. Lexie würde einen Weg finden, dieses Versprechen an seiner Stelle einzulösen.

„Bist du bereit?“ Deke fasste sie vorsichtig am Ellbogen.

„Ich würde gern noch auf Toni warten.“ Lexie sah auf ihre Armbanduhr. „Sie ist spät dran, aber wir haben noch ein paar Minuten.“

„Dann lass uns drinnen warten.“

„Ich möchte lieber draußen sein, wenn es dir recht ist.“

„Kein Problem. Wir können hierbleiben, solange du willst.“ Er hielt einen großen schwarzen Schirm hoch. „Wenn es anfängt zu regnen, bin ich bereit.“

„Du bist immer bereit, und dafür bin ich dankbar.“

In diesem Moment bog ein dunkelblauer Sportwagen in den Parkplatz vor der Aussegnungshalle.

„Da kommt Toni.“, rief Lexie.

In einen schicken schwarzen Wildseidenanzug gehüllt, stieg Toni aus dem Wagen. Dann öffnete sich auch die Beifahrertür, und Jafari kam zum Vorschein.

„Sie haben sich wohl wieder vertragen.“, stellte Deke fest. „Es ist das erste Mal diese Woche, dass ich sie zusammen sehe.“

„Ich glaube, Jafari musste lange zu Kreuze kriechen, um wieder erhört zu werden. Toni liebt ihn, aber sie hat bestimmte Ansprüche. Und sie erwartet, gut behandelt zu werden.“

„Kluge Frau“, sagte Deke.

Toni eilte auf Lexie und Deke zu. Jafari hielt mit ihr Schritt, doch immer, wenn er nach ihrem Arm griff, entzog sie ihn ihm.

„Sieht so aus, als müsste er noch ein wenig länger zu Kreuze kriechen“, flüsterte Deke Lexie ins Ohr.

„Da hast du wohl recht.“

Etwas außer Atem kam Toni an der Treppe an, die zur Aussegnungshalle hinaufführte, und schnaufte: „Tut mir leid, dass ich zu spät komme.“ Dabei warf sie Jafari einen strafenden Blick zu. „Ich wusste nicht, dass Jafari mich begleitet.“

„Guten Tag, Miss Murrough.“ Jafari nickte ihnen höflich zu. „Mr. Bronson.“

Deke klopfte auf seine Uhr. „In fünf Minuten beginnt die Messe.“

„Setzt euch zu mir.“ Lexie griff nach Tonis Hand.

„Oh Gott, Lexie. Ich habe Angst vor dem, was kommt.“

„Ich weiß. Das habe ich auch.“

Zwei Stunden später hatten sie den Gottesdienst überstanden, und die zahlreichen Trauergäste versammelten sich im Konferenzraum von Helping Hands zu einem kleinen Umtrunk. Ein Streichquartett spielte gadinesische Volksmusik, die Vega speziell für diesen Anlass ausgewählt hatte. Alice hatte Malik zu Ehren dafür gesorgt, dass es neben den üblichen Köstlichkeiten am Buffet auch einige Spezialitäten seines Heimatlandes gab. Die Sicherheitsvorkehrungen am Rande dieser Veranstaltung waren überaus strikt. Dutzende von uniformierten und bewaffneten Sicherheitsleuten bewachten den Eingangsbereich, den Konferenzraum und den Parkplatz. Wenn es nach Deke gegangen wäre, hätte Lexie überhaupt nicht an diesem Empfang teilgenommen, aber als Gastgeberin hatte sie sich gewissermaßen verpflichtet gefühlt.

Sie hatte darauf bestanden, nach der Messe hierherzukommen.

Und trotz des großen Menschenandrangs sowohl in der Kirche als auch hier auf dem Empfang hatte Deke doch das Gefühl, dass Lexie einigermaßen sicher war. Nur ein Idiot würde bei diesem Aufgebot an Sicherheitskräften und Polizei versuchen, ihr etwas anzutun.

Dennoch wich er nicht von ihrer Seite und begleitete sie auf Schritt und Tritt, während sie links und rechts tröstende Worte verteilte. Es war offensichtlich, dass sie Malik sehr gemochte hatte und es ihr gut tat, sich zusammen mit seinen Freunden und Kollegen an ihn zu erinnern. Ab und an sah Deke zu Geoff und Ty hinüber. Sie hatten sich in die Menge gemischt und beobachteten den Raum aufmerksam.

Nach einiger Zeit bemerkte Deke, wie müde Lexie war. Natürlich kämpfte sie tapfer dagegen an. Nur er wusste, dass sie in den letzten Nächten kaum geschlafen hatte. Sie hatte sich standhaft geweigert, irgendeine Form von Einschlafhilfe zu nehmen. Sogar sein rezeptfreies Wundermittel hatte sie verschmäht. Wenn es nicht unbedingt sein musste, verzichtete sie auf Medizin.

„Während der Zeit im Krankenhaus und danach in der Physiotherapie habe ich weiß Gott genug Tabletten in mich hineingestopft“, hatte sie ihm erklärt. „Das reicht für ein ganzes Leben.“

Deke versuchte, sie dazu überreden, den Empfang vorzeitig zu verlassen, doch Lexie wollte nichts davon wissen. Nicht einmal auf Bain wollte sie hören. Also blieben sie Stunde um Stunde, bis die Menge sich langsam auflöste. Dann verabschiedeten sich auch Lexies Freunde nacheinander von ihr. Toni und Jafari. Alice und Robert. Vega, die alleine gekommen war und erklärt hatte, dass Hamal seinen Dienst nicht habe tauschen können, aber in Gedanken bei ihnen sei. Zuletzt Farris Richardson. Er war einer der letzten Gäste überhaupt. Bevor er ging, stellte er seine Trauer noch einmal deutlich zur Schau: Tränen liefen ihm über die Wangen, und seine Hände zitterten, als er Lexie zum Abschied wiederholt umarmte.

Als der letzte Gast schließlich gegangen war, sagte Lexie zu Deke: „Bevor wir heimfahren, würde ich gerne noch ein paar Kleinigkeiten im Büro erledigen."

„Kann das nicht warten? Du kannst vor Erschöpfung doch kaum noch aufrecht stehen." Er sah besorgt an ihr hinab, bis sein Blick an ihren eleganten Pumps hängen blieb. Graues Leder, nur eine Nuance dunkler als das schlichte graue Wollkleid, das sie trug.

„Es dauert nur ein paar Minuten. Versprochen."

Deke gab Geoff und Ty ein Zeichen, bevor er Lexie zu ihrem Büro begleitete. Seine Kollegen von Dundee würden zusammen mit der Polizei noch den gesamten Gebäudekomplex absuchen, bevor Bedell, Inc. Security die Nachtwache übernahm.

Als er und Lexie das Büro erreichten, öffnete Deke die Tür, schaltete das Licht ein und ließ seinen Blick durch den Raum gleiten. Nur zur Sicherheit.

Die Sonne war inzwischen untergegangen, und die Dämmerung sorgte für ein spektakuläres Farbenspiel am Himmel über Chattanooga. Es hatte den ganzen Tag über nicht geregnet, doch nun schien ein Sturm aufzuziehen.

Lexie setzte sich an ihren Schreibtisch und öffnete die unterste Schublade. Dort befand sich eine Reihe von Hängeregistern, die fein säuberlich geordnet und mit bunten Etiketten beschriftet waren. Deke stellte sich mit dem Rücken zum Fenster, sodass er die Tür im Auge behalten und Lexie gleichzeitig abschirmen konnte.

Sie zog eine der Mappen heraus, schlug sie auf und studierte sie aufmerksam. Dann notierte sie sich einige Namen: Zada Abdel, achtzehn Jahre alt, ledig. Musa Abdel, zwanzig Jahre alt, ledig. Sie schrieb noch einige andere Informationen auf, riss das Blatt vom Block und ließ den Zettel in ihrer grauen Handtasche verschwinden. Dann drehte sie sich zu Deke um und sah zu ihm auf.

„Ich bin fertig“, erklärte sie.

„Verrätst du mir, was es damit auf sich hat?“, fragte er und nickte in Richtung Handtasche.

„Das sind die Namen und Daten von Maliks Geschwistern. Er hat oft von ihnen gesprochen. Er wollte sie eines Tages zu sich in die USA zu holen. Und jetzt, wo er das selbst nicht mehr kann, werde ich seinen Traum wahr werden lassen.“

„Glaubst du denn, dass Maliks Eltern nach seinem Tod zwei weitere Kinder nach Amerika schicken werden?“

„Maliks Eltern leben nicht mehr. Ich werde seinem Bruder und seiner Schwester anbieten, für Helping Hands zu arbeiten. Es ist ihre Entscheidung, ob sie das wollen oder nicht.“

Lexies Handy klingelte. Sie öffnete ihre Tasche und zog das Telefon heraus. Als sie sah, wer sie anrief, lächelte sie. „Es ist Cara.“

Deke nickte.

Lexie hielt das Telefon an ihr Ohr. „Hallo, Cara.“

Deke wartete geduldig, bis Lexie sagte: „Dann bis morgen.“

„Ich gehe davon aus, dass Miss Bedell morgen nach Hause

kommt“, sagte er, als sie das Telefon wieder verstaut hatte.

„Sie landet sogar schon heute Abend. Wir sollen aber nicht auf sie warten. Sie sagte, es kann spät werden, vielleicht sogar nach Mitternacht. Sie wird von einer Polizeieskorte nach Hause begleitet.“

Deke zog die Augenbrauen hoch. „Desmond?“

Lexie grinste. „Davon gehe ich mal aus.“

„Hmm ...“

„Warum fragst du mich nicht einfach?“

„Was soll ich dich fragen?“

„Was zwischen Cara und Bain läuft.“

„Das geht mich nichts an“, sagte Deke.

Lexie schob ihren Drehstuhl zurück und stützte sich beim Aufstehen auf ihren Stock. Dann griff sie nach ihrer Tasche und streifte sich den schmalen Gurt über die Schulter.

Beim Verlassen des Büros schaltete Deke das Licht aus. Im Gang begegneten sie einem Bedell-Sicherheitsmann, der ihnen freundlich zunickte und dann seine abendliche Kontrollrunde fortsetzte.

Als sie im Aufzug standen und ins Foyer fuhren, fragte Lexie: „Was würdest du tun, wenn du in eine Milliardärin verliebt wärst und selbst von einem Polizistengehalt leben müsstest?“

„Du willst mir unbedingt erzählen, was mit Miss Bedell und Lieutenant Desmond ist, nicht wahr?“

Lexie grinste. „Und du beantwortest meine Fragen nicht.“

„Manchmal ist es egal, wie sehr sich zwei Menschen begehren oder sogar lieben. Es gibt Dinge die zwischen Liebenden stehen können und ein Happy End verhindern. Vergiss, was die Romantiker behaupten. Die Liebe ist nicht stärker als alles andere.“

„Sie sollte es sein.“

„Sie ist es aber nicht.“

Die Aufzugtüren öffneten sich, und nachdem Deke sich

versichert hatte, dass alles in Ordnung war, traten sie hinaus in das Foyer.

„Miss Murrough“, hielt der Wachmann sie auf, „einer meiner Kollegen hat das hier gefunden.“ Mit spitzen Fingern hielt er einen weißen Briefumschlag hoch. „Er lag in der Damentoilette im ersten Stock auf dem Waschbecken. Er ist an Sie adressiert.“

Deke sah von dem Umschlag in Lexies blasses Gesicht und fluchte leise, als er den erschrockenen Ausdruck in ihren Augen sah.

„Geben Sie mir das.“ Deke streckte die Hand aus.

Lexie starrte auf den Umschlag, der sich jetzt in Dekes Hand befand. „Willst du ihn öffnen?“

Deke sah sich das Ding aufmerksam an. Ganz gewöhnliche Druckbuchstaben.

„Ruf Desmond an und bitte ihn, hierherzukommen. Ich denke nicht, dass wir darauf Fingerabdrücke, DNS oder so etwas finden werden, aber wir sollten den Umschlag auf jeden Fall im Labor untersuchen lassen.“

Bain war in kürzester Zeit da. Er ließ den Umschlag in einer Plastiktüte verschwinden und brummte: „Ich kümmere mich darum.“

„Ich will wissen, was drin steht“, protestierte Lexie.

„Nein, das willst du nicht“, versicherte ihr Bain. „Sofern in dieser Nachricht nicht etwas steht, das uns helfen könnte, dich zu beschützen, solltest du dich nicht weiter mit den Drohungen dieses Verrückten befassen.“

„Vielleicht hast du recht.“

Bain sah Deke an. „Ich gebe Bescheid, sobald ich mehr weiß.“

Deke nickte, fasste Lexie vorsichtig am Ellbogen und führte sie hinaus, wo Eddie bereits auf sie wartete. Als der Rolls Royce losfuhr, legte Lexie den Kopf in den Nacken und schloss ihre Augen.

„Er war heute also da, nicht wahr?“ Sie seufzte. „Mitten unter uns. Und hat so getan, als trauere er mit uns um Malik.“ Sie öffnete ihre Augen und sah Deke direkt an. „Wahrscheinlich war er auch in der Messe.“

„Möglich.“

„Es waren bestimmt über hundert Leute heute da, und einer von ihnen könnte ...“ Ihr stockte der Atem. „Aber warum hat er den Brief in der Damentoilette deponiert? Wenn jemand einen Mann gesehen hätte, der die Damentoilette verlässt – das wäre doch aufgefallen.“

„Versuch, nicht mehr daran zu denken“, beschwor Deke sie. „Desmond wird den Umschlag und seinen Inhalt gründlich im Labor untersuchen lassen. Überlass es ihm, herauszufinden, wie das Ding in die Damentoilette gelangt ist und wer es dort hinterlegt haben könnte.“

Toni erlaubte Jafari, sie bis an die Tür zu begleiten. Als er aber Anstalten machte, mit hineinzukommen, drehte sie sich zu ihm um. „Nicht so schnell.“

Er starrte sie verwirrt an.

„Ich habe dich nicht hineingebeten.“

„Wie lange willst du mich noch bestrafen?“, fragte er verzweifelt.

„Ich weiß es nicht. Solange ich mich danach fühle. Bis ich mir sicher sein kann, dass du verstanden hast, warum ich so sauer und verletzt bin.“

„Aber das verstehe ich doch.“ Er streckte ihr bittend seine Hände entgegen. „Ich würde alles tun, was du verlangst, damit du mir endlich vergibst.“

Toni lächelte. Das war genau, was sie wollte – ein wirklich reuiger Liebhaber, der das nächste Mal genau nachdenken würde, bevor er sie enttäuschte.

„Ich denke, du weißt ganz gut, was ich will.“ Sie hob ihre Arme und legte sie ihm um den Hals. „Wenn du mich wirklich liebst und dein Leben mit mir verbringen willst …"

„Natürlich will ich das. Aber ich bin ein armer Student mit einem Teilzeitjob. Ich kann mir nicht leisten, dir einen Ring zu kaufen. Ich habe dir nichts zu bieten, außer …"

Sie brachte ihn mit einem Kuss zum Schweigen.

Alice und Robert saßen gemeinsam auf der Couch im Wohnzimmer. Der Fernseher lief, und ein Lokalsender brachte gerade die Abendnachrichten. Aber keiner von beiden schenkte dem Programm viel Beachtung. Alice kuschelte sich in Roberts Arm.

„Wann gehst du?", fragte sie. Sie wusste, dass er bald nach Gadi zurückkehren würde. Maliks Tod hatte irgendetwas in ihm ausgelöst. Irgendetwas Wesentliches an seiner Persönlichkeit schien wieder erwacht zu sein und rief ihn nun nach Hause, in sein Land und zu seinen Leuten.

„Ich habe noch nicht mit Lexie darüber gesprochen", erwiderte er. „Es hat sich noch nicht ergeben."

„Es wird ihr gar nicht gefallen, dich zu verlieren." Alice schluckte ihre Tränen hinunter.

Robert nahm ihre Hand in seine. „Bitte weine nicht. Ich ertrage es nicht, wenn du unglücklich bist."

„Dann geh nicht. Bleib hier. Bleib bei mir."

„Das geht nicht. Das Leben eines Menschen gehört nicht immer ihm alleine. Es gibt Verpflichtungen."

„Dann bleib zumindest bis Weihnachten! Bitte."

„Weihnachten ist dein christliches Fest. Es bedeutet mir nichts."

„Wir werden es nicht als religiösen Feiertag begehen", beschwor sie ihn.

„Deine Töchter werden über die Feiertage nach Hause kommen", erinnerte er sie. „Was werden sie von mir denken? Von uns?"

„Ich weiß es nicht." Alice drückte seine Hand. „Ich nehme

an, ich hätte ihnen längst von uns erzählen sollen, aber anfänglich dachte ich … Na ja, ich wusste nicht, dass unsere Affäre sich zu einer richtigen Beziehung entwickeln würde. Oder dass ich mich in dich verlieben würde."

„Du solltest nicht so für mich empfinden. Ich habe dir nichts zu bieten. Ich kann dich nicht heiraten. Und ich kann mir kein Leben mit dir zusammen aufbauen."

„Das weiß ich." Sie hob ihren Kopf von seiner Schulter und küsste ihn auf die Lippen. „Gib mir einfach, was du mir geben kannst, so lange du es mir geben kannst. Das wird reichen müssen."

Vega deckte den Küchentisch für zwei und öffnete dann die Ofentür, um nach dem Auflauf zu sehen, den sie gerade aufwärmte. Hamal hatte sie nach dem Empfang bei Helping Hands abgeholt. Auf der Fahrt zu ihrer Wohnung war er ungewöhnlich schweigsam gewesen. Jetzt wartete er wortlos und geduldig darauf, dass sie ihm das Abendessen servierte. Wenn – *falls* – sie ihn heiratete, würde er von ihr erwarten, ihm eine pflichtbewusste, gehorsame Frau zu sein. Aber da sie nun Christen waren und in Amerika lebten, konnte er nicht erwarten, dass sie sich ihm völlig unterwarf. Sie hatten bereits über ihre Zukunft gesprochen, und auch wenn Hamal sie noch nicht gefragt hatte, so hatte er doch angedeutet, dass er sein Leben mit ihr teilen und sich mit ihr zusammen eine Existenz aufbauen wollte.

Als Vega die Auflaufform aus dem Ofen nahm, kam er gerade zur Tür rein. Sie stellte die heiße Form auf einen Untersetzer in der Mitte des Tischs, und Hamal rückte ihr den Stuhl zurecht, sodass sie Platz nehmen konnte.

„Dankeschön."

Er legte eine Hand auf Vegas Schulter. „Im Frühling bin ich mit meiner Ausbildung fertig. Ich weiß noch nicht, wo ich mich dann niederlassen werde. Vielleicht ja hier in Chat-

Als sie den Wagen erreicht hatten, öffnete Bain die Beifahrertür für Cara und wartete, bis sie eingestiegen war. Wenige Minuten später startete er den Motor und verließ das Flughafengelände.

„Soll ich das Radio andrehen?“, fragte er.

„Nein, ich würde mich lieber unterhalten.“

„In Ordnung.“

„Geoff hat mich auf dem Laufenden gehalten“, begann sie. „Ich finde es furchtbar, dass ich Maliks Trauerfeier verpasst habe, aber ich bin einfach nicht eher fertig geworden.“

„Das ist wohl der Preis, den Sie dafür bezahlen müssen, der Big Boss zu sein.“

„Ja, so ist es wahrscheinlich. Nur manchmal erscheint mir der Preis ein wenig hoch.“

„Das meinen Sie doch nicht ernst, Süße. Sie lieben Ihren Job! Sie wurden dafür geboren. Buchstäblich.“

„Glauben Sie?“

„Ja. Und was viel wichtiger ist: Auch die Aktionäre und der Vorstand glauben das. Keiner hat Ihnen das zugetraut, als Ihr Vater gestorben ist, aber Sie haben es allen gezeigt.“

Sie blickte kurz zur Seite und lächelte. „Ja, wahrscheinlich habe ich das.“

„Und Sie haben es gern getan.“

„Dass ich die großen Fußstapfen meines Vaters ausfüllen kann, macht mich tatsächlich ziemlich glücklich. Wenn der Aufsichtsrat es zulässt, werde ich den Konzern auch noch vergrößern.“

Bain grinste. „Nicht nur, dass weltweit Zehntausende Angestellte und Arbeiter von Ihnen abhängig sind – was sollten Ihre Stiefmutter und der liebe Grayson ohne die Bedell-Millionen tun, die jedes Jahr ihren Lebensstil finanzieren?“

„Wenn ich Glück habe, sehe ich Patrice nie wieder. Und solange ich an jedem ersten Januar daran denke, den Scheck auszustellen, wird mir das wohl tatsächlich erspart bleiben.“

Cara hatte die vierte Frau ihres Vaters von dem ersten Tag an verachtet, an dem er sie mit nach Hause gebracht hatte. Und ihre Schwester Audrey hatte sie sogar noch mehr gehasst, wenn das überhaupt möglich war. Selbst ihr Vater hatte irgendwann erkennen müssen, was für eine geldgierige Schlampe er geheiratet hatte.

„Und was ist mit Grayson Perkins?"

Bei dem Gedanken daran, wie sehr sie einmal in ihren nichtsnutzigen Schwager verliebt gewesen war, erschauderte Cara. Seit sie dreizehn gewesen war, hatte sie für ihn geschwärmt. Allerdings hatte sie sich erst in den richtigen Mann verlieben müssen, um zu erkennen, was der Unterschied zwischen Verliebtheit und Liebe war. Was sie für Gray empfunden hatte, war nichts im Vergleich zu ihren Gefühlen für Bain.

„Gray ist ein wertvoller Mitarbeiter. Er hat viel von meinem Vater gelernt. Und er war Audreys Ehemann. Er gehört zur Familie."

„Wann hat er Sie das letzte Mal gebeten, seine Frau zu werden?"

„Schon seit dem Sommer nicht mehr." Cara runzelte die Stirn, als sie daran dachte, dass ihr Schwager angekündigt hatte, sie so lange zu fragen, bis sie schließlich einwilligte. „Ich glaube aber, er denkt immer noch, ich gebe irgendwann nach."

„Werden Sie?" Bain warf ihr von der Seite einen kurzen prüfenden Blick zu.

„Was meinen Sie wohl?"

„Ich finde, Sie haben etwas Besseres verdient als diesen Gigolo."

„Da stimme ich Ihnen zu." Sie warf ihm einen sehnsüchtigen Blick zu. Wenn er sie jetzt anblickte, würde er das Verlangen in ihren Augen lesen können.

Sie sprachen über dies und das. Das Wetter. Politik. Bedell, Inc. Die Polizei. Thanksgiving, das vor der Tür stand. Sie lud ihn ein, den Tag mit ihr zu verbringen. Er lehnte ab, sagte, dass er zu seiner Schwester und ihrer Familie fahren würde.

Als sie schließlich durch das Tor fuhren, geradewegs auf die Villa zu, fragte sich Cara, ob Bain wohl auf einen Drink mit hineinkommen – oder ob er sie zur Tür geleiten und dort an Geoff Monday übergeben würde. Letzteres wäre typisch für die Art und Weise, wie Bain Desmond mit ihrer Beziehung umging.

Um Himmels willen, Cara! Du und Bain, ihr habt überhaupt keine Beziehung.

Bain parkte seine Corvette in der Auffahrt, stieg aus und eilte zur Beifahrerseite, um ihr die Tür zu öffnen.

„Kommen Sie noch mit rein?", fragte sie.

„Besser nicht."

„Feigling."

„Verdammt, Cara, Sie wissen genauso gut wie ich ..."

Sie streckte ihre Hand aus und legte ihm den Zeigefinger auf die Lippen. „Ein Drink. Und ich verspreche auch, dass ich mich benehme."

„Lassen Sie uns das Schicksal nicht herausfordern", erwiderte er.

Sie seufzte und lief auf die Veranda. Bain beeilte sich, ihr zu folgen. Als sie vor der Eingangstür standen, öffnete sie sich von innen, und Geoff Monday stand vor ihnen.

„Oh", entfuhr es Cara. „Guten Abend, Geoff. Oder nein, wahrscheinlich sollte ich eher sagen: Gute Nacht." Es ist schon nach Mitternacht. Haben Sie etwa auf uns gewartet?"

„Ja, habe ich." Dann entdeckte Geoff den Lieutenant und sagte: „Wenn Sie mich nicht mehr brauchen, werde ich ..."

„Bleiben Sie!", sagte Bain.

„Nein, bitte, gehen Sie zu Bett", mischte Cara sich ein. „Bain begleitet mich noch auf einen Drink, und wenn er gegangen ist, finde ich den Weg in mein Schlafzimmer bestimmt auch allein."

„Wie Sie wünschen“, erwiderte Geoff. „Sie sind der Boss.“

Nachdem Geoff sich verabschiedet hatte, stand Bain immer noch zögernd im Türrahmen. Er kam nicht herein, ging aber auch nicht hinaus.

„Nun kommen Sie schon rein“, forderte Cara ihn auf.

Endlich trat er über die Schwelle ins Foyer, hielt dann aber sofort inne. „Es war ein langer Tag für uns beide. Sie sind müde, ich bin müde. Wir sollten beide ins Bett gehen …“

„Ich wollte mit zu Ihnen kommen. Wir könnten schon längst …“

Er packte sie an den Schultern. Endlich berührte er sie! Nicht allzu sanft allerdings. In seinen Augen loderte Ärger auf. Er war sauer. Und erregt. Sie starrten sich an, und zwischen ihnen sprühten die Funken. Es war die pure Leidenschaft, die die Luft zum Sieden brachte. Um sie herum schien alles zu vibrieren.

„Cara.“ Ihr Name entglitt seiner heiseren Kehle wie ein Schmerzenslaut.

Sie seufzte leise.

Bain riss sie in seine Arme. Er senkte den Kopf und eroberte ihren Mund in einem wilden, fordernden Kuss. Ihr Herz schlug wie verrückt. Ihre Haut kribbelte überall. In ihrem Körper breitete sich plötzlich eine Hitze aus, die ihre Knie weich werden ließ. Ihr wurde schwindelig. Sie legte den Kopf zurück und erwiderte seinen Kuss nicht weniger fordernd, als er sie geküsst hatte.

Als sie die Arme um seine Hüfte schlang und sich an ihn schmiegte, spürte sie, dass er ebenso erregt war wie sie.

Sie lösten sich voneinander und rangen einen Moment lang nach Atem. Dann vergrub er seine Hände in ihrem Haar und schmiegte sein Gesicht an ihren Hals. Sie umarmte ihn verzweifelt.

„Wir dürfen das nicht tun“, stieß er plötzlich hervor und befreite sich aus ihren Armen.

„Bain?“ Sie streckte ihm ihre Arme erneut entgegen. „Bleib bei mir.“

„Denkst du denn, ich will gehen? Verdammt, Cara.“ Er sah sie an, als wolle er sie auf der Stelle mit Haut und Haaren verschlingen. Dann wandte er sich abrupt ab und ging zur Tür.

Als er das Haus verließ, folgte sie ihm und rief seinen Namen. Aber er ging zu seinem Auto, ohne sich noch einmal umzudrehen, und fuhr davon. Der Klang seines Namens verstummte auf ihren Lippen.

Einen Moment lang stand sie draußen in der Kälte und sah seinem Wagen hinterher, wie er durch das riesige Eisentor verschwand. Doch als auch die Rücklichter der Corvette nicht mehr zu sehen waren, ging sie zurück ins Haus. In ihr Haus. Teil ihres Erbes. Sie war eine Bedell, mit all den Rechten und Pflichten, die das mit sich brachte. Sie war milliardenschwer. Sie konnte sich alles kaufen. Alles – bis auf das, was sie am meisten begehrte. Bain Desmond.

Cara schloss die Haustür hinter sich und schob den Riegel vor. Dann lief sie ans Ende des Korridors und schaltete die Alarmanlage ein. Auf ihrem Weg zur Haupttreppe kam sie an der Bibliothek vorbei und warf einen Blick auf das Portrait ihrer Schwester, das dort über dem Kamin hing.

„Du hättest gewusst, was in so einer Situation zu tun ist, nicht wahr? Wenn du Bain gewollt hättest, hättest du ihn auch bekommen.“

Ihre ältere Schwester war eine große Verführerin gewesen. Leider war sie selbst keine.

17. KAPITEL

Lexies Thanksgiving unterschied sich dieses Jahr von allen bisherigen. In diesem Jahr würde sie in der Villa Bedell feiern und nicht im Kreise ihrer Familie. Und in diesem Jahr wurde sie auf Schritt und Tritt von einem Bodyguard bewacht. Wenigstens waren ihre Mutter und ihr Stiefvater nicht allzu enttäuscht, dass sie das Wochenende nicht bei ihnen verbringen konnte. Nachdem auch Lexies Stiefbruder und seine Frau abgesagt hatten, weil sie den Feiertag mit ihren Kindern in Kalifornien verbringen wollten, hatte Lexies Mutter kurzerhand beschlossen, dass sie und ihr Mann sich eine siebentägige Kreuzfahrt durch die Karibik gönnen würden.

Mrs. Eddins hatte sich selbst übertroffen. Es gab alles, was das Herz begehrte: Truthahn, Cranberry-Soße, glasierte Süßkartoffeln und verschiedene Kuchen und Torten. Die Speisen hätten ausgereicht, um eine ganze Armee durchzufüttern, und wenn man Caras riesiges Esszimmer betrachtete, dann hätte eine solche auch ohne Weiteres um den Tisch herum Platz gehabt. Sie waren jedoch nur zu fünft an diesem Tag: Cara, ihr Schwager Grayson Perkins, Geoff, Deke und Lexie. Ty Garrett und Bain Desmond waren zwar eingeladen gewesen, hatten aber abgesagt. Bain war, wie angekündigt, zu seiner Schwester und deren Familie gefahren, und Ty war bis Samstag zu seinen Eltern nach Arkansas geflogen.

Kaum war Grayson in der Villa eingetroffen, spürte Lexie bereits die deutliche Abneigung, die Deke und Geoff diesem Mann entgegenbrachten. Sie wusste nicht, ob Bain die beiden vielleicht über Graysons Vergangenheit informiert hatte oder ob die beiden Alpha-Tiere diesen eitlen Fatzken einfach nur auf Anhieb nicht ausstehen konnten. Was auch immer der Grund war: Eine Männerfreundschaft würde sich zwischen diesen dreien jedenfalls nicht entwickeln.

Selbst Lexie musste sich eingestehen, dass sie Caras Schwager nicht leiden konnte, so gut er auch aussehen und so charmant er auch sein mochte. Vielleicht war er einfach ein bisschen zu aalglatt. Sicher konnte er eine Menge Frauenherzen zum Schmelzen bringen. Cara hatte Lexie einmal anvertraut, dass sie jahrelang in Grayson verknallt gewesen war – bis sie endlich seine falsche Fassade durchschaut und seine Kleingeistigkeit erkannt hatte.

Grayson und Geoff waren es, die die Unterhaltung am Tisch größtenteils beherrschten. Natürlich warfen auch Lexie und Cara ab und an Kommentare ein, Deke jedoch war wie gewohnt schweigsam, hörte hauptsächlich zu und beobachtete. Am Gespräch beteiligte er sich nur, wenn man ihn direkt um seine Meinung fragte.

Geoff lehnte den Nachtisch ab. „Nein danke, ich kann wirklich nichts mehr essen." Er schob seinen Stuhl zurück und stand auf. „Aber eine Tasse Kaffee würde ich noch trinken."

„Ich klingele sofort ...", setzte Cara an.

Doch Geoff unterbrach sie mit einer kurzen Handbewegung und sagte: „Nicht nötig. Ich hole mir selbst eine Tasse."

„Ich habe mich so an ein Leben mit Personal gewöhnt – ich kann es mir gar nicht mehr anders vorstellen", warf Grayson herablassend ein.

Cara sah ihn verärgert an, erhob sich ebenfalls und ging mit Geoff zu der Anrichte, auf der der Nachtisch und das Kaffeegeschirr aufgebaut waren. „Ich glaube, ich verschiebe den Nachtisch auch besser auf später. Aber Kaffee klingt tatsächlich gut."

Geoff grinste Cara an, während Lexie zu Deke hinübersah, dessen Lippen verdächtig zuckten. Sie war sich sicher, dass sie wusste, was er in diesem Moment dachte.

Grayson Perkins, du versnobter kleiner Arsch.

„Ich hätte gern ein Stück von dem fabelhaften Kokoscremekuchen, den es immer gibt", sagte Grayson. „Deine

Köchin hat ihn doch dieses Jahr gemacht, oder?“

„Um ehrlich zu sein: Nein“, erwiderte Cara. „Ich glaube, sie hat dieses Jahr stattdessen eine Zitronencremetorte gebacken.“

Grayson rümpfte die Nase. „Ich hasse Zitronencreme.“

„Es gibt eine riesige Auswahl“, beschwichtigte Cara. „Komm her und such dir etwas aus.“

„Wenn ihr euch alle selbst bedient, werde ich das wohl auch tun.“

Als Lexie sich erhob, sprang Deke sofort auf und lief um den Tisch an ihre Seite. Sie lächelte ihn an und sagte dann: „Nach dem vielen Essen würde ich mich gerne ein bisschen bewegen.“ Dann wandte sie sich direkt an Deke. „Würdest du mich auf einen kleinen Spaziergang im Park begleiten?“

„Es ist ungewöhnlich kalt für diese Jahreszeit“, warf Grayson ein, während er das Nachtischbuffet inspizierte, das neben der Zitronencremetorte auch einen Schokoladenkuchen, eine Karamellcreme, einen Nuss- sowie einen Apfelkuchen umfasste. „Mich würden bei diesem Wetter keine zehn Pferde vor die Tür bekommen.“

„Ich hole nur rasch unsere Mäntel“, antwortete Deke. Er ignorierte Graysons Einwurf vollständig. „Bleib du hier bei Geoff. Ich bin gleich wieder da.“

Lexie nickte und Deke verschwand.

„Vergiss nicht, dass wir den Schwarz-Weiß-Ball heute noch fertig planen müssen“, sagte Cara. „Wir haben nur noch drei Wochen, um alles perfekt vorzubereiten.“

„Ich verspreche dir, dass wir uns nachher zusammensetzen“, beruhigte sie Lexie. „Das meiste ist bereits erledigt. Wir müssen nur noch einmal die Ablaufpläne durchgehen und uns versichern, dass nichts vergessen wurde.“

„Oh, ich liebe diese großen eleganten Partys“, merkte Grayson an. „Ich freue mich sehr auf euren Ball. Es werden doch wieder alle wichtigen Leute da sein?“ Er lächelte Cara freudig an. „Du lädst doch den Gouverneur ein, nicht wahr?“

„Wir laden vor allem all diejenigen ein, von denen wir eine großzügige Spende für Helping Hands erwarten“, antwortete ihm Cara. „Die Einladungen sollen morgen rausgehen. Allein darum müssen Lexie und ich heute Abend noch einmal alles durchgehen.“

„Oh ja, das hatte ich ganz vergessen. Ihr bittet auf dem Ball ja um Spenden für Lexies kleine Wohltätigkeitsorganisation.“

Geoff räusperte sich ein paar Mal laut, im verzweifelten Versuch, ein Lachen zu unterdrücken.

Cara stöhnte hörbar auf. „Gray, Helping Hands ist nun wirklich nicht ‚Lexies kleine Hilfsorganisation‘. Es ist ein internationales Netzwerk, das Hilfsbedürftige auf der ganzen Welt unterstützt, übrigens auch hier in den USA.“

„Ich werde im Foyer auf Deke warten.“ Lexie sah ihre Freundin verständnisvoll an. Sie wusste, dass Cara nichts für Graysons Dummheit konnte. Er gehörte nun mal leider zur Familie, und Cara war die Art Mensch, die sich um ihre Angehörigen kümmerte. „Wir setzen uns später zusammen und sprechen über den Ball. Einverstanden?“

Cara lächelte Lexie dankbar an und ließ sie gehen.

Auf dem Weg zum Foyer kam Deke ihr bereits mit den Mänteln entgegen. Fürsorglich half er ihr in ihren violetten Mantel und murmelte dabei: „Ich würde lieber draußen erfrieren als noch eine Minute länger mit diesem Volltrottel in einem Raum zu verbringen.“

„Ich glaube nicht, dass es draußen kalt genug ist, um zu erfrieren“, erwiderte Lexie schmunzelnd. „Aber mir geht es ebenso wie dir. Dieser Kerl ist wirklich unerträglich.“ Während sie sprach, fischte sie ihre Mütze und ihre Handschuhe aus der Jackentasche und zog beides an.

Als Deke ebenfalls seinen Mantel übergezogen hatte, öffnete er Lexie die Tür und wartete, bis sie hinausgegangen war. Dann folgte er ihr, schloss die Tür hinter sich und reichte ihr seinen Arm. Gemeinsam schritten sie die Treppen zur Auffahrt hinunter und machten sich auf den Weg in den Park.

Die Sonne war warm, aber der Wind blies ihnen kalt ins Gesicht. Es war schon späterer Nachmittag. Bald würde es dämmern, und wenn erst die Sonne untergegangen war, würden die Temperaturen empfindlich fallen.

„Keine Angst, wir bleiben nicht lange draußen“, sagte Lexie.

„Wir bleiben, so lange du willst“, erwiderte er. „Ich weiß ja, dass dir dein täglicher Spaziergang sehr wichtig ist.“

„Ich brauche einfach Bewegung, besonders nach einer so reichhaltigen Mahlzeit wie heute.“

„Hast du etwa Angst, du könntest zunehmen?“, fragte Deke augenzwinkernd.

„Davor habe ich tatsächlich ein wenig Angst. Nach meinen Operationen vor Jahren habe ich fast dreißig Pfund zugenommen – ich konnte mich ja nicht bewegen. Zwanzig habe ich mir mit der Zeit wieder abtrainiert, aber diese letzten zehn werde ich wahrscheinlich nie wieder los.“

„Du solltest gar nicht versuchen, sie loszuwerden. Du bist perfekt, so wie du bist.“

„Ich bin alles andere als perfekt.“

„Das ist Ansichtssache.“

Lexie lachte. Sie war ihm dankbar für seine Komplimente, auch wenn sie überzeugt war, dass Deke ihr nur schmeicheln wollte.

Sie hakte sich etwas fester bei ihm unter und lenkte ihn wortlos auf den Pfad, der das Anwesen an der alten Steinmauer entlang umrundete. So wanderten sie eine ganze Weile friedlich nebeneinander her und genossen die kühle Luft und ihre Zweisamkeit.

„Mir gehört ein Stück Land an einem See in Alabama“, brach Deke überraschend das Schweigen. „Dort werde ich mich in zehn Jahren oder so zur Ruhe setzen. Vielleicht lege ich mir dann ein paar Schafe und Hunde zu."

Vollkommen überrumpelt von Dekes ungewohnter Offenheit, blieb Lexie abrupt stehen und sah ihn an. „Deke Bronson, ich fass es nicht. Hast du gerade tatsächlich von selbst eine Unterhaltung begonnen?"

Seine Lippen zuckten. „Ja, ich denke, genau das habe ich getan. Unser Spaziergang ... Diese Ruhe und dieser Frieden hier draußen erinnern mich an mein Grundstück in Alabama. Das Haus ist zwar alt und baufällig, aber für einen Angelausflug mit Geoff und Ty reicht es allemal."

„Ich bin früher mit meinem Vater auch Angeln gegangen", sagte Lexie. „Gott, daran habe ich ewig schon nicht mehr gedacht." Sie seufzte. „Ich vermisse meinen Vater. Er war ein toller Mann."

„Deine Mutter lebt noch, nicht wahr? Und mit deinem Stiefvater kommst du gut aus?"

„Ja, das ist beides richtig. Und meinen Stiefbruder, seine Frau und ihre Kinder mag ich auch sehr. Ich kann mich also nicht beschweren, was Familie angeht. Manchmal wünschte ich mir nur ..." *Nein, sag es nicht. Du hast Deke ohnehin schon zu viel von dir gezeigt.*

„Was wünschtest du?"

„Ach nichts. Es ist albern."

„Hey! Das mit der Unterhaltung funktioniert nur, wenn beide reden."

„Das sagt der Richtige", entgegnete sie lachend.

„Also los! Sag schon, was du dir wünschst."

„Was Frauen sich eben so wünschen. Ich hätte gerne einen Ehemann und Kinder und ein Leben unabhängig von meinem Beruf. Versteh mich nicht falsch – ich liebe meine Arbeit bei Helping Hands und würde sie niemals aufgeben. Aber manchmal füllt sie mich nicht aus."

„Das ist keineswegs albern."

„Doch, ein bisschen schon."

Sie hakte sich wieder bei ihm unter. „Du machst dir keine Vorstellung, wie schwierig es für mich ist, einem Mann zu vertrauen, nach dem, wie Wes mich damals behandelt hat. Vor ein paar Jahren habe ich mich noch mal auf eine Beziehung eingelassen. Es hat sich aber schnell herausgestellt, dass er nur an meiner Abfindung und nicht an mir interessiert war. Zum Glück hatte ich mich nicht in ihn verliebt. Eigentlich habe ich ihm von Beginn an misstraut. Es war nicht besonders ernst."

„Irgendwann wirst du einem Mann begegnen, dem du bedingungslos vertraust."

„Denk bitte nicht, dass ich irgendetwas von dir erwarte, Deke – aber ich vertraue *dir*. Ich weiß selbst nicht so genau, warum ich das tue, aber ich tue es nun mal. Ich habe dir beinahe vom ersten Augenblick an vertraut."

„Verdammt", murmelte Deke leise.

„In deiner Nähe fühle ich mich sicher und geborgen", fuhr sie fort. „Und das liegt nicht nur daran, dass du mein Bodyguard bist, also versuch es gar nicht erst."

„Du bist dir hoffentlich im Klaren darüber, dass ich weiterziehen werde, wenn wir diesen Verrückten, diesen Bombenleger, diesen Mörder haben? Dass ich weg bin, wenn mein Auftrag erledigt ist?"

„Ich hatte gehofft, dass wir in Verbindung bleiben. Du könntest mich ja mal mit zum Angeln nach Alabama nehmen."

„Es würde nicht funktionieren, Lexie."

Obwohl seine Antwort ihr Tränen in die Augen trieb, riss sie sich zusammen und lief neben ihm weiter, als sei nichts geschehen.

„Wir können also keine Freunde werden? Uns nicht gegenseitig besuchen und Zeit miteinander verbringen?" In ihrer Stimme schwang immer noch Hoffnung mit.

Er hielt inne, legte den Arm um ihre Hüfte und zog sie herum, sodass sie ihm gegenüberstand. Als sie ihren Blick senkte, nahm er ihr Kinn zärtlich zwischen Daumen und Zeigefinger und zwang sie, ihn anzusehen.

„Ich würde mir viel mehr als nur Freundschaft von dir wünschen. Aber ich bin nicht der Richtige für dich. Ich bin nicht der Mann, den du brauchst. Der dich glücklich machen kann."

„Glaubst du nicht, dass ich das selbst am besten weiß?"

Er ließ ihr Kinn los und strich mit seiner Hand sanft an ihrem Hals entlang. „Ich habe dir schon einmal gesagt, dass du mich nicht kennst. In meiner Vergangenheit gibt es Dinge, die du niemals verzeihen könntest. Ich habe Dinge getan, die du nicht verstehen würdest."

„Gib mir doch wenigstens die Chance, es zu versuchen."

„Wie bitte?" Er starrte sie erschrocken an.

„Erzähl mir von diesen unverzeihlichen Dingen."

„Kommt nicht infrage."

Sie legte ihm bittend ihre Hand auf die Brust. „Ich vertraue dir jeden Tag mein Leben an. Das Mindeste, was du tun könntest, ist mir eines deiner Geheimnisse anzuvertrauen. Ich finde, dass …"

„Ich war ein Spezialagent", entfuhr es Deke. „Und später ein Söldner, ein bezahlter Killer. Ich habe meinen Lebensunterhalt lange Zeit damit verdient, zu töten."

Lexies Augen weiteten sich vor Schreck. „Oh, Deke, das ist furchtbar."

Er machte sich von ihr los und drehte sich weg, sodass sie sein Gesicht nicht sehen konnte.

„Deke?"

„Ja?"

Sie trat an ihn heran, legte ihre Hand auf seinen Rücken und lehnte ihre Stirn an seine Schulter. „Das ist Vergangenheit. Dieser Mann bist du nicht mehr."

Sie spürte, wie er tief einatmete. „Bitte sag jetzt nicht, dass dir meine Vergangenheit egal ist. Dass du mir verzeihst." Er sprach weiter, ohne sich zu ihr umzudrehen oder auf ihre Berührung zu reagieren. „Du weißt nicht alles. Und wenn du es wüsstest, würdest du mich hassen."

„Ich könnte dich niemals hassen." Sie schlang die Arme um seine Taille und drückte ihn an sich. „Du musst doch bemerkt haben, dass ich dabei bin, mich in dich zu verlieben."

„Oh nein, Lexie … sag das nicht."

Jetzt drehte er sich plötzlich zu ihr um und riss sie mit wilder Leidenschaft in seine Arme. Als seine Lippen ihre berührten, erwiderte sie seinen Kuss sofort und mit bedingungsloser Hingabe.

Schließlich ließ er atemlos von ihr ab. „Verlieb dich nicht in mich, Lexie. Ich verdiene deine Liebe nicht."

Sie hielt ihn noch eine Weile in ihren Armen, bevor sie ihn losließ und sagte: „Es tut mir leid, aber ich kann es nicht ändern. Ich bin dabei, mich in dich zu verlieben. Und ich glaube, dir geht es ähnlich."

„Ich darf mich nicht …"

Sie hielt ihm mit ihrer Hand den Mund zu. „Ich weiß, ich weiß. Du bist mein Bodyguard, und ich bin deine Klientin. Du hast Unverzeihliches getan und verdienst meine Liebe nicht. Außerdem kannst du mir nicht geben, was ich brauche. Ich habe dich schon verstanden. Mein Gehör und mein Gehirn funktionieren gut. Es scheint nur, als wäre das alles meinem Herzen völlig egal."

Plötzlich hörten sie eine Frauenstimme nach ihnen rufen.

„Ist das Cara?", horchte Lexie erschrocken auf.

„Lexie! Deke!" Cara kam um die Ecke des Hauses gelaufen. Sie trug keinen Mantel und wirkte völlig aufgelöst. Ihre Augen glänzten tränennass.

Geoff holte sie ein, kurz bevor sie Lexie und Deke erreicht hatte.

„Was ist passiert?", fragte Lexie. „Was stimmt nicht?"

„Vega ist …", stieß Cara hervor. „Sie … sie …" Cara verschluckte sich.

„Vega ist im Krankenhaus“, beendete Geoff den Satz. „Unfall mit Fahrerflucht.“

„Wie schlimm ist es?“ Lexie griff nach Caras zitternden Händen.

„Ich weiß es nicht“, antwortete Cara mit zitternder Stimme. „Sie konnten mir nichts sagen, außer dass sie sie in die Notaufnahme gebracht haben.“

„Ich muss sofort ins Krankenhaus.“ Lexie war plötzlich leichenblass.

„Ich werde den Wagen kommen lassen. Wir fahren alle gemeinsam“, beschloss Cara.

Lexie sah Deke verzweifelt an. „Glaubst du etwa, dass …? Denkst du wirklich, er würde …?“

„Ich weiß es nicht“, antwortete Deke. „Aber ich glaube nicht, dass das ein Zufall ist.“

18. KAPITEL

Als sie am Krankenhaus ankamen, wartete dort schon Mike Swain auf sie. Lexie war überrascht, Bains Partner zu sehen, obwohl ihr gleichzeitig natürlich klar war, dass die Polizei sich für alles interessierte, was auch nur im Entferntesten mit dem Helping-Hands-Fall zu tun haben könnte.

„Miss Sharif wird gerade operiert“, berichtete Sergeant Swain. „Sie hat wohl innere Blutungen und mehrere gebrochene Knochen. Sie gehen davon aus, dass die Verletzungen nicht lebensbedrohlich sind. Genaueres kann man natürlich erst nach der OP sagen.“

„Was ist denn eigentlich genau vorgefallen?“, wollte Cara wissen.

„Lassen Sie uns in den Warteraum gehen“, schlug Swain vor. „Ich erkläre Ihnen alles auf dem Weg dorthin.“ Er warf Lexie und Cara einen mitfühlenden Blick zu und führte die kleine Gruppe aus dem engen Korridor hinaus.

„Ersten Zeugenaussagen nach ist Folgendes geschehen“, begann Swain seine Erläuterungen. „Ein junger Mann hat die Kontrolle über sein Fahrzeug verloren. Er ist von der Fahrbahn abgekommen und auf den Gehsteig geschlittert, wo er Vega erfasst hat. Dann hat er das Auto zurück auf die Fahrbahn gelenkt und ist davongefahren. Einige Querstraßen weiter ist er aber frontal in ein anderes Fahrzeug gekracht. Sein Wagen überschlug sich und landete in einer Mauer.“

„Es war also tatsächlich ein Unfall?“, fragte Lexie. „Ein Unfall mit Fahrerflucht?“

„Momentan sieht es ganz danach aus, ja“, antwortete Swain. „Der Unfallfahrer und sein Beifahrer wurden schwer verletzt. Der Fahrer hat wohl kaum Überlebenschancen, und der Zustand des anderen Mannes ist ebenfalls kritisch.“

„Beide können also momentan nicht vernommen werden?“, mischte Geoff sich ein.

„Momentan nicht. Sollten sie überleben, werden sie allerdings viele Fragen beantworten müssen. Würde mich nicht wundern, wenn sich herausstellt, dass der Fahrer betrunken war oder unter dem Einfluss von Drogen stand. Wir warten noch auf die Ergebnisse der Bluttests.“

Als sie im Warteraum ankamen, fanden sie dort Hamal Gazsi vor. Seine Schultern und sein Kopf hingen mutlos herab, während er von einer Zimmerecke in die andere tigerte – auf und ab, auf und ab. Es wirkte fast so, als ob Bewegung das Einzige wäre, das ihn davon abhalten könnte, loszubrüllen. Lexie ging sofort auf ihn zu. Er hielt inne, sah sie mit verzweifeltem Blick an und schüttelte langsam den Kopf.

„Sie darf nicht sterben!“ Seine Stimme zitterte, und Tränen liefen über sein rundes freundliches Gesicht. „Sie ist doch meine Frau! Wir wollen heiraten! Im Juni! Das ist doch der Monat, in dem man in Amerika heiratet, nicht wahr?“

Lexie brach fast das Herz, als sie sah, wie sehr er litt. Am liebsten hätte sie ihn tröstend in die Arme geschlossen. Sie fürchtete jedoch, er würde dann völlig die Fassung verlieren. „Vega wird überleben. Wir werden für sie beten und ...“

„Wir haben hier im Krankenhaus gemeinsam zu Mittag gegessen. Ich musste arbeiten, aber wir wollten Thanksgiving gemeinsam verbringen, also kam sie her, und wir aßen in der Cafeteria. Wie kann es sein, dass sie nur ein paar Stunden später ...?“ Seine Stimme versagte. Er wandte sich von Lexie ab und begann erneut, wie besessen im Zimmer auf und ab zu wandern.

Cara stellte sich neben Lexie und fragte sie leise: „Können wir nicht irgendetwas für ihn tun?“

„Mir fällt nichts ein, was ihm helfen würde, außer gute Nachrichten über Vegas Gesundheitszustand.“

„Oder ein starkes Beruhigungsmittel“, gab Deke zu bedenken.

Lexie hatte schreckliches Mitleid mit Hamal. Sein Verhalten sprach Bände über seine Gefühle für Vega. Es war offensichtlich, dass er sie von ganzem Herzen liebte.

Deke legte Lexie sanft die Hand auf den Rücken und nickte in Richtung der vollkommen menschenleeren Sitzreihen. „Du solltest dich ein wenig ausruhen." Sie nahmen alle Platz und warteten auf Neuigkeiten aus dem OP. Nur Hamal tigerte weiter durch den Raum.

In den folgenden Stunden kamen immer wieder Krankenschwestern und Kollegen von Hamal in den Warteraum, trösteten ihn und sprachen auch mit Lexie. Vega schien ihnen von Helping Hands erzählt zu haben.

Ein junger Mann, ein Riese mit dem Gesicht eines Teenagers, nahm Lexie beiseite. „Mein Name ist Jimmy Hodiak", stellte er sich vor. „Dr. Hodiak. Ich bin ein Kollege von Hamal. Wir machen uns Sorgen um ihn. Er sollte etwas einnehmen, damit er sich beruhigt." Er blickte auf die Tablette in seiner Hand. „Es ist nur ein leichtes Beruhigungsmittel, aber der arme Kerl muss endlich ein wenig zur Ruhe kommen."

„Ich denke, sie haben recht. Danke!" Lexie nickte dem jungen Arzt dankbar zu. „Gibt es schon Neuigkeiten von Vega?"

„Nein, tut mir leid, sie wird noch operiert. Aber soweit ich weiß, läuft bisher alles glatt."

In den folgenden Stunden kamen auch andere Kollegen von Hamal vorbei, um nach ihm zu sehen. Keiner von ihnen brachte jedoch Neuigkeiten von Vega. Endlich, vier Stunden später, tauchte ein Mann in grünem Kittel und Mundschutz an der Tür zum Warteraum auf. Sein Gesicht wirkte erschöpft. Als Hamal ihn entdeckte, lief er sofort auf ihn zu.

„Dr. Noles!"

Auch Lexie versuchte aufzustehen, und Deke kam ihr sofort zu Hilfe.

„Vega hat die Operation gut überstanden", sagte der Arzt. Er fuhr fort, ihnen die Einzelheiten der Operation und von Vegas Verletzungen zu erklären.

„Sie liegt auf der Intensivstation, und dort wird sie wohl auch ein paar Tage bleiben", schloss Dr. Noles seinen Vortrag. „Wenn keine Komplikationen auftreten, können wir sie wahrscheinlich schon kommenden Montag verlegen." Dann legte er seine Hand auf Hamals Schulter und sagte: „Ihre Verlobte hat sehr viel Glück gehabt, Hamal. Ich glaube, sie wird das Ganze gut überstehen."

Der Chirurg sah sich im Raum um. „Es gibt nichts, was Sie heute noch für Vega tun könnten. Ich schlage vor, Sie fahren alle nach Hause und ruhen sich etwas aus. Sie können morgen wiederkommen und die Patientin besuchen, allerdings nicht mehr als zwei Personen auf einmal. Vielleicht überlassen sie Dr. Gazsi den Vortritt und kommen morgen Nachmittag wieder vorbei?"

Als Dr. Noles gegangen war, ließ Hamal sich nach vorne sinken, sodass sein Kopf fast seine Knie berührte. Er murmelte leise etwas vor sich her, richtete sich dann aber wieder auf und wandte sich an Lexie und die anderen.

„Unsere Gebete sind erhört worden", sagte er befreit.

„Das sind sie." Lexie lächelte ihm erleichtert zu. Ihr war ein riesiger Stein vom Herzen gefallen. „Sie sollten sich auch ein wenig ausruhen."

„Das werde ich", sagte er. „Ich bleibe hier."

„Lassen Sie es mich bitte wissen, wenn es irgendwelche Veränderungen gibt?", bat Lexie. „Und wenn ich etwas tun kann, für Sie oder für Vega ..."

„Sie sind wirklich eine gute Freundin", erwiderte Hamal. „Ich werde Vega erzählen, dass Sie alle hier waren und dass Sie und Miss Bedell mit mir gewartet haben, bis sie aus dem OP kam."

Lexie schaffte es gerade noch aus dem Wartezimmer, dann brachen die Tränen aus ihr heraus. Sie konnte sie einfach nicht mehr länger zurückhalten. Die psychische Anspannung hatte sie bis auf die Knochen erschöpft.

Cara legte ihr den Arm um die Schultern. „Wein ruhig", flüsterte sie voller Verständnis. „Wein für mich mit."

Lexie schluchzte laut auf. Sie wusste genau, worauf ihre Freundin anspielte. Cara war in jüngster Vergangenheit gezwungen gewesen, ihre Gefühle stets unter Kontrolle zu halten. Das machte es ihr heute beinahe unmöglich, überhaupt noch Tränen zu vergießen. Sie hatte nicht nur mit dem Tod ihres Vaters und ihrer Schwester und den tragischen Umständen fertig werden müssen. Auch die enorme Verantwortung für Bedell, Inc. hatte ihr keine Wahl gelassen. Cara Bedell konnte es sich nicht mehr leisten, ihren Gefühlen nachzugeben. Sie musste hart werden, unabhängig davon, wie jung sie war, und unabhängig davon, ob sie das wollte oder nicht.

Als Deke sah, dass Lexies eigenes Taschentuch bereits völlig durchnässt war, griff er in seine Jackentasche und reichte ihr sein eigenes. Lexie nahm es mit einem dankbaren Lächeln entgegen und trocknete sich die Wangen.

Als sie die Lobby erreicht hatten, rief Cara ihren Chauffeur an und bat ihn, sie am Haupteingang der Klinik abzuholen.

Sergeant Swain begleitete die Gruppe vor die Tür. „Wir halten Sie auf dem Laufenden", versprach er.

„Wann wird Bain zurück sein?", fragte Cara.

„Im Laufe des morgigen Tages", antwortete sein Partner. „Er bleibt über Nacht bei seiner Schwester."

Als sie zurück in der Villa waren, wollte keine der beiden Frauen alleine sein. Also gingen sie alle vier zusammen in die Küche, wo Deke und Geoff Truthahnsandwiches zubereiteten. Dazu gab es Chips, Eistee und Cola und Kuchen. Sowohl Lexie als auch Cara hatten zwar zunächst behauptet, sie könnten nichts essen, doch als die Köstlichkeiten dann vor ihnen auf dem Tisch standen, änderten sie ihre Meinung rasch.

Deke hätte Lexie gern getröstet und ihr versichert, dass Vegas Unfall wirklich nur ein tragischer Zufall war. Sein Instinkt aber sagte ihm, dass das nicht der Wahrheit entsprach. Obwohl Geoff und er noch keine Gelegenheit gehabt hatten, unter vier Augen über den Vorfall zu sprechen, war er sich sicher: Hinter Vegas Unfall steckte mehr, als der erste Blick vermuten ließ. Und er war sich sicher, dass sein alter Freund die Sache ähnlich sah.

„Was für ein Thanksgiving!", seufzte Cara.

„Immerhin gibt es noch etwas, für das wir dankbar sein können", erwiderte Lexie. „Vega hat überlebt. Und sie wird wieder ganz gesund."

Cara streckte sich und gähnte herzhaft. „Wie kommt es, dass man sich nach solchen emotionalen Anstrengungen immer wie erschlagen fühlt?"

„Ich glaube, wir sind alle müde und erschöpft", sagte Lexie und blickte in der Runde herum. „Wir sollten essen und dann versuchen, etwas zu schlafen."

Cara nickte zustimmend und nahm einen kleinen Bissen. Dann noch einen. „Sie machen ein verdammt gutes Truthahnsandwich, Mr. Monday", lobte sie in scherzhaftem Tonfall.

„Vielen Dank, Ma'am!", erwiderte Geoff grinsend. „Ihre Zufriedenheit ist unser Ziel!"

„Aber ich möchte lieber nicht darüber nachdenken, wie viele Kalorien in diesen Broten stecken – bei all der Mayonnaise und dem Käse." Dann fiel Caras Blick auf die Chips. „Und in diesen Dingern hier erst." Sie nahm einen Chip und biss herzhaft hinein. „Ich liebe sie, könnte eine ganze Packung allein aufessen, aber gut für die Figur sind sie bestimmt nicht."

Geoff musste unwillkürlich lachen. „Sie wissen ja, Bewegung ist die Lösung. Wenn Sie sich genug bewegen, können Sie essen, was Sie wollen, ohne zuzunehmen. Seit ich vierzig bin, muss ich auch öfter ins Fitnessstudio gehen als früher."

„Ich mache fast jeden Tag einen Spaziergang um das gesamte Anwesen", mümmelte Cara.

„Spazieren ist nicht schlecht, aber warum nutzen Sie denn

nicht den Fitnessraum im Keller?", fragte Geoff.

„Der gehörte meinem Vater." Caras Lächeln verschwand. „Ich war seit seinem Tod nicht mehr dort."

„Sie sollten den Raum umgestalten lassen, nach Ihren Bedürfnissen", schlug Geoff vor.

„Vielleicht mache ich das tatsächlich", sagte Cara nickend und aß einen weiteren Kartoffelchip und noch einen.

Deke beobachtete derweil Lexie. Sie nippte an ihrer Cola und stocherte in ihrem Essen herum. An der Unterhaltung zwischen Geoff und Cara beteiligte sie sich gar nicht. Deke befürchtete, dass sie über kurz oder lang wieder in Tränen ausbrechen würde. Was kein Wunder war. Sie war eine so unglaublich emotionale Person, und der Stress der letzten Tage hätte auch robustere Naturen umgehauen.

„Wie wäre es mit was Süßem?", versuchte er, sie abzulenken.

Lexie blinzelte. „Hmm … vielleicht."

„Was darf es denn sein? Ich hol es dir."

„Ein klitzekleines Stück Schokoladenkuchen."

„Den mag ich auch am liebsten. Teilen wir uns ein Stück?"

Lexie nickte zustimmend.

„Bringen Sie mir ein Stück Kürbiskuchen mit?", fragte Cara.

„Gern." Er sah Geoff an. „Was ist mit dir? Möchtest du auch was?"

„Hole ich mir selbst, wenn ich mit meinem Sandwich fertig bin. Danke."

Deke schnitt den Kuchen zurecht, platzierte alles auf kleine Dessertteller und holte Kuchengabeln aus der Besteckschublade. Schließlich stellte er den Nachtisch auf den Tisch, rückte seinen Stuhl dichter an Lexies und sagte: „Lasst es euch schmecken!"

Lexie aß ein Stück des sündhaft reichhaltigen Kuchens und seufzte.

„Gut?“, erkundigte sich Deke.

„Himmlisch.“

Deke lächelte.

Während Cara und Geoff begannen, sich über die Vorzüge von dunkler Schokolade gegenüber Milchschokolade zu unterhalten, versuchte Deke, Lexie dazu zu bringen, noch etwas Kuchen zu essen. Nach zwei weiteren Bissen legte sie allerdings ihre Gabel beiseite und schob ihren Stuhl zurück.

„Iss bitte allein auf“, sagte sie zu ihm. „Ich gehe schon mal auf mein Zimmer.“

Deke erhob sich ebenfalls. „Ich komme mit dir.“

Sie verabschiedeten sich von Cara und Geoff und gingen dann zum Aufzug. Deke hatte bereits bemerkt, dass Lexies Humpeln stärker wurde, wenn sie sehr müde war. Als sie im oberen Stockwerk wieder ausstiegen, begleitete er sie zu ihrer Tür, öffnete sie und machte das Licht an.

„Soll ich dir noch ein wenig Gesellschaft leisten oder möchtest du lieber …?“

„Bitte bleib bei mir“, bat sie ihn. Sie hatte Tränen in den Augen.

Er schloss die Tür hinter sich. Dann tat er endlich, was er schon die ganze Zeit über hatte tun wollen: Er zog sie in seine Arme und drückte sie an sich. Ohne auch nur einen Moment zu zögern, schlang sie ihre Arme um seine Hüfte und legte ihren Kopf an seine Schulter. Er streichelte ihr sanft über den Rücken.

„Lass es raus“, flüsterte er. „Wenn du es in dich hineinfrisst, macht es dich nur krank.“

„Oh Deke … Ich hatte solche Angst, dass Vega sterben könnte und dass der Mann, der sie angefahren hatte, derselbe …“

In Lexie schien in diesem Moment eine Art Damm zu brechen. Eine Flut von Emotionen überrollte sie, und sie begann bitterlich zu weinen, bis sie keine Tränen mehr übrig hatte. Die ganze Zeit über hielt Deke sie in seinen Armen, wiegte sie und flüsterte ihr tröstende Worte zu.

„Alles wird gut, Liebling."

Sie holte tief Luft.

„Hör auf, dir Vorwürfe zu machen", sagte er.

Sie hob ihren Kopf und sah ihn durch den Tränenschleier hindurch an. „Deke?"

„Ja, Lexie?"

„Ich möchte, dass das Leben wieder einen Sinn hat." Sie atmete tief durch. „Ich will endlich keine Angst mehr davor haben müssen, was als Nächstes passiert. Und ich möchte der Wirklichkeit entkommen, auch wenn es nur für eine Stunde ist."

Deke verstand den Ausdruck in ihren Augen. Wie sehr sie sich wünschte, er würde sie für einen Moment aus diesem Teufelskreis von Angst, Wut und Bedauern befreien! Der Himmel allein wusste, wie sehr er selbst das wollte. Was er nicht alles dafür gegeben hätte, der Mann zu sein, den sie in ihm zu sehen glaubte. Aber wie sollte er sie lieben, solange dieses dunkle Geheimnis zwischen ihnen stand?

Eine innere Stimme beschwor ihn, die Vergangenheit Vergangenheit sein zu lassen und sich zu nehmen, wonach sie sich beide so sehr sehnten. Sie kannte die Wahrheit nicht, würde sie vielleicht nie erfahren.

Sie will dich. Sie braucht dich. Wenn du jetzt mit ihr schlafen würdest, wäre das nicht egoistisch. Du würdest es ebenso für sie tun wie für dich.

Doch dann meldete sich sein Gewissen wieder zu Wort.

Das kannst du nicht tun. Es wäre ihr gegenüber nicht fair.

Sicher, es gab eine kleine Chance, dass es nicht seine Kugel gewesen war, die sie damals in Gadi getroffen hatte. Die sie beinahe zu einem Leben im Rollstuhl verdammt hatte. Aber Deke war sich nur allzu bewusst, wie klein diese Chance war. Er war felsenfest überzeugt davon, an Lexies Unglück schuld zu sein.

Und bevor sie sich ihm hingab, hatte sie ein Recht, die Wahrheit zu erfahren.

Und sobald sie die Wahrheit kennt, wird sie dich nie wieder mit den gleichen Augen sehen können. Sie wird dich verachten.

„Deke?" Lexie stand auf Zehenspitzen vor ihm, hatte die Arme um seinen Hals gelegt und bot ihm ihre Lippen zum Kuss.

Verlangen überkam ihn. *Nur ein Kuss*, sagte er sich. *Aber ein Kuss würde nicht genug sein, würde nie genug sein.* Er zog sie dicht an sich heran, als er ihre Lippen in Besitz nahm. Sie presste sich an ihn. Als seine Zunge mit ihrer spielte, fühlte sich allein das an wie der Intimste aller Momente. Dekes Vernunft riet ihm noch, aufzuhören, es zu beenden, solange er noch konnte, aber es war bereits zu spät. Sein Verlangen trieb ihn unaufhaltsam voran. Schließlich waren alle Warnungen verstummt und er bereit, sich zu nehmen, was er so sehr wollte.

Er hob Lexie in seine Arme. Nachdem er sie aufs Bett gebettet gelegt hatte, riss er sich sein Jackett und das Holster vom Leib und legte die Waffe weg. Kaum dass er sich über sie gebeugt hatte, umfing Lexie ihn auch schon und zog ihn zu sich hinunter. Er kniete über ihr, küsste sie wieder und wieder.

Mit großem Genuss begann Deke schließlich, ihre Bluse aufzuknöpfen. Er ließ sich Zeit dabei, während er ihre Alabasterhaut Stück für Stück von der beigefarbenen Seide befreite. Lexie lag unter ihm und beobachtete abwechselnd seine Hände und sein lustvoll erregtes Gesicht. Als er den letzten Knopf geöffnet hatte, zog er die Bluse mit einem Ruck auseinander. Und dann glitten seine Hände unter ihre Schulterblätter, um den Spitzen-BH zu öffnen, und sie begann, sein Hemd aufzuknöpfen. In dem Moment, in dem ihre Hände seine Brust berührten, erhärtete sich Dekes Männlichkeit beinahe schmerzhaft. Begierig schob er die hauchzarte Spitze beiseite und umfing ihre Brüste zärtlich mit seinen Händen.

Sie seufzte vor Lust auf, streckte ihre Arme nach ihm aus und begann, seine Brust zu streicheln.

Deke war kurz davor, die Beherrschung zu verlieren. Die bloße Berührung ihrer Fingerspitzen erregte ihn in einem kaum zu ertragenden Maße.

Sie hob ihren Oberkörper an, sodass er ihr Bluse und BH ausziehen konnte. So lag sie nun vor ihm, halb nackt, entblößt. Doch bevor er sich auf sie stürzen konnte, forderte sie jedoch ihr Recht ein. Auch sie zog ihm das Hemd aus, küsste ihn zärtlich auf den Hals und ließ ihre Zunge von dort bis zur Mitte seines Oberkörpers gleiten. Dann neckte sie zärtlich die eine Brustwarze, kurz darauf die andere. Deke stöhnte laut auf und senkte schließlich seinen Kopf, um sich endlich zu nehmen, was er so begehrte. Er konnte keinen Moment länger warten.

Gierig begann er, an ihrer zarten Knospe zu saugen, während er die andere mit seinen Fingerspitzen reizte. Doch er würde Lexie bald nehmen müssen, ganz. Sonst würde er vor Lust vergehen.

Lexie stöhnte, ihr schlanker Körper wand sich vor Verlangen unter ihm. Als er den Reißverschluss ihrer Hose öffnete und seine Hand in ihr Spitzenhöschen schob, schrie sie vor Erregung leise auf. Eilig begann sie, an seinem Gürtel zu nesteln, schaffte es jedoch nicht, ihn zu öffnen. Deke richtete sich kurz auf, öffnete die Schnalle und stürzte sich kurz darauf auf ihren Bauch. Als er mit seiner Zunge ihren Bauchnabel liebkoste und seine Hände dabei ihre Brüste umfassten, erzitterte sie. Sie ließ ihre Hand über seine Männlichkeit streifen und spürte, wie er unter ihrer Berührung erschauerte.

„Nimm mich, Deke."

Seine Lust brachte ihn fast um. Sich tief in Lexie zu vergraben, schien der einzige Ausweg.

Er hatte niemals etwas mehr begehrt, als er jetzt Lexie begehrte. Aber er hatte kein Recht, diese Frau zu besitzen. Er hatte kein Recht, sie für sich zu beanspruchen – auf die bedingungsloseste Art und Weise, auf die ein Mann eine Frau beanspruchen konnte. Und doch, Gott steh ihm bei, er wusste nicht, wie er sich bremsen sollte. Oder sie …

Als er nach ihrem Hosenbund griff, hob sie ihm willig ihre Hüften entgegen, sodass er sie ganz ausziehen konnte. Er richtete sich kurz auf und ließ ihre Kleidung auf den Boden gleiten, während er ihren nackten Körper mit Blicken verschlang.

Sie war genauso schön, wie er sie sich vorgestellt hatte. Ihre Haut war samtig, ihre Brüste voll und rund mit kleinen rosa Knospen. Zwischen ihren Schenkeln blitzte ein blondes Dreieck auf.

„Du bist wunderschön", raunte er ihr zu.

„Aber nicht makellos", erwiderte sie sanft.

„Doch. Du *bist* makellos."

„Oh, Deke."

Er küsste ihre Brüste ausgiebig. Sie seufzte vor Verzückung. Dann wanderten seine Küsse zwischen ihren Brüsten hinab, über ihren Bauch bis hin zu ihrem Bauchnabel. Diesmal hielt er sich dort aber nur kurz auf, bevor sich seine Zunge weiter nach Süden bewegte und sich einen Weg zwischen Lexies Schenkel bahnte.

Sie griff nach seinen Schultern und zwang ihn, sich wieder nach oben zu bewegen. Seine Zunge folgte derselben Strecke, die sie zuvor genommen hatte, fuhr dann weiter über ihren Hals bis zu ihren Lippen, wo sie stoppte und erneut ihren Mund in Besitz nahm. Sie stöhnte unter seinen heißen Küssen, während sie ihre Hände in seine Hose schob und über seinen muskulösen Po gleiten ließ.

„Ich liebe dich, Deke. Ich liebe dich so sehr."

Ihre Worte trafen ihn wie ein Faustschlag. Es war, als hätte jemand einen Eimer eiskaltes Wasser über ihm entleert und damit die Flammen seiner Leidenschaft jäh gelöscht. Plötzlich war er gezwungen, aus dem Rausch, in dem er gerade noch gefangen gewesen war, aufzuwachen. Er musste begreifen, wie gefährlich nah er dem Unverzeihlichen gekommen war. Beinahe hätte er Lexie ein zweites Mal verletzt – nur dass es diesmal wissentlich und willentlich geschehen wäre.

Als er aufstand und begann, sich anzukleiden, richtete Lexie sich auf. „Was ist los?"

Er ballte seine Hände zu Fäusten. *Du Narr!*

„Deke?"

Es gelang ihm kaum, den Reißverschluss seiner Hose zuzuziehen, so erregt war er immer noch.

Lexie wickelte sich in die seidene Tagesdecke, stand auf und ging auf Deke zu. Aber er wich zurück und schüttelte den Kopf.

„Gott, Lexie, es tut mir leid."

„Was tut dir leid? Ich ... ich verstehe nicht."

Er kniete sich vor ihr nieder und vergrub sein Gesicht in ihrem Schoß. „Ich kann nicht mit dir schlafen."

„Warum? Weil ich gesagt habe, dass ich dich liebe? Ich erwarte nicht, dass du meine Gefühle erwiderst. Du musst nicht sagen ..."

„Versteh doch! Ich habe nicht das Recht, mit dir zu schlafen!", unterbrach Deke sie verzweifelt. „Egal, wie sehr ich dich begehre. Meine Lust bringt mich beinahe um. Ich habe das Gefühl, innerlich zu zerreißen, so sehr will ich dich."

„Und warum ...?"

„Ich weiß nicht, ob ich den Mut habe, dir die Wahrheit zu sagen."

Sie nahm seinen Kopf in ihre Hände und zwang ihn, sie anzusehen. „Sag es mir. Bitte."

„Ich würde es nicht ertragen, wenn du mich danach hasst."

„Ich könnte dich nie hassen."

„Wenn das doch nur wahr wäre."

„Ich liebe dich. Was auch immer es ist, ich werde dich verstehen."

Er nahm ihre Hände in seine und schloss die Augen. Er

versuchte, gleichmäßig zu atmen, seinen Herzschlag zu beruhigen. Nein. Es ging nicht. Er riss sich von ihr los, wollte sich abwenden, doch ihre blauen Augen flehten um die Wahrheit.

„Du weißt, dass ich früher Elitesoldat war", begann er zögerlich.

Sie nickte.

„Ich gehörte zu einer Spezialeinheit, die aus britischen und amerikanischen Soldaten bestand. Wir haben Geheimaufträge für die Regierungen unserer Länder ausgeführt." Er schluckte hörbar. „Einer dieser Aufträge ... vor zehn Jahren ..."

Oh Gott! Wie sollte er ihr das nur begreiflich machen?

„Ich war Teil einer Spezialeinheit, die vor zehn Jahren nach Gadi gesandt wurde, um Präsident Tum zu erschießen."

„Dann warst du ja ...?"

„Ja. Ich war am Tag der Amtseinführung in Gadi. An jenem Tag, an dem du angeschossen wurdest."

„Oh Deke! Endlich fügt sich alles zusammen", rief sie aufgeregt. Tränen liefen ihr über die Wangen. „Vom ersten Moment an habe ich mich mit dir verbunden gefühlt. Ich hatte das Gefühl, dich bereits ewig zu kennen." Sie lächelte. „Deine Augen! Ich wusste es! Ich dachte gleich, ich hätte deinen grauen Augen wiedererkannt, aber dann habe ich mir gesagt, dass ich verrückt bin. Dass ich dich mit dem Mann verwechsle, der mir ... Oh mein Gott, Deke! Du warst es! Du hast mir das Leben gerettet. Nicht wahr?"

Der Schmerz in seiner Brust fühlte sich an wie tausend Messerstiche. Wenn er doch nur ihre Bewunderung und Liebe annehmen könnte! Die Gewissheit, dass ihre Gefühle für ihn schon bald in Hass und Verachtung umschlagen würden, quälte ihn so sehr, wie ihn seit Andrews Tod nichts mehr gequält hatte.

„Du verstehst nicht", brachte er mit brüchiger Stimme hervor. „Ich ... ich habe dich angeschossen."

19. KAPITEL

Als sie begann, die Bedeutung von Dekes Beichte zu begreifen, zog sie die Satindecke, die sie knapp über ihren Brüsten zusammenhielt, ein wenig enger um ihren Körper.

Ich habe dich angeschossen.

Diesen Satz hörte sie ihn wieder und wieder sagen.

Nein, sie weigerte sich, das zu glauben.

Ich habe dich angeschossen.

Nein, nein, nein ... Lexie schluchzte leise, während sie sich vor- und zurückwiegte.

„Lexie?" Deke sah sie mit besorgtem Gesichtsausdruck an.

Tränen schossen ihr in die Augen, bis Deke nichts mehr war als ein großer schwarzer Fleck. Sie schüttelte den Kopf.

„Nein, lieber Gott. Bitte nicht. ... Nein!"

„Es tut mir leid, Lexie. Es tut mir so unendlich leid."

„Geh weg!", flüsterte sie.

„Lexie, bitte ..."

„Lass mich in Ruhe!", schrie sie ihn an.

Die Arme um ihren Oberkörper geschlungen, wiegte sich Lexie weiter vor und zurück. Die Tür fiel ins Schloss. Deke war gegangen, und sie war nun allein. Ganz allein.

Sie warf sich auf das Bett und weinte so bitterlich, dass ihr ganzer Körper bebte und jede Faser ihres Körpers das Ende ihres Traumes begriff.

Sie begann, die Wahrheit an sich heranzulassen, seine Worte zu verstehen. Deke Bronson war nicht nur einer der Mörder von Babu Tum, sondern auch der Mann, der auf sie geschossen hatte. Der Mann, in den sie sich unsterblich verliebt hatte, war derselbe, dessen Kugel vor zehn Jahren beinahe ihr Rückenmark durchtrennt hatte.

Bitte nicht, lieber Gott. Das ist furchtbar falsch. Bring es wieder in Ordnung.

Sie lag schluchzend auf dem Bett. Es fühlte sich an, als wäre ihre gesamte Welt mit einem Mal über ihr zusammengestürzt, als wäre sie nun völlig schutzlos sich selbst überlassen.

„Lexie?“ Caras Stimme drang durch die Tür. „Kann ich reinkommen?“

Lexie vermochte nicht, zu sprechen, und der Schmerz in ihrer Brust hinderte sie daran, sich zu bewegen.

Kurz darauf setzte sich jemand neben sie aufs Bett. Sie versuchte, den Kopf zu heben, versuchte, zu sprechen, doch es gelang ihr nicht. Cara legte sich neben ihre Freundin und umarmte sie.

„Es tut mir so leid, Lexie“, raunte sie ihr zu.

Lexie bemühte sich nach Kräften, ihr Schluchzen unter Kontrolle zu bringen, aber es wollte ihr einfach nicht gelingen. Cara strich ihr liebevoll Strähnen aus dem Gesicht und über den Kopf. „Wein ruhig, Lexie. Verdammt soll er sein, dieser Deke Bronson! Was immer er getan hat. Verdammt sollen alle Männer sein! Sie sind zu nichts nutze, außer uns das Herz zu brechen.“

Lexie lag noch eine ganze Weile da. Sie durchlitt Höllenqualen. Ihr einziger Trost war das Mitgefühl ihrer Freundin. Cara blieb bei ihr und tröstete sie, so gut sie konnte.

Deke tigerte in Geoffs Schlafzimmer auf und ab. Noch nie in seinem Leben hatte er sich selbst so sehr gehasst wie gerade in diesem Moment. Noch nicht einmal an dem Tag, an dem er Lexie angeschossen hatte.

„Warum zum Teufel hast du ihr das erzählt?“, wollte Geoff wissen.

„Ich hatte keine Wahl.“ Übelkeit stieg in ihm hoch. Deke ballte seine Hände zu Fäusten und verschränkte seine Arme vor der Brust.

„Was soll das heißen, du hattest keine Wahl?“

„Sie hat gesagt, dass sie mich liebt.“ Der Gedanke an ihr

süßes Geständnis bereitete ihm Höllenqualen.

„Eine wunderschöne Frau, auf die du total stehst, sagt dir, dass sie dich liebt? Und was tust du? Du sagst ihr, dass … Bist du denn vollkommen verrückt geworden?“

Ein salziger Geschmack stieg in Dekes Kehle auf. Er schnaubte. Wie er sich selbst verachtete! „Ja, das bin ich. Verrückt! Verrückt, weil ich nicht gleich auf dich gehört habe! Verrückt, weil ich mich nicht aus dem Staub gemacht habe, als ich erfuhr, dass Lexie Murrough unsere Klientin ist.“

„Als sie dir ihre Liebe gestanden hat, hättest du doch auch einfach erwidern können: Vielen Dank. Ich hab dich auch sehr gern. Und es dabei belassen. Oder?“

Deke warf Geoff einen bösen Blick zu. „Du kapierst es nicht. Als sie mir ihre Liebe gestanden hat, waren wir kurz davor, miteinander zu schlafen! Wenn sie nichts gesagt hätte … Ich hätte mit ihr geschlafen, ohne auch nur über die Folgen nachzudenken. Aber als sie sagte, dass sie mich liebt, wusste ich, dass ich ihr die Wahrheit sagen *muss*.“

„Du hast es also getan, um sie vor dem schrecklichen Mann zu schützen, der die letzten zehn Jahre damit zugebracht hat, sich Vorwürfe zu machen? Weil es sein könnte, dass sie während eines Schusswechsels von seiner Kugel getroffen wurde?“

„Du weißt genauso gut wie ich, dass es mehr als wahrscheinlich ist, dass sie damals durch meine Kugel verletzt wurde.“

Geoff legte seinem Freund die Hand auf die Schulter. „Gib ihr Zeit, den ersten Schock zu verarbeiten, und dann …“

„Kannst du Ty anrufen und ihn bitten, mit mir zu tauschen? Er soll Lexie übernehmen.“

„Natürlich.“ Geoff klopfte Deke auf die Schulter. „Das ist eine gute Idee. Aber in ein paar Tagen musst du noch mal mit Lexie sprechen. Ja, es *kann* sein, dass deine Kugel sie verletzt hat. Aber sie muss wissen, dass es ganz sicher du warst, der alles riskiert hat, um ihr das Leben zu retten.“

„Das weiß sie schon."

„Sie weiß es schon?"

„Sie weiß, dass ich der Mann bin, der sie damals vom Schlachtfeld getragen und in Sicherheit gebracht hat. Sie sagt, sie erinnert sich … erinnert sich an meine Augen."

„Sie kann sich nicht an sehr viel erinnern. Immerhin hat sie immer wieder das Bewusstsein verloren, und als wir in den Hubschrauber gestiegen sind, war sie vollkommen apathisch."

„Ich kann die Vergangenheit nicht mehr ändern. Jetzt kommt es nur noch darauf an, Lexie zu beschützen. Und eigentlich wäre es mir am liebsten, du würdest sie übernehmen, und Ty Miss Bedell."

„Weiß Lexie, dass ich damals auch da war? Du hättest ihr doch einfach sagen können, dass ich sie damals angeschossen habe."

„Ich kann sie nicht anlügen. Wir wissen außerdem beide, dass du es gar nicht gewesen sein *kannst*."

Geoff nickte verständnisvoll. „Ich rufe Ty gleich morgen früh an."

„Danke."

„Ich werde dich über alles auf dem Laufenden halten."

„Pass gut auf Lexie auf", sagte Deke.

„Du weißt, dass ich das tun werde."

Cara blieb die Nacht über bei ihrer Freundin. Sie hörte zu, wie Lexie schluchzend Dekes Geständnis wiederholte, und war tete, bis sie sich etwa gegen drei Uhr morgens in den Schlaf geweint hatte. Cara fragte sich, wie viel mehr ihre Freundin wohl noch ertragen konnte. War es nicht schlimm genug, dass ein Verrückter versuchte, Lexie zu quälen, indem er die Menschen um sie herum bedrohte, verletzte und tötete? Musste sich jetzt auch noch ihr Bodyguard als ein Gespenst aus der Vergangenheit entpuppen? Wenn Deke Bronson die Villa nicht schon von selbst verlassen hätte, hätte Cara ihn persönlich vor die Tür gesetzt. Und dann hätte sie ihm die Hunde auf den Hals gehetzt, wenn sie welche gehabt hätte.

Am nächsten Morgen klopfte es an Caras Tür, als sie gerade ihr Make-up vollendete. „Ich komme sofort", rief sie.

Eilig trug sie etwas pfirsichfarbenen Lipgloss auf, verließ das Bad und öffnete. Geoff Monday stand ihr gegenüber, nickte ihr zu und sagte „Morgen".

„Immerhin haben Sie den Anstand, mir keinen *guten* Morgen zu wünschen."

„Ich glaube, wir alle hatten eine schwierige Nacht", versuchte Geoff zu beschwichtigen.

„Warum sind Männer nur solche Schweine?"

Geoff sah sie überrascht an, erwiderte aber nichts.

„Bekomme ich keine Antwort?"

„Ich bin davon ausgegangen, dass das eine rhetorische Frage war."

„War es wahrscheinlich auch."

„Ich muss Sie etwas fragen", setzte Geoff an.

Sie sah ihn forschend an. „Fragen Sie!"

„Hätten Sie etwas dagegen, wenn ich Miss Murroughs Personenschutz übernehmen würde und Ty Garretts den Ihren?"

„Warum?"

„Lexie kennt mich bereits, und sie fühlt sich in meiner Gegenwart wohl. Ich dachte, es würde die Dinge einfacher für sie machen."

Cara sah ihn lange aufmerksam an und sagte schließlich: „Da steckt doch mehr dahinter."

„Deke und ich sind schon lange befreundet. Wenn er sie nicht beschützen kann, dann will er, dass ich es tue."

„Wie lange genau sind Sie zwei schon Freunde?"

„Seit Gadi."

Cara atmete tief durch. „Sie wussten es also die ganze Zeit, nicht wahr?"

„Dass Deke glaubt, dass seine Kugel Lexie damals getroffen hat? Ja, das wusste ich die ganze Zeit."

„Warum hat er das nur getan? Warum hat er diesen Job übernommen, nachdem er wusste, wer sie war? Er hätte sich doch denken können, wie sie reagiert, wenn sie das herausfindet."

„Wenn er es ihr nicht erzählt hätte, wüsste sie nichts davon. Das zumindest müssen Sie ihm zugestehen."

„Sie hat sich in ihn verliebt. Wussten Sie das?", erwiderte Cara.

„Ich muss mit ihr sprechen und ihr erklären, was damals wirklich passiert ist." Geoff sah Cara verständnisheischend an. „Es ist nicht so, dass Deke Lexies Gefühle nicht erwidert. Er ist all die Jahre nicht über sie hinweggekommen."

„Ich glaube, das nennt man Schuldgefühle."

„Ja, das macht sicherlich einen Teil aus. Aber da ist noch mehr. Haben Sie noch nie bemerkt, wie er sie ansieht? Ein Kerl sieht eine Frau nicht so an, es sei denn, er ist vollkommen verrückt nach ihr."

„Wollen Sie behaupten, dass er sie auch liebt?"

„Vielleicht. Ich weiß es nicht. Aber was ich sicher weiß, ist, dass Deke sich in den letzten zehn Jahren selbst genug bestraft hat."

„Aber sagen Sie heute noch nichts zu ihr. Warten Sie bis morgen, bevor Sie mit ihr sprechen", bat ihn Cara. „Geben Sie ihr ein wenig Zeit, sich wieder zu fangen, bevor Sie sie mit noch mehr Fakten überhäufen."

„Sie haben recht. Ich werde warten." Geoff sah sie direkt an. „Und was ist nun mit dem Wechsel?"

„Sprechen Sie mit Lexie darüber. Wenn sie einverstanden ist, bin ich es auch."

Lexie hatte das Haus an diesem Freitag nur verlassen, als Geoff Cara und sie zum Krankenhaus gefahren hatte, um Vega zu besuchen. Am Krankenbett ihrer Mitarbeiterin und Freundin hatte sie sich gezwungen, ihren Schmerz zu verdrängen und aufmunternd zu lächeln.

„Alles wird gut", hatte Vega ihr im Gegenzug versichert. „Ich bekomme hier die bestmögliche Pflege."

Lexie und Cara blieben nur zehn Minuten, um Hamal sofort wieder an ihr Krankenbett zu lassen. Es freute Lexie, zu sehen, wie treu er Vega ergeben war und wie rührend er sich um sie sorgte. Aber es erinnerte sie auch daran, was sie bei Deke zu finden gehofft hatte. Ein hoffnungsloser Traum? Sie war sich so sicher gewesen, dass er sie ebenfalls liebte. Dabei waren seine Fürsorge, seine Zärtlichkeit die ganze Zeit über nichts anderes gewesen als nur Schuldgefühle.

Geoff hatte angeboten, ihren Personenschutz zu übernehmen, und sie hatte zugestimmt. Wer Deke Bronson ersetzte, war ihr eigentlich völlig egal. Solange sie diesen Mann nicht sehen musste, war ihr alles gleich.

Nach dem Besuch an Vegas Krankenbett war Lexie direkt zurück in ihr Zimmer verschwunden und bis zum nächsten Morgen nicht mehr aufgetaucht. Aldridge hatte ihr ein leichtes Abendessen ans Bett gebracht, und Cara hatte gegen halb acht noch Mal nach ihr gesehen.

„Du hast das Essen ja kaum angerührt", schimpfte Cara mit ihr.

„Ich habe keinen Appetit."

„Wenn du reden möchtest – ich bin da."

„Vielen Dank, aber nicht heute Abend", hatte Lexie erwidert.

Sie war in einen unruhigen Schlaf verfallen. Sie wälzte sich von einer Seite auf die andere, wachte immer wieder auf und sah auf die Uhr. Als sie dann doch endlich einschlief, träumte sie, dass Deke und sie leidenschaftlich miteinander schliefen. Dann plötzlich, als sie zu ihm aufsah, entdeckte sie eine Waffe in seiner Hand. Er hatte sie direkt auf sie gerichtet. Sie schrie vor Angst, flehte ihn an, sie zu verschonen. Als sie schließlich erwachte, zitterte sie am ganzen Leib. Ihr Kissen war nass von Tränen.

Vollkommen übernächtigt zwang Lexie sich am nächsten Morgen, aufzustehen und am Frühstück teilzunehmen. Geoff begleitete sie ins Esszimmer, wo Cara und Ty Kaffee tranken und sich mit Bain Desmond unterhielten. Bain war früher nach Chattanooga zurückgekehrt, nachdem Geoff ihn angerufen und von den Ereignissen der letzten anderthalb Tage berichtet hatte. Als Lexie das Zimmer betrat, verstummte die Unterhaltung. Bain stand auf und küsste sie auf die Wange.

„Wie war das Fest bei deiner Schwester?", fragte sie.

„Es war nett", sagte er. „Aber auch ein wenig anstrengend. Das Haus glich einem Tollhaus. Mit den vier Kindern meiner Schwester und der gesamten Familie meines Schwagers waren es insgesamt fünfzehn Kinder zwischen sechs Monaten und sechzehn Jahren."

„Muss schön sein, Teil einer so großen Familie zu sein."

„Ja, das ist es", sagte er lächelnd.

„Aber dies hier ist kein Freundschaftsbesuch, oder?", fragte Lexie.

„Ich wollte sehen, wie es dir geht." Als Cara sich räusperte, beeilte sich Bain hinzuzufügen: „Nach Vegas Unfall und so weiter."

Lexie wusste, dass Cara ihm von Deke erzählt hatte. „Gibt es was Neues zum Unfall?"

„Komm erst mal her und iss was. Wir unterhalten uns später. Ich bin nicht als Polizist hier."

„Setz dich doch", forderte sie auch Cara auf. „Ich bringe dir einen Teller. Was hättest du denn gerne?"

„Ich kann mir selbst etwas nehmen. Danke."

„Tu mir doch den Gefallen. Ich würde dich gerne ein wenig verwöhnen."

„Kaffee wäre toll“, sagte Lexie. „Vielen Dank.“

Geoff eilte ihr voraus und rückte den Stuhl für sie zurecht. „Setz dich zu mir, Bain. Ich würde deine Neuigkeiten gerne gleich erfahren. Essen kann ich auch später.“

Bain setzte sich neben sie, während Cara eine Tasse mit heißem, schwarzem Kaffee vor sie platzierte. „Danke“, sagte Lexie, dann wandte sie sich dem Lieutenant zu. „Wenn du etwas Neues über Vegas Unfall weißt, dann sag es mir bitte.“

Bain zögerte einen Moment. „Es gibt schlechte Nachrichten und noch schlechtere Nachrichten.“

„Das scheinen überhaupt die einzigen Nachrichten zu sein, die es in letzter Zeit gibt.“ Lexies Hände zitterten, als sie die Tasse zum Mund führte. Nachdem sie einen Schluck genommen hatte, sah sie Bain direkt an.

„Der Fahrer des Wagens, der Vega angefahren hat, ist heute Nacht gegen drei Uhr gestorben. Er ist nicht mehr aus dem Koma erwacht.“

Lexie nickte und trank noch einen Schluck Kaffee.

Als Cara ihr einen Teller mit French Toast und frischem Obst vorsetzte, lächelte sie die Freundin müde an.

„Der Beifahrer wird wohl durchkommen“, fuhr Bain fort. „Er hatte Heroin im Blut. Wenn er tatsächlich durchkommt, wandert er ins Gefängnis.“ Als Bain zögerte, war Lexie klar, dass noch mehr folgen würde. Und auch, dass ihr das, was sie gleich hören sollte, nicht gefallen würde.

„Raus mit der Sprache.“

Bain blickte von Lexie zu Cara, von Cara zu Geoff und dann zurück zu Lexie. „Der Beifahrer hat gestanden, dass sein Kumpel etwas von einem Job erzählt hat, den sie erledigen müssten. Angeblich hätten sie damit genug verdient, um eine Woche Heroin zu finanzieren.“

„Und was war das für ein Job?“

Bain holte tief Luft. „Vega Sharif umzubringen.“

„Nein! Dieser Irre hat diese Männer angeheuert, um

Vega umzubringen? Bitte sag, dass das nicht wahr ist!" Lexie schüttelte den Kopf. Ihr schlimmster Albtraum wurde gerade Wirklichkeit. Vegas Unfall war gar kein Unfall gewesen! Sie war nur ein weiteres Opfer ihres Peinigers geworden.

„Der Beifahrer hat den Typen nie gesehen, der den Auftrag erteilt hat. Er kann uns nichts über den Mann sagen. Er beteuert nur immer wieder, dass sein Kumpel nie zuvor jemanden umgebracht habe."

„Gibt es denn wirklich *gar* keine Informationen über diesen mysteriösen Auftraggeber?"

„Der Junkie glaubt, sich daran zu erinnern, dass sein Kumpel den Mann als ‚Schwarzen mit einem Bündel Geld' beschrieben hatte, angeblich kein Amerikaner. Das ist alles."

„Vegas Unfall war also eigentlich ein Mordanschlag. Deke hatte recht." Lexie zögerte, bevor sie seinen Namen erwähnte. Eigentlich wollte sie nicht über ihn nachdenken.

Bain nickte, vermied es aber, ihr direkt in die Augen zu sehen. „Wenn dieser Junkie die Wahrheit sagt, ist der Mann, der Vegas Mord in Auftrag gegeben hat, wahrscheinlich derselbe Mann, der auch hinter den anderen Taten steckt."

„Ich glaube, mir ist der Appetit vergangen." Lexie starrte auf den Teller vor sich.

„Hör auf damit, dir die Schuld zu geben", beschwor Bain sie. „Du weißt ganz genau, dass du nichts dafür kannst."

In ihrem Kopf hörte sie Dekes Stimme, die ihr das Gleiche sagte. Sie sehnte sich nach ihm. Sie wünschte, er wäre hier, um sie festzuhalten, sie zu trösten und ihr zu sagen, dass alles wieder gut werden würde. Aber er war nicht da. Und er war nicht der Mann, für den sie ihn gehalten hatte.

„Lexie, geht es dir gut?", fragte Bain und tätschelte ihre Hand.

„Hm? Oh, ja, ja. Mir geht es gut."

„Wir kriegen den Kerl, das verspreche ich dir. Mit dem

Chattanooga Police Department und den Agenten von Dundee sitzen die Besten an diesem Fall, die du überhaupt kriegen kannst.“

„Bitte findet ihn nur, bevor er noch jemanden verletzt.“

Cara war den größten Teil des Sonntags damit beschäftigt, Lexie abzulenken. Sie suchten im Internet nach neuen Schuhen und Handtaschen und kauften Winterpullis und Modeschmuck. Später gingen sie gemeinsam schwimmen, und danach bat Cara Mrs. Eddins, ihnen Hamburger und Pommes frites zuzubereiten. Am Nachmittag spazierten sie durch den Park. Die Temperaturen waren wieder gestiegen, und die Sonne schien wärmend auf sie herab. Ty begleitete sie, während Geoff wahrscheinlich die Gunst der Stunde nutzte und mit Deke telefonierte.

Je mehr Lexie versuchte, Deke Bronson aus ihren Gedanken zu verbannen, desto schwerer fiel es ihr, nicht an ihn zu denken. Die Bilder von ihm, die in ihrem Kopf herumgeisterten, waren alle widersprüchlich. War er gut oder böse? Ein Heiliger oder Frevler? Wer war er wirklich? Ihr Peiniger oder ihr Retter?

Sie hatte immer schon vermutet, dass einer von Babu Tums Mördern sie versehentlich angeschossen hatte, als sie an diesem verhängnisvollen Tag zwischen die Fronten geraten war. Aber niemals hätte sie sich träumen lassen, dass sie diesem Mann einmal begegnen würde. Das Einzige, woran sie sich von dem Moment an, als die Kugel sie getroffen hatte, bis zu dem Moment, als sie im Krankenhaus aufgewacht war, erinnern konnte, waren ein Paar stahlgraue Augen gewesen. Sie hatte jahrelang von diesen Augen geträumt. Immer wieder hatte sie sich den Mann vorgestellt, zu dem sie gehörten, bis er in ihrer Fantasie zu einem überlebensgroßen Helden geworden war, zu einem Mann, dem kein anderer je würde das Wasser reichen können.

Am Abend überredeten Lexie und Cara ihre Bodyguards zu einer Runde Poker. Als Einsatz diente Kleingeld, das Cara in einer großen Glasflasche sammelte. Alle vier Spieler hatten am Anfang gleich viele Münzen, nach zwei Stunden aber hatte Cara alles zurückgewonnen.

„Wo haben sie gelernt, so zu pokern?“, fragte Ty, als er aufstand und seine müden Glieder reckte.

„Mein Vater hat es mir beigebracht. Edward Bedell war ein Mann, der niemals verlor.“

Caras sorgloses Lächeln verschwand, und Lexie wusste, dass sie darüber nachdachte, dass Edward Bedell letztlich doch verloren hatte – und zwar nicht nur seine älteste Tochter, sondern auch sein eigenes Leben.

„Es war ein langer Tag“, sagte Lexie. „Ich verabschiede mich für heute.“

Cara umarmte Lexie. Dann ging sie zu Geoff und flüsterte ihm etwas ins Ohr. Als er Lexie wenig später in ihr Zimmer begleitete, zögerte er einen Moment, statt durch die Verbindungstür in Dekes ehemaliges Zimmer zu gehen. Wartete er darauf, dass sie etwas sage?

„Was ist los?“, fragte Lexie schließlich.

„Ich würde gern mit Ihnen reden.“

„Über den Fall? Über Ihre Aufgaben als mein Bodyguard? Oder über …?“

„Über Deke.“

„Ich möchte nicht über ihn sprechen.“

„Lexie, hören Sie zu. Deke würde alles für Sie tun. Das Letzte, was er beabsichtigte, war Ihnen wehzutun.“

„Und woher wollen Sie wissen, was Deke will, was er fühlt und warum er mich zum Narren gehalten hat?“

„Deke hat Sie nicht zum Narren gehalten, Lexie.“ Geoff ging direkt auf sie zu und baute sich vor ihr auf, sodass sie ihn ansehen musste.

„Ich war an diesem Tag auch in Gadi. Ich war Teil derselben Spezialeinheit, der auch Deke angehörte. Ich habe alles miterlebt.“

Sie starrte ihn ungläubig an. „Dann haben Sie gesehen, was passiert ist. Sie haben gesehen, wie er mich angeschossen hat und ...“

„Nein! Ich habe *nicht* gesehen, wie Sie angeschossen wurden. Aber ich weiß, dass sie in die Schusslinie geraten waren und dass, wer auch immer Sie angeschossen hat, es nicht absichtlich getan hat.“

„Was soll das heißen: *Wer auch immer mich angeschossen hat*? Deke sagte, dass *er* es war.“

„Ich weiß. Deke ist davon überzeugt, aber es gibt keinen hundertprozentigen Beweis dafür. Es fielen einfach viel zu viele Schüsse um uns herum.“

„Aber es ist sehr wahrscheinlich, dass er mich getroffen hat, oder?“

Geoff atmete tief durch. „Ja, es ist möglich, sogar wahrscheinlich. Ohne jeden Zweifel aber ist *er* der Mann, der ihnen das Leben gerettet hat. Er hat sich über alle Befehle hinweggesetzt, als er zu ihnen lief, sie in die Arme nahm und zu dem Hubschrauber trug, der uns ausfliegen sollte. Er hat sein eigenes und das Leben seiner Männer aufs Spiel gesetzt – auch meines –, um Sie aus Gadi herauszuholen und dafür zu sorgen, dass Sie ins Krankenhaus gebracht werden.“

Lexies Kehle schnürte sich zusammen. Ihre Gefühle übermannten sie. „Ich erinnere mich an seine Augen. Ich dachte, ich würde sterben, und plötzlich spürte ich seine Arme, die mich aufhoben, und als ich die Augen aufschlug, sah ich direkt in diese besorgten grauen Augen. Ich wusste sofort, dass er sich um mich kümmern würde. Dass er nicht zulassen würde, dass ich sterbe.“

„Wenn er auf mich gehört hätte, hätte er sie zurückgelassen und sie wären jetzt tot. Wenn Sie also jemanden hassen wollen, hassen Sie mich.“

„Ich hasse Deke nicht."

„Das sollten Sie ihm sagen. Er hat die letzten zehn Jahre seines Lebens damit zugebracht, sich Vorwürfe zu machen. Aber was an diesem Tag geschehen ist, war nicht sein Fehler. Sie waren einfach zur falschen Zeit am falschen Ort. Mehr gibt es dazu nicht zu sagen."

„Als er hierherkam, um mein Bodyguard zu werden, wusste er da …"

„Keiner von uns beiden wusste, dass Sie die Präsidentin von Helping Hands sind."

„Aber warum hat er nicht jemand anderem meinen Schutz überlassen, als er herausfand, wer ich bin?"

„Was denken Sie denn?"

„Ich weiß es nicht."

„Es war seine zweite Chance. Eine Möglichkeit, wiedergutzumachen, was in Gadi passiert war." Geoff sah ihr in die Augen. „Ich glaube nicht, dass er es sich selbst oder gar jemand anderem eingesteht, aber Deke Bronson empfindet für Sie genauso wie Sie für ihn."

„Nein, das glaube ich nicht. Was er für mich empfindet – *alles*, was er für mich empfindet, sind Schuldgefühle und möglicherweise Mitleid."

„Sie wissen selbst, dass es mehr ist als das."

„Ich … ich möchte nicht mehr darüber sprechen. Das reicht." Sie sah Geoff wütend an. „Gehen Sie jetzt bitte. Und sagen Sie Ty Garrett, dass ich ab morgen ihn als Bodyguard haben möchte."

„Selbstverständlich. Wie Sie wünschen."

„Genau das wünsche ich."

Geoff nickte. „Gute Nacht, Miss Murrough."

Er ging ins Nebenzimmer und schloss die Tür hinter sich. Lexie blieb allein zurück. Sie zitterte am ganzen Körper. All die Jahre hatte sie wilde Fantasien von dem Mann gehabt, der sie in Gadi gerettet hatte. Und Albträume von dem Mann, der auf sie geschossen hatte. Sie liebte Deke Bronson. Aber sie würde niemals den Mann lieben können, der ihr eine Kugel in den Rücken gejagt hatte.

Falscher Ort. Falsche Zeit. Er hat sich zehn Jahre lang Vorwürfe gemacht. Er empfindet genauso für Sie wie Sie für ihn.

Geoff Mondays Worte ließen ihr keine Ruhe. Lexie ging ins Badezimmer, zog ihre Kleider aus, drehte die Dusche auf und stellte sich unter den warmen Wasserstrahl. Und dann schrie sie. Laut und lang.

20. KAPITEL

Deke war sich nicht sicher gewesen, ob Bain Desmond überhaupt mit ihm sprechen würde, geschweige denn sich mit ihm treffen. Als der Lieutenant ein gemeinsames Mittagessen im Hair of The Dog vorschlug, war Deke daher angenehm überrascht. Es war inzwischen eine Woche vergangen, seit er Lexie das letzte Mal gesehen hatte. Dank Geoff und Ty wusste er aber über fast jeden ihrer Schritte Bescheid. Sie schien das Ganze recht gut durchzustehen, das hatte Ty ihm versichert.

Obwohl es keine weiteren Anschläge auf Lexie oder jemanden aus ihrem Bekanntenkreis gegeben hatte, gab es momentan – mit Ausnahme der Nachricht, dass Vega auf dem Wege der Besserung war – kaum Lichtblicke in Lexies Leben. Allein in der letzten Woche hatte sie drei Briefe erhalten. Jede dieser Nachrichten war noch bedrohlicher als die vorhergehende. Alle drei Schreiben waren ganz normal mit der Post gekommen. Und alle drei prophezeiten Lexie in kurzen schrecklichen Sätzen, dass der Zeitpunkt ihres Todes nah war.

Genau wie die Nachricht, die nach Maliks Trauerfeier im Waschraum aufgetaucht war, bestanden diese neuen Drohungen aus einzelnen Buchstaben, die aus Magazinen und Zeitschriften ausgeschnitten und dann aufgeklebt worden waren. Die Briefe wurden natürlich genauestens im Labor untersucht, leider ohne nennenswerte Ergebnisse. Es gab keine DNS-Spuren, keine Fingerabdrücke und auch sonst nichts, was einen Hinweis auf den Täter geliefert hätte. Die Umschläge selbst waren herkömmliche Briefumschläge, wie sie in tausenden von Büros im ganzen Land benutzt wurden. Der Kerl, der Lexie verfolgte, wusste anscheinend ganz genau, was er tat. Was die Vermutung bestätigte, dass er ein Profi war.

Das dunkle Holz, die warmen Wandfarben und die gedämpfte Beleuchtung im Hair of The Dog zeugten von einer gemütlichen und entspannten Atmosphäre. Aber im Augenblick fühlte sich Deke allerdings alles andere als entspannt. Er entdeckte Desmond sofort, als er den Pub betrat. Der Lieutenant winkte ihm zu und streckte ihm seine Hand entgegen, als Deke an den Tisch kam.

„Vielen Dank, dass Sie sich Zeit für mich nehmen“, sagte Deke.

„Ich habe keinen Grund, das nicht zu tun“, erwiderte Desmond offen. „Schließlich stehen wir auf derselben Seite. Sie wollen Lexie beschützen und all die Menschen, die ihr etwas bedeuten. Und ich will das auch.“

Deke nickte. „Aber Sie wissen Bescheid, nicht wahr? Wenn Lexie es Ihnen nicht selbst erzählt hat, hat Sie doch bestimmt Miss Bedell eingeweiht.“

„Dass Sie Lexie gestanden haben, dass Sie in Gadi in Ihre Schusslinie geraten ist? Dass Sie es waren, der sie angeschossen hat? Ja, davon hat Cara mir erzählt.“ Der Lieutenant sah Deke bei diesen Worten durchdringend an. „Es war mutig, ihr die Wahrheit zu sagen. Ich bewundere Sie dafür, Bronson.“

Ein Kellner kam an den Tisch.

„Für mich bitte Kaffee“, sagte Desmond.

Deke bestellte Eistee.

Als der Kellner wieder außer Hörweite war, sagte Deke: „Dieser Wohltätigkeitsball ist keine gute Idee.“

„Wem sagen Sie das? Ich versuche schon die ganze Zeit, Cara davon zu überzeugen, das verdammte Ding abzusagen.“

„Und sie hört nicht auf Sie?“

„Lexie und sie wollen sich nicht von diesem Verrückten ihr Leben diktieren lassen“, erklärte Desmond. „Die beiden sind starke, unabhängige Frauen. Sie sind gewohnt, zu tun, was sie für richtig halten.“

„Miss Bedell ist bereit, Dundee einen Haufen Geld für Personenschutz und Sicherheitsberatung zu zahlen, und gleichzeitig schlägt sie unsere Empfehlungen in den Wind.“

„Cara kann sehr dickköpfig sein. Wenn sie sich einmal für

eine Sache entschieden hat, lässt sie nicht locker."

„Aber es ist schier unmöglich, für eine Veranstaltung von diesem Ausmaß die angemessenen Sicherheitsvorkehrungen in der Kürze der Zeit zu treffen! Auf der Gästeliste stehen über zweihundert Personen. Und alleine die Überprüfung des zusätzlichen Personals wird ein Albtraum! Denken Sie nur an all die Kellner, Floristen, Musiker und Lieferanten, ganz zu schweigen von den zusätzlichen Aushilfen und dem Parkservice. Unser Mann ist ein ..."

„Kaffee für Sie." Der Kellner stellte einen dampfenden Becher vor Desmond ab. Dann nahm er ein Glas von seinem Tablett und reichte es Deke. „Und Eistee für Sie." Er sah Deke und Desmond fragend an. „Wissen Sie schon, was Sie essen wollen?"

„Ich nehme den Burger", sagte Desmond und sah zu Deke hinüber. „Der beste Burger in der ganzen Stadt."

Deke warf einen flüchtigen Blick auf die Karte. „Ich schließe mich an." Er hatte noch nie einen Burger gegessen, der ihm nicht geschmeckt hatte.

„Was wollten Sie gerade sagen?", hakte der Lieutenant nach, als der Kellner wieder verschwunden war.

„Unser Mann ist jemand, der bei Helping Hands ein- und ausgeht. Er ist entweder ein Mitarbeiter oder jemand, der einem Mitarbeiter sehr nahesteht."

„Konnte Dundee denn noch irgendetwas über Robert Lufti und Jafari Holston in Erfahrung bringen?"

„Wir sind dran", versicherte Deke. „Sawyer McNamara hat einige seiner Regierungsverbindungen aktiviert. Wir nehmen nicht nur Holstons und Luftis Vergangenheit unter die Lupe, sondern auch Hamal Gazsis."

„Glauben Sie wirklich, er würde jemanden anheuern, der seine Verlobte umbringen soll?"

„Die perfekte Möglichkeit, uns von seiner Spur abzubringen und ihn unschuldig aussehen zu lassen."

„Dafür müsste er ganz schön kaltblütig sein und dazu noch ein oscarverdächtiger Schauspieler."

„Ich nehme an, Sie sind schon einigen solcher Exemplare in Ihrer Laufbahn begegnet."

„Mehreren", gab Desmond zu. „Aber bestimmt nicht annähernd so vielen wie Sie."

„Da könnten Sie recht haben", bestätigte Deke und fuhr fort: „Geoff hat mit Larry Nesmith vereinbart, dass am Abend des Balls auch zwei Dutzend Sicherheitsleute von Bedell, Inc. anwesend sein werden. Geoff selbst wird Miss Bedell den ganzen Abend nicht aus den Augen lassen, und Ty wird bei Lexie bleiben. Ich werde auch da sein und mich im Hintergrund halten."

„Und ich werde ein Dutzend Zivilfahnder abkommandieren", ergänzte Desmond.

„Das klingt ja erst mal so, als hätten wir alles unter Kontrolle." Deke nickte zufrieden. „Aber Sie und ich wissen, dass unser Täter schlau genug ist, unseren Radar zu unterwandern. Wir müssen auf alles gefasst sein."

„Ich habe Lexie und Cara bereits vorgeschlagen, unsere drei Hauptverdächtigen wieder auszuladen."

Deke lachte trocken auf. „Lassen Sie mich raten. Sie haben sich geweigert, auch nur den Gedanken in Erwägung zu ziehen, dass Lufti, Holston oder Gazsi zu solch heimtückischen Taten fähig wäre."

„Ich sag's ja nicht gerne ...", schob Desmond ein, „aber sie könnten recht damit haben. Unser Täter könnte genauso gut auch ein Amerikaner sein, der uns auf die falsche Fährte locken will."

„Ich nehme an, Sie haben bereits Nachforschungen in diese Richtung angestellt."

Desmond grinste. „Ja. Und Sie ebenfalls, richtig?"

„Wir sind auf zwei mögliche Verdächtige gestoßen."

„Rufus Estes und Lou Franklin."

„Ein Ex-Sträfling mit Sprengstofferfahrung, der mit der Helping-Hands-Mitarbeiterin Renee Estes verheiratet ist."

„Und ein Vietnamveteran und ehemaliger Scharfschütze, der lautstark dafür eintritt, dass die USA keine Hilfsgelder ins Ausland schicken sollte. Seine Tochter Monique arbeitet bei Helping Hands. Aber nach allem, was man hört, verstehen sich Vater und Tochter nicht besonders."

„Zumindest wurde keiner von den beiden zum Ball eingeladen", seufzte Deke. „Wir sind die Gästeliste vorwärts und rückwärts durchgegangen."

„Aber Robert Lufti wird da sein. Schließlich arbeitet er für Helping Hands. Und Toni Wells wird Jafari Holston mitbringen, und wenn Vega in der Lage sein sollte, teilzunehmen, wird Hamal Gazsi sie begleiten. Ich habe Larry Nesmith gebeten, auf jeden von ihnen einen seiner Männer anzusetzen."

„Der Verdacht gegen Estes und Franklin scheint vielleicht weit hergeholt, aber wir sollten auch die beiden trotzdem im Auge behalten. Vorsicht ist besser als …" Deke unterbrach sich, als der Kellner ihre Burger servierte.

Während Deke und Desmond ihre Burger vertilgten, fuhren sie fort, Strategien für den Ballabend durchzusprechen.

Auf einmal hielt Desmond inne und blickte erstaunt in Richtung Tür. Mit einem merkwürdigen Gesichtsausdruck wandte er sich schließlich an Deke, der mit dem Rücken zum Eingang saß, und fragte: „Haben Sie Garrett gebeten, die beiden Damen hierherzubringen?"

Deke drehte sich augenblicklich um und folgte Desmonds Blick. Jeder einzelne Muskel in seinem Körper schien sich anzuspannen, als er Lexie erblickte.

„Damit habe ich nichts zu tun", beteuerte Deke. „Ich würde Lexie niemals in eine solch unangenehme Situation bringen."

„Dann bin ich wohl schuld."

„Wie das?" Deke konnte seinen Blick nicht von Lexie

wenden. Sie sah fantastisch aus in ihrem violetten Mantel und mit ihren vom Wind zersausten Locken.

„Ich habe Cara gegenüber erwähnt, dass ich Sie hier treffen würde. Also muss diese hanebüchene Idee wohl auf ihrem Mist gewachsen sein."

Lexie wäre heute wie so oft auch mit einem Sandwich am Schreibtisch zufrieden gewesen, aber Cara tauchte plötzlich in ihrem Büro auf und bestand darauf, sie mitzunehmen.

„Wir gehen nur schnell rüber ins Hair of The Dog und essen eine Kleinigkeit. Ich kann mir doch auch nur eine Stunde freinehmen."

Aus irgendeinem Grund schien Cara größten Wert darauf zu legen, dass sie sie begleitete, also willigte Lexie schließlich ein. Ty begleitete die beiden Frauen in den Pub, während Geoff noch dem Fahrer einbläute, den Wagen unter keinen Umständen aus den Augen zu lassen. Cara bat eine Kellnerin um einen Tisch, während Lexie sich umsah. Als sie Bain entdeckte, hob sie freudig die Hand, um ihm zuzuwinken – bis sie den Mann sah, der ihm gegenübersaß.

Ihre Blicke trafen sich.

Lexie hatte die ganze letzte Woche versucht, so wenig wie möglich an Deke zu denken – und hatte doch nichts anderes getan. Er hatte sie Tag und Nacht verfolgt.

Lexie packte Cara am Arm. „Deke ist hier. Zusammen mit Bain."

Cara sah in die Richtung, in die Lexie starrte. „Hmm … stimmt. Da ist er."

„Sag jetzt nicht, du und Bain habt euch abgesprochen!"

„Bain kann nichts dafür", erwiderte Cara. „Das war allein meine Idee."

„Das verstehe ich nicht. Wie konntest du mir das nur antun? Du weißt doch genau, wie ich über Deke denke."

Cara senkte ihre Stimme. „Ja, genau. Ich weiß, wie du

über ihn denkst. Du bist in ihn verliebt. Und egal, was du behauptest, ich weiß, dass du ihn eigentlich wiedersehen willst. Also stell dich nicht an."

Lexie drehte sich auf dem Absatz um und lief in Richtung Ausgang. Cara holte sie gerade noch ein und hielt sie am Arm fest. „Komm zurück. Bitte."

Lexie zögerte.

„Lass uns wenigstens kurz rübergehen und Hallo sagen." Cara sah Lexie eindringlich an. „Mehr verlange ich gar nicht. Das ist doch keine große Sache, oder?"

„Ich kann nicht!" Lexie riss sich los und lief eilig nach draußen. Ty Garrett folgte ihr auf dem Fuße.

Im Hinauslaufen trafen sie auf den verdutzten Geoff. „Was ist denn los?", fragte er.

„Anscheinend gehen wir schon wieder", antwortete Ty. „Zumindest Miss Murrough und ich."

Lexie blickte Geoff an. „Ich nehme an, Sie wussten auch Bescheid, nicht wahr?"

„Worüber wusste ich Bescheid?"

„Deke ist da drin." Ty deutete mit seinem Daumen in Richtung des Lokals. „Er isst mit Lieutenant Desmond zu Mittag."

„Geh rein und kümmere dich um Miss Bedell, Ty", sagte Geoff. „Miss Murrough und ich müssen uns mal unterhalten."

Ty nickte und verschwand. Lexie umklammerte mit einer Hand ihren Stock, während sie die andere zur Faust ballte. So stand sie auf dem Gehsteig und sah gleichzeitig verunsichert und verärgert drein. Das Letzte, was sie jetzt brauchte, war, dass Geoff seinen alten Freund verteidigte.

„Ich hatte keine Ahnung, dass Deke hier sein würde", sagte Geoff schließlich. „Wenn ich es gewusst hätte … Hören Sie, ich verstehe vollkommen, dass Sie verletzt sind und verwirrt und verärgert. Aber finden Sie nicht, dass Sie Deke eine Chance schulden, sich zu erklären?"

„Warum sollte ich ihm irgendetwas schulden?“

„Er hat Ihnen das Leben gerettet.“

„Ja. Nachdem er mich beinah umgebracht hätte.“

„Was stört Sie eigentlich wirklich? Dass Deke Sie möglicherweise angeschossen hat? Oder dass Sie nicht wissen, was er für Sie empfindet?“

Lexie schloss die Augen. Sie wurde langsam wütend auf Geoff. Musste er unbedingt so schonungslos ehrlich mit ihr sein?

„Ich will Ihnen nicht wehtun. Ich versuche nur, Ihnen die Wahrheit vor Augen zu führen. Überlegen Sie doch mal, wie Deke sich fühlen muss. Oder ist Ihnen das völlig egal?“

Sie wünschte inbrünstig, es wäre ihr egal. Aber das war es nicht, überhaupt nicht. „Ich hasse ihn nicht. Sagen Sie ihm das bitte, wenn Sie ihn sehen. Und sagen Sie ihm auch, dass ich weiß, dass es nicht sein Fehler war. Ich weiß, dass er mich nicht treffen wollte.“

„Warum sagen Sie es ihm nicht selbst?“ Geoff blickte über Lexies Schulter.

Sie drehte sich langsam um. Deke verließ gerade die Kneipe. Als er Lexie sah, blieb er abrupt stehen. Sie starrten sich an. Keiner vermochte sich zu rühren. Ihr Körper verzehrte sich nach seiner Berührung. Allein sein Anblick reichte aus, um sich nach all dem zu sehnen, was zwischen ihnen hätte sein können.

Deke brach den Blickkontakt zuerst. Er drehte sich um und wollte weggehen.

„Deke!“

Er blieb stehen, zögerte einen Moment, bevor er sich langsam zu Lexie umdrehte.

„Machen wir einen Spaziergang und unterhalten uns?“

„Das halte ich für keine gute Idee“, antwortete er. „Es ist nicht sicher für dich, so lange hier draußen zu sein.“

„Da hast du natürlich recht.“

„Ich könnte Eddie anrufen", warf Geoff ein. „Er kann in ein paar Minuten hier sein. Ihr könntet ein wenig mit dem Wagen herumfahren."

„Was meinst du?", fragte Deke unsicher.

Lexie nickte. „Also gut."

„Geh bitte wieder rein", bat Deke seinen Freund und Kollegen. „Ich warte hier draußen, bis der Wagen kommt."

Es waren die fünf längsten Minuten ihres Lebens, bis Deke hereinkam und verkündete, dass der Chauffeur mit dem Wagen da sei. Eddie wartete direkt vor dem Pub und fuhr los, nachdem Deke und Lexie auf der Rückbank Platz genommen hatten. Minutenlang sahen die beiden sich weder an, noch sprachen sie miteinander.

„Ich hasse dich nicht", begann Lexie schließlich.

Deke atmete tief ein und aus und sah sie dann eindringlich an. „Ich könnte es dir nicht verdenken, wenn du es tätest."

„Ich weiß, dass du nicht absichtlich auf mich geschossen hast. Ich weiß, dass es ein Unfall war. Ich war wirklich zur falschen Zeit am falschen Ort."

„Ich weiß nicht, was ich sagen soll. Das habe ich nicht erwartet ... Bist du dir ganz sicher?"

„Dass ich dich nicht hasse? Ja, darin bin ich mir sicher." Sie erwiderte seinen Blick. „Geoff sagte, dass du dich all die Jahre schon genug bestraft hast für etwas, woran du nicht schuld warst."

„Aber es war meine Schuld!"

Sie schüttelte ihren Kopf. „Wir waren beide in Gadi, um einen Auftrag zu erledigen. Mein Sender hatte mich dorthin geschickt, um einen Bericht über ein Ereignis zu drehen, das man für nebensächlich hielt. Und unsere Regierung hatte dich dorthin gesandt, um einen Mann auszuschalten, der sonst noch viel Unheil angerichtet hätte. Ich habe nur meinen Job erledigt, und genau das hast du auch getan. Wenn ich das Weite gesucht hätte, als die ersten Schüsse fielen, wäre mir nichts passiert. Vor allem wäre Marty dann noch am Leben."

„Wann wirst du nur endlich aufhören, dir die Schuld für den Tod deines Kameramannes zu geben?", fragte Deke, während sein Blick zärtlich über ihr Gesicht glitt.

„Wenn *du* aufhörst, dir meinetwegen Vorwürfe zu machen."

„Ach Lexie ..." Er sah sie sehnsüchtig an.

„Bittest du Eddie, mich zum Pub zurückzufahren? Ich muss was essen, bevor ich wieder ins Büro gehe."

„Danke, dass du mit mir gesprochen hast. Dass du mir gesagt hast ..."

„Das ist alles, wozu ich gerade fähig bin. Lass uns ein wenig Abstand gewinnen und abwarten, wie wir uns dann fühlen."

„Alles, was du willst."

Er klopfte gegen die Scheibe, die die Rückbank von der Fahrerkabine trennte. Als Eddie die Scheibe herunterließ, bat er ihn, sie zurück zum Pub zu bringen.

Als Deke gegen Viertel nach zwei ins Hotel zurückkehrte, warteten dort drei Männer auf ihn. Zwei davon kannte er – Sawyer McNamara und Sam Dundee. Den anderen hatte er noch nie gesehen.

„Warum haben Sie mir nicht Bescheid gegeben, dass Sie kommen?", fragte Deke.

„Wir sind gerade erst in Chattanooga angekommen", antwortete Sawyer. „Wir haben Rob Copeland vom Flughafen abgeholt und sind auf direktem Wege hierhergekommen."

Deke betrachtete den Fremden aufmerksam. Er war gut einen Kopf kleiner als er selbst, schlank und durchtrainiert, mit sauber geschnittenem, an den Schläfen schon leicht ergrautem braunen Haar. Bis auf einen dünnen Oberlippenbart war der Mann penibel rasiert. In seinem klassischen dunkelblauen Anzug und der nichtssagenden Krawatte wirkte er auf

Deke wie ein Regierungsvertreter.

„Lassen Sie uns nach oben gehen. Dort können wir ungestört reden", warf Sam Dundee ein.

Deke hatte Sam schon vor Jahren kennengelernt. Inzwischen war er an die fünfzig, aber er war immer noch genauso muskulös und fit wie früher. Sein blondes Haar war von silbernen Strähnen durchzogen, und um seine Augen hatten sich ein paar Fältchen gebildet. Aber ansonsten hatte er sich mit den Jahren kaum verändert. Mit seinen ein Meter fünfundneunzig war Sam Dundee einer der wenigen Männer, die Deke tatsächlich sprichwörtlich auf Augenhöhe begegnen konnten.

Im Aufzug sagte niemand ein Wort. Als sie das Hotelzimmer betraten, machten sich Sawyer und Rob Copeland erst einmal daran, es genau zu inspizieren.

„Scheint sauber zu sein", sagte Sawyer nach einer Weile.

„Glauben Sie, jemand hat mein Zimmer verwanzt, während ich beim Mittagessen war?"

„Es ist unwahrscheinlich, aber wir müssen vorsichtig sein", antwortete Copeland.

„Was genau geht hier vor sich?"

„Rob ist vom Heimatschutzministerium", erklärte Sam. „Es sieht so aus, als hätten wir unerwünschterweise Aufmerksamkeit auf drei Männer gelenkt, die schon seit Längerem unter Beobachtung der Regierung stehen."

Deke runzelte die Stirn. „Will heißen?"

„Wir haben drei Männer überprüft, die wir im Fall Lexie Murrough für verdächtig halten", erklärte Sawyer. „Wir hatten keine Ahnung, dass sich die Regierung bereits für sie interessiert."

„Warum?", wollte Deke wissen.

„Was ich Ihnen jetzt sage, ist streng vertraulich", erwiderte Rob Copeland. „Sam und Sawyer haben mir versichert, dass Sie …"

„Jetzt rücken Sie schon raus mit der Sprache", fiel Deke ihm ungeduldig ins Wort.

Copeland runzelte die Stirn. „Vor ein paar Monaten sind wir mehr oder weniger zufällig auf etwas Interessantes gestoßen", setzte Copeland an. „Es geht um eine terroristische Vereinigung, die sich Majeed nennt und hier irgendwo im Süden der Vereinigten Staaten agiert. Diese Gruppe plant eine Reihe von Anschlägen auf Einrichtungen der Regierung, möglicherweise an Weihnachten."

„Und was hat das mit Lufti, Holston und Gazsi zu tun? Verdächtigen Sie denn einen der drei, dem Majeed anzugehören?"

„Es bestehen Verdachtsmomente gegen jeden dieser drei Männer. Wir haben über hundert Personen im Visier; mehr kann ich Ihnen momentan nicht sagen. Ich muss Sie aber bitten, vorübergehend davon abzusehen, weiter im Leben der drei herumzuwühlen."

„Und warum genau interessieren Sie sich für sie?" Deke ließ nicht locker.

„Jeder dieser drei Männer hat jemanden in der Familie, der einer radikalen Gruppe angehört. Noch können wir keinen der drei direkt mit dem Majeed in Verbindung bringen, aber es ist nur eine Frage der Zeit, bis sich unser Verdacht gegen einen von ihnen erhärten wird."

„Und Sie wissen im Moment noch nicht, welche Einrichtungen im Blickfeld der Attentäter sind?"

„Nein, momentan noch nicht.", erwiderte Copeland.

„Sie wollen mir also sagen, dass Lexie Murroughs Leben in unmittelbarer Gefahr ist, aber …"

„Auszeit!", unterbrach Sam Dundee ihn. „Rob wird zu gegebener Zeit alle Informationen mit uns teilen. Bis dahin ist es an uns, dafür zu sorgen, dass Miss Murrough und Miss Bedell nichts passiert."

Deke sah dem Agenten direkt in die Augen. „Haben Sie

Hinweise darauf, dass einer der drei einen Grund hätte, Lexie Murrough zu töten?“

„Nach dem jetzigen Stand der Ermittlungen ist keiner der drei Männer eindeutig tatverdächtig“, antwortete Copeland. „Aber jeder von ihnen hat eine Verbindung nach Gadi. Holston genauso wie Gazsi und Lufti.“

21. KAPITEL

Am Abend des Wohltätigkeitsballs war die Villa Bedell erfüllt von festlicher, beinahe ausgelassener Stimmung. Alle Fenster des riesigen Haupthauses waren hell erleuchtet, und in der Auffahrt tummelten sich die Limousinen und teuren Sportwagen. Aus dem Haus drang beschwingte Tanzmusik in die kalte Dezemberluft. Die Leute waren sich einig, dass sich Schnee anzukündigen schien, und schwärmten davon, wie schön es wäre, einmal richtig weiße Weihnachten zu erleben. Das kam nicht oft vor in Chattanooga.

Obwohl Deke in seinem Job oft einen Anzug und ab und an auch einen Smoking tragen musste, war der feine Zwirn nicht sein Element. Er war eben ein Junge vom Land, dessen Vorstellung von formeller Kleidung sich lange Zeit im Tragen einer Krawatte erschöpft hatte. Aber so war nun einmal die Absprache: Die Zivilpolizisten und die drei Dundee-Agenten erschienen in Abendgarderobe, um nicht aufzufallen. Nur das Sicherheitsteam von Bedell, Inc. Security trug heute Abend Uniform.

Ty würde sich um Lexie kümmern und Geoff um Cara, sodass Deke sich frei im Raum bewegen und den Überblick bewahren konnte. Die beiden Frauen sollten ihren großen Auftritt in genau fünfzehn Minuten haben. Deke ging für einen kurzen Moment auf die Veranda, um frische Luft zu schnappen. Aus einer Ecke beobachtete er, wie sich die gesamte High Society von Chattanooga ins Haus schob: alter Geldadel und Neureiche, Stars, Sternchen und Politiker. Jeder, der genug besaß, um großzügig zu spenden, war eingeladen worden.

Als ein kalter Windstoß um die Hausecke fegte, wünschte Deke, er hätte seinen Mantel angezogen. Es war wirklich bitterkalt.

Er spürte die Gegenwart des anderen Mannes, bevor er ihn

aus dem Augenwinkel erspähte. Lieutenant Desmond schien von der Kleiderordnung ebenso begeistert zu sein wie Deke. Nichtsdestotrotz stand ihm sein Smoking hervorragend. Er sah ausnehmend elegant aus.

„Mir ist überhaupt nicht wohl bei der Sache“, begrüßte ihn Bain, als er auf ihn zukam. „Es gibt einfach zu viele Unbekannte in dieser Gleichung. Zu viel könnte schiefgehen.“

„Ich hoffe nur, keiner von Ihren Männern oder vom Sicherheitsteam verliert die Nerven.“

„Keine Sorge“, versicherte Desmond. „Die Männer sind alle hervorragend ausgebildet.“

Deke nickte. „Ich werde trotzdem den ganzen Abend in Lexies Nähe bleiben.“

„Und ich in Caras.“

Die beiden Männer tauschten einen vielsagenden Blick aus. Jeder verstand die Gefühle des anderen. Wenn es hart auf hart käme, würde jeder von ihnen zur Stelle sein, um seine Frau zu beschützen.

„Ich werde noch eine letzte Runde ums Haus drehen, bevor die Damen ihren großen Auftritt haben“, sagte Bain schließlich. „Ich möchte noch Mal überprüfen, ob jeder auf seinem Posten ist.“

„Dann bis später.“

Der Lieutenant nickte und verschwand.

Deke rieb sich die Hände, um sich aufzuwärmen, und ging zurück zur Eingangstür. Er blickte diesem Abend sorgenvoll entgegen. Lexie machte sich freiwillig zur Zielscheibe, und er musste dabei zusehen. Seit ihrem Gespräch auf der Rückbank des Rolls Royce vor zwei Wochen hatte er sie nicht mehr gesehen. Er hatte die ganze Zeit über gehofft, dass sie ihn kontaktieren, sich noch einmal mit ihm treffen würde, aber das hatte sie nicht getan. Wahrscheinlich war sie noch nicht so weit, über ihre Beziehung zu sprechen. Und vielleicht würde sie das nie sein.

Lexie blickte ein letztes Mal in den riesigen Spiegel. Von ihren Ohren baumelten kleine tropfenförmige Amethyste und Diamanten, ein passendes Armband und Collier ergänzten das Bild. Sie selbst besaß ein paar Einzelstücke teuren Schmucks, unter anderem eine antike Perlenkette. Das sündhaft teure Geschmeide, das sie heute trug, gehörte jedoch zu Caras Schmucksammlung; sie war über Generationen hinweg von den Bedell-Frauen zusammengetragen worden.

Der Schwarz-Weiß-Ball war Caras Idee gewesen. Und nachdem Lexie fast alles getan hätte, um Spenden für Helping Hands zu sammeln, hatte sie eingewilligt – obwohl das hier ganz sicher nicht ihre Welt war. Während Cara in eine Welt hineingeboren worden war, in der ein gesellschaftliches Ereignis das nächste jagte, kam Lexie aus bescheidenen Verhältnissen. Für sie war ein Ball wie dieser eine große Sache.

Lexie blickte nervös auf ihre Uhr. Sieben Uhr fünfundzwanzig. Beinahe Zeit für ihren großen Auftritt. Sie öffnete ihre Zimmertür und sah Ty Garrett, der in einem eleganten Smoking auf sie wartete. An der obersten Stufe der großen Haupttreppe trafen sie auf Cara und Geoff. Die beiden Frauen tauschten nervöse Blicke aus. Dann hakten sie sich bei ihren Begleitern unter und warteten auf ihr Zeichen.

Schließlich hörte die Band auf, zu spielen. Trommelwirbel. Alle Blicke richteten sich auf die Treppe.

Lexie atmete tief ein. Die Nervosität, die in ihren Schläfen pochte, entsprang nur zum Teil aus der Angst um ihre eigene Sicherheit und die ihrer Freunde. Sie rührte ebenso sehr von der Gewissheit, dass sie heute Abend Deke wiedersehen würde. Sie wusste, dass er sie wahrscheinlich in genau diesem Moment beobachtete. In den vergangenen zwei Wochen hatte sie jeden Tag mit dem Gedanken gespielt, ihn anzurufen, doch ihn immer wieder im letzten Moment verworfen. Egal, was in der Vergangenheit geschehen war, eines wusste Lexie ganz sicher: Sie liebte Deke Bronson, den Mann mit den stahlgrauen Augen, der sie an jenem Tag in Gadi gerettet hatte. Sie liebte den Bodyguard, der bereit war, sein eigenes Leben zu geben, um ihres zu schützen.

„Bereit?", fragte Cara.

„Bereit", antwortete Lexie.

Man schien davon auszugehen, dass er heute Abend wieder zuschlagen würde. Die Sicherheitsvorkehrungen waren immens. Und da er als Ausländer zu den dringend Verdächtigen gehörte, konnte er damit rechnen, auf Schritt und Tritt beschattet zu werden.

Er lächelte.

Beschattet mich ruhig.

Sie würden nur einen Mann sehen, der an der Seite seiner Frau auf einen Ball ging. Einen verliebten Mann. Nichts anderes. Niemand würde bemerken, was er im Schilde führte. Und wenn er seinen teuflischen Plan umgesetzt hatte, würde es schon zu spät sein.

Sicher, die Agenten von Dundee stocherten in seiner Vergangenheit herum, aber sie würden nichts als Sackgassen finden. Seine wahre Identität war so tief verborgen, dass niemand sie entdecken würde. Dafür hatte die Familie seiner Mutter damals gesorgt, um sie vor den Mördern seines Vaters zu schützen. Er wusste bis heute nicht, warum diese Männer seine Mutter und ihn verschont hatten, an jenem Tag, an dem sie seinen Vater, dessen Leibgarde und sein gesamtes Kabinett niedergeschossen hatten. Sein ganzes Leben schon war er gezwungen, eine Lüge zu leben. So zu tun, als sei er jemand anderes. Sein ganzes Leben schon trug er nicht den Namen seines Vaters.

Und das alles nur wegen dieser Ungläubigen. Dieser Amerikaner. Und dieser Briten.

Bevor er Lexie Murrough umbringen würde, würde er ihr sagen, wer er wirklich war. Er würde sie zwingen, ihn um Vergebung anzuflehen.

Seit drei Wochen wiegte er Lexie und ihre Beschützer nun schon in falscher Sicherheit. Abgesehen von den paar Drohnachrichten hatte er sich still verhalten. Wenn sie klug waren, wussten sie, dass dies nur die Ruhe vor dem Sturm war. Und wo ließe sich besser ein Sturm kreieren als in diesem Meer von amerikanischen Millionären, das heute Abend durch den Ballsaal wogte.

Er würde Lexie Murrough beweisen, dass sie und ihre Freunde nicht sicher waren. Dass sie ebenso angreifbar waren, wie es sein Vater es gewesen war.

Unter dem Beifall ihrer Gäste schritten Lexie und Cara am Arm ihrer Bodyguards die Treppe hinunter. Cara sah wundervoll aus in ihrem Kleid aus schwarzem Satin, aber Deke hatte nur Augen für Lexie. Sie war ein wahr gewordener Traum. Ihre atemberaubende Figur wurde von weißer Seide umschmeichelt. Ihren Hals, ihr Armgelenk und ihre Ohren schmückten glitzernde Edelsteine, und ihr blondes Haar war elegant hochgesteckt. Nur ein paar lose Strähnen umrahmten ihr schönes Gesicht.

Er sollte der Mann an ihrer Seite sein, nicht Ty Garrett. Nicht, weil es sein Job war, nicht, weil sie seine Klientin war. Nein, Lexie Murrough war mehr als das. Sie gehörte zu ihm, hatte immer zu ihm gehört. Seit diesem Tag in Gadi, an dem er sie in seinen Armen in Sicherheit gebracht hatte, ohne an sein eigenes Leben oder das seiner Männer zu denken.

Wenn ihre Wege sich nie wieder gekreuzt hätten, wenn sie nie wieder zurück in sein Leben gekommen wäre ... Selbst dann hätte der Gedanke an sie ihn bis an sein Lebensende verfolgt. Und jetzt, da sie ein Teil seines Lebens geworden war, wenn auch nur für kurze Zeit, jetzt, da er ihr so nah gekommen war, konnte es niemand anderen mehr für ihn geben. Wenn es so etwas wie Liebe gab, dann liebte er Lexie Murrough.

Deke mischte sich unter die Ballgäste und wurde immer

weiter von Lexie weggetrieben, die zusammen mit Cara in die Menge eingetaucht war. Die nächsten zwei Stunden über beobachtete er aufmerksam das Geschehen, hielt immer wieder Rücksprache mit den Sicherheitsleuten und der Polizei. Er drehte drinnen und draußen seine Runden und sah sogar bei dem Küchenpersonal zweimal nach dem Rechten. Inzwischen waren auch Jafari Holston, Robert Lufti und Hamal Gazsi in Begleitung ihrer Frauen auf dem Ball erschienen. Die drei Pärchen schienen unzertrennlich. Vermutlich wussten die Männer, dass sie genau überwacht wurden.

Als Deke das letzte Mal durch den Ballsaal gewandert war, hatte er Ty mit dem Rücken zur Tanzfläche stehen sehen. Er schloss daraus, dass Lexie am Rand Platz genommen hatte, statt zu tanzen.

Als er nun ein weiteres Mal durch den Raum schritt, betrachtete er die Menschen um sich herum ein wenig genauer. Die Männer trugen alle schwarze Smokings und die Frauen sündhaft teure lange Kleider, schwarze oder weiße. Und jede Menge Edelsteine. Deke schätzte, dass an diesem Abend mindestens zwanzig Millionen an Juwelen versammelt waren. Und das könnte noch niedrig geschätzt sein.

In diesem Moment erblickte er Lexie. Sie stand in einer Ecke des Ballsaals und starrte die tanzenden Paare an. Auch wenn niemand anders ihren wehmütigen Blick entdeckt haben mochte, ihm fiel es sofort auf. Lexie wünschte sich, mitzutanzen, und sie sehnte sich danach, sich in den Armen eines Mannes zu wiegen wie all die anderen Frauen auf diesem Ball auch.

Er hatte sich geschworen, Abstand zu halten und sie nicht zu bedrängen. Wirklich. Aber was waren schon gute Absichten bei diesem Anblick? Als Deke auf sie zukam und sich neben Ty stellte, zwang Lexie sich zu einem Lächeln.

„Guten Abend“, sagte sie.

„Guten Abend“, antwortete er freundlich. „Du siehst wunderschön aus.“

Dann lehnte er sich zu Ty hinüber und flüsterte ihm ins Ohr: „Frag sie, ob sie tanzen will!“

Ty erwiderte ebenso leise: „Hab ich schon. Sie hat abgelehnt.“

Ohne weiter darüber nachzudenken, streckte Deke ihr seine Hand entgegen. „Möchtest du tanzen?“

Ihre blauen Augen glitzerten vor Sehnsucht, doch dann erlosch auf einmal das Leuchten, und Lexie sagte: „Ich tanze nicht mehr.“ Dabei sah sie den Gehstock in ihrer Hand an.

„Es ist ein langsamer Tanz“, gab er zu bedenken. „Halt dich einfach an mir fest.“

„Ich … ich weiß nicht.“

Kurzerhand griff er nach ihrem Handgelenk. Er zog sie zu sich, nahm ihr den Stock aus der Hand und reichte ihn Ty. Dann packte er sie mit Schwung, trug sie auf die Tanzfläche und setzte sie dort wieder ab. Lexie sah ihn mit großen unsicheren Augen an.

„Ich kann das nicht. Ich … ich kann nicht tanzen.“

„Natürlich kannst du.“ Er zog sie vorsichtig näher an sich heran und flüsterte ihr zu: „Immer langsam. Und ganz locker bleiben. Denk gar nicht übers Tanzen nach. Beweg dich einfach mit mir. Ich halte dich fest.“

Sich an ihn klammernd, versuchte sie ihre ersten, noch etwas zögerlichen und unsicheren Schritte.

Zärtlich wiegte er ihren Körper zur Musik. Mit jeder Sekunde schien sie sich mehr zu entspannen, schien ihm schließlich völlig zu vertrauen. So sehr, dass ihre Hand die seine nur noch lose berührte und ihr Arm, der zuvor seinen Hals umklammert hatte, locker auf seiner Schulter lag.

„Du bist die schönste Frau des Abends“, sagte er.

„Das sind die Diamanten.“ Lächelnd schüttelte sie den Kopf, sodass ihr Ohrschmuck aufblitzte. „Die müssen dich geblendet haben.“

„*Du* blendest mich.“

„Ich habe dich vermisst.“

Ihre unerwartete Beichte warf ihn völlig aus der Bahn. Er war sprachlos, atemlos. Übermannt von Glück zog er sie noch fester an sich und drückte seine Wange gegen ihre.

„Heißt das, ich darf zurückkommen? Als dein Bodyguard?“

„Nein.“ Sie sah ihn eindringlich an.

„Nein?“

„Wenn du zurückkommst, dann nicht nur als mein Bodyguard.“

Dekes Herz schlug ihm bis zum Hals. „Wenn du es so willst“, sagte er mit rauer Stimme. „Ich komme zurück, als was du mich willst.“

„Was willst *du*, Deke?“

„Dich.“ Er drückte seine Lippen auf ihre Stirn. Dann beugte er sich zu ihr hinunter und flüsterte: „Ich will dich, Lexie. Auf jede Art, auf die ich dich bekommen kann.“

Die Musik verstummte abrupt. Es folgte erneut ein Trommelwirbel, dann erklang Caras Stimme.

„Meine Damen und Herren, die Nacht ist noch jung. Nebenan wartet ein fabelhaftes Buffet auf Sie. Essen Sie, trinken Sie und tanzen Sie – nur vergessen Sie darüber nicht, Helping Hands International einen Scheck auszustellen und ihn unserem Mr. Richardson hier zu übergeben.“

Farris stand direkt neben Cara auf dem Podium. Als sein Name erwähnt wurde, strahlte er von einem Ohr zum anderen.

„Lassen Sie sich nicht lumpen, meine lieben Freunde“, sagte Cara. Als sie danach das Podium verließ, stolperte sie und taumelte geradewegs in Bain Desmonds Arme, der sie auffing und auf die Tanzfläche führte.

Die Band spielte einen weiteren langsamen Song, doch Lexie drückte fest Dekes Arm und sagte: „Vielen Dank für den Tanz.“

„Das war's? Du schickst mich weg?"

„Nur vorübergehend", erklärte sie ihm. „Wir haben beide unsere Verpflichtungen heute Abend. Ich muss mich jetzt ein wenig um die edlen Spender kümmern."

„Und was ist später? Wenn der Ball vorbei ist?"

„Wir werden beide müde sein", gab sie zu bedenken. „Und überglücklich, dass heute Abend nichts passiert ist." Sie drückte noch einmal seinen Arm. „Morgen ist Sonntag. Komm doch nach dem Mittagessen vorbei, und dann reden wir – über uns, darüber, was du willst und was ich will, wie wir mit unserer Vergangenheit umgehen wollen und wie wir uns die Zukunft vorstellen."

„Ich habe gemeint, was ich gesagt habe, Lexie. Alles, was ich will, bist du. Zu deinen Bedingungen. Was auch immer du von mir willst oder brauchst – ich werde es dir geben."

„Was du willst und was du brauchst ist mir genauso wichtig wie das, was ich will." Sie stellte sich auf Zehenspitzen und küsste ihn auf die Wange. „Denk drüber nach, was du wirklich willst, und sag es mir morgen."

Als sie die Tanzfläche verließen, kam Ty ihnen mit Lexies Stock in der Hand entgegen. Er gab ihn ihr, reichte ihr zusätzlich seinen Arm und führte sie vom Ballsaal in das angrenzende Zimmer, in dem das Buffet aufgebaut war.

Deke blickte ihnen hinterher, bis sie nicht mehr zu sehen waren. Immer noch hörte er Lexies Stimme in seinem Kopf widerhallen.

Was willst du, Deke?

Er wollte Lexie. Er brauchte sie. Aber liebte er sie auch? War er überhaupt fähig, zu lieben?

Cara befand sich genau da, wo sie sein wollte und wo sie am liebsten für immer geblieben wäre: in Bain Desmonds Armen. Aber dieser Tanz würde viel zu schnell enden, und dann würde er sie wieder verlassen. Wie immer erlaubte er ihr nur für einen kurzen Moment, die Glückseligkeit zu erahnen, die ein Leben mit ihm bedeuten würde. Aber dieser kurze Moment war alles, was er ihr zugestand. Es ließ sich nicht ändern, dass sie waren, wer sie waren – er ein einfacher Polizist und sie die milliardenschwere Erbin von Bedell, Inc. In einer anderen Welt könnten sie zusammenfinden. Sie könnten sich lieben, heiraten, Kinder bekommen und glücklich sein bis an ihr Lebensende – falls es so etwas gab wie lebenslanges Glück. Aber in der realen Welt, in seiner Realität genau wie in ihrer, würden sie nie zueinander finden. Cara könnte nicht in einem kleinen Reihenhaus in einer Vorstadtsiedlung leben, einen Kombi fahren und sich im Elternbeirat der Schule engagieren. Aber das war genau die Art Ehefrau, die Bain wollte. Er dagegen könnte niemals in die riesige Villa ziehen und von dem Geld seiner Frau leben. Er war altmodisch. Er wollte seine Familie ernähren. Er wollte derjenige sein, der die Hosen anhatte.

„Warum lächelst du?", wollte Bain wissen, als er sie über das Parkett wirbelte und ihren Körper ganz nah an sich zog.

„Ich habe über dich nachgedacht", gab sie zu.

„War ich in deinen Gedanken nackt?", scherzte er.

Cara legte seufzend ihren Kopf auf seine Schulter. „Warum können wir nicht wenigstens eine Affäre haben?"

Seine Muskeln spannten sich merklich an, und er zog sie noch näher an sich heran. Er führte ihre Hand an seine Lippen, küsste sie. „Wenn ich jemals mit dir schlafe, werde ich dich nie wieder gehen lassen können."

Sie küsste seinen Hals.

Er erschauerte.

„Es ist einfach nicht fair.", murmelte sie.

„Ich nehme nicht an, dass du jemals all das hier aufgeben würdest, oder?"

Sie hob ihren Kopf und sah ihm direkt in die Augen und sagte: „Wenn ich nicht auch für andere Menschen verantwortlich wäre, würde ich es ernsthaft in Erwägung ziehen."

Bain schnaubte. „Ich bin es nicht wert, dass man für mich Milliarden aufgibt, Süße. Außerdem sind viel zu viele Menschen darauf angewiesen, dass du Bedell, Inc. am laufen hältst."

„Manchmal würde ich den ganzen Konzern am liebsten Konzern sein lassen."

„Nein, das würdest du nicht. Du liebst es, der Boss zu sein und alles unter Kontrolle zu haben. Das ist deine Berufung." Er strich sachte über ihre Wange. „Das ist wohl der Moment, in dem ich so etwas sagen sollte wie: Was sind schon die Probleme zweier einzelner Menschen gegen das Leid der Welt."

Sie sah ihn strafend an: „Tu das nicht! Mach dich nicht lustig über unsere Situation."

Er griff nach ihrer Hand und führte sie erneut zu seinen Lippen. „Schenkst du mir den letzten Tanz?" Bevor sie antworten konnte, ließ er sie los und verschwand von der Tanzfläche.

Ehe sie sich noch von Bains plötzlichem Verschwinden erholen konnte, tauchte wie aus dem Nichts ihr Schwager auf und schlang seinen Arm um ihre Hüfte.

„Du siehst umwerfend aus, meine Liebe", beteuerte Grayson. „Diese Smaragde ..." Er starrte begierig auf ihre Ohrringe und ihr Collier. „Die Steine bringen das Grün deiner Augen zur Geltung."

„Ich brauche etwas zu trinken", erwiderte Cara.

„Komm mit mir. Ich hole uns Champagner."

Zögerlich folgte sie ihm. Sie würde ein Glas Champagner mit ihm trinken, wenn es sein musste, sogar mit ihm tanzen. Und sie würde so vielen Gästen wie möglich eine Spende abschwatzen. Am Ende des Abends jedoch würde sie wieder in Bain Desmonds Armen liegen.

Ich schenke dir den letzten Tanz.

Und wenn du willst, auch den Rest meines Lebens.

Einen Sicherheitsmann im Rücken, saß Farris Richardson hinter dem schweren Eichentisch und lächelte. Die Leute kamen in Scharen vorbei und übergaben ihm ihre Spenden. Von einigen bekam er Bargeld, die meisten aber stellten einen Scheck aus oder unterzeichneten Einzugsermächtigungen. Einige legten auch einfach einen Umschlag auf den Tisch und gingen weiter. Gegen elf Uhr Abends war der Tisch übersäht von Schecks, Bargeld und noch ungeöffneten Umschlägen. Lexie und Cara lächelten überglücklich bei dem Gedanken daran, wie viel Gutes sie dank der Großzügigkeit ihrer Gäste würden tun können.

„Wie viel haben wir bis jetzt?", fragte Cara.

„Ich habe noch nicht alles zusammengerechnet", erwiderte Farris und tippte weiter in seine Rechenmaschine, „aber im Moment sind es etwa zweihunderttausend Dollar."

Lexie strahlte. „Das ist ja wundervoll!"

Cara sah skeptisch auf den Stapel von noch ungeöffneten Umschlägen. „Die meisten davon werden Fünfzig- oder Hundert-Dollar-Scheine beinhalten. Das hat keine großen Auswirkungen auf die Endsumme."

„Aber jeder Dollar hilft", erinnerte Lexie ihre ungeheuer wohlhabende Freundin. „Vergiss nicht, dass nicht alle unsere Gäste Millionäre sind."

Cara grinste schief und legte einen Arm um ihre Freundin. „Danke, dass du mich daran erinnerst. Was würde ich nur ohne dich tun? Du bist meine Verbindung zur Realität."

„Jederzeit gerne", sagte Lexie lächelnd.

Ein Fotograf, der den ganzen Abend schon Fotos von den Gästen für den Gesellschaftsteil der Zeitung geschossen hatte, bat nun Cara und Lexie, vor den Spenden zu posieren.

„Ich sorge dafür, dass Sie in die morgige Ausgabe kommen", versprach er. „Wir werden auch die Kontoverbindung von Helping Hands angeben, damit auch unsere Leser spenden können. Hey, Sie da", rief der Journalist dann zu Farris hinüber. „Wie wäre es, wenn Sie einen der Umschläge öffneten und das Geld zwischen Miss Bedell und Miss Murrough hochhalten? Das wäre doch ein gutes Motiv."

Cara zog Lexie zur Seite, öffnete ihre winzig kleine Abendhandtasche, griff hinein und zauberte einen pfirsichfarbenen Lipgloss hervor.

Lexies Blick wanderte zwischen Cara und Farris hin und her. Während ihre Freundin sich die Lippen nachzog, hatte Farris einen großen, dicken Umschlag ausgesucht und in die Hand genommen. Entweder hatte da jemand sehr viel Geld gespendet oder nur Ein-Dollar-Scheine hineingelegt.

„Schöner werde ich nicht mehr", scherzte Cara und fuhr sich mit den Fingern durchs Haar, während Lexie aus den Augenwinkeln beobachtete, wie Farris den mysteriösen Umschlag öffnete.

Boom!

Ein lauter Knall.

Eine Explosion.

Ein Blitz zuckte durch den Raum.

Menschen schrien und liefen durcheinander. Lexie schnappte nach Luft und Cara rief nach Hilfe.

Ehe sie sich versahen, kamen vier Männer auf sie zugeschossen. Bain und Geoff erreichten Cara zeitgleich und nahmen sie in ihre Mitte. Deke war schneller als Ty. Als er Lexie erreichte, warf er sich auf sie, sodass sie flach auf dem Boden landete und sein Körper sie schützend bedeckte.

22. KAPITEL

Die Hölle brach los. Die Menschen rannten einander um und schrien vor Panik. Nur die wenigsten Leute beachteten die Sicherheitsmänner, die versuchten, die Räume geordnet zu evakuieren, sondern drängten gleichzeitig durch die Verandatüren hinaus in die kalte Dezembernacht. Kurz: Es herrschte Chaos.

Deke erhob sich, packte Lexies Hand und zog sie hoch. „Geht es dir gut?"

„Ja", krächzte sie.

Ganz in der Nähe verfrachtete Desmond gerade Cara in Geoffs Obhut, sah sie streng an und sagte: „Bleib bei Monday. Tu genau, was er sagt. Verstanden?"

Sie nickte und fragte: „Was zum Teufel ist passiert?"

Desmond sah sich in dem halb leeren Raum um. Sein Blick blieb an dem Schreibtisch hängen, an dem Farris Richardson gesessen hatte. „Verdammte Scheiße."

„Was?" Cara drehte sich um und ließ ihre Augen Bains Blick folgen. Er wendete seinen Blick jedoch sofort ab und sagte: „Sieh nicht hin. Das ist kein schöner Anblick."

„Deke?" Lexie schrie fast. „Was ist passiert? Geht es Farris gut? Ist er verletzt?"

Deke schluckte schwer. Was sollte er nur sagen? Richardson ging es alles andere als gut. Und er war mehr als verletzt. Mehr noch: Deke war ziemlich sicher, dass der Finanzchef von Helping Hands tot war. Anscheinend hatte er die volle Wucht dessen abbekommen, was Deke für eine Briefbombe hielt. Richardsons Gesicht war bis zur Unkenntlichkeit verbrannt, seine Hände verstümmelt. Teile des Tischs hatten seinen Körper durchbohrt. Der Sicherheitsmann, der hinter ihm gestanden hatte, war von der Druckwelle mehrere Meter nach hinten an die Wand geschleudert worden. Sein Gesicht war blutverspritzt und seine Augen ganz glasig vor Schock.

„Du und Cara geht mit Ty und Geoff", sagte Deke. „Nach draußen." Er sah zu Geoff. „Bring sie raus – durch die Küche. Geht direkt zum Gesindehaus und bleibt dort, bis Desmond oder ich euch Bescheid geben."

Lexie griff nach Dekes Oberarm. „Ist Farris ...?"

„Er ist höchstwahrscheinlich tot", bestätigte Deke. „Es gibt nichts, was du für ihn tun könntest. Geh mit Ty mit. Jetzt!"

Deke warf einen kurzen Blick zu Desmond hinüber, der sich bereits an sein Telefon gehängt hatte und Verstärkung rief: Polizei, Sanitäter, Feuerwehr – das volle Programm. Dann ging Deke direkt zu Farris und dem verwundeten Wachmann. Als Desmond seine Anrufe beendete, hatten sich zwei der insgesamt sechs Polizeibeamten, die auf der Party gewesen waren, bei ihm eingefunden.

Desmond sah von einem zum anderen: „Yarbrough, helfen Sie Bronson mit dem Verwundeten. Burell, ich möchte, dass Sie den Tatort sofort absperren."

Dann rief Desmond zu Deke hinüber: „Wie sieht's aus?"

„Richardson ist tot", antwortete Deke. „Der Wachmann steht unter Schock, aber seine Verletzungen scheinen nur oberflächlich zu sein." Während er das sagte, schob er den Mann zu einem Stuhl. „Setzen Sie sich erst mal. Es ist schon Hilfe unterwegs. Verstehen Sie mich?"

Doch der Mann konnte weder sprechen noch sich bewegen. Er starrte einfach ins Leere.

„Was kann ich tun?", fragte Deke den Lieutenant.

„Sie kommen mit mir. Wir müssen dafür sorgen, dass niemand das Anwesen verlässt, bevor wir ihn befragt haben. Wir haben eine lange Nacht vor uns."

Deke nickte und folgte Desmond nach draußen, wo eine große Traube verschreckter Ballgäste auf sie wartete.

Er blieb dicht bei seiner Frau und tat so, als sei er von den Geschehnissen ebenso geschockt wie alle anderen. Und als man ihnen sagte, dass Farris Richardson tot sei, heuchelte er Entsetzen und Trauer. Er war sehr gut geworden in seiner Rolle als ergebener Liebhaber und Freund.

Lexie Murrough, verzweifelst du an diesem neuen Verlust? Machst du dich selbst für den Tod einer weiteren Person, noch dazu eines Freundes, verantwortlich?

Der Gedanke an Lexies Leiden gefiel ihm, und die Gewissheit, dass sie in den kommenden Tagen noch viel mehr zu erdulden haben würde, gab ihm ein gewisses Maß an Genugtuung. Doch er würde erst endgültig zur Ruhe kommen, indem er ihr das Leben nahm. Nur so konnte er hoffen, den Tod seines Vaters zu rächen.

Die Polizei und diese Dundee-Agenten hatten gedacht, sie hätten alles im Griff und alle Gäste sorgfältig überprüft. Keiner von ihnen hätte es für möglich gehalten, dass es einem Gast gelingen würde, eine Bombe auf den Ball zu schmuggeln. Dabei war es ganz leicht gewesen, das Ding zu basteln und in einem Umschlag zu verstecken. Dann hatte er den Umschlag unbemerkt aus seiner Manteltasche gezogen und ihn auf den Spendentisch gelegt. Danach hatte er dafür gesorgt, dass seine Frau und er sich für den Rest des Abends in einem anderen Zimmer aufhielten, damit sie bei der Explosion nicht verletzt werden konnten.

„Ich hätte Lexie wirklich gern noch gesehen, bevor wir gefahren sind“, beschwerte sich Toni Wells bei ihrem Freund. Er lenkte ihren Wagen gerade durch das Tor des Bedell-Anwesens. Es war Sonntagnacht, zehn vor zwei.

„Die Polizei hätte dir das bestimmt gar nicht gestattet“, erwiderte Jafari. „Es geht ihr und Miss Bedell sicher gut. Du hast Mr. Bronson doch gehört. Ruf sie nachher einfach an.“

„Ich kann nicht glauben, was heute passiert ist.“ Toni sank ein wenig tiefer in ihren Beifahrersitz und verschränkte die Arme über der Brust. Sie war bis auf die Knochen durchgefroren. Es hatte über eine Stunde gedauert, bis die Polizei und die Feuerwehr die Villa abgesucht hatten und die Gäste wieder ins Haus durften. „Armer Farris."

Jafari nickte. „Es ist schrecklich."

„Warum kriegen sie diesen Verrückten denn nicht?" Toni schluckte tapfer ihre Tränen hinunter. Sie war entschlossen, nicht zu weinen.

„Er scheint ihnen immer einen Schritt voraus zu sein."

Toni streckte ihren Arm aus und berührte Jafaris Wange. „Es tut mir leid, dass man dich verdächtigt. Dieser Gedanke ist vollkommen absurd. Wenn sie dich so kennen würden, wie ich dich kenne ..."

Er lächelte sie an. „Das Einzige, was zählt, ist, was du von mir hältst. Die Polizei und diese Agenten tun doch nur ihren Job. Und weil ich nun mal kein Amerikaner bin und islamisch erzogen wurde ..."

„Du bist nicht der Einzige, den sie unter Beobachtung haben, weißt du. Sie ermitteln genauso gegen Robert und Hamal."

„Ich nehme das nicht persönlich, und die anderen beiden sollten das genauso wenig tun."

„Ich bin einfach nur froh, dass du den ganzen Abend über bei mir warst. Das sollte genügen, diese Zweifler davon zu überzeugen, dass du unschuldig bist. Jetzt müssen sie aufhören, dich zu verdächtigen."

Alice machte sich Sorgen um Robert. Er war ungewöhnlich still gewesen, seit sie den Ball verlassen hatten. Um genau zu sein, hatte er kaum ein Wort mit ihr gesprochen, seit die Bombe detoniert war. Angesichts der Tatsache, wie sehr ihn die Ereignisse des Abends mitgenommen hatten, hatte Alice darauf bestanden, selbst zu fahren.

„Bitte lass mich an meiner Wohnung raus", murmelte Robert, als sie losfuhren.

„Nein, ich lass dich heute Nacht nicht alleine, nicht heute Nacht. Wir brauchen einander heute noch mehr als sonst."

„Dir ist doch klar, dass sie mich verdächtigen, oder?"

„Ist es das, was dich so verstört?" Sie warf einen kurzen Blick in seine Richtung, doch seine Mine war regungslos. „Jafari und Hamal gelten ebenfalls als verdächtig. Und außerdem weiß ich, dass alle Mitarbeiter von Helping Hands überprüft wurden. Ohne Ausnahme. Und alle Familienmitglieder, die auch nur im Entferntesten verdächtig schienen."

„Ich bin verdächtig, weil ich aus Gadi komme und weil mein Onkel und mein Cousin Mitglieder einer ..."

„Sie wissen aber auch, dass du es nicht gewesen sein kannst. Du warst den ganzen Abend über bei mir. Du hast ein Alibi."

„Sie werden entweder denken, dass du lügst, um mich zu schützen, oder dass ich den Umschlag auf den Tisch geschmuggelt habe, ohne dass du es bemerkt hast."

„Dann hätten sie unrecht, nicht wahr?"

„Ja, das hätten sie."

Vega weinte leise vor sich hin. Sie wünschte, sie könnte damit aufhören, aber es gelang ihr einfach nicht. Hamal war so verständnisvoll.

Er würde einen sehr guten Ehemann abgeben.

„Versuch, nicht mehr daran zu denken!", flüsterte er.

„Das versuche ich ja." Vega schluchzte laut auf und wischte sich das Gesicht mit dem Handrücken trocken. „Aber ich frage mich immer wieder, wann er endlich aufhört. Wie viele von Lexies Freunden wird er noch töten?"

Hamal drückte ihr ihre Hand. „Ich wünschte, ich könnte Tag und Nacht bei dir sein, um dich zu beschützen."

„Er ist ein böser Mensch. Wie kann er unschuldige Menschen ohne Grund umbringen?"

„Ich bin sicher, er glaubt, einen guten Grund zu haben."

Vega entriss ihm ihre Hand. „Hamal!"

„Ich will ihn doch nicht verteidigen! Ich habe nur gesagt, dass er wahrscheinlich glaubt, es gäbe eine Rechtfertigung für seine grausamen Taten."

„So etwas solltest du nicht sagen. Die Polizei könnte dich falsch verstehen, und das wäre gar nicht gut."

„Sie werden mich schon nicht für etwas verhaften, was ich nicht getan habe. Sie machen einfach ihren Job und überprüfen jeden möglichen Verdächtigen."

„Wie können die nur denken, dass du fähig wärst, jemanden zu töten? Wenn sie dich so kennen würden, wie ich dich kenne …"

„Mach dir keine Sorgen, geliebte Vega. Alles wird gut."

Lexies Blick folgte Cara, die die letzten Stunden damit verbracht hatte, im Gesindehaus nervös auf und ab zu laufen. Ty und Geoff hatten sich die ganze Zeit über sehr zurückgehalten. Sie sprachen nur, wenn eine der beiden Frauen etwas fragte, und konzentrierten sich sonst darauf, Wache zu halten. Deke hatte zweimal angerufen. Einmal, um zu kontrollieren, ob es ihnen gut ging, und ihnen zu sagen, dass die Polizei die vorläufige Untersuchung des Hauses abgeschlossen hatte und begann, die Gäste aus der Kälte wieder nach drinnen zu holen. Beim zweiten Anruf teilte er ihnen mit, dass die Polizei die Gäste nun gehen ließ, nachdem man sie verhört hatte. Und dass er bald kommen würde, um mit ihr zu sprechen.

Lexie war sich zwar nicht sicher, wie sie sich ein Gesindehaus vorgestellt hatte, war von dem spärlich möblierten, verlassen wirkenden Quartier jedoch überrascht. Sie war wohl davon ausgegangen, dass hier noch jemand lebte.

Allerdings waren Aldridge und Mrs. Eddins die einzigen Bediensteten, die auf dem Anwesen wohnen. Der Butler wohnte im dritten Stock des Haupthauses, das Zimmer der Köchin lag direkt neben der Küche. Das andere Personal kam morgens und ging abends wieder. Cara verriet ihr, dass im Gesindehaus niemand mehr gewohnt hatte, seit sie auf die Welt gekommen war.

Die Fassade des Hauses war zwar gepflegt worden, das Innere hatte man jedoch weitgehend vernachlässigt. Auf den wenigen Möbeln lag eine dicke Staubschicht, obwohl das Wohnzimmer ansonsten ordentlich wirkte.

„Hat Deke nicht gesagt, dass er uns holen will?“, fragte Cara. „Wenn das Haus sicher ist, wo bleibt er dann?“

„Ich bin sicher, er kommt, sobald er kann.“ Lexie vermutete, dass Caras Verärgerung zumindest zum Teil daher rührte, dass Bain sie nicht angerufen hatte. „Und er hat auch nicht gesagt, dass er kommen und uns holen würde. Er hat nur gesagt, er würde mit uns sprechen. Ich denke, Bain und er haben immer noch alle Hände voll zu tun.“

„Wer redet denn von Bain Desmond?“ Cara hielt abrupt inne und warf Geoff einen wütenden Blick zu. „Warum bringen Sie uns denn nicht zurück ins Haus? Warum warten wir?“

Geoff zuckte mit den Schultern. „Ich bin mir sicher, Deke hat gute Gründe dafür.“

„Warum rufen Sie ihn nicht an und fragen ihn, wo er bleibt?“ Cara stützte ihre Hände herausfordernd in die Hüften. „Oder besser noch, geben Sie mir Ihr Handy, und *ich* rufe ihn an.“

Lexie klopfte auf das Sofakissen neben sich. „Cara, setz dich zu mir. Bitte.“

Cara sah Lexie an, dann schüttelte sie ihren Kopf und schnalzte aus Wut über sich selbst mit der Zunge. „Tut mir leid. Ich bin gerade wohl eine richtige Nervensäge, oder? Und du hingegen bist völlig ruhig.“

„Ich bin gar nicht so ruhig“, gestand die Freundin. „Ich bin wohl eher benommen. Ich kann nicht glauben, dass Farris wirklich tot ist. Außerdem will mir einfach nicht in den Kopf, wie jemand eine Bombe an all den Sicherheitsleuten vorbei ins Haus schleusen konnte.“

Cara setzte sich neben Lexie. Sie beugte sich nach vorn und starrte auf den Holzfußboden. „Wenn es eine Briefbombe war, wie sie vermuten, dann hätte jeder sie in seiner Jackentasche hineinschmuggeln können. Und es wäre ein Leichtes gewesen, den Umschlag irgendwann auf dem Spendentisch abzulegen und sich wieder zu entfernen."

„Wer auch immer er ist – er ist ziemlich clever."

Cara griff nach Lexies Hand und drückte sie. „Sie werden ihn kriegen, und sie werden ihn ins Gefängnis stecken. Er wird für seine Taten büßen."

„Der arme Farris." Tränen stiegen in Lexies Augen. „Verdammt. Ich muss endlich aufhören, zu weinen."

Ein lautes Klopfen an der Tür lenkte sie ab. Geoff ging mit gezogener Waffe hinüber.

„Ich bin's, Bronson."

Geoff behielt seine Waffe in der Hand, senkte jedoch den Lauf und öffnete mit der anderen Hand die Tür. Ty stellte sich breitschultrig vor Cara und Lexie.

Als Deke den Raum betrat, nickte er seinen beiden Kollegen kurz zu und ging direkt auf Lexie zu. Bain Desmond folgte ihm auf dem Fuße und schloss die Tür hinter sich. Sobald sie ihn erblickte, sprang Cara auf und lief zu ihm.

Lexie versuchte, aufzustehen und Deke entgegenzugehen, doch er war schneller und bedeutete ihr mit einem zarten Druck auf ihre Schulter, sitzen zu bleiben.

„Die Polizei durchkämmt gerade jeden Winkel des Hauses und des Parks. Das wird aber noch dauern. Es ist einfach ein riesiges Anwesen. Vor morgen früh wird es keine Entwarnung geben."

„Wie geht es dem Wachmann?", fragte Lexie.

„Soviel ich weiß, ist er nicht in Lebensgefahr. Als ich ihn das letzte Mal gesehen habe, wurde er gerade ins Krankenhaus gebracht."

„Hast du Toni gesehen?"

„Nur ganz kurz. Jafari und sie sind inzwischen heimgefahren. Fast alle Gäste konnten inzwischen gehen."

„Alice und Robert?"

„Ja."

„Die arme Vega. Das war ihr erster Abend unter Menschen, seit sie aus dem Krankenhaus entlassen wurde. Hast du mit ihr gesprochen?"

„Ich war bei ihr, während Desmond Hamal verhört hat."

„Warum hat er das getan? Hamal ist sicher nicht …"

Deke hob Lexies Kinn an und blickte ihr ernst in die Augen. „Die Polizei hat jeden verhört. Desmond hat Hamal, Jafari und Robert persönlich zur Seite genommen und sie verhört."

„Und?"

„Nichts und."

„Ist sonst noch jemand verletzt worden?"

„Nein, nur Richardson und der Wachmann."

Deke setzte sich neben Lexie. „Geoff bringt Cara ins Haus zurück. Der Flügel, in dem ihr Schlafzimmer liegt, wurde bereits wieder freigegeben. Es kann allerdings durchaus noch zwei bis drei Stunden dauern, bis dein Zimmer so weit ist. Du wirst also noch eine Weile hierbleiben müssen."

„Bleibst du bei mir?"

„Ab sofort bin ich wieder dein Bodyguard", versprach Deke. „Ty soll die Polizei unterstützen, wo er nur kann."

Bain lief zusammen mit Geoff und Cara vom Gesindehaus zum Hintereingang der Villa. „Vielleicht hätte ich mit Lexie warten sollen, bis sie auch ins Haus zurückkehren kann?"

„Deke ist bei ihr und wird auf sie achtgeben."

„Ja, ich weiß, das wird er."

„Du musst dich jetzt ein wenig ausruhen."

Sie sah Bain an, und ihre Augen baten um das, was sie nicht auszusprechen wagte.

Als sie in der Küche angelangt waren, lief Geoff voraus, um die beiden allein zu lassen. Kurz vor der Tür zum Korridor hielt er an und sagte zu Cara: „Ich warte hier draußen auf Sie."

„Ja, in Ordnung. Vielen Dank." Dann wandte sie sich an Bain. „Du musst diesen Dreckskerl kriegen. Er hat bereits vier Menschenleben auf dem Gewissen. Beinahe hätte er Vega umgebracht, und Lexie könnte die Nächste sein."

„Oder du", sagte Bain. Er griff nach ihren Händen und sah sie eindringlich an. „Du weißt, dass ich bei dir bleiben würde, wenn ich könnte."

Sie lehnte sich an ihn. „Du hast keine Ahnung, wie sehr ich dich brauche."

Bain stöhnte. „Verdammt, Süße."

Sie hob den Kopf und sah ihn direkt an. „Du bist nicht der einzige Cop in dieser Stadt. Lass doch jemand anderen …"

Er nahm ihr Gesicht zwischen seine Hände und überraschte sie mit einem Kuss – einem heißen, begierigen Kuss, der viel zu schnell endete.

„Ich muss wieder an die Arbeit", sagte er mit kratziger Stimme.

Cara nickte. „Ja ich weiß."

Er starrte sie verlangend an.

Sie schubste ihn zärtlich fort. „Nun geh schon. Ich versteh das."

„Wenn du was brauchst …"

„Ich komm schon zurecht. Ich habe meinen persönlichen Bodyguard. Und außerdem – ich bin Cara Bedell! Wenn ich etwas brauche, weiß ich, wie ich es bekomme: Ich kaufe es einfach."

Deke durchkämmte das alte Gesindehaus. Eigentlich hatte er gehofft, irgendwo ein Bett zu finden, aber in den beiden ehemaligen Schlafzimmern standen bloß jede Menge Kartons.

„Hast du gefunden, wonach du gesucht hast?", fragte Lexie, als sie von hinten an ihn herantrat.

„Ich dachte, hier gäbe es vielleicht irgendwo ein Bett, in dem du ein paar Stunden schlafen könntest." Er drehte sich in dem engen Gang zu ihr um und sah sie an. „Du musst furchtbar erschöpft sein."

„Warum können wir nicht in meine Wohnung fahren? Dort gibt es zwei wunderbare Betten. Und nach dem, was heute Abend hier passiert ist, glaube ich kaum, dass ich in meinem eigenen Zuhause weniger sicher bin als hier."

„Du wärst hier absolut sicher gewesen, wenn Cara und du nicht darauf bestanden hättet, diesen verdammten Ball zu veranstalten", platzte Deke heraus, bevor er sich stoppen konnte.

„Vielen Dank, dass du mich daran erinnerst, dass ich schon wieder am Tod eines Freundes schuld bin."

„Verdammt noch mal, Lexie! So habe ich das nicht gemeint, und das weißt du auch."

„Ich habe dich doch auch nicht gefragt, wie jemand eine Bombe an x Sicherheitsbeamten von Bedell, Inc., einem Haufen Cops und drei Dundee-Agenten vorbei ins Haus schmuggeln konnte, oder?"

„Wenn du Schuldzuweisungen machen möchtest, dann nur zu. Ohne Frage kann man jedem etwas vorwerfen – dir, Cara, Desmond, mir und meinen Partnern und allen Sicherheitsleuten. Aber wenn du es dir genau überlegst, gibt es nur einen, der die Schuld trägt: nämlich der Typ, der Farris Richardson die Briefbombe auf den Tisch gelegt hat."

Lexie sah Deke eindringlich an. „Er ist meinetwegen tot. Er ist tot, weil er mein Freund war." Sie biss die Zähne zusammen. Der Schmerz und das Schuldgefühl warfen sie beinahe um.

„Verdammt noch mal!" Deke ballte die Hände zu Fäusten. Er war furchtbar wütend. Am liebsten hätte er auf irgendetwas eingedroschen, um sich ein wenig abzureagieren.

Er schien nur die falschen Dinge zu sagen und Lexie noch trauriger zu machen, als sie es ohnehin schon war. Dabei hätte er sie eigentlich am liebsten nur in seine Arme genommen und festgehalten.

„Warum hört er nicht endlich auf, mich zu quälen, und bringt mich endlich um?“ Lexie sah Deke an, und die Verzweiflung in ihrem Blick riss ihm beinahe das Herz heraus.

Er packte ihre Schultern und presste sie an die Wand. Der Gehstock fiel aus ihrer Hand. Sie öffnete ihren Mund ein wenig, gerade genug, um einen leisen Seufzer entweichen zu lassen. „Deke?“

Er griff nach ihren Handgelenken, zog ihr die Arme über den Kopf. Dann beugte er sich zu ihr hinab und küsste sie. Sie stöhnte. Er verstärkte seinen Kuss, erkundete voller Leidenschaft ihren Mund.

Als sie beide schließlich nach Atem rangen, hielt er für einen Moment inne. Er gab ihre Handgelenke frei, ließ seine Hände an ihren Armen hinabgleiten. Ihr weißer Seidenschal fiel zu Boden, als Deke begann, ihren Hals und ihre Schultern zu küssen. Lexie fuhr mit ihren Händen durch sein kurzes schwarzes Haar und flüsterte voller Sehnsucht seinen Namen.

Nachdem er ihren Hals ausgiebig liebkost hatte, wanderte sein Mund über das Collier hinweg zu ihrem bebenden Dekolleté, entdeckte die zarte Haut zwischen ihren Brüsten. Deke konnte sich nicht länger zurückhalten. Seine Hände wanderten über ihren Rücken, öffneten den Reißverschluss ihres Kleides und rissen ihr trägerloses Bustier herunter. Begierig suchte sein warmer Mund ihre zarten Knospen. Er hob sie hoch. Seine Erregung presste sich hart gegen ihren Venushügel.

Deke hatte vor, Lexie Murrough zu lieben. Hier und jetzt.

23. KAPITEL

Während Deke sie mit seinem Körper weiter gegen die Wand drückte, riss er Lexie das Abendkleid förmlich vom Körper, sodass sie in nichts weiter als ihren Spitzenhöschen und Strümpfen vor ihm stand. Mit zitternden Händen half sie ihm aus seinem Smoking. Dann nahm er sein Holster ab und zog eilig Fliege und Hemd aus. Abgelenkt von ihren Küssen, die auf seinem Hals und seinen Schultern brannten, kämpfte er mit dem Reißverschluss seiner Hose. Als er sie endlich ausgezogen hatte, ließ er sich auf die Knie sinken. Lexie stöhnte auf, als er seinen Mund in dem blonden Dreieck vergrub, das nur noch von einem Hauch Spitze bedeckt war. Sie erschauerte, als er den Kopf hob und seine Zunge in ihren Bauchnabel tauchte.

Sie hielt sich an seinen breiten Schultern fest, während er ihre Seidenstrümpfe langsam herunterrollte und ihr auszog. Jetzt trennte sie nur noch ihr Höschen und seine Boxershorts voneinander. Als er sich erhob, sah sie ihm direkt in die Augen.

Keiner von beiden sprach ein Wort.

Und dann berührte er sie ganz leicht direkt über der Brust. Sie hielt den Atem an, während seine Fingerspitzen zärtlich über ihren Busen wanderten, ihren Bauch hinab und zwischen ihre Schenkel. Sie öffnete ihre Beine, gestattete ihm Zutritt. Er fand ihren Lustpunkt und begann, sie zu streicheln.

Lexie spürte seine Berührung am ganzen Körper. Eine Schwingung, die zwischen ihren Schenkeln begann, breitete sich unaufhaltsam an ihr aus. Leise seufzend legte sie ihren Kopf zurück und schloss die Augen. Deke spielte auf ihr wie auf einem kostbaren Musikinstrument.

Deke hielt mit seinen Zärtlichkeiten gerade lange genug inne, um ihren Slip abzustreifen. Ihr Höschen fiel zu Boden. Deke schob es achtlos beiseite, bevor er sich auf die Knie fallen ließ. Seine Zunge schien entschlossen, zu beenden, was seine Fingerspitzen so kunstfertig begonnen hatten. Immer wieder tauchte sie in Lexie ein, neckte sie manchmal nur kurz, um sie dann wieder ausgiebig zu liebkosen. Lexie glühte. Mit einem letzten Zungenschlag erlöste Deke sie schließlich und schickte sie in einen erdbebenartigen Orgasmus.

Während sie noch vor Lust zitterte, riss Deke seine Boxershorts herunter und befreite seine enorme Erektion. Fast gleichzeitig hatte er sie schon hochgehoben. Sie schlang ihre Beine um seine Hüften und ihre Arme um seinen Hals. Mit einem mächtigen Stoß drang er in sie ein. Sie schrie vor Wollust auf und presste ihre Lippen auf seine.

Deke erwiderte ihren Kuss mit unverminderter Leidenschaft und begann, sich in ihr zu bewegen. Er nahm sie langsam, mit gewollter Muße. Doch sie wurde ungeduldig, begann, ihn anzutreiben. Durch ihr flehendes Stöhnen befreit, erhöhte er sein Tempo.

Er kam als Erster. Stöhnend umklammerte er sie so fest, dass sie kaum mehr atmen konnte. Und dann folgte sie ihm nach. Ihr zweiter Höhepunkt war noch wilder und enthemmter. Zitternd vor Lust, schrie sie laut auf und versank in seinen Armen.

Atemlos versanken ihre erschöpften, erfüllten Körper ineinander, umgeben von einer Aura der Sinnlichkeit.

Dann ließ Lexie ihre Beine an seinen hinuntergleiten und stellte sich auf die Zehenspitzen. Deke vergrub sein Gesicht an ihrem Hals und hielt sie fest an sich gedrückt. Enger konnten zwei Menschen kaum zusammenrücken.

Ein Gefühl der Glückseligkeit machte sich in Lexie breit. Sie raunte ihm zu: „Ich liebe dich."

Er hob seinen Kopf und sah ihr tief in die Augen. „Du gehörst zu mir", flüsterte er.

„Und du zu mir", erwiderte sie.

Deke hob sie hoch und trug sie ins Wohnzimmer. Ihre abgelegten Kleider ließ er auf dem Boden zurück. Sanft bettete er Lexie auf das Sofa.

„Ich bin gleich zurück“, versprach er. „Wenn wir uns nicht bald wieder anziehen, werden wir hier drin noch erfrieren.“

Als er nach ein paar Minuten wiederkam, trug er seine Hose und sein Hemd. Seine Anzugjacke warf er auf die Lehne der Couch. Nachdem er Lexie auf die Beine geholfen hatte, zog er ihr das Kleid über den Kopf, brachte es mit einem Ruck in Position und zog den Reißverschluss zu. Dann nahm er sein Jackett und legte es ihr um die Schultern. Anschließend hob er sie wieder in seine Arme und setzte sich mit ihr hin. Lexie kuschelte sich auf seinen Schoß und legte ihren Kopf an seine Schulter.

So saßen sie mehrere Minuten zusammen und genossen die süße Erinnerung an ihren Liebesakt, bevor die Realität sie ein Stück weit einholte.

„Wir haben uns gar nicht geschützt“, sagte er. „Ich habe nicht daran gedacht. Tut mir leid.“

„Ist schon gut“, beruhigte sie ihn. „Ich habe dich ja auch nicht gebeten, aufzuhören, nicht wahr?“

„Aber was, wenn du schwanger bist?“

„Ich kann mir nichts Schöneres vorstellen, als mit dem Mann, den ich liebe, ein Kind zu haben.“

„Gott, Lexie, ich kann immer noch nicht glauben, dass du mich wirklich liebst.“

Sie streichelte sein Gesicht. „Was würdest du denn denken, wenn ich schwanger wäre?“

„Ich wäre der glücklichste Mann auf Erden.“

Sie lächelte und küsste ihn sanft.

Das Klingeln seines Handys weckte Deke aus einem tiefen Schlaf. Irgendetwas Warmes, Weiches und nicht ganz Leichtes lag auf ihm. Als er seine Augen öffnete und Lexie erblickte, lächelte er vor Glück.

Auch sie wachte auf, hob ihren Kopf von seiner Brust und sagte: „Ich glaube, dein Telefon klingelt."

Er setzte sich auf, streckte den Arm aus und fischte nach dem Telefon. „Bronson."

„Wie geht es Lexie?" Es war Bain Desmond.

Deke sah zu den Fensterläden hinüber. Morgenlicht fiel durch die Lamellen. „Es geht ihr gut. Sie hat bis eben geschlafen. Ihr Anruf hat sie aufgeweckt. Wie viel Uhr ist es?"

„Fast acht", sagte Desmond. „Das Haus und der Garten sind sicher. Ich frühstücke gerade mit Mrs. Eddins. Vielleicht wollen Sie und Lexie mir ja Gesellschaft leisten?"

„Waren Sie die ganze Nacht hier?"

„Ja. Ich war noch nicht einmal zu Hause, um zu duschen und mich zu rasieren. Mein Hunger war so groß, dass er mein Bedürfnis, gut auszusehen, komplett ausgeschaltet hat."

Lexie zog Deke am Ärmel. „Mit wem sprichst du da?"

„Desmond", antwortete Deke. „Möchtest du mit ihm sprechen?"

Sie nahm ihm das Telefon ab, legte es ans Ohr und rutschte von Dekes Schoß. „Bain, wie geht es Cara?"

Sie lauschte eine Weile und nickte. „Wir sind in ein paar Minuten da." Daraufhin sagte Desmond etwas, das sie mit einem entzückten Seufzer erwiderte. „Wirklich? Das ist ja herrlich!" Als sie sich verabschiedet hatte, gab sie Deke das Telefon zurück. „Bain sagt, es hat die ganze Nacht geschneit."

„Wenn ich das richtig verstanden habe, gehen wir in die Villa und trinken mit ihm Kaffee?"

„Sosehr ich auch wünschte, wir beide könnten uns gerade jetzt vor der ganzen Welt verstecken ... Du weißt genauso gut wie ich, dass das nicht möglich ist. Gerade jetzt."

„Wenn es nach mir ginge, würde ich dich so weit weg von Chattanooga bringen wie irgend möglich. Ich würde alles tun, um dich in Sicherheit zu wissen."

„Ich kann die Stadt nicht verlassen. Das hier ist mein Zuhause. Meine Freunde sind hier, mein Job."

„Und ein Verrückter, der versucht, dich umzubringen."

„Ich weiß. Aber …"

Er legte seinen Zeigefinger auf ihre Lippen. „Ich versuche doch gar nicht, dich zu irgendetwas zu überreden. Ich habe nur auf das Offensichtliche hingewiesen."

Sie schlang ihre Arme um seinen Hals und zog ihn zu sich, um ihm einen Gutenmorgenkuss zu geben.

„Ich brauche dich", sagte sie. „Ich weiß nicht, ob ich es ohne dich schaffe."

„Ohne dich gehe ich nirgendwohin. Du wirst mich nicht mehr los."

Lexie brauchte ihn tatsächlich, zumindest im Augenblick. So lange, bis der Attentäter gefasst war. Bis sie sicher war. Sie glaubte, dass sie ihn liebte, und vielleicht tat sie das ja. Verdammt, vielleicht liebte er sie ja auch. Aber wie sollte sich einer von ihnen beiden über seine Gefühle klar werden, solange sie den Ballast ihrer Vergangenheit mit sich herumtrugen? Ein Teil von ihm würde sich auf ewig schuldig fühlen für das, was er ihr in Gadi angetan hatte. Und auch wenn sie ihn nicht dafür verantwortlich machte – würde nicht irgendwann der Tag kommen, an dem sie ihn ansehen und nur noch den Mann sehen würde, der sie zum Krüppel gemacht hatte?

Noch nie zuvor hatte Deke eine Frau so sehr gewollt wie Lexie, und letzte Nacht hatte sich sein Verlangen nur noch gesteigert. Einmal war nicht genug. Sie war für ihn über die Jahre hinweg zu einer Droge geworden. Und jetzt, da sie sich geliebt hatten, war er ihr hoffnungslos verfallen.

Sicher: Er könnte sich vorwerfen, dass er sie so nah an sich herangelassen hatte. Aber es würde wieder passieren. Sie wollten einander, und sie beide wussten, dass es nur eine Frage der Zeit war, bis sie wieder übereinander herfielen.

Zehn Minuten später trug Deke Lexie über den verschneiten Gartenweg zum Haupthaus. Obwohl sie ihm mehrfach versichert hatte, dass sie sehr wohl fähig war, alleine zu laufen, hatte er sie einfach hochgehoben.

Als sie die Küchentür erreicht hatten, benutzte Lexie ihren Stock, um ein paar Mal anzuklopfen. Deke hatte eigentlich erwartet, dass Desmond die Tür öffnen würde, aber stattdessen stand Mrs. Eddins vor ihnen.

„Hinein in die gute Stube“, sagte die Köchin lächelnd.

Deke trug Lexie hinein und hielt abrupt an, als er den Lieutenant erblickte. Desmond telefonierte.

„Du kannst mich jetzt wirklich runterlassen“, sagte Lexie lächelnd.

Deke gehorchte, setzte sie sanft ab und sagte: „Ich hole uns Kaffee.“

„Du musst mich nicht bedienen.“

„Setz dich hin, Fräulein.“

Lexie strahlte ihn an, aber ihr Lächeln verschwand, als Desmond seine Unterhaltung beendete und zu ihnen herüberkam.

„Was ist los?“, fragte Lexie. „Gibt es etwa schon wieder schlechte Nachrichten?“

„Nein.“ Desmond schüttelte den Kopf. „Keine schlechten Nachrichten mehr. Aber ich müsste kurz mit Bronson sprechen. Es gibt da ein paar Dinge, die wir bereden sollten.“

„Schieß los. Tut einfach so, als sei ich nicht da.“

Desmond richtete sich an die Köchin: „Mrs. Eddins, würden Sie Miss Murrough bitte Kaffee bringen, während wir uns kurz zurückziehen?“

Noch ehe Lexie Einspruch erheben konnte, folgte Deke Desmond aus der Küche auf den Korridor.

„Was ist los?“, fragte Deke.

„Wie lange wissen Sie schon, dass es eine Terroristengruppe gibt, die einen Anschlag auf eine Regierungseinrichtung hier in Chattanooga plant?“

Nachdem er geduscht und sich rasiert hatte, trank Deke eine Tasse Kaffee und gab Lexie einen Abschiedskuss. Desmond und er machten sich auf den Weg zu einem Treffen mit Douglas Cleveland, dem Polizeichef von Chattanooga, Sawyer McNamara und Rob Copeland. Es war Deke schwergefallen, Lexie anzulügen. Er hatte ihr erzählt, dass er mit Bain aufs Revier fahren würde, um eine Strategie auszuarbeiten, die den Killer endlich überführen sollte. Sie hatte ihn zwar misstrauisch gemustert, aber keine Fragen gestellt.

Auf der Fahrt in die Stadt sprachen Deke und Desmond nur kurz. Desmond war inzwischen klar, dass Deke nicht über das sprechen durfte, was er wusste – was auch immer das war.

„Cleveland ist stinksauer", erklärte Desmond. „Anscheinend gab es gestern Abend einen anonymen Anruf, nachdem die Presse den Anschlag gemeldet hatte."

„Und warum wird einem anonymen Anruf so viel Bedeutung beigemessen? Wir wissen doch beide, dass ..."

„Der Anrufer sagte, dass ein Mitglied des Majeed nach Chattanooga entsandt worden sei und ein Regierungsgebäude in die Luft sprengen wird."

„Und was soll das mit den Drohungen gegen Lexie zu tun haben?"

„Der Anrufer sagte außerdem, dass der Attentäter gleichzeitig einen persönlichen Rachefeldzug durchführt."

„Was für einen Rachefeldzug denn?"

„Gegen die Präsidentin von Helping Hands."

„Dieser Dreckskerl!", fluchte Deke. „Darum treffen wir uns also mit Ihrem Chef und meinem und mit diesem Typen vom Heimatschutz. Sie glauben, Lexies Verfolger ist derselbe Mann wie dieser Terrorist."

„Anscheinend denkt der Geheimdienst das auch. Und ich werde das Gefühl nicht los, dass Sie und Ihre Kollegen bereits davon wussten."

Nachdem alle Beteiligten eine Stunde lang Informationen ausgetauscht hatten, wussten Douglas Cleveland und Lieutenant Desmond alles, was die Dundee-Agenten auch wussten. Desmond verstand jetzt, warum Deke sich nicht davon abbringen ließ, dass entweder Robert Lufti, Hamal Gazsi oder Jafari Holston Lexies Peiniger sein musste.

„Es ist uns zugetragen worden, dass der Sohn des ehemaligen Präsidenten Babu Tum noch lebt", bemerkte Rob Copeland zum Schluss. „Esayas Tum. Die Familie seiner Mutter hat damals wohl dafür gesorgt, dass die Identität des Jungen geheim blieb. Sie haben Mutter und Sohn vor Jahren aus Gadi geschleust. Wir glauben, dass dieser junge Mann Mitglied des Majeed ist und möglicherweise zu jener Gruppierung gehört, die hier im Süden der USA aktiv ist."

„Sie gehen davon aus, dass Babu Tums Sohn derjenige ist, der das Regierungsgebäude in Chattanooga in die Luft jagen soll?" Deke fluchte leise. Am liebsten hätte er sich auf Copeland gestürzt. Doch bevor es dazu kam, trat Sawyer McNamara ihm in den Weg.

„Lassen Sie uns eine Runde rausgehen, Bronson", schlug McNamara vor. „Sie sollten versuchen, sich zu beruhigen."

Deke griff nach seinem Mantel. Sawyer hatte natürlich recht. Es würde Lexie wohl kaum helfen, wenn er einen Geheimagenten attackierte.

Als sie auf der Straße standen und sich Richtung Innenstadt in Bewegung setzten, sagte Sawyer: „Wenn es Sie beruhigt – ich glaube nicht, dass Copeland die Identität von Babu Tums Sohn kennt."

„Und wenn er es wüsste, würde er es uns nicht sagen. Denn wenn die Cops diesen Irren verhaften würde, wüsste der Majeed Bescheid, dass der Heimatschutz ihm auf der Spur ist."

„Aber immerhin ist Copeland nicht grundlos so ein Korinthenkacker. Anscheinend steht der Geheimdienst kurz davor herauszufinden, um welches Regierungsgebäude es sich handelt und wann der Anschlag stattfinden soll."

„Und in der Zwischenzeit rennt einer dieser verrückten Majeed-Brüder herum und tötet Lexie Murroughs Freunde. Und damit nicht genug: Er droht auch damit, sie zu töten." Dekes Magen verkrampfte sich bei diesem Gedanken. Plötzlich schwante ihm ein schrecklicher Verdacht. „Verdammt noch mal! Dieser Typ will Lexie an dem Tag umbringen, an dem auch der Anschlag stattfinden soll. Wenn Copeland doch Bescheid weiß ..."

„Selbst wenn er Bescheid wüsste, würde er Sie nur im äußersten Notfall einweihen."

„Das hier ist der äußerste Notfall."

„Wenn Sie sich nicht zusammenreißen, wird man Sie nach Washington beordern", sagte Sawyer streng. „Wollen Sie das etwa?"

Deke wurde blass. „Nein!"

Sawyer klopfte ihm freundschaftlich auf die Schulter. „Dann passen Sie lieber gut auf Ihre Klientin auf. Ich sage Ihnen sofort Bescheid, sobald wir etwas wissen. Das verspreche ich."

Deke und Lexie schliefen an diesem Nachmittag erneut miteinander. Später am Abend aßen sie zusammen mit Cara und Geoff im Wintergarten zu Abend. Die Dämmerung setzte fast schon ein, und die letzten schwachen Strahlen der Dezembersonne umgaben sie. Während des Essens rief Bain an, um ihnen mitzuteilen, dass Cleveland eine Autopsie an Farris Richardson angeordnet hatte. Aller Voraussicht nach würde sein Leichnam Anfang nächster Woche zur Beerdigung freigegeben. Nach dem Essen begleitete Cara Lexie in die Bibliothek, um Farris' Familie zu informieren. Die beiden Bodyguards schritten währenddessen im Korridor auf und ab, und Deke berichtete Geoff von dem Treffen am Morgen.

„Wir gehen also davon aus, dass der Sohn des alten Tum hinter Lexie her ist?"

„Ja. Aber ich verstehe immer noch nicht, aus welchem Grund er Lexie so hasst. Sie war an jenem Tag ebenso eine Unschuldige Zuschauerin wie Tums Frau und sein Kind."

„Wahrscheinlich weiß er, dass es damals britische und amerikanische Soldaten waren, die seinen Vater erschossen haben, hat aber keine Ahnung, wer diese Männer waren oder wo er sie finden könnte. Lexies Name hingegen stand damals in allen Zeitungen."

„Also hat er seinen Hass auf Lexie projiziert – in Ermangelung eines anderen Sündenbocks?! Das ist doch verrückt."

„Das mag sein, aber genau das ist unser Mann doch: verrückt."

Lexie kam aus der Bibliothek und ging direkt auf Deke und Geoff zu, deren Unterhaltung damit augenblicklich beendet war. „Ich gehe jetzt auf mein Zimmer."

Deke nickte Geoff zu. „Wir sprechen morgen weiter." Dann führte er Lexie den Flur hinunter. „Hast du mit Richardsons Eltern gesprochen?"

„Nein, aber mit seiner Schwester. Sie sagte, dass Farris eingeäschert werden wollte und dass sie diesem Wunsch entsprechen würden. Und da ihre Eltern bereits älter sind und keiner von beiden eine stabile Konstitution besitzt, denkt sie, je eher die Beerdigung stattfinden kann, desto besser wäre es. Sie würde die Trauerfeier gern für nächsten Dienstag planen."

„Es tut mir so leid, dass du das schon wieder ertragen musst."

Lexie hielt inne und sah ihn eindringlich an. „Sagst du mir jetzt endlich, was hier vor sich geht?"

„Ich weiß nicht, wovon du sprichst."

„Du und Bain, ihr habt heute Morgen geflüstert. Dann bist du mit ihm aufs Revier gefahren und warst stundenlang weg. Und jetzt gerade – du und Geoff, ihr habt euch verhalten, als hätte ich ein geheimes Treffen unterbrochen."

Deke führte sie in den Aufzug. „Kannst du mir nicht einfach vertrauen?"

„Wobei?"

Der Aufzug hielt an.

„Desmond und ich haben Informationen erhalten, die uns über kurz oder lang vielleicht helfen werden, unseren Täter zu fassen", erklärte Deke. „Allerdings kennen wir momentan noch nicht alle notwendigen Einzelheiten, und bis wir so weit sind, würde ich lieber noch nicht mit dir darüber sprechen."

„Warum nicht?"

Er fasste sie an den Schultern. Am liebsten hätte er sie geschüttelt. Warum nur musste sie so verdammt neugierig sein? Warum wollte sie diese Dinge nicht einfach ihm überlassen?

„Wenn ich dir verspreche, dass ich dir zur rechten Zeit alles erzähle, was ich weiß – überlässt du es dann für den Moment mir, mir den Kopf zu zerbrechen? Und erlaubst mir, in Ruhe auf dich aufzupassen?"

„Und du versprichst, mir alles zu erzählen?"

„Ja, das verspreche ich." Und das war keine Lüge. Er *würde* ihr alles erzählen – sobald er alle Einzelheiten kannte.

24. KAPITEL

Die folgenden Tage vergingen ohne weitere Zwischenfälle. Angesichts der Umstände wollte jedoch keine rechte Weihnachtsstimmung bei Helping Hands aufkommen. Schließlich verkündete Lexie einen zweiwöchigen Sonderurlaub, sodass der reguläre Betrieb erst wieder im neuen Jahr aufgenommen werden würde. Cara stellte einen Finanzexperten von Bedell, Inc. ab, um die Bücher der Hilfsorganisation so lange zu führen, bis ein Ersatz für Farris gefunden war.

Am Montag hatte Lexie sich mit Toni und Alice getroffen, um den Rest des Jahres zu planen. Die Weihnachtszeit war normalerweise eine der arbeitsreichsten Zeiten für Helping Hands. Zum Glück waren die meisten Dinge schon vor dem Ball erledigt worden, sodass nun nur noch ein paar Kleinigkeiten zu organisieren waren. Aber das neue Geschäftsjahr wollte natürlich auch vorbereitet werden. Daher wurde beschlossen, dass Lexie, Toni, Alice und Robert für den Rest des alten Jahres halbtags arbeiten würden.

Am nächsten Tag verließen sie alle das Büro um die Mittagszeit herum, um nach Cleveland zu fahren. Um zwei Uhr sollte hier Farris' Trauergottesdienst stattfinden. Drei Beerdigungen innerhalb von vier Wochen. Das waren definitiv drei zu viel, fand Lexie. Fünf unschuldige Menschen hatten sterben müssen, nur weil ein Verrückter von der Idee besessen war, sich an ihr für ein Verbrechen zu rächen, das sie gar nicht begangen hatte. Auch wenn sie sich Vorwürfe machte, weil so viele Menschen umgebracht worden waren, wusste sie, dass diese Gedanken irrational waren. Durch Deke war ihr klar geworden, dass sie rein gar nichts hätte tun können, um ihren tragischen Tod zu verhindern.

Deke. Sie wusste nicht, wie sie den heutigen Tag ohne ihn überstehen sollte. Er war in kürzester Zeit zum Mittelpunkt ihrer Welt geworden. Denn obwohl sie ihn im vergangenen Monat erst ein kleines bisschen kennengelernt hatte, hatte sie in ihrer Fantasie ja bereits seit zehn Jahren eine Affäre mit ihm. Seit dem Moment, als er sie an jenem Tag in Gadi in seine Arme genommen und sie in seine stahlgrauen Augen geblickt hatte.

Als Deke am Ende dieses Tages den schwarzen Mercedes durch das Eisentor aufs Bedell-Anwesen lenkte, fühlte Lexie Panik in sich aufsteigen, ohne zu wissen, woher dieses Gefühl plötzlich kam. Als ob er instinktiv gespürt hätte, dass etwas nicht stimmte, sah Deke zu ihr hinüber.

„Was ist los?", fragte er.

„Nichts. Ich hatte für einen Moment lang Angst vor diesem Ort hier. Am liebsten würde ich ganz weit weg von hier laufen." Sie unterbrach sich kurz und erlaubte ihrem Geist, sich darauf zu konzentrieren, was sie wirklich wollte. „Ich will nach Hause, in meine eigene Wohnung. Und ich will mein Leben zurück. Das Leben, das ich hatte, bevor ... Oh Deke, ich weiß einfach nicht, wie viel mehr ich noch ertragen kann. Farris' Trauerfeier war ... Seine armen Eltern!"

Deke fuhr das Auto direkt vor den Haupteingang, stellte den Motor ab und eilte um den Wagen herum, um Lexie die Tür zu öffnen. Als er ihr seine Hand entgegenstreckte, griff sie danach wie nach einem lebensrettenden Anker. Und auf eine bestimmte Weise war es genau das, wozu Deke für sie geworden war: ihr Rettungsanker.

„Ich werde dich nicht nach Hause bringen. Aber wie wäre es, wenn ich dich woandershin brächte – an einem geheimen, aber sicheren Ort?"

Er half ihr, aus dem Mercedes auszusteigen. Dann zog er sie ganz nah an sich heran und blickte ihr in ihre hoffnungsvollen Augen.

„Dann wärst du ein Wundertäter."

„Ich bin dafür bekannt, das Unmögliche möglich zu machen", scherzte er.

„Dann nichts wie los. Wenn ich jemals ein wenig Zauber

in meinem Leben gebraucht habe, dann heute."

„Komm mit rein und ruh dich ein wenig aus, während ich mit Aldridge und Mrs. Eddins spreche." Deke führte sie langsam zum Eingang und ins Haus. „Gib mir eine Stunde." Er sah an ihr herunter. „Zieh dir was Bequemes an. Ich hole dich so bald wie möglich ab."

Die nächste Stunde verbrachte Lexie allein in ihrem Zimmer. Sie war froh, den schwarzen Anzug loszuwerden, und schlüpfte in eine graue Yoga-Hose und ein großes rotes T-Shirt. Dann führte sie ein paar Telefongespräche.

Cara war direkt nach der Beerdigung ins Büro gefahren und würde wahrscheinlich erst spät heute Abend heimkommen. Sie war mit einigen Dingen in Verzug geraten und würde selbst über die Feiertage ein paar Stunden nachholen müssen.

Lexie hielt die Unterhaltung mit ihrer Freundin kurz und rief direkt im Anschluss Alice an. Sie war alleine auf Farris' Beerdigung gewesen. Als Lexie nach Robert gefragt hatte, waren ihr Tränen in die Augen gestiegen.

„Können wir einen Moment miteinander reden?", fragte Lexie, als Alice am Apparat war.

„Für dich habe ich immer Zeit."

„Ich will mich wirklich nicht in Dinge einmischen, die mich nichts angehen", begann Lexie, „aber ich mache mir Sorgen um dich und Robert. Warum hat er dich heute Nachmittag nicht begleitet?"

Stille.

„Alice?"

„Er hat zu mir gesagt, dass er unmöglich auf Beerdigungen gehen kann. Er sei in Gadi bereits auf zu vielen gewesen, habe seine Familie und seine Nachbarn sterben sehen. Er habe einfach die Nase voll vom Tod."

„Armer Robert."

„Er wird Anfang nächsten Jahres nach Gadi zurückkehren."

„Wie bitte?"

Alice schluckte ihre Tränen hinunter. „Wir haben uns gestern Abend getrennt."

„Oh Alice! Warum nur?"

„Er sagte, es sei besser so. Ein klarer Schnitt, bevor meine Töchter in den Ferien nach Hause kämen." Alice rang um Fassung. „Ich habe den Mädchen nie von Robert erzählt."

„Kann ich irgendetwas für dich tun? Soll ich mit Robert …"

„Nein! Bitte sprich ihn nicht darauf an. Es gibt wirklich nichts, was du für mich tun kannst."

Nach diesem entmutigenden Telefonat mit Alice versuchte Lexie, Vega zu erreichen. Aber sie hob zu Hause nicht ab, und ein Handy besaß sie nicht. Vermutlich war sie ins Krankenhaus gegangen, um mit Hamal zu Abend zu essen. Hamal hatte seinen Dienst nicht tauschen können und war deshalb heute nicht bei der Trauerfeier gewesen.

Nach einer knappen Stunde klopfte Deke an Lexies Zimmertür. Als sie ihm öffnete, fiel ihr als Erstes sein Lächeln auf, ein zufriedenes Lächeln. Danach bemerkte sie, dass auch er sich umgezogen hat. Er trug nun Jeans, ein marineblaues Sweatshirt und seinen Mantel.

„Bist du so weit?"

„Bin ich denn richtig angezogen?"

„Genau richtig. Aber du wirst eine Jacke brauchen."

„Bin gleich zurück."

Er wartete geduldig an der Tür, während sie ihren Mantel holte. Dann half er ihr hinein. Sie nahm seine Hand und folgte ihm. Den Korridor entlang zum Aufzug, hinunter, durch die Küche und den Hinterausgang.

Schon bald wurde ihr klar, dass sie auf dem Weg zum Gesindehaus waren. „Was hast du vor?", fragte Lexie.

„Lass dich überraschen."

Als sie ihr Ziel erreicht hatten, schob Deke sie vor sich, öffnete die Tür nur einen Spalt und hielt seine Hand über ihre Augen.

„Nicht blinzeln!"

Er führte sie ins Wohnzimmer und nahm ihr die Hand von den Augen. Dann wartete er auf ihre Reaktion. *Überwältigt* war das einzige Wort, das ihr einfiel, um zu beschreiben, was sie in diesem Moment fühlte. Und dann Freude und Glück und Dankbarkeit.

Deke half ihr aus dem Mantel, schlüpfte aus seinem und warf beide auf einen Ledersessel, der an der Wand stand.

„Das hast du alles für mich gemacht?", fragte sie ungläubig, während ihr Blick durch den Raum schweifte. Er war kaum wiederzuerkennen. Auf dem Kaminsims und auf dem weiß eingedeckten Tisch flackerten Dutzende von Kerzen. An dem kleinen quadratischen Tisch standen zwei große Ohrensessel für sie bereit. Und das alte Sofa war durch ein gusseisernes Bett ersetzt worden, das über und über mit weißen Kissen bedeckt war.

„Ich weiß, das hier ist nicht deine Wohnung, aber ich hoffe, es gefällt dir trotzdem."

Sie drehte sich zu ihm und lächelte ihn mit Tränen in den Augen an. „Unser kleines Liebesnest."

„Oh, Liebling, wein doch nicht." Er streckte seine Hand aus und wischte ihr die Tränen von der Wange.

„Das sind Tränen der Dankbarkeit und Freude", schniefte sie.

Deke legte seine Hand auf ihre Schulter. „Komm hier rüber und setz dich. Mrs. Eddins hat uns Pasta zubereitet." Er führte Lexie an den Tisch und rückte ihren Stuhl zurecht.

Lexie beobachtete, wie Deke ans große Fenster trat und die schweren Vorhänge beiseitezog. Die letzten Strahlen der Abendsonne fielen durch die Äste der alten Eiche auf den Kräutergarten, den Mrs. Eddins bestellte. Bevor er an den Tisch zurückkam, bückte sich Deke und nestelte an irgendetwas auf dem Boden herum. Plötzlich wurde der Raum von leiser romantischer Musik erfüllt. Lexie war sprachlos. Deke hatte wirklich an alles gedacht. Und das alles nur für sie.

Als er sich ihr gegenübersetzte und den Wein aus dem Bedell'schen Weinkeller in die Kristallgläser schenkte, seufzte Lexie laut auf.

„Stimmt was nicht?", fragte er besorgt.

„Alles stimmt. Es ist perfekt."

„Aber?"

„Ich sitze hier mit dem Mann, den ich liebe, umgeben von Romantik, und bin glücklich. Aber ich habe kein Recht, glücklich zu sein. Farris ist tot."

Deke drückte ihre Hand.

„Seine Urne ist erst vor ein paar Stunden beigesetzt worden, und sieh mich an … Hier sitze ich mit dir und fühle mich so lebendig und … Das ist einfach nicht fair."

Deke streichelte ihren Handrücken. „Aber genau so *solltest* du dich fühlen: lebendig. Wenn es irgendetwas gibt, das uns der Tod nahestehender Menschen lehrt, dann ist es, das Leben mehr wertzuschätzen. Es ist nichts Unrechtes daran, sich darüber zu freuen, dass man lebt."

Sie entzog ihm ihre Hand und senkte ihren Kopf. Leise sagte sie: „Du hattest übrigens damals recht. Farris war in mich verliebt."

„Wer könnte es ihm verdenken?", murmelte Deke.

Lexie hob ihren Blick. „Ich habe nur versucht, nett zu ihm zu sein."

„Du warst wundervoll zu ihm."

„Ich wünschte, er hätte ein glücklicheres Leben gehabt."

„Vielleicht das nächste Mal."

Lexie starrte Deke an. „Sprichst du von Wiedergeburt?"

„Ja. Wer weiß?"

„Es ist ein schöner Gedanke."

Deke hob sein Glas. „Trinken wir darauf, das Leben in vollen Zügen zu genießen – egal, ob wir eine Chance bekommen oder ein Dutzend."

Lexie erhob ihr Glas, und dann tranken sie beide einen Schluck vom edlen Rotwein.

In den nächsten Stunden gestattete Lexie sich, sich in der romantischen Atmosphäre zu verlieren, die Deke so liebevoll für sie geschaffen hatte. Sie verbannte alle Gedanken an den Tod und konzentrierte sich darauf, das Leben zu feiern. Sie aßen die wunderbare Mahlzeit, die Mrs. Eddins für sie zubereitet hatte, und tranken Wein, und schließlich nahm Deke Lexie in die Arme und begann, sich langsam zur Jazzmusik zu bewegen, die er aufgelegt hatte. Sie küssten sich zärtlich, nichts weiter, und genossen ihre Zweisamkeit.

Nach einer Weile trug Deke sie hinüber zum Fenster und setzte sie auf den Fenstersims. Dann reichte er Lexie ihr Glas, zog sie an sich und legte seinen Arm um ihre Taille. So saßen sie da, tranken Wein und sahen zu, wie sich die Dämmerung in Nacht verwandelte und dunkle Wolken vor die Sterne zogen. Nur eine einsame Laterne erhellte den kleinen Kräutergarten.

Sie sprachen nicht. Worte schienen überflüssig.

Lexie ließ ihre Gedanken schweifen, erinnerte sich an glückliche Momente in ihrem Leben. Ihre unbeschwerte Kindheit und ihre liebenden Eltern. Ihr erster Ball. Die Zeit als Studentin. Ihre erste Anstellung als Journalistin. Der Heiratsantrag von Wes Harris. Verdammt, warum nur dachte sie an Wes? Weil er sie am Anfang ihrer Beziehung glücklich gemacht hatte.

Dann wanderten ihre Gedanken beinahe unaufhaltsam zu dem Tag, der ihr ganzes Leben verändert hatte. Sie konnte beinahe immer noch spüren, wie die Kugel in ihren Rücken eindrang.

Als ob er geahnt hätte, dass Lexie in diesem Moment Trost brauchte, stellte Deke sein Glas neben ihr ab, drückte sie an sich und küsste ihr Haar. Lexie seufzte.

Sie dachte an stahlgraue Augen, die sie besorgt anblickten. Es waren seine Augen. Die ihres Retters. Des Geliebten aus ihren Träumen. Aber er war kein Traum, kein Phantom. Er war aus Fleisch und Blut.

Deke Bronson. Er hielt sie in seinen Armen, und er würde ihr alles geben, was ihr Herz begehrte.

Doch ihr Herz begehrte nur eins. Ihn.

Toni verließ die Dusche, trocknete sich ab und schlüpfte in ihren Seidenpyjama. Sie besaß überhaupt keine Wäsche aus Baumwolle, sondern trug drunter ausschließlich exklusive Seide, Satin oder Spitze, die ihrem aufregenden Körper schmeichelten. Wenn Jafari über Nacht geblieben wäre, hätte sie wahrscheinlich eine ihrer aufreizenden Korsagen angezogen – wahrscheinlich die rote, die ihn so wild machte.

Er wäre gern geblieben und sie hätte ihn gern dabehalten. Aber ein wenig Abstand tat ihnen beiden hin und wieder ganz gut. Er musste einfach lernen, dass sie nicht einfach mit ihm ins Bett hüpfen würde, wenn er sie verärgert hatte. Natürlich funktionierte das auch andersherum: Er konnte sich sicher sein, von ihr belohnt zu werden, wenn er brav war. Toni wollte nicht, dass er sich seiner Sache zu sicher wurde. Offensichtlich musste er regelmäßig daran erinnert werden, dass sie diejenige war, die den Schlüssel zum Himmelreich in der Hand hielt.

Außerdem war er schon den ganzen Tag so merkwürdig gewesen. Seit sie Farris' Urnenbeisetzung verlassen hatten, suchte er beinahe Streit. Er hatte ihr in allem heftig widersprochen, nur um sich dann vielmals zu entschuldigen – und dann wieder von vorne anzufangen. Sie hatten das Abendessen, das Toni liebevoll für sie zubereitet hatte, ohne größere Auseinandersetzung überstanden, aber dann hatte sie aufgegeben und ihn nach Hause geschickt.

„Soll ich später nicht wiederkommen?", hatte er vorgeschlagen.

„Mach dir keine Umstände."

„Dann ruf ich zumindest an, um dir gute Nacht zu sagen."

„Einverstanden." Als er sich zu ihr hinunterbeugte, um sie zu küssen, drehte sie den Kopf weg, sodass seine Lippen nur ihre Wange streiften.

Sosehr sie Jafari auch liebte, sie fing langsam an, daran zu zweifeln, ob er der Richtige für sie war. Und ob sie ihn tatsächlich heiraten sollte. Nicht, dass er sie überhaupt schon gefragt hatte. Aber was, wenn ihre Ehe ein einziges Auf und Ab von Streit und Versöhnung werden würde so wie ihre Beziehung jetzt? Toni war sich nicht sicher, ob sie so leben wollte. Natürlich hatten leidenschaftliche Beziehungen ihre Vorzüge – besonders im Bett. Aber war eine Partnerschaft, in der sich beide die meiste Zeit stritten, nicht zum Scheitern verurteilt?

Toni roch den Rauch im gleichen Moment, in dem sie die Badezimmertür öffnete. Verdammt! Hatte sie vergessen, den Ofen auszuschalten? Und warum war ihr Rauchmelder nicht losgegangen? Da fiel ihr auf, dass sie die Batterien bestimmt über ein Jahr nicht mehr ausgewechselt hatte.

Je näher sie dem Wohnzimmer kam, desto stärker wurde der Geruch. Als sie die Tür öffnete, sah sie, dass der gesamte Raum davon erfüllt war.

Was zum Teufel ist hier los?

Dann hörte sie Schreie und lautes Klopfen an ihrer Wohnungstür. Ein Nachbar? Die Feuerwehr?

Um Himmels willen! Stand etwa das ganze Gebäude in Flammen?

„Toni, mach auf!", hörte sie Jafari brüllen.

Sie rannte hustend zur Tür. Bis sie sie erreicht hatte, konnte sie kaum noch atmen. Jafari hämmerte immer noch dagegen.

Als Toni die Tür endlich öffnete und sich in Jafaris Arme warf, hielt die Erleichterung über ihre Rettung jedoch nicht lange an. Denn das Flammenmeer im Korridor tänzelte direkt auf sie zu.

Lexie senkte sich langsam auf Dekes schlanke Hüften. Er drang Stück für Stück in sie ein, wie in Zeitlupe. Sie raubte ihm schier den Verstand. Als sie ihn wieder entließ, konnte Deke sich nicht länger beherrschen. Er packte ihre Hüften und stieß in sie hinein. Sie schrie vor Lust auf. Dann ließ sie sich auf ihn fallen und nahm ihn ganz in sich auf. Er küsste ihre vollen Brüste, die sie seinem Mund darbot, reizte erst die eine Knospe, dann die andere. Lexie war es, die das Tempo bestimmte. Langsam und ohne Hast, auf und nieder, ritt sie ihn. Während sein Mund sie liebkoste, glitten seine Hände über ihre Hüften und umfassten ihren Po.

Sie erhöhte das Tempo, begann ihn härter und schneller zu reiten. Seine Erregung wurde schier unerträglich. Er hatte keine Ahnung, wie lange er das noch aushalten würde, aber er wollte unbedingt, dass sie zuerst kam. Als sie völlig in Ekstase geriet, kostete es ihn all seine Kraft, sich den süßen, heißen Abgründen ihrer Weiblichkeit nicht frühzeitig hinzugeben.

Aber dann, plötzlich, zog sich ihr Innerstes um ihn zusammen, sprang dann aber wieder auseinander, nur um sich gleich darauf wieder eng um seine Männlichkeit zu schließen. Lexies Liebessäfte flossen. Sie war jedoch noch nicht bereit, aufzugeben. In einem Akt der Selbstüberwindung ließ sie sich erneut auf sein immer noch steinhartes Geschlecht fallen, bis eine Welle der Befriedigung durch ihren gesamten Körper schwappte. Sie schrie laut auf, zitterte und rang nach Luft, als Deke sie schließlich auf ihren Rücken drehte und begierig in sie hineinstieß. Nur Sekunden später fand auch er seine Erlösung. Sein Orgasmus war so stark, dass er das Gefühl hatte, zu explodieren.

Er ließ sich mit verschwitztem Körper neben sie fallen. Lexie kuschelte sich an seine Schulter und legte ihren Arm über seinen nackten Bauch. Deke war betrunken von sexueller Erfüllung. Sein Körper war völlig entspannt, er war bereit für den Schlaf. Aber die Frau neben ihm verdiente mehr. Er ließ seine Hand zwischen ihre Schenkel gleiten. Ihr Körper war durch den ersten Orgasmus so empfindlich geworden, dass es nicht lange dauerte, bis sie ein zweites Mal kam.

„Danke", flüsterte sie ihm hinterher zu und küsste seine Brust.

Er vergrub seine Hände in ihren Haaren und sah ihr in die Augen. Sie richtete sich ein wenig auf und stützte sich auf die Ellbogen.

„Ich danke dir!"

Sie lächelte. „Ich habe davon geträumt, wie wir miteinander schlafen."

„Hast du?"

„Hmm. Es war jedenfalls ein Mann mit deinen grauen Augen, der mir im Traum begegnet ist, mich gerettet und dann geliebt hat."

„Ich wünschte ..."

Sie verschloss seine Lippen mit einem Kuss, um ihn zum Schweigen zu bringen.

Er rollte sich auf die Seite und erwiderte den Kuss mit Nachdruck. Sie legte ihre Arme um seinen Hals, und als er nach einer Weile von ihr abließ, seufzte sie glücklich.

Plötzlich klingelte sein Telefon.

„Verdammt." Er löste sich aus ihrer Umarmung und griff nach seinem Handy. Es war Geoff. „Was gibt's?"

„Wir haben gerade einen Anruf aus der Klinik bekommen", sagte Geoff.

„Was ist passiert?"

„Es hat ein Feuer gegeben. In Toni Wells Wohnung."

„Geht es Toni gut?"

Lexie war sofort alarmiert. Sie rutschte an die Bettkante und richtete sich auf. „Mit wem sprichst du da? Was ist mit Toni?"

„Wir wissen momentan nur, dass sie eine ziemlich starke

Rauchvergiftung erlitten hat“, antwortete Geoff Deke am anderen Ende der Leitung.

„Verdammt!“

„Das ist noch nicht alles.“

„Was soll das heißen?“

„Alice Kennedys Haus ist völlig ausgebrannt.“

Deke stöhnte auf. „Dieser Dreckskerl! Er hat beide Feuer gelegt.“

„Ja, so sieht’s wohl aus“, antwortete Geoff.

„Wie geht es Alice?“

„Ich weiß es nicht. Die Notärzte haben sie ins Krankenhaus gebracht, mehr wissen wir zum jetzigen Zeitpunkt noch nicht.“

„Verdammt, Deke!“, mischte Lexie sich erneut ein. „Sag mir endlich, was passiert ist!“

„Wir kommen gleich rüber“, sagte er noch und legte auf.

Dann drehte er sich um und überlegte, wie er Lexie sagen sollte, dass dieser Verrückte schon wieder zwei ihrer Freundinnen attackiert hatte.

Auf der Fahrt in die Stadt telefonierte Deke die meiste Zeit. Erst rief er Ty an und dann Lieutenant Desmond, der ebenfalls bereits auf dem Weg ins Krankenhaus war. Währenddessen sprach Geoff mit dem Krankenhaus und erfuhr, dass Toni in der Notaufnahme lag. Jafari war bei ihr. Er hatte ebenfalls eine Rauchvergiftung erlitten. Und Alice wurde zudem noch wegen Verbrennungen dritten Grades behandelt. Aber immerhin lebte sie.

Eddie fuhr direkt bis vor die Notaufnahme. Deke und Lexie sprangen aus dem Wagen und eilten hinein. Bain war die erste Person, die Lexie sah.

„Toni und Jafari können heute Abend schon wieder entlassen werden“, beruhigte er sie. „Glücklicherweise haben sie es noch rechtzeitig aus dem Gebäude geschafft. Aber es gab einige andere Bewohner, die nicht so viel Glück hatten."

„Was ist mit Alice?", fragte Lexie. „Wie ..."

„Ich weiß es nicht. Man hat mir nur gesagt, dass sie recht schlimme Verbrennungen hat und nicht bei Bewusstsein ist. Ich habe gehört, dass sie ihr Leben ein paar Feuerwehrmännern verdankt, die sie in letzter Minute aus den Flammen gezogen haben. Sonst wäre sie jetzt wohl tot."

„Was ist mit Robert? Konnten sie ihn auch retten?"

„Robert war nicht da", erwiderte Bain.

„Das habe ich ja ganz vergessen", murmelte Lexie. „Sie sind nicht mehr zusammen."

Bain schüttelte den Kopf. „Die Feuerwehrmänner haben sonst niemandem mehr im Haus gefund. Ich habe Lufti angerufen. Er schien erschüttert zu sein. Er ist jetzt auf dem Weg hierher."

„Ich will zu Toni", verlangte Lexie. „Und dann möchte ich mit Alice' Ärzten sprechen." Sie blickte Bain eindringlich an. „Tu bitte, was immer nötig ist, damit das passiert."

Deke legte seine Hände auf ihre Schulter. Als sie sich zu ihm umdrehte, sprach große Furcht und Sorge aus ihren Augen.

Fünf Minuten später durften sie endlich zu Toni. Jafari saß neben ihr und hielt ihre Hand. Beide waren von Kopf bis Fuß mit Ruß bedeckt, und in Tonis Haar hing Asche.

„Lexie!" Toni streckte ihre Arme nach ihr aus.

Lexie umarmte ihre Freundin und sah sie dann aufmerksam an. „Geht es dir wirklich gut?"

„Sie sagen, dass alles gut wird." Sie sah bewundernd zu ihrem Freund hinüber. „Dank Jafari. Er hat mir das Leben gerettet."

Lexie stiegen Tränen in die Augen. Sie lächelte Jafari voller Dankbarkeit an. „Vielen Dank. Und danke Gott, dass es euch beiden gut geht."

Toni griff nach Lexies Hand. „Bain hat gesagt, dass Alice'

Haus auch gebrannt hat. Hast du sie schon gesehen? Geht es ihr gut?“

„Nein, noch nicht“, antwortete Lexie. „Ich habe darum gebeten, mit ihrem Arzt zu sprechen, sobald das möglich ist. Ich gebe euch sofort Bescheid, sobald ich etwa weiß.“

Eine Krankenschwester kam herein und verscheuchte Lexie und Bain. Aber bevor sie ihre Aufmerksamkeit Toni widmete, sagte sie noch: „Dr. Harrelson lässt Mrs. Kennedy gerade auf die Intensivstation verlegen. Wenn Sie sich beeilen, erwischen Sie ihn noch.“

„Lauf voraus und halte ihn auf!“, bat Lexie Bain. „Ich komme nach, so schnell ich kann.“

Bain musste nicht lange suchen. Dr. Harrelson kam gerade aus einem Behandlungszimmer auf der anderen Seite des Ganges und lief ihm direkt in die Arme. Während Bain ihn anhielt, kam Lexie bereits hinterher.

„Miss Murrough?“ Dr. Harrelson nickte ihr zur Begrüßung entgegen.

„Wie geht es Alice?“

„Ich habe ihr ein starkes Schmerzmittel gegeben. Wir bringen sie in Kürze auf die Intensivstation. Sie hat eine starke Rauchvergiftung und schwerere Verbrennungen am Rücken erlitten.“

„Wird sie …“

„Ich kann momentan für nichts garantieren, aber es sieht ganz gut aus. Sofern es keine Komplikationen gibt, wird sie sich wohl erholen.“ Der Arzt drehte sich um und machte Anstalten zu gehen. „Wenn Sie mich jetzt bitte entschuldigen.“

„Ja, natürlich. Vielen Dank.“

Bain legte seinen Arm tröstend um Lexies Schulter.

Robert Lufti kam wie ein Wirbelwind in den Warteraum der Notaufnahme gestoben. Seine Augen blickten wild umher, seine Hände zitterten. „Wo ist Alice? Ich will zu Alice!“, schrie er.

Deke konnte ihn gerade noch davon abhalten, in eine Untersuchung hineinzuplatzen. Er berührte den aufgelösten Mann an der Schulter. Robert fuhr herum und sah Deke mit flackerndem Blick an.

„Beruhigen Sie sich!“, redete Deke auf ihn ein. „Wenn Sie sich wie ein Irrer aufführen, wird man Sie vor die Tür setzen. Das wollen Sie doch nicht, oder?“

Robert schüttelte den Kopf. Tränen stiegen ihm in die braunen Augen. „Bitte lassen Sie mich zu ihr!“

Deke drückte Roberts Schulter aufmunternd. „Sobald der Arzt grünes Licht gibt. Im Moment werden Sie mit uns anderen warten müssen.“

„Ich hätte heute Nacht bei ihr sein müssen. Wenn ich bei ihr gewesen wäre, hätte ich …“ Er riss sich von Deke los und schloss die Augen.

Im gleichen Moment kamen Lexie und Desmond zurück in den Warteraum. Als Lexie Robert sah, ging sie sofort zu ihm. Bain gesellte sich zu Deke und fragte: „Seit wann ist er hier?“

„Seit gerade eben. Er kam rein und brüllte rum wie ein Löwe.“

„Ist seine Sorge echt oder nur gespielt?“

„Keine Ahnung.“

„Jedenfalls ist er momentan mein Hauptverdächtiger“, erklärte Desmond. „Dr. Gazsi hatte Dienst, während die Feuer ausbrachen, und Holston war bei Toni. Er soll ihr sogar das Leben gerettet haben.“

„Können Sie ihn festnehmen?“

„Leider nein. Wir haben nicht genug Indizien.“ Desmond senkte die Stimme. „Es würde natürlich helfen, wenn der Heimatschutz ein wenig freigiebiger mit seinen Informationen wäre.“

Am Mittwochvormittag brachte Deke Lexie erneut ins Krankenhaus. Alice war aufgewacht und trotz starker Schmerzmittel ansprechbar. Ihr Zustand war zwar noch ernst, aber nicht mehr kritisch.

„Sie darf ab heute Besuch bekommen", sagte die Krankenschwester, als Lexie sich nach der Patientin erkundigte. „Allerdings nur Familie und enge Freunde."

Als sie im Krankenhaus ankamen und in den Warteraum gingen, entdeckte Lexie dort zwei bekannte Gesichter: Alice' blonde Zwillinge. Amy machte große Augen und stupste ihre Schwester an, Holly blickte hoch und lächelte. Dann sprangen beide Mädchen gleichzeitig vom Sitz auf und kamen auf Lexie zu.

„Habt ihr eure Mom schon gesehen?"

„Vor ein paar Minuten", antwortete Amy. „Sie sieht schrecklich aus, Lexie."

„Sie muss auf dem Bauch liegen", klagte Holly. „Und sie hängt an all diesen Schläuchen und kann kaum sprechen … Ich verstehe einfach nicht, warum sie den Feuermelder nicht gehört hat! Dann hätte sie sich retten können …"

„Wahrscheinlich hatte sie eine Schlaftablette genommen. Selbst ein Zug könnte Mom dann nicht wecken."

Lexie lächelte bedrückt. „Ich würde sie gern kurz sehen", sagte sie. „Es sei denn, ihr wollt gleich wieder rein zu ihr?"

„Nein, wir kommen später wieder", sagte Amy. Die Zwillinge waren am Morgen direkt vom Flughafen ins Krankenhaus gefahren. „Wir verbringen die Ferien jetzt bei Tante Peg, Dads Schwester. Sie wohnt hier ganz in der Nähe."

„Mr. Lufti ist gerade bei ihr." Holly nickte in Richtung der Intensivstation. „Aber vielleicht dürfen Sie ja trotzdem rein? Wir beide waren schließlich auch gemeinsam bei Mom."

„Also ist Robert auch heute früh gekommen?", fragte Lexie.

„Um ehrlich zu sein, hatte ich den Eindruck, dass er die

ganze Nacht über hier war." Als sie das sagte, beobachtete Amy Lexies Reaktion. „Er sagte, dass er und Mom gut befreundet sind, aber ... Ist es vielleicht mehr als das? Er schien sehr besorgt um sie."

„Sie *sind* sehr gute Freunde", erwiderte Lexie. Den Mädchen zu eröffnen, dass Alice und Robert monatelang ein Liebespaar gewesen waren, stand ihr nicht zu. Also umarmte sie die beiden, verabschiedete sich und sagte zum geduldig wartenden Deke: „Es dauert nicht lange."

Er nickte.

Eine Krankenschwester brachte sie zu Alice' Zimmer. Lexie zögerte einen Moment, als sie Robert erblickte, der vor dem Krankenbett kniete. Seine dunklen Hände strichen unablässig über Alice' Haar.

Sie ging einen Schritt auf das Bett zu, hielt dann aber erneut inne, als sie Robert mit leiser Stimme reden hörte. Er war so versunken, dass er Lexie überhaupt nicht wahrnahm.

„Du darfst nicht sterben, Alice. Du musst weiterleben. Bitte lebe! Für mich! Für deine Töchter! Sie sind hier, weißt du. Und sie sind fast so schön wie ihre Mutter."

Es war Lexie unangenehm, in einen so persönlichen Moment hineinzuplatzen. Aber trotzdem schaffte sie es nicht, sich einfach umdrehen und leise zu gehen.

„Ich liebe dich mehr als mein Leben. Ich kann den Gedanken, ohne dich nach Gadi zurückzukehren, kaum ertragen. Wenn ich dich doch nur bitten könnte, mit mir zu kommen! Ich hätte dich zumindest fragen sollen. Ich hätte dir sagen sollen, dass ich dich liebe und dass ich will, dass du meine Frau wirst. Aber ich hatte Angst, du würdest mich zurückweisen. Ich dachte, du würdest dein Leben in Amerika niemals aufgeben, nur um bei mir zu sein. Und ich muss zurück nach Gadi. Ich werde dort gebraucht."

Lexie spürte, wie Tränen der Rührung in ihr aufstiegen. Schnell schluckte sie sie hinunter und beeilte sich, das Krankenzimmer ebenso unbemerkt zu verlassen, wie sie es betreten hatte. Als sie in den Warteraum zurückkam, lief sie Deke direkt in die Arme.

„Was ist los, Liebling? Geht es dir gut?“

„Robert … Er liebt Alice! Er will sie heiraten. Er ist bei ihr und kniet neben ihrem Bett. Und sie kann noch nicht einmal antworten. Oh Deke … Deke.“

Deke streichelte beruhigend über ihren Rücken. „Alles wird wieder gut, Lexie. Alice wird wieder gesund. Und wenn die beiden füreinander bestimmt sind, dann werden sie auch wieder zusammenkommen.“

26. KAPITEL

Ungeachtet Dekes Warnungen ging Lexie am Freitagvormittag ins Büro. Sie musste sich irgendwie ablenken. Außerdem gab es alle Hände voll zu tun. Sie musste vorübergehend einen Ersatz für Alice finden. Die beiden PR-Assistentinnen konnten zwar kurzfristig für Alice einspringen, aber ihren Job nicht dauerhaft übernehmen. Also musste eine neue Pressesprecherin gefunden werden und außerdem ein neuer Finanzchef. Dringend. Darüber hinaus würden Maliks Geschwister endlich nach Amerika kommen, um neben ihrer Ausbildung bei Helping Hands zu arbeiten. Auch das wollte organisiert werden.

Lexie nahm an ihrem Schreibtisch Platz; Deke postierte sich ihr gegenüber in eine Ecke. Sie sah hoch und lächelte ihn an. „Ich verspreche dir, dass wir nur bis zum Mittag bleiben und dann bis nach den Feiertagen nicht mehr wiederkommen."

„Ich werde dich daran erinnern."

„Ich habe über etwas nachgedacht." Lexie wählte ihre Worte sehr vorsichtig, bevor sie weitersprach. „Wenn du nichts dagegen hast, würde ich Cara gerne fragen, ob wir das Gesindehaus benutzen dürfen."

Deke grinste. „Warum sollte ich etwas dagegen haben? Mir gefällt die Idee."

Bevor Lexie antworten konnte, flog ihre Bürotür auf und Toni kam mit zwei Plastikbechern in der Hand hereingestürmt. „Guten Morgen, ihr beiden."

Lexie staunte. „Was machst du denn hier?"

„Ich bin immer noch deine Assistentin, oder? Das heißt, wenn du arbeitest, arbeite ich auch." Toni reichte Deke einen der Becher und stellte den anderen vor Lexie auf den Tisch. „Ein Caffè Mocha ohne Sahne für dich." Dann sah sie von Lexie zu Deke. „Und schwarzer Kaffee für Sie."

„Vielen Dank“, sagte Deke lächelnd, bevor er einen Schluck von seinem Kaffee nahm.

„Du hättest heute wirklich nicht kommen müssen, und du hättest uns schon gar keinen Kaffee bringen müssen!“, rügte sie Lexie. „Aber wenn du schon mal da bist, freue ich mich natürlich über deine Hilfe. Ich muss ein gutes Dutzend Telefonate führen. Wenn du einen Teil davon übernehmen könntest …“

„Gib mir einfach eine Liste, und ich mache mich gleich an die Arbeit. Ich muss nur eben Jafari Bescheid geben.“

„Wo ist Jafari denn?“, fragte Deke.

„Er wartet unten“, antwortete Toni. „Er hat mich heute früh hergefahren. Ich wohne bei ihm, bis ich eine neue Bleibe gefunden habe.“

Als Toni aus dem Büro geschwebt war, nippte Lexie an ihrem Mocha und sagte: „Sie sieht wieder gut aus, nicht wahr?“

Deke nickte. „Ja, das tut sie.“ Er trank einen Schluck Kaffee und machte es sich dann in einem Besuchersessel bequem.

Lexie schlürfte ihren Mocha, während sie die ersten beiden Telefonate erledigte. Als sie aufblickte, erwischte sie Deke dabei, wie er sie anstarrte. Sie lächelte ihn an, er grinste zurück. Sie waren wie zwei verliebte Teenager.

„Toni braucht aber lange, um sich von Jafari zu verabschieden“, bemerkte sie und unterdrückte ein Gähnen. Plötzlich waren ihre Augenlider ganz schwer. Sie hatte wohl in letzter Zeit zu wenig geschlafen.

„Lexie …“ Dekes Stimme klang besorgt.

„Hm?“ Sie sah zu ihm hinüber. Er wollte aufstehen, fiel jedoch in den Sessel zurück. „Deke, was ist los? Geht es dir nicht gut?“

Lieutenant Desmond rief Geoff auf dem Weg vom Polizeihauptquartier zu Helping Hands an. „Der Polizeichef hat gerade einen Anruf von Rob Copeland erhalten“, sagte er.

„Es passiert heute! Der Majeed will wohl mehrere Dämme in Tennessee und Alabama in die Luft jagen. Einen davon in Chattanooga."

„Verdammt!", erwiderte Geoff. „Das heißt, Lexies Verfolger wird ebenfalls heute zuschlagen."

„Ja. Ich bin schon auf dem Weg zu Helping Hands. Ich habe dort niemanden erreicht. Ich habe es auch schon auf Bronsons Handy versucht, aber ohne Erfolg."

„Das klingt gar nicht gut. Ich komme, so schnell ich kann."

Es war nicht schwer gewesen, den Wachmann am Eingang loszuwerden. Er war einfach auf ihn zugegangen, hatte ihn angelächelt, seine Waffe gezogen und ihn in den Kopf geschossen. Gerade als er den leblosen Körper hinter die Theke gezogen und versteckt hatte, hatte sich die Aufzugtür geöffnet, und Toni kam heraus. Jafari ließ seine Waffe in seiner Jacke verschwinden.

„Was machst du da? Wo ist denn der Wachmann?"

„Er ist gerade aufs Klo gegangen. Er sagte, ihm sei nicht wohl", log Jafari.

„Hoffentlich hat er sich nicht diese Magen-Darm-Grippe eingefangen, die gerade grassiert."

Jafari trat hinter der Theke hervor und lief langsam auf Toni zu. Er hatte sie in den letzten Monaten lieb gewonnen und wollte ihr nicht wehtun. Zuerst hatte er Alice Kennedys Haus angesteckt und war dann zurückgekehrt, um den Apartmentkomplex anzuzünden, in dem Tonis Wohnung lag. Er hatte kurz überlegt, ob er sie sterben lassen sollte, hatte sich dann aber in letzter Minute dagegen entschieden und sie gerettet. Soviel war er ihr wohl schuldig – ihr Leben.

„Lexie lässt mich ihr helfen. Du kannst mich also gegen Mittag wieder abholen." Toni stellte sich auf die Zehenspitzen und küsste ihn.

Während sie ihn küsste, dachte er daran, wie einfach es

wäre, sie jetzt zu erwürgen. Als sie von ihm abließ und Anstalten machte, zum Aufzug zu laufen, winkte er ihr zum Abschied zu. Kaum hatte sie ihm den Rücken zugedreht, schlich er ihr hinterher, holte seine Waffe aus der Jacke und zog ihr den Griff über den Kopf, so fest er nur konnte. Er fing ihren bewusstlosen Körper noch im Fall auf und schleppte ihn quer durch die Eingangshalle zur Theke, wo er Toni neben dem toten Wachmann deponierte.

Dann betrat er den Aufzug.

Hoffentlich hatte dieser Bodyguard seinen Kaffee ganz ausgetrunken. Jafari war es gewesen, der Toni heute Morgen vorgeschlagen hatte, Lexie und Bronson einen Becher Kaffee mitzubringen. Er hatte sogar angeboten, selbst in die Kaffeebar zu springen. Bevor er mit den beiden Bechern ins Auto zurückgekehrt war, hatte er aber Schlafmittel in die Getränke geträufelt: ein sehr starkes Mittel in den Kaffee für den Bodyguard, ein leichtes in den Caffè Mocha. Schließlich wollte er Lexie Murrough nicht bewusstlos. Nur wehrlos.

Jafari näherte sich vorsichtig der offenen Tür zu Lexies Büro. Am Türrahmen hielt er an und lauschte. Stille. Als er um die Ecke bog und leise ins Zimmer trat, sah er Lexie, die auf dem Boden kniete und sich über Deke Bronson beugte. Er war offensichtlich bewusstlos.

„Miss Murrough?", sprach Jafari sie an, als er im Zimmer stand.

Sie sah auf und blickte ihn mit leicht glasigen Augen an. „Helfen … Sie mir …"

Jafari eilte zu ihr und zog sie hoch. Als ihre Beine einknickten und sie zu fallen drohte, griff er ihr um die Hüfte. „Geht es Ihnen gut?"

„Deke … Helfen Sie Deke …"

„Mr. Bronson fehlt nichts", erwiderte Jafari. „Er schläft nur. Wenn er seinen Kaffee vollständig ausgetrunken hat, wird er mehrere Stunden bewusstlos sein. Wenn er nicht alles getrunken hat, immerhin auch ein bis zwei Stunden."

„Wovon ... sprechen ... Sie?"

„Fühlen Sie sich schläfrig?", fragte Jafari. „Wenn ja, ist das nur die Wirkung des leichten Beruhigungsmittels, das ich in Ihren Kaffee getan habe. Sie werden schon bald wieder hellwach sein. Spätestens, wenn wir bei meinem Boot sind."

„Boot?" Sie sah ihn überrascht an.

„Kommen Sie, Miss Murrough. Wir sollten Ihnen einen Mantel überziehen. Schließlich wollen wir nicht, dass Ihnen kalt wird auf unserem kleinen Ausflug, oder?"

„Toni?"

„Toni bleibt hier. Sie ist unten bei dem Wachmann. Mr. Bronson wird sie finden, wenn er aufwacht."

Geoff fand Deke, als dieser gerade wieder zu Bewusstsein kam. Dekes Kopf hämmerte. Sein Gehirn schien platzen zu wollen, so als habe ihm jemand eine Axt übergezogen.

„Was zum Teufel ...?" Geoff lief zu Deke hinüber und half ihm aufzustehen. „Geht es dir gut?"

„Betäubt", stammelte Deke. „Kaffee." Er sah zu dem kleinen Tischchen hinüber, auf dem der fast leere Becher stand.

„Wie viel hast du getrunken?"

„Genug. Wie lange war ich weg?" Deke versuchte, auf die Uhr zu sehen. Vor seinen Augen verschwamm alles. „Wo ist Lexie?" Er riss seinen Kopf hoch und sah sich nach ihr um.

„Sie ist nicht hier", antwortete Geoff ruhig.

„Und Toni?"

„In der Lobby. Lieutenant Desmond ist bei ihr", sagte Geoff. „Als wir ankamen, war die Lobby leer. Wir wussten gleich, dass irgendwas nicht stimmt."

„Wir müssen Lexie finden." Deke wankte in Richtung Tür.

Geoff griff nach seinem Arm, um ihm Halt zu geben. „Das werden wir. Versprochen."

„Wie geht es Toni? Und der Wache?“

„Wir haben den Mann hinter der Empfangstheke gefunden. Tot. Ihm wurde aus nächster Nähe zwischen die Augen geschossen. Dann hat man ihn einfach dort abgeladen. Toni wurde bewusstlos geschlagen. Sie lag neben ihm. Desmond hat schon Verstärkung und einen Notarzt angefordert. Er bleibt bei Toni, bis sie da sind.“

Deke machte sich von Geoff los. „Ich muss sie finden!“

„Und wo willst du anfangen, nach ihr zu suchen?“

„Er hat sie, nicht wahr? Verdammt! Wie zum Teufel ist ihm das nur gelungen?“ Deke hielt sich am Türrahmen fest.

„Hat Toni euch den Kaffee mitgebracht?“, fragte Geoff.

„Ja. Warum?“ Deke hob den Kopf und sah Geoff über die Schulter hinweg an.

„Der Polizeichef hat alle verfügbaren Männer alarmiert. Sie gehen davon aus, dass es im Laufe des heutigen Tages einen Anschlag auf den Staudamm geben wird. Der Geheimdienst ist ebenfalls unterwegs. Anscheinend gibt es noch drei weitere Anschlagsziele.“

„Ich will sofort mit Copeland sprechen. Wir müssen wissen, wer Babu Tums Sohn ist! Und ob er der Terrorist ist, der in Chattanooga zuschlagen wird.“

„Sawyer hat gerade mit ihm gesprochen.“ Aus Geoffs Blick sprühten Wut und Ärger. „Esayas Tum nennt sich nach seinem Adoptivvater – Holston.“

„Jafari!“

„Ja. Tonis liebender Freund Jafari ist Babu Tums Sohn.“

„Und er hat Lexie mit sich zum Stausee genommen. Um Himmels willen, was, wenn ...“ Jegliche Farbe wich aus Dekes Gesicht. „Der Majeed ist bekannt für seine Selbstmordattentate.“

Jafari hat recht gehabt, dachte Lexie. Als sie am Steg ankamen, hatte die Wirkung des Beruhigungsmittels fast vollständig nachgelassen. Auf dem Weg zu dem glänzenden weißen Motorboot presste er ihr durch seine Jacke hindurch den Lauf einer Pistole in die Rippen.

„Wenn Sie nicht mitspielen, werde ich nicht nur Sie, sondern auch jeden erschießen, der versucht, Ihnen zu helfen", sagte Jafari und blickte sich nach den anderen Menschen in ihrer Nähe um. „Sie wollen doch nicht noch mehr unschuldige Menschenleben auf dem Gewissen haben, oder?"

Nein, das wollte sie nicht.

Als sie an Bord gingen, zwang er sie, neben sich Platz zu nehmen. Er ließ den Motor an und lenkte das Boot hinaus auf den Fluss. Als sie weit genug vom Ufer entfernt waren, band Jafari ihr die Hände auf dem Rücken zusammen und verknotete das Seil dann mit ihrem Sitz.

„Wohin bringen Sie mich?", fragte Lexie.

„Du gehst mit mir auf eine wichtige Reise, die ich im Namen Allahs antrete. Du wirst mich auf meiner heiligen Mission begleiten."

„Wovon reden Sie da, Jafari? Welche Reise? Warum …?"

Er holte aus und schlug ihr ins Gesicht. „Still."

Überrascht von seiner Brutalität, blickte sie ihn erschrocken an. Zum ersten Mal erkannte sie den Menschen hinter der Fassade.

Er starrte hasserfüllt zurück. „Mein Name ist nicht Jafari Holston. Ich heiße Esayas Tum. Ich bin Babu Tums Sohn."

Lexie traute ihren Ohren nicht.

„Du wirst heute sterben. Das ist deine Buße für deine Beteiligung an der Ermordung meines Vaters."

„Aber ich …" Als er erneut die Hand hob, um sie zu schlagen, verstummte sie.

Er zog die Hand zurück und konzentrierte sich darauf, das Boot weiter stromaufwärts zu lenken.

Wo brachte er sie hin? Was für eine große Mission im Namen Allahs meinte er?

Aber war das wirklich noch wichtig? Das Einzige, was sie wissen musste, war, dass er vorhatte, sie umzubringen. Heute.

Ob er Toni bereits umgebracht hatte? War sie deshalb verschwunden? Und was war mit Deke? Hatte Jafari – nein, Esayas Tum – ihn nur betäubt oder etwa vergiftet?

Oh, lieber Gott, bitte mach, dass es Deke gut geht. Und Toni … Ich könnte es nicht ertragen, wenn ihnen etwas zustoßen würde.

Rob Copeland wartete zusammen mit zwei weiteren Geheimagenten am Flusslauf auf Geoff und Deke. Die Polizei hatte einen Anruf von einem Zeugen erhalten, der beobachtet hatte, wie eine Frau wohl unter Gewalteinwirkung hier auf ein Motorboot gebracht worden war.

Die Polizei von Chattanooga hatte ein Boot bereitgestellt, aber Zivilisten durften es nicht benutzen. Als Deke davon erfuhr, hatte er auf der Stelle Cara kontaktiert, die versprach, ihr eigenes Boot zu schicken.

„Wir glauben, dass Holston auf dem Weg zum Damm ist", erklärte Rob Copeland. „Unseren Informationen zufolge plant der Majeed, Motorboote in vier Wasserkraftwerke im Süden der USA zu jagen. Sie wollen uns so zeigen, dass wir nicht sicher vor ihnen sind und dass sie uns immer und überall treffen können."

„Sie sprechen von Selbstmordattentaten?", hakte Deke nach.

Copeland nickte. „Ich fürchte, davon müssen wir ausgehen." Er sah Deke direkt an. „Wir haben erfahren, dass zwei der Terroristen bereits gestoppt wurden – einer in Alabama, der andere in Tennessee."

Als Rob Copeland und Douglas Cleveland das Polizeiboot bestiegen, gingen Deke und Geoff an Bord des schicken Rennbootes, das Cara ihnen geschickt hatte. Ohne auf die offizielle Erlaubnis zu warten, Jafari Holston verfolgen zu dürfen, ließ Geoff den Motor an. Und dann machten sie sich zusammen auf die Jagd.

„Ich sehe mal nach, ob Cara uns geschickt hat, was wir brauchen", erklärte Deke und ging unter Deck. Um zu prüfen, ob dort das Gewehr lag, das er verlangt hatte.

Lexie betete. Sie betete für Toni und Deke und Alice und für all die Menschen, die sie liebte. Und betete auch für ihr eigenes Leben.

Jafari – Esayas – schenkte ihr fast überhaupt keine Aufmerksamkeit. Es war beinahe so, als hätte er völlig vergessen, dass sie neben ihm saß. Wenn sie doch nur das Seil um ihre Hände ein wenig lockern könnte! Vielleicht würde es ihr gelingen, über Bord zu springen. Oder ihn überrumpeln und ...

Ohne Unterlass versuchte sie, die Fesseln um ihre Hände zu lösen. Dabei sah sie sich immer wieder um. Hinter ihnen war ein Boot am Horizont zu sehen und dahinter ein weiteres. Wenn es ihr gelingen würde, sich zu befreien und über Bord zu springen, könnte das erste Boot sie vielleicht retten. Sie war bereit, alles zu tun, wenn es nur bedeutete, Jafari zu entkommen und dem teuflischen Plan zu entgehen, den er für sie ausgeheckt hatte.

Lexie kämpfte weiter, obwohl ihre Handgelenke bereits aufgeschürft waren und wahrscheinlich sogar bluteten. Auf jeden Fall brannten sie wie die Hölle. Das Boot direkt hinter ihnen kam schnell näher. Es schien links an ihnen vorbeiziehen zu wollen. War das backbord oder steuerbord? Als ob das einen Unterschied machte!

Als Lexie sich umsah, wurde ihr klar, dass sie direkt auf den Damm zufuhren. Wollte Jafari die Schleusen durchbrechen und weiter flussaufwärts fahren?

Oder war der Damm selbst sein Ziel?

Oh Himmel! Konnte es sein, dass seine heilige Mission in irgendeiner Weise mit diesem Staudamm zusammenhing? Sie suchte mit ihren Augen an Deck nach irgendeinem Hinweis auf Sprengstoff, fand aber keinen.

Wenn sie doch nur dem Boot hinter ihnen ein Zeichen geben könnte! Es würde sie bald eingeholt haben. In ihrer Manteltasche befand sich ein Seidenschal. Wenn sie den zu fassen bekommen würde, dann ... Was dann? Wenn die Leute auf dem anderen Boot einen lila Seidenschal sehen würden, würden sie das wohl kaum als Hilferuf interpretieren.

Plötzlich, völlig ohne Vorwarnung, bückte Jafari sich und sah ihr direkt in die Augen. „Sprich dein letztes Gebet, Ungläubige. Bete zu deinem Gott. Heute wirst du geopfert, als Buße für den Tod meines Vaters. Und ich werde mein Leben geben, für Allah und den Majeed."

„Was haben Sie vor?" Sie musste die Wahrheit verlangen, selbst wenn er sie wieder schlug.

Er lächelte und zeigte dabei seine glänzend weißen Zähne. „Bald werden wir das Kraftwerk im Osten erreichen. Ich werde direkt hineinfahren. Das Boot ist voller Sprengstoff. Das Kraftwerk wird in die Luft gehen und der Damm wird beschädigt. Es wird zu massiven Stromausfällen im Süden der USA kommen. Das ist eine Botschaft für die ganze Nation."

„Und wir werden sterben", murmelte Lexie.

Kein Zweifel – Jafari oder Esayas oder wie auch immer er genannt werden wollte war verrückt. Er hatte vor, sie mit in den Selbstmord zu nehmen.

„Bring uns noch ein bisschen näher ran", verlangte Deke von Geoff, der am Steuerknüppel stand und das Boot lenkte. Deke sah durch das Fernglas, das um seinen Hals hing. Dann hob er das Gewehr. „Ich kann erst sicher zielen, wenn du uns auf gleiche Höhe mit ihnen bringst. Er ist viel zu nah an Lexie, als dass ich ihn von hier aus erschießen könnte."

Geoff gab keine Antwort. Er konzentrierte sich nur auf seine Aufgabe. Keiner der beiden Männer blickte sich auch nur einmal zu dem Polizeiboot um, das sie verfolgte. Der Geheimdienst wollte Jafari Holston lebend, aber Deke hatte andere Pläne für ihn.

Lexie war es gelungen, eine Hand zu befreien. Sie hielt sie jedoch weiterhin hinter dem Rücken versteckt, für den Fall, dass Jafari zu ihr herübersah. So unauffällig wie möglich zerrte sie an dem Seil, das um ihr zweites Handgelenk gewickelt war. Aber je mehr sie versuchte es zu lösen, desto fester schien es sich zuzuziehen.

Jafari und sie bemerkten das andere Boot fast zeitgleich. Jafari legte die Hand über die Augen und blicke sichtlich erbost zu den unerwünschten Weggefährten hinüber. In diesem Moment bemerkte Lexie, dass das Sonnenlicht von etwas Metallischem reflektiert wurde, das einer der beiden Männer auf dem anderen Boot in der Hand hielt. Jafari hatte es wohl auch entdeckt. Jedenfalls zielte er mit seiner Waffe auf den Mann und drückte ab. Was zum Teufel machte er da?

Es ertönte ein weiterer Schuss, diesmal jedoch nicht aus Jafaris Waffe. Der Schuss kam von dem anderen Boot. Ein einzelner Schuss, der Jafari plötzlich steif werden ließ. Lexie erschrak, als sie zu ihm hinüberblickte und Blut von seiner Stirn tropfen sah. Dann fiel er um und landete mit dem Kopf auf ihrem Schoß, bevor er vollständig zu Boden rutschte. Sie schrie laut auf.

Irgendjemand schien ihren Namen zu rufen, doch das Heulen des Motorbootes und das Rauschen des kalten Fahrtwindes übertönten alle anderen Geräusche.

Jafari lag tot zu ihren Füßen. Aber sie war immer noch gefesselt und raste mit einem mit Sprengstoff gefüllten Boot auf einen Damm zu.

Geoff brachte Caras Boot so nah wie möglich an das andere heran, ohne dass sie zusammenprallten. Deke versuchte, an

Deck zu springen, was ihm beinahe auch gelungen wäre. Beinahe. Mit aller Kraft hielt er sich an der Bordwand fest. Wenn er jetzt losließ, würden Lexie und er sterben. Während die Wellen wie steinerne Fäuste auf ihn einschlugen, versuchte er immer wieder, sich an Bord zu ziehen.

Endlich gelang es ihm, seinen Körper über die Reling zu hieven. Bäuchlings landete er auf dem harten Holzboden und rang nach Luft.

„Deke!“ Lexie brüllte aus voller Kraft und kam doch kaum gegen den Motorenlärm und das Geheule des Windes an.

Er zwang sich, aufzustehen, und lief so schnell er konnte zum Cockpit.

„Geht es dir gut?“, rief er ihr zu.

„Jetzt wieder“, schrie sie, so laut sie konnte. „Du musst das Boot anhalten! Es ist mit Sprengstoff gefüllt. Jafari wollte es in das Kraftwerk am Damm jagen.“

Deke befreite ihr blutiges Handgelenk und riss sie in seine Arme. Während er sie fest an sich gepresst hielt, ergriff er mit der anderen Hand das Steuer und begann, das Boot abzubremsen, bis es schließlich kurz vor der Staudammmauer stehen blieb.

Lexie hing an Deke, als ginge es immer noch um ihr Leben. Auch als Bain wenig später auftauchte, zusammen mit dem Polizeichef und dem Geheimagenten, machte sie keine Anstalten, ihn loszulassen. Deke wusste, dass er für das, was er getan hatte, im Gefängnis landen konnte, aber das war ihm egal. Das Einzige, was ihn interessierte, war, dass der Mann, der Lexie wochenlang verfolgt und gepeinigt hatte und der so viele unschuldige Leute auf dem Gewissen hatte, endlich tot war.

Er hob Lexie in seine Arme und trug sie an die Reling, von wo aus er sie vorsichtig zu Geoff hinüberreichte. Sobald sie sicher auf dem anderen Boot war, kletterte er hinterher.

„Laufen Sie nicht weg!", rief Rob Copeland ihm hinterher. „Wir haben noch ein paar Fragen an Sie, Bronson. Und an Sie auch, Monday."

„Er wird nicht schwer zu finden sein", entgegnete Lexie. „Er wird bei mir sein. Für den Rest seines Lebens." Sobald Geoff sie abgesetzt hatte, zog Deke sie an sich. Sie sah ihm tief in die Augen. „Wenn du das willst."

„Darauf kannst du wetten, Liebling. Wie lange vorher muss man in Tennessee das Aufgebot bestellen?"

„Wie kommst du denn darauf, dass ich dich heiraten möchte?" Sie schlang ihre Arme um seinen Hals.

„Das tun Menschen doch, die einander lieben, oder? Sie heiraten, bekommen ein paar Kinder und leben glücklich bis an ihr Lebensende."

„Darauf kannst du wetten."

EPILOG

Am Silvesterabend um Mitternacht standen die frisch vermählten Mr. und Mrs. Bronson auf der Veranda von Dekes Holzhaus am See. Dick eingepackt in ihre Wintermäntel schossen sie Feuerwerkskörper in den Himmel, um das neue Jahr willkommen zu heißen – und um den Beginn ihres gemeinsamen Lebens als Mann und Frau zu feiern. Keiner von beiden hatte eine große Verlobungsfeier oder eine aufwändige Hochzeit gewollt. Auch keine Flitterwochen am anderen Ende der Welt. Alles, was sie wollten, war einander.

„Wir sollten besser wieder hineingehen", schlug Deke vor, nachdem sie die letzte Leuchtrakete verschossen hatten und zusahen, wie sie am nächtlichen Himmel verglühte. „Es ist eiskalt hier draußen."

Er nahm sie in die Arme, stieß die Hintertür mit dem Fuß auf und trug Lexie in die Küche. Dann drehte er sich um und schloss die Tür mit dem Fuß. Er trug seine Frau durch die Küche ins Wohnzimmer, dem gemütlichsten Raum im ganzen Haus. Im alten Steinkamin brannte ein kräftiges Feuer, und direkt vor den Flammen lag eine Matratze.

Er half Lexie aus dem Mantel und zog dann seinen eigenen aus. Sie trugen beide nichts darunter. Deke zog sie auf die Matratze, bedeckte sie beide mit einem dicken Fell und kuschelte sich an seine Frau.

Lexie seufzte vor Glückseligkeit.

„Ich wünschte, jeder wäre so glücklich wie wir", murmelte sie.

„Das ist vollkommen unmöglich. Zwei Menschen, die sich so lieben wie wir uns, kann es nicht noch einmal geben."

„Vielleicht noch Cara und Bain", seufzte Lexie. „Ich hoffe wirklich, sie finden eines Tages zueinander." Lexie hatte zuvor mit beiden Freunden gesprochen. Bain war im Dienst, das hatte er so gewollt. Und Cara verbrachte den Silvesterabend zusammen mit einem Börsenmakler auf irgendeiner Gala.

„Es war schön, von Toni zu hören, oder?“, sagte Deke.

„Ich konnte kaum glauben, dass sie uns extra aus Paris angerufen hat. Es klingt, so als hätten ihre Mutter und sie sehr viel Spaß. Sie scheinen sich alle Museen anzuschauen. Nächste Woche fahren sie dann weiter in die Schweiz.“

„Es wird sicher noch ein wenig dauern, aber irgendwann wird sie drüber hinwegkommen. Sie ist zäh, unsere Toni.“

„Apropos: Ich bin so froh, dass Alice rechtzeitig aus dem Krankenhaus entlassen werden konnte, um Silvester mit Robert und ihren Töchtern zu verbringen.“

„Ich kann immer noch nicht glauben, dass sie ihn tatsächlich heiraten und mit ihm nach Gadi ziehen wird!“

Lexie kuschelte sich noch näher an ihren Ehemann. „Warum findest du das so unglaublich? Ich würde dir auch bis ans Ende der Welt folgen.“

„Sieh dich doch um, Liebling. Das bist du bereits.“

Sie kitzelte ihn. „Wag es nicht noch einmal, von unserem Liebesnest am See so zu sprechen! Ich liebe diesen Ort! Und unsere Kinder werden es lieben, hier in den Ferien herzukommen.“

„Unsere Kinder? Von wie vielen sprechen wir denn genau?“

Lexie legte ihre Hand auf ihren Bauch und sagte: „Bevor ich mich da endgültig festlege, lass uns erst mal dieses hier bekommen und sehen, wie es sich anfühlt.“

Deke richtete sich ruckartig auf und riss ihr das Fell vom Körper. Er starrte ungläubig auf die Hand, die auf ihrem Bauch ruhte.

„Bist du schwanger?“, fragte er.

„Der Schwangerschaftstest heute morgen ist jedenfalls blau geworden.“

„Und blau bedeutet … schwanger?“

„Hmmmmm.“ Sie legte ihre Arme um ihn und küsste ihn. „Frohes neues Jahr … Daddy.“

– ENDE –

Beverly Barton
Das Gesicht der Anderen
Band-Nr. 25379
7,95 € (D)
ISBN: 978-3-89941-616-9
320 Seiten

Heather Graham
Die Séance
Band-Nr. 25437
8,95 € (D)
ISBN: 978-3-89941-720-3
352 Seiten

Kat Martin
Engelslieder
Band-Nr. 25466
8,95 € (D)
ISBN: 978-3-89941-759-3
416 Seiten

Kat Martin
Der Duft der Rosen
Band-Nr. 25369
8,95 € (D)
ISBN: 978-3-89941-602-2
416 Seiten

Alex Kava
Blutiger Freitag
Band-Nr. 25417
8,95 € (D)
ISBN: 978-3-89941-683-1
320 Seiten

Erica Spindler
Tote Stille
Band-Nr. 25412
8,95 € (D)
ISBN: 978-3-89941-675-6
464 Seiten

Janice Harrell
Ich weiß, was ihr getan habt
Band-Nr. 25421
7,95 € (D)
ISBN: 978-3-89941-689-3
480 Seiten

Brenda Novak
Totgesagt
Band-Nr. 25366
7,95 € (D)
ISBN: 978-3-89941-588-9
480 Seiten

Rick Mofina
Der Countdown
Band-Nr. 25429
8,95 € (D)
ISBN: 978-3-89941-706-7
448 Seiten

Chris Jordan
Sektenkind
Band-Nr. 25420
8,95 € (D)
ISBN: 978-3-89941-688-6
400 Seiten

Paul Johnston
White Devil – Das Grauen kehrt zurück
Band-Nr. 25408
8,95 € (D)
ISBN: 978-3-89941-668-8
480 Seiten

Jason Pinter
5 Jahre
Band-Nr. 25402
7,95 € (D)
ISBN: 978-3-89941-659-6
368 Seiten